세상의 한 조각

세상의 한 조각

크리스티나 베이커 클라인 장편소설

이은선 옮김

A Piece of the World

Christina Baker Kline

문학동네

내게 세상을 보여주신 아버지께

"아주 묘한 연관성이 있었죠. 어쩌다 한 번씩 찾아오는 신기한 충돌이라고 할까. 우리는 조금 비슷했어요. 나도 바깥출입을 하지 못하는 병약한 아이였거든요. 그래서 우리 둘은 말을 하지 않아도 기분좋은 느낌을 아주 자연스럽게 공유할 수 있었죠. 아무 말 없이 몇 시간 동안 같이 앉아 있다가 그녀가 무슨 말을 하면 내가 대답하곤 했어요. 예전에 한 기자가 그녀에게 우리 둘이 어떤 대화를 나누었느냐고 물은 적이 있어요. 그녀는 '허튼소리는 한 적 없다'고 대답했죠."

— 앤드루 와이어스

차례

프롤로그

나중에 그가 말하길 내게 그림을 보여주기가 겁이 났다고 했다.
내가 그런 식으로 묘사되어 있는 나 자신을 못마땅하게 여길 거라
고 생각했던 것이다. 뒤틀린 다리를 뒤로 늘어뜨리고 손가락으로
흙을 움켜쥐고 들판을 기어가고 있지 않은가. 개밀과 큰조아재비
가 자라나 있는 건조하고 황량한 벌판. 감추어져 있지 않으려는 비
밀처럼 멀리서 어렴풋이 보이기 시작하는, 저 무너져가는 집. 불투
명해서 안이 들여다보이지 않는 아득한 창문. 보이지 않는 차량이
뾰족뾰족한 풀밭 위에 남긴, 어디로 향하는지 알 수 없는 바큇자
국. 구정물 색 하늘.
　사람들은 그 작품이 초상화인 줄 알지만, 아니다. 엄밀히 말해
서 그건 아니다. 심지어 그는 들판에 나와 있지도 않았다. 그는 그
그림을 집안의 방에서, 전혀 다른 각도에서 창조해냈다. 돌과 나무
와 별채를 없앴다. 축사의 비율도 틀렸다. 그리고 나는 그렇게 젊

고 연약한 여자가 아니라 중년의 독신이다. 그건 사실 내 몸이 아니고, 어쩌면 내 머리도 아닐 수 있다.

그가 하나는 제대로 그리긴 했다. 어떨 때는 안식처였고 어떨 때는 감옥이었던 언덕 위의 그 집은 예나 지금이나 내가 사는 곳이다. 나는 평생 그 집을 갈구하는 동시에 거기에서 탈출하고 싶어했고, 거기에 붙들려 마비된 채로 지냈다. (오랜 세월 동안 깨달은 바에 따르면 세상에는 수많은 방식의 장애와 수많은 형태의 마비가 존재한다.) 우리 조상은 세일럼에서 메인으로 도망쳤지만, 과거로부터 벗어나고자 하는 이라면 누구나 그렇듯 과거를 떨쳐버리지 못했다. 출신지에는 불변의 무언가가 뿌리내리고 있다. 아무리 멀리 떠나더라도 집안 내력이라는 굴레에서는 절대 벗어날 수가 없다. 사는 집의 뼈대 안에 이전 모든 세대의 골수가 담겨 있을지도 모른다.

크리스티나 올슨, 당신은 어떤 분인가요? 한번은 그가 내게 이렇게 물었다.

아무도 내게 한 적 없는 질문이었다. 그래서 잠깐 곰곰이 생각해보아야 했다.

나에 대해 정말로 알고 싶으면 마녀 이야기에서 시작해야 해. 나는 말했다. 그다음은 물에 빠져 죽은 남자아이들. 머나먼 땅의 조가비들과 그것들로 가득 채워진 방. 빙판에 고립된 스웨덴 선원. 하버드에 다니던 남자의 거짓 미소와, 곤혹스러워 손을 맞잡고 비틀던 보스턴의 그 똑똑한 의사들, 건초 더미 속의 고깃배와 바닷속의 휠체어 얘기도 해야 할 거야.

그리고 결국에는, 우리 둘 다 아직은 알지 못했지만, 여기 이곳, 그림의 세상 안팎으로 돌아오게 될 것이다.

문 앞에 찾아온
낯선 이

1939년

화창한 7월의 어느 날 오후, 작은 정사각형 천조각들과 바늘꽂이와 가위를 내 옆 테이블에 올려놓고 부엌에서 퀼트 이불을 만들고 있는데 부릉거리는 자동차엔진 소리가 들린다. 작은 만 쪽으로 난 창밖을 내다보니 약 100미터 거리에서 스테이션왜건 한 대가 들판으로 진입하고 있다. 시동이 꺼지고 조수석 문이 열리고 벳시 제임스가 웃고 뭐라고 떠들며 차에서 내린다. 작년 여름에 보고 올해는 처음이다. 그녀는 하얀색 홀터톱과 청반바지를 입고 빨간색 반다나를 목에 묶은 차림이다. 나는 집 쪽으로 오는 그녀를 보다가 너무나 달라진 외양에 충격을 받는다. 동그라니 귀여웠던 얼굴이 뾰족하게 길어졌다. 길고 숱 많은 밤색 머리는 어깨 근처까지 늘어뜨렸고 까만 눈은 반짝거린다. 빨간색 립스틱을 바른 입술은 칼에 베인 것 같다. 이 집에 처음 놀러와 내 뒤에 걸상을 놓고 앉아 작고 날렵한 손으로 내 머리를 땋던 아홉 살의 벳시가 떠오른다. 그리고 여기, 갑자기 여자가 된 열일곱의 벳시가 있다.

"안녕하세요, 크리스티나 아주머니." 그녀가 방충문에 대고 숨을 헐떡이며 인사한다. "오랜만이에요!"

"들어오렴." 나는 의자에 앉은 채로 말한다. "나 일어나지 않아도 되지?"

"그럼요." 그녀가 안으로 들어오자 장미꽃 향기가 풍긴다. (벳시가 언제부터 향수를 뿌리기 시작했지?) 그녀는 순식간에 다가와 내 어깨를 끌어안는다. "저희 며칠 전에 왔어요. 돌아와서 정말 기뻐요."

"그래 보인다."

벳시는 뺨을 붉히며 미소를 짓는다. "앨 아저씨하고 두 분, 어떻게 지내셨어요?"

"아, 알잖니. 좋아. 똑같아."

"똑같은 게 좋은 거죠?"

나는 미소를 짓는다. 물론이다. 똑같은 건 좋은 거다.

"뭐 만들고 계세요?"

"그냥 조그만 거. 아기 이불. 로라가 또 임신했거든."

"이렇게 마음씨 좋은 고모가 또 있을까." 그녀는 손을 뻗어 정사각형의 천조각 하나를 집는다. 갈색 바탕에 초록색 잎사귀가 달린 분홍색 꽃무늬가 있는 캘리코다. "저 이 천 알아요."

"예전에 입었던 원피스를 잘랐어."

"기억나요. 작은 하얀색 단추가 달렸고 치마폭이 넓었죠?"

나는 어머니가 버터릭 옷본과 보는 각도에 따라 색이 달라지는

18

단추와 캘리코 천을 집에 들고 왔을 때를 떠올린다. 그 원피스를 처음으로 입은 나를 보던 월턴을 떠올린다. 너를 보면 존경스러워.

"아주 오래전에 입었던 옷이지."

"낡은 원피스에 새 생명이 주어진다니 좋네요." 벳시는 천조각을 조심스럽게 다시 테이블에 내려놓고 다른 걸 뒤적인다. 하얀색 모슬린, 감색 면, 희미하게 잉크 자국이 남아 있는 샴브레이. "여기서 한 조각, 저기서 한 조각. 아주머니께서 가보를 만들고 계시네요."

"글쎄다." 내가 말한다. "그냥 옷조각들인걸."

"어떤 사람에게는 쓸모없을지 몰라도……" 그녀는 웃으며 창밖을 흘끗 내다본다. "까맣게 잊고 있었네! 괜찮으시면 물 한 잔 부탁드리려고 왔어요."

"앉아라, 컵 가져다줄게."

"아, 제가 마실 게 아니에요." 그녀는 들판에 서 있는 스테이션왜건을 가리킨다. "제 친구가 아주머니 집을 그리고 싶어하는데, 그러려면 물이 있어야 한대요."

나는 눈을 가늘게 뜨고 차를 바라본다. 남자아이 하나가 차 지붕에 앉아서 하늘을 쳐다보고 있다. 한 손에는 큼지막한 하얀색 종이 뭉치를, 다른 손에는 연필로 보이는 것을 들고 있다.

"N. C. 와이어스의 아들이에요." 벳시는 누가 듣고 있기라도 한 것처럼 방백하듯 속삭인다.

"누구?"

"N. C. 와이어스요. 그 유명한 삽화가 있잖아요? 『보물섬』 말이에요."

아, 『보물섬』. "앨이 그 책을 좋아했는데. 이 집 어딘가에 아직 있을 거야."

"미국의 모든 소년들은 어딘가에 그 책을 갖고 있을 거예요. 아무튼 아들도 화가예요. 저하고는 오늘 처음 만났고요."

"오늘 처음 만났다면서 같이 차를 타고 다니는 거니?"

"네. 뭐랄까…… 믿어도 될 것처럼 생겼거든요."

"부모님은 뭐라고 안 하셔?"

"모르세요." 그녀는 겸연쩍게 미소 짓는다. "오늘 아침 저 남자애가 저희 아버지를 찾으러 집으로 왔는데, 부모님이 요트를 타러 나가고 안 계셨거든요. 제가 문을 열어주었어요. 그리고 보시다시피 이렇게 됐고요."

"가끔 그런 일이 벌어질 때도 있지." 내가 말한다. "고향은 어디라니?"

"펜실베이니아요. 여기 포트클라이드에 여름 별장이 있대요."

"저 아이에 대해서 상당히 많은 걸 아는 모양이로구나." 나는 한쪽 눈썹을 추켜세우며 말한다.

그녀도 똑같이 한쪽 눈썹을 추켜세운다. "더 많은 걸 알아낼 생각이에요."

벳시는 물컵을 들고 스테이션왜건이 있는 곳으로 돌아간다. 어깨를 펴고 턱을 내밀고 걷는 걸 보니 남자가 자기를 지켜보고 있다는 걸 알고 있다. 그리고 그걸 즐기고 있다. 그녀는 남자에게 컵을 건네고 지붕으로 올라가 옆에 앉는다.

"누가 왔어?" 남동생 앨이 뒷문으로 들어와 해진 천에 손을 닦는다. 나는 동생이 다가오는 걸 알아차린 적이 없다. 조용하기가 꼭 여우 같다.

"벳시가 왔어. 어떤 남자아이랑 같이. 벳시 말로는 그 아이가 이 집을 그리려고 한대."

"왜 그러려고 하는데?"

나는 어깨를 으쓱한다. "사람들이 원래 희한하잖아."

"그렇긴 하지." 앨은 자기 흔들의자에 자리를 잡고 파이프와 담배를 꺼낸다. 그가 담배를 채우고 불을 붙이는 동안 우리 둘은 벳시와 남자아이를 창밖으로 힐긋대지만 짐짓 아닌 척한다.

잠시 후 남자아이가 차 지붕에서 내려와 종이 뭉치를 보닛 위에 내려놓는다. 그가 벳시에게 손을 내밀자 그녀가 그의 품속으로 미끄러져내려온다. 둘 사이의 열기가 내가 있는 이 멀리까지 느껴진다. 그들은 그 자리에 서서 대화를 나누고 잠시 후에 벳시가 그의 손을 잡아서 앞으로 당긴다. 맙소사, 그를 우리집으로 데리고 오려는 거다. 나는 순간 공포를 느낀다. 바닥에는 먼지가 굴러다니고 나는 지저분한 원피스 차림에다 머리는 부스스하다. 앨의 작업복은 진흙투성이다. 모르는 사람 눈에 어떻게 보일지 걱정하다니, 실로 오랜만이다. 하지만 둘이서 집을 향해 걸어오는 동안 벳시를 응시하는 남자아이를 보고 나는 걱정할 필요가 없음을 깨닫는다. 그의 눈에 보이는 것은 오로지 그녀뿐이다.

이제 그가 방충문의 문턱 앞에 다다랐다. 긴 팔다리를 흐느적거리며 미소 띤 얼굴로 활력을 뿜어내는 남자아이의 존재가 현관을 가득 채운다. "집이 참 멋지다." 그는 방충문을 열고 고개를 길게 빼서 위아래와 좌우를 살피며 중얼거린다. "여기는 빛이 특별해."

"크리스티나, 앨버로. 이쪽은 앤드루예요." 벳시가 뒤에서 따라 들어오며 소개한다.

남자는 고개를 숙인다. "초대도 없이 불쑥 찾아와서 죄송합니다. 그런데 벳시가 정말로 괜찮다고 해서요."

"우리가 격식을 따지는 사람들은 아니라." 내 동생이 말한다. "나는 앨이라고 한다."

"저랑 비슷하시네요. 저는 그냥 앤디라고 불러주세요."

"그래, 나는 크리스티나야." 내가 말한다.

"나는 크리스티라고 부르지만 그렇게 부르는 사람은 나밖에 없지." 앨이 덧붙인다.

"그럼 크리스티나 아주머니라고 부를게요." 앤디가 말하고 내게 시선을 둔다. 인간적인 호기심만 느껴질 뿐 나를 판단하는 기미는 없다. 그럼에도 불구하고 그의 뜨거운 관심에 내 얼굴이 빨개진다.

나는 앨을 돌아보며 얼른 말한다. "『보물섬』이라는 책 기억하지? 벳시 말로는 이 아이 아버님이 그 책의 삽화를 그리셨대."

"그래?" 앨의 표정이 환해진다. "아직까지 그 삽화가 기억나는데. 그 책을 열몇 번은 읽었을 거야. 생각해보니 처음부터 끝까지 읽은 책이 그것뿐인 것 같기도 하네. 해적이 되고 싶었거든."

앤디가 활짝 미소를 짓는다. 치아가 영화배우처럼 큼지막하고 하얗다. "저도요. 사실은 지금도 그래요."

벳시는 특대 사이즈 스케치북을 들고 있다. 이제 막 아이를 낳은 엄마처럼 자랑스러워하며 그걸 들고 와서 내게 보여준다. "아까 그 짧은 시간 동안 앤디가 뭘 그렸는지 보세요, 아주머니."

종이가 아직 축축하다. 앤디의 대담한 손길은 우리집을 두 개의 박공이 바다를 바라보고 있는 하얀색 상자로 둔갑시켜놓았다. 초록색 노란색 들판에서는 뻣뻣한 풀잎이 여기저기서 고개를 내밀고 있다. 전나무는 검은색에 가깝고 일필휘지로 묘사한 산은 자주색이며 구름은 희미하다. 뚝딱 탄생한 수채화지만―그 사이로 바람이 부는 듯 붓놀림에서 움직임이 느껴진다―누가 봐도 뭘 제대로 알고 그린 그림이다. 창문은 희미한 흔적에 불과하지만 그래도 안이 들여다보일 것만 같은 묘한 분위기를 풍긴다. 집은 땅속에 뿌리를 내린 듯하다.

"아직은 스케치 단계예요." 앤디가 내 옆으로 다가오며 말한다. "추가로 작업할 생각이에요."

"살기 좋은 집 같아 보이는데." 내가 말한다. 앨과 내가 실제로 사는 집을 동화판으로 각색한 듯 포근하고 아늑해 보이고, 퇴락의 흔적은 파란색과 갈색의 얼룩으로만 묘사되어 있다.

앤디가 웃음을 터뜨린다. "그래요?" 두 손가락으로 종이를 훑으며 말한다. "이렇게 선이 황량한걸요. 이 집에는 뭔가가 있어요…… 여기서 사신 지 오래됐나요?"

나는 고개를 끄덕인다.

"그런 것 같더라고요. 사연이 많은 곳이라는 게 느껴져요. 이 집은 백 년 동안 그려도 절대 싫증날 일이 없겠어요."

"오, 싫증날걸." 앨이 말한다.

우리는 다 같이 웃음을 터뜨린다.

앤디가 손뼉을 친다. "아 참, 오늘이 제 생일이에요."

"진짜?" 벳시가 묻는다. "나한테는 아무 얘기 없었잖아."

그는 그녀를 팔로 감싸고 자기 쪽으로 끌어당긴다. "얘기 안 했나? 너는 이미 나에 대해서 모든 걸 아는 줄 알았는데."

"아직은 아니라고." 그녀가 말한다.

"지금 몇 살이지?" 내가 그에게 묻는다.

"스물둘이요."

"스물둘! 벳시는 이제 겨우 열일곱이야."

"어른스러운 열일곱이죠." 벳시가 뺨을 붉히며 불쑥 내뱉는다.

앤디는 재미있어하는 눈치다. "뭐, 저는 나이는 전혀 상관없어요. 어른스러운 거니 하는 것도요."

"어떤 식으로 자축할 생각이니?" 내가 묻는다.

그가 벳시를 보며 한쪽 눈썹을 추켜세운다. "이미 자축하고 있는걸요."

몇 주 동안 감감무소식이던 벳시가 부엌으로 달려들어온다. 부엌을 가로지르는 걸음걸이가 마치 춤을 추는 것 같다. "크리스티나 아주머니, 우리 약혼했어요." 그녀가 내 손을 으스러져라 잡으며 숨가쁘게 말한다.

"약혼이라고?!"

그녀가 고개를 끄덕인다. "믿기세요?"

나는 아직 너무 어린 나이가 아니냐고, 그렇게 얘기하려고 한다. 서로 제대로 알지도 못하는데 너무 성급한 게 아니냐고……

그러다가 내 삶을 떠올린다. 그동안의 세월을, 아무 소득도 없었던 기다림을 떠올린다. 나는 그 둘이 함께 있는 모습을 보았다. 둘 사이에 튀던 불꽃을 보았다. 너는 이미 나에 대해서 모든 걸 아는 줄 알았는데. "그럼." 나는 대답한다.

열 달 뒤에 엽서가 한 장 배달된다. 벳시와 앤디가 결혼을 한다. 둘이 여름을 지내러 메인으로 돌아왔을 때 나는 벳시에게 결혼 선물을 건넨다. 꽃을 수놓은, 직접 만든 베갯잇 두 장이다. 프랑스 매듭으로 데이지를, 작은 버튼홀 스티치로 잎사귀를 수놓느라 사흘이 걸렸다. 뻣뻣하고 마디가 굵어진 손이 예전 같지 않다.

벳시는 자수를 유심히 들여다보더니 베갯잇을 품에 꼭 끌어안는다. "보물처럼 간직할게요. 완벽한 작품이에요."

나는 미소를 지어 보인다. 완벽한 작품은 아니다. 선은 비뚤배뚤하고, 삐죽빼죽한 꽃잎은 너무 크고, 천에는 바늘땀을 뜯어낸 흔적이 희미하게 남았다.

벳시는 예전부터 마음씨가 고왔다.

그녀가 뉴욕주 북쪽에서 치른 결혼식 사진을 보여준다. 앤디는 턱시도를 입었고 벳시는 머리에 치자꽃을 꽂고 하얀색 드레스를 입었는데, 둘 다 행복에 겨워 얼굴이 환히 빛난다. 벳시가 말하길 닷새 동안 신혼여행을 갔다가 차를 타고 가까운 친구의 결혼식이 있는 캐나다로 가는 줄 알았는데 앤디가 다시 일을 시작해야겠다고 했단다. "결혼 전에 그럴 거라고 하기는 했어요." 그녀가 말한다. "하지만 그전까지는 설마 했죠."

"그래서 혼자 다녀왔니?"

그녀는 고개를 젓는다. "곁에 같이 있었어요. 저도 알았다고 했죠. 일이 제일 중요해요."

부엌 창밖으로 집을 향해 들판을 터벅터벅 걸어오는 앤디가 보인다. 한 발을 움찔 앞으로 내밀고 다른 쪽 발을 끌며 뒤뚱뒤뚱 걷는다. 전에는 알아차리지 못했다니 신기한 일이다. 물감이 점점이 튄 부츠와 팔꿈치까지 걷어올린 하얀 면셔츠 차림의 그가 겨드랑이에 스케치북을 끼고 문 앞에 다다른다. 단호하게 두 번 노크하고 방충문을 연다. "벳시는 볼일이 있대요. 저 여기 좀 있어도 될까요?"

나는 아무렇지도 않은 척하지만 가슴이 두근거린다. 앨이 아닌 다른 남자와 단둘이 있었던 게 언제였는지 기억도 나지 않는다. "마음대로 하렴."

그가 안으로 들어온다.

내 기억보다 키도 크고 더 잘생겼다. 머리칼은 옅은 갈색이고 파란 눈은 상대를 꿰뚫어보는 듯하다. 고개를 홱 젖히고 발을 옮기는 모습이 왠지 모르게 말 같은 분위기를 풍긴다. 펄떡거리며 튕기는 느낌이다.

'조가비 방'에서 그는 벽난로 선반을 손으로 훑어 먼지를 떨어낸다. 어머니가 쓰던 금이 간 하얀 찻주전자를 집어 이리저리 돌려본다. 할머니가 남긴 앵무조개를 오므린 손에 쥐고 할머니가 보던 까만색 낡은 성경책의 얇은 책장을 휘리릭 넘긴다. 물에 빠져 죽은 가엾은 앨버로 삼촌의 선실용 사물함은 몇십 년 동안 아무도 열어본 적이 없다. 그가 사물함 뚜껑을 들어올리자 끼익하는 소리가 난다. 앤디는 조가비 액자에 넣은 에이브러햄 링컨의 초상화를 집어서 유심히 들여다보고는 다시 내려놓는다. "이 집에서는 과거가 느껴져요." 그가 말한다. "세대 간의 층이 느껴져요. 『일곱 박공의 집』이 생각나요. '인류의 다양한 경험이 워낙 수도 없이 그곳을 거쳐간 터라 바로 그 목재에서 심장의 습기 같은 것이 스며나왔다.'"

들어본 문장이다. 아주 오래전에 학교에서 그 소설을 읽은 기억이 난다. "우리는 사실 너새니얼 호손이랑 친척이야." 나는 그에게 얘기한다.

"재미있네요. 아, 그래…… 하손." 그는 창가로 다가가 들판 쪽을 손짓한다. "저기 있는 묘지에서 묘비를 봤어요. 호손이 메인주에서 잠깐 산 적이 있지 않나요?"

"그건 잘 모르겠다." 나는 실토한다. "우리 선조는 매사추세츠주에서 건너왔어. 거의 이백 년 전에. 세 남자가 한겨울에."

"매사추세츠주 어디에서요?"

"세일럼."

"왜 그곳을 떠나왔는데요?"

"우리 할머니 말로는 친척인 존 호손과 엮여서 이름이 더럽혀지는 것을 피해서 왔다던데. 그가 당시 마녀재판의 수석 재판관이었대. 메인주로 건너와서 성의 맨 끝에 달린 'e'를 없앴지."

"그와 한 핏줄이라는 걸 모르게요?"

나는 어깨를 으쓱한다. "아마도."

"그러고 보니 기억이 나네요." 그가 말했다. "너새니얼 호손도 세일럼을 등졌고 성의 철자를 바꿨잖아요. 하지만 그의 작품은 대부분 자기 집안의 내력을 재창조한 것들이었어요. 그러니까 아주머니 집안의 내력이었겠죠. 그건 자기 안의 악한 근성은 부인하면서 남들의 악한 근성을 뿌리 뽑겠다고 작심한 사람들을 향한 도덕적인 우화들이었죠."

"실제로," 나는 그에게 말한다. "사형선고를 받고 교수대에서 올가미가 걸리길 기다리던 마녀가 저주를 내뱉었다는 전설이 있어. '주님께서 존 호손의 집안에 복수해주시리라.'"

"그러니까 아주머니의 집안은 저주를 받았군요!" 그가 기뻐하며 외친다.

"그럴지도 모르지. 누가 알겠니? 우리 할머니는 그 세 남자가 세일럼에서 마녀를 데려왔다고 하셨지. 마녀들이 들락거릴 수 있게 부엌과 헛간 사이의 문을 열어놓으셨고."

그가 조가비 방을 두리번거리며 묻는다. "아주머니는 어떻게 생각하세요? 그게 진짜일까요?"

"마녀를 본 적은 없어." 나는 그에게 말한다. "하지만 나도 그 문은 열어놓지."

한 집안의 가족사에서 어떤 이야기들은 시간의 흐름과 더불어 기정사실이 된다. 그 이야기들은 한 세대에서 다음 세대로 전수되며 실체를 획득하고 의미를 갖춘다. 그것들을 걸러서 사실과 억측을, 그럴듯한 부분과 말도 안 되는 부분을 분리하는 법을 터득해야 한다.

내가 아는 게 있다면 이것이다. 가끔 가장 믿기지 않는 이야기가 진실일 때도 있다는 것.

1896~1900년

어머니가 내 이마에 물기를 짠 수건을 얹는다. 차가운 물이 관자놀이를 타고 베개로 떨어지고 나는 고개를 돌려서 물기를 문질러 없앤다. 어머니의 회색 눈을 올려다본다. 근심 걱정으로 눈을 찌푸려 미간에 주름이 잡혀 있다. 오므린 입가에는 잔주름이 패어 있다. 나는 그 옆에 서 있는, 이제 두 살이 된 남동생 앨버로를 쳐다본다. 심각한 표정에 두 눈은 휘둥그레져 있다.

어머니가 흰 찻주전자의 물을 유리잔에 따른다. "마셔라, 크리스티나."

"아이를 보고 좀 웃어주렴, 케이티." 트리피나 할머니가 말한다. "공포는 전염되는 법이다." 할머니가 앨버로를 밖으로 데리고 나가고, 어머니는 입으로만 미소를 지으며 내 손을 잡는다.

나는 세 살이다.

뼈가 쑤신다. 눈을 감자 추락하는 것 같은 기분이 든다. 물속에 잠기는 것 같은 것이, 아주 불쾌하지만은 않다. 눈꺼풀 뒤로 자주 색과 적갈색이 보인다. 얼굴이 너무 뜨거워서 내 뺨에 닿는 어머니의 손이 얼음장처럼 차다. 나는 나무 타는 냄새와 빵 굽는 냄새를 크게 들이마시고 물속을 부유한다. 집이 삐걱삐걱 움직인다. 다른 방에서 코고는 소리가 들린다. 뼈가 쑤시는 느낌 때문에 나는 다시 수면으로 올라온다. 눈을 떠도 아무것도 보이지 않지만 어머니가 옆에 없다는 건 알 수 있다. 한 번이라도 온기를 느낀 적 있나 싶게 어찌나 추운지. 고요한 방안에서 이가 요란하게 맞부딪친다. 내가 끙끙대는 소리가 들리는데, 다른 사람한테서 나는 소리 같다. 언제부터 그런 소리를 내고 있었는지 모르겠지만 통증으로부터 관심을 돌려 진정시키는 효과가 있다.

이불이 들린다. 할머니가 말한다. "착하지, 크리스티나, 쉿. 내가 왔다." 할머니는 두툼한 플란넬 잠옷 차림으로 살며시 침대로 들어와 내 옆에 눕더니 나를 끌어당긴다. 나는 할머니 다리의 굴곡 안에 자리를 잡는다. 할머니의 젖가슴이 베개처럼 내 머리를 받치고, 살이 많아서 푹신한 팔이 내 몸을 받친다. 할머니가 오한이 든 내 팔을 쓸어주고 나는 탤컴파우더와 아마유와 베이킹소다 냄새를 풍기는 따뜻한 고치 안에서 잠이 든다.

나는 기억이 닿는 먼 옛날부터 할머니를 마메이라고 불렀다. 그건 할머니가 할아버지 샘 하손 선장과 함께 수없이 떠난 여행길에 들른 서인도제도에서 자라는 나무의 이름이다. 마메이 나무는 몸통이 짧고 굵으며, 몇 안 되는 가지에는 뾰족한 초록 잎이 돋고, 그가지 끝에는 손처럼 생긴 흰 꽃이 핀다. 나무의 꽃은 일 년 내내 피고 열매는 저마다 다른 시기에 영근다. 두 분이 세인트루시아섬에서 여러 달을 지내는 동안 할머니는 그 열매로 잼을 만들었다. 그 잼에서는 너무 익은 산딸기 맛이 난다. "익으면 익을수록 달콤해지지. 나처럼." 할머니가 말했다. "나를 할머니라고 부르지 마라. 마메이가 딱 좋으니까."

가끔 내가 찾아보면 할머니는 조가비 방에 혼자 앉아 창밖을 내다보고 있다. 조가비 방은 6대조부터 선원들이 전 세계를 항해하며 사물함에 넣어서 들고 온 보물을 전시하는 곳이다. 나는 할머니가 내가 태어나기 일 년 전 이 집에서 세상을 떠난 할아버지를 그리워하는 중이라는 걸 안다. "평생의 사랑을 만나는 건 끔찍한 일이란다. 크리스티나." 할머니가 말한다. "그 사람이 사라지면 빈자리가 너무 크게 느껴지거든."

"저희가 있잖아요." 내가 말한다.

"나는 조가비 방의 모든 조가비를 합한 것보다 네 할아버지를 더 사랑했어." 할머니가 말한다. "들판의 모든 풀잎을 합한 것보다 더 사랑했단다."

우리 할아버지는 할아버지의 아버지와 할아버지처럼 선상의 급사로 바다생활을 시작해 선장이 되었다. 할아버지는 할머니와 결혼한 뒤 할머니를 데리고 다니며 메인에서 필리핀, 호주, 파나마, 버진제도로 얼음을 공수하고 브랜디, 설탕, 향신료, 럼주를 가득 싣고 돌아왔다. 할머니가 들려주는 두 분의 이국적인 여행기는 집안의 전설이 되었다. 할머니는 아들 셋에 딸 하나까지 데리고 수십 년 동안 할아버지를 따라다녔지만 남북전쟁이 극에 달하자 할아버지가 다른 가족은 집에 머물러 있도록 했다. 남부연합의 사나포선이 사냥감을 찾아다니는 해적처럼 동부 해안을 오르내렸고, 어떤 배도 그 위협에서 자유로울 수 없었다.

하지만 할아버지의 예방조치는 가족을 안전하게 지켜주지 못했다. 아들 셋이 모두 단명한 것이다. 한 명은 성홍열로 잃었고, 할아버지와 이름이 같았던 네 살의 새미는 샘 선장이 바다에 나가 있던 어느 해 10월에 물에 빠져 죽었다. 할머니는 3월까지 그 소식을 차마 전하지 못했다. "사랑하는 우리 아들이 이젠 이 세상에 없어요." 할머니는 이렇게 썼다. "이 편지를 쓰는 동안에도 눈물이 앞을 가려요. 제 어미한테 소식을 전하러 달려간 어린 남자애 말고는 그 아이가 물에 빠지는 걸 본 사람조차 없었어요. 삶의 활력을 잃었어요. 여보, 내 상심을 말로 하느니 당신이 상상하는 편이 더 빠를 거예요." 그리고 십사 년 뒤에 아직 십대였던 아들 앨버로가 케이프코드 연안에서 스쿠너* 선원으로 일하다가 폭풍에 휩쓸려 뱃전에서 추락했다. 그의 부고는 전신으로, 직설적이고 인간미라고는 없이 전해졌다. 시신은 끝내 발견되지 않았다. 그가 뚜껑에 정교하게 직접 무늬를 새긴 선실용 사물함이 몇 주 뒤 하손곶에 도착했다. 할머니는 참담한 심정을 달래며, 목둘레가 깊게 파이고 후프 스커트를 입은 처녀들의 윤곽을 손끝으로 몇 시간이고 하염없이

---

* 돛대가 두 개 이상인 범선.

어루만졌다.

내 방은 고요하고 환하다. 마메이가 코바늘로 떠준 레이스 커튼을 통과한 빛이 바닥에 복잡한 무늬를 드리운다. 먼지가 슬로모션으로 떠다닌다. 나는 침대에 누운 채 이불 속에서 두 팔을 든다. 아프지 않다. 다리를 움직이자니 겁이 난다. 나았다는 희망이 들까봐 겁이 난다.

남동생 앨버로가 문손잡이에 매달려 방안으로 휙 들어온다. 나를 멍하니 바라보다가 딱히 누구에게랄 것도 없이 외친다. "누나가 깼어요!" 동생은 나를 한참 동안 빤히 쳐다보다가 문을 닫는다. 앨버로가 일부러 쿵쾅거리며 계단을 내려가는 소리에 이어 어머니와 할머니의 목소리, 멀리 부엌에서 냄비 부딪치는 소리가 들리고 나는 다시 잠이 든다. 그다음에 정신을 차려보니 앨이 "일어나, 게으름뱅이"라고 말하며 거미원숭이 같은 손으로 내 어깨를 잡아 흔들고, 어머니가 산만한 배를 내밀고 느릿느릿 방으로 들어와 침대 옆의 동그란 참나무 테이블에 쟁반을 내려놓고 있다. 오트밀 죽과 토스트와 우유다. 아버지가 어머니의 뒤에서 어른거린다. 얼마 만인지 모르겠지만 처음으로 허기일 게 분명한 복통이 느껴진다.

어머니가 진심어린 미소를 지으며 내 머리를 베개 두 개로 받쳐주고 나를 일으켜 앉힌다. 오트밀을 숟가락으로 떠서 먹이고 내가 삼킬 때까지 기다린다. 앨이 말한다. "누나는 아기도 아닌데 왜 먹여줘요?" 어머니는 조용히 하라고 말하지만 웃는 동시에 울고 있고, 눈물이 뺨을 타고 흘러내려 잠깐 앞치마로 얼굴을 훔쳐야 한다.

"왜 울어요, 엄마?" 앨이 묻는다.

"네 누나가 곧 괜찮아질 거니까."

나는 어머니가 이렇게 얘기한 걸 기억하지만, 오랜 시간이 지난 다음에야 그 말에 담긴 뜻을 이해한다. 어머니는 내가 괜찮아지지 않을 줄 알고 걱정한 것이었다. 다들 두려워하고 있었다. 앨버로와 나와 뱃속의 아기만 각자 자라느라 바빠서 어떤 식으로 나쁜 일이 일어날 수 있는지 몰랐다. 하지만 그분들은 알았다. 할머니는 자식 셋을 앞세워 보냈다. 유일하게 살아남아 애수로 얼룩진 어린 시절을 보낸 어머니는 바다에 빠져 죽은 형제의 이름을 맏아들에게 지어주었다.

하루, 또 하루가 지나고, 일주일이 지난다. 나는 죽지 않겠지만 뭔가가 이상하다. 침대에 누워 있는데, 물기를 짜서 널어놓은 걸레가 된 기분이다. 일어나 앉을 수가 없고 고개만 간신히 돌릴 수 있다. 다리도 움직일 수가 없다. 할머니가 코바늘 뜨갯감을 들고 내 옆 의자에 앉아서 테가 없는 안경 너머로 가끔 나를 바라본다. "그래, 아가. 쉬는 게 좋지. 차근차근 하면 돼."

"누나는 아가 아니에요." 앨이 말한다. 그애는 바닥에 엎드려 초록색 기관차를 밀고 있다. "나보다도 큰걸요."

"맞아, 누나는 다 컸지. 하지만 쉬어야 나을 수 있단다."

"쉬는 건 바보짓이에요." 앨이 말한다. 그애는 내가 다시 정상으로 돌아와 같이 축사까지 달리기 시합을 하고, 건초 더미 사이에서 숨바꼭질을 하고, 기다란 나뭇가지로 땅다람쥐 구멍을 쑤실 수 있기를 바란다.

나도 같은 생각이다. 쉬는 건 바보 같다. 이 좁은 침대와 그 위에 있는 작은 창문이 지긋지긋하다. 밖에 나가서 풀밭을 뛰어다니고 계단을 오르내리고 싶다. 잠이 들면 나는 두 팔을 뻗고 튼튼한 다리를 위아래로 흔들며 언덕을 달려내려간다. 풀잎이 종아리를 때리고, 나는 눈을 감고 태양을 향해 턱을 내민 채, 아무런 통증 없이 넘어지지 않고 수월하게 바다를 향해 간다. 그러다 침대 위에서 깨어나면 시트가 땀에 젖어 축축하다.

"저 어디가 잘못된 거예요?" 나를 뱅 둘러가며 새 시트를 매트리스에 끼우는 어머니에게 묻는다.

"너는 주님이 만드신 그대로인걸."

"주님은 나를 왜 이렇게 만드셨을까요?"

어머니는 눈꺼풀을 실룩인다. 눈을 깜빡거린다기보다 놀라서 한 번 감았다가 뜨고는 다시 한참 동안 질끈 감는다. 나도 알게 된 바, 뭐라고 하면 좋을지 모를 때 짓는 표정이다. "우리는 그분의 계획을 믿어야 한단다."

의자에서 코바늘로 뜨개질을 하는 할머니는 아무 말도 하지 않는다. 하지만 어머니가 땀에 젖은 시트를 들고 1층으로 내려가자 할머니가 말한다. "인생은 시련의 연속이란다. 너는 남들보다 일찍 그걸 배우고 있는 거야."

"하지만 왜 저만 그래야 해요?"

할머니가 웃음을 터뜨린다. "아가, 너만 그런 게 아니야." 할머니는 예전에 같이 지냈던 선원들 중에 나무 봉을 짚고 갑판을 쿵

쿵 때리며 다녔던 외다리와 게처럼 종종걸음을 칠 수밖에 없었던 곱사등이와 태어날 때부터 양손의 손가락이 여섯 개인 사람이 있었다고 얘기한다. (매듭을 얼마나 빨리 묶었는지 몰라!) 어떤 사람은 발이 양배추처럼 생겼고, 또 어떤 사람은 피부가 파충류처럼 비늘로 뒤덮였고, 한번은 길거리에서 몸이 붙은 쌍둥이를 본 적도 있고…… 할머니는 사람들이 온갖 종류의 심각한 문제를 안고 산다며, 제정신이 박힌 사람이라면 그걸 가지고 징징거리는 데 시간을 낭비하지 않는다고 말한다. "우린 저마다 감당해야 하는 짐이 있단다. 너는 이제 네 짐이 뭔지 알게 된 거야. 잘된 일이지 뭐냐. 앞으로 그것 때문에 놀랄 일이 없을 테니."

마메이는 샘 선장과 배를 타고 가다 폭풍으로 난파당해 금방이라도 부서질 듯한 뗏목에 몸을 맡긴 채 먹을 것도 거의 없이 추위에 떨며 단둘이서 망망대해를 떠돌았던 경험담을 들려준다. 해가 뜨고 지고, 뜨고 졌다. 식량과 식수가 점점 줄었다. 구조될 거라는 희망이 없었다. 할머니는 옷을 찢어서 노에 묶고 그 어설픈 깃발을 어찌어찌 똑바로 세웠다. 몇 주 동안 아무도 보이지 않았다. 그들은 소금기로 갈라진 입술을 핥고, 햇볕에 익은 눈꺼풀을 감고, 축복과도 같은 기절과 죽음이라는 당연한 운명에 몸을 맡겼다. 그런데 어느 날 황혼녘에, 수평선 위로 한 점처럼 등장한 배가 펄럭이는 누더기에 이끌려 그들에게로 직행했다.

"인간이 가질 수 있는 가장 중요한 덕목이 뭔가 하면, 굳은 의지와 악착같은 끈기지." 마메이가 말한다. 할머니는 내가 할머니한테서 이런 덕목들을 물려받았다고, 난파당해 모든 희망이 사라졌을 때와 세 아들의 죽음으로 심장이 모래에 파묻힌 조가비처럼 부서지는 것 같았을 때도 살아남은 자신처럼 나도 무슨 일이 닥치든 계속 살아갈 방법을 찾을 거라고 한다. 그러고는 대부분의 사람들은 나처럼 강인한 자질을 물려받는 행운을 타고나지 못했다고 말해준다.

"열이 나기 전까지는 멀쩡했어요." 내가 쿠싱의 진찰대에 앉아 있는 동안 어머니가 힐드 의사 선생님에게 말한다. "그런데 지금은 거의 걷지를 못하네요."

그는 여기저기 찌르고 쑤시고 피를 뽑고 체온을 잰다. "이제 여기를 좀 봅시다." 그가 내 다리를 잡으며 말한다. 손가락이 피부를 더듬으며 다리를 거쳐 발뼈 쪽으로 내려간다. "그러게요." 그가 중얼거린다. "울퉁불퉁하네요. 희한하게도." 그는 내 발목을 잡고 어머니에게 말한다. "뭐라고 단정하기는 어렵지만 발이 변형됐어요. 바이러스가 원인이 아닐까 싶습니다. 보조기를 써보면 어떨까요? 효과를 장담할 수는 없지만 한번 시도해볼 만은 합니다."

어머니는 입을 굳게 다문다. "대안은 뭔가요?"

힐드 선생님은 듣는 우리 못지않게 얘기하는 자신도 힘들다는 듯 요란하게 움찔거린다. "음, 그게 문제입니다. 대안이 없어 보인다는 게요."

힐드 선생님이 내 다리에 채운 보조기는 중세시대에 쓰이던 고문 기구처럼 생겼다. 그것 때문에 내 살갗이 찢어져 피투성이가 되고, 나는 아파서 울부짖는다. 일주일을 이렇게 지내다 어머니가 나를 힐드 선생님에게 다시 데려가 보조기를 제거하게 한다. 어머니는 벌겋게 곪은 상처로 뒤덮인 내 다리를 보고 놀라서 숨을 몰아쉰다. 지금까지도 내 다리에는 그 흉터가 남아 있다.

나는 평생 의사를 경계하게 될 것이다. 힐드 선생님이 마메이나 임신한 어머니나 기침하는 아버지를 진찰하러 왕진을 올 때마다 나는 다락이나 축사나 헛간에 있는 구멍 네 개 뚫린 변소에 숨는다.

바닥에 송판이 깔린 부엌에서 나는 일직선으로 걷는 연습을 한다.

"외줄타기하는 것처럼 한 발씩 내디뎌봐." 어머니가 지시한다. "이음새를 따라서."

균형을 잡기가 힘들다. 발의 바깥쪽으로만 걸을 수 있기 때문이다. 앨은 이게 정말 서커스단의 외줄타기였다면 내가 벌써 열댓 번은 떨어져서 죽었을 거라고 한다.

"천천히 걸어." 어머니가 말한다. "이게 무슨 시합도 아니고."

"시합 맞아요." 앨이 말한다. 그는 양말을 신은 조그만 발을 정확히 움직여 일직선으로 난 이음새를 따라 사뿐하게 걷고 순식간에 저쪽 끝에 도착한다. 그가 두 팔을 위로 든다. "내가 이겼다!"

나는 일부러 비틀거리고 넘어지면서 동생의 다리를 발로 찬다. 앨은 꼬리뼈로 세게 엉덩방아를 찧는다. "누나 옆에서 얼쩡대지 마, 앨버로." 어머니가 야단친다. 동생은 바닥에 대자로 뻗은 채 나를 노려본다. 나도 마주 노려본다. 몸통이 가늘고 튼튼한 앨은 기다란 쇳조각이나 어린나무의 줄기 같다. 나보다 장난기가 심해서 암탉이 낳은 달걀을 훔치거나 젖소 위에 올라타려고 한다. 뱃속에서 단단하고 뾰족한 뭔가가 울컥하고 치솟는 게 느껴진다. 질투심이다. 분노다. 그리고 다른 게 하나 또 있다. 예기치 못했던 복수의 희열이다.

내가 하도 자주 넘어지자 어머니가 팔꿈치와 무릎에 면 패드를 덧대어준다. 아무리 연습해도 다리를 제대로 움직일 수가 없다. 하지만 결국에는 축사에서 숨바꼭질을 하고 마당에서 닭을 쫓아다닐 수 있을 만큼 두 다리는 튼튼해진다. 내가 다리를 절어도 앨은 상관하지 않는다. 자기랑 같이 나무에 올라가고, 늙은 갈색 노새 댄디의 등에 올라타고, 해산물 파티를 벌이게 땔감을 주워오자고 나를 끌고 다닌다. 어머니는 저리 가라고, 누나를 좀 가만히 두라고 계속 야단치고 조용히 시키지만 마메이는 아무 말도 하지 않는다. 나한테 좋은 일이라고 생각한다는 걸 알 수 있다.

나는 빗방울이 지붕을 때리는 소리와 부모님 방에서 나는 요란한 소리를 듣고 한밤중에 눈을 뜬다. 어머니가 끙끙대고 마메이가 중얼거리는 소리다. 1층 현관에서 아버지와 누군지 모르는 두 사람의 목소리가 들린다. 나는 침대에서 일어나 모직 치마를 입고 두툼한 양말을 신은 다음 난간에 매달려 반은 넘어지고 반은 미끄러지며 계단을 내려간다. 아버지가 부스스한 머리 위로 스카프를 쓴, 얼굴이 벌겋고 퉁퉁한 여자와 함께 계단 앞에 서 있다.

"다시 들어가서 자라, 크리스티나." 아버지가 말한다. "아직 한밤중이야."

"아가들은 시계 같은 건 안중에도 없지요." 여자는 밋밋한 어조로 말한다. 그녀는 어깨를 으쓱여 외투를 벗어 아버지에게 건넨다. 그녀가 좁은 계단을 오소리처럼 느릿느릿 올라가는 동안 나는 난간에 매달린다.

그녀를 따라 기어올라가 어머니의 방문을 연다. 마메이가 침대 위로 허리를 숙이고 있다. 기둥이 네 개 달린 높은 마호가니 침대라 거의 아무것도 보이지 않지만 어머니의 신음소리가 들린다.

마메이가 나를 돌아본다. "이런, 아가야." 할머니가 당황한 목소리로 말한다. "여긴 네가 있을 곳이 아니야."

"괜찮아요. 여자아이는 언젠가 세상의 이치를 배워야 하잖아요." 오소리가 말하고는 내 쪽으로 홱 고개를 돌린다. "좀 도와주겠니? 아버지에게 가서 물을 끓여달라고 말씀드려."

나는 몸부림치며 괴로워하는 어머니를 바라본다. "어머니 괜찮으신 거예요?"

오소리가 인상을 쓴다. "너희 어머니는 아무 문제도 없단다. 내 말 못 들었니? 물을 끓이라고. 아기가 태어날 거야."

내가 부엌으로 내려가 말을 전하자 아버지는 시커먼 무쇠 글렌우드 레인지에 물이 든 냄비를 얹는다. 부엌에서 기다리는 동안 시간을 죽이기 위해 아버지가 내게 블랙잭과 크레이지에이트 카드놀이를 가르쳐준다. 바람이 비를 몰고 우리집을 때리는 소리가 마치 속이 빈 막대 안에서 마른 콩이 내는 소리 같다. 아침이 다 지나기 전에 건강한 아이의 카랑카랑한 울음소리가 들린다.

"이 아이 이름은 새뮤얼이야." 내가 침대 위 어머니 옆으로 올라가자 어머니가 말한다. "완벽하게 생겼지?"

"그러게요." 나는 그렇게 대답하지만, 아이가 오소리처럼 얼굴이 시뻘겋다고 생각한다.

"자기 할아버지 새뮤얼 같은 탐험가가 될지도 몰라." 마메이가 말한다. "바다를 사랑했던 모든 새뮤얼처럼."

"그럴 일은 없을 거예요." 어머니가 말한다.

"바다를 사랑했던 모든 새뮤얼이 누구예요?" 나중에 어머니와 아기가 낮잠을 자고 마메이와 둘이 조가비 방에 남았을 때 내가 묻는다.

"네 조상들이란다. 네가 여기 존재하는 이유." 할머니가 말한다.

할머니는 1743년에 매사추세츠 출신의 세 남자—새뮤얼과 윌리엄 하손 형제와 윌리엄의 아들 알렉산더—가 한겨울에 마차 세 대에 짐을 싣고 메인주로 긴 여행을 떠나게 된 이야기를 들려준다. 그들은 이천 년 동안 인디언 부족의 집결지로 쓰였던 외딴 반도에 다다르자 향후 몇 달간 눈과 얼음과 진창을 견딜 튼튼한 천막을 동물 가죽으로 만들었다. 일 년 사이에 나무를 베어 통나무집을 세 채 지었다. 그리고 메인주 쿠싱의 이 곳에 '하손'이라는 이름을 붙였다.

오십 년 후 알렉산더의 아들이자 선장이었던 새뮤얼이 통나무집 터에 2층 목조주택을 세웠다. 새뮤얼은 두 번 결혼했고 그 집에서 여섯 아이를 키웠고 칠십대에 사망했다. 그의 아들 에런 역시 선장이었는데 두 번 결혼했고 이 집에서 여덟 아이를 키웠다. 에런이 죽고 부인이 집을 팔겠다고 하자(빵집과 포목점이 가까운 읍내에서 좀더 간소하게 살고 싶어서였다) 바다를 사랑했던 하손 집안의 남자들은 경악했다. 오 년 뒤에 에런의 아들 새뮤얼 4세가 집을 다시 사들여 가족의 터전을 되찾았다.

새뮤얼 4세가 우리 할아버지였다.

이 선장들은 모두 몇 달씩 집에 머무르다가 바다로 나갔다. 그들의 수많은 아내와 아이들은 좁은 계단을 오르내렸다. 마메이는 그들의 유령이 오늘날까지 하손곶의 이 오래된 집을 가득 채우고 있다고 말한다.

살고 있는 세상이 작으면 구석구석 모르는 곳이 없게 된다. 어둠 속에서도 더듬어 갈 수 있다. 잠결에도 돌아다닐 수 있다. 바위 투성이 해변과 그 너머 바다를 향해 비탈져 내려가는 억센 풀밭, 숨어서 놀기 좋은 구석진 곳들과 갈라진 틈들. 항상 따뜻한, 검댕으로 시커메진 부엌 안의 요리용 화덕. 마술사의 손수건처럼 활짝 펼쳐진, 창턱의 빨간 제라늄 꽃. 헛간 안의 들고양이. 소나무와 해초 냄새, 오븐에서 익어가는 닭고기와 갓 쟁기질한 흙의 냄새를 풍기는 공기.

어느 여름날 오후, 어머니가 부엌에 걸린 물때표를 보더니 말한다. "신발 신어라, 크리스티나. 보여줄 게 있어."

나는 갈색 브로그의 끈을 매고 어머니를 따라 들판을 가로질러 맴맴거리는 매미와 갑작스럽게 하강하는 까마귀를 지나 가족 묘지로 들어간다. 내 다리가 많이 튼튼해져서 거의 보조를 맞출 수 있다. 나는 얼룩덜룩 이끼로 뒤덮이고 반쯤 무너진 묘비들을 손끝으로 훑는다. 뭐라고 새겨져 있는지 잘 알아볼 수가 없다. 가장 오래된 것은 조앤 스몰리 하손의 묘비다. 그녀는 서른세 살이던 1834년에 일곱 아이의 어머니로 세상을 떠났다. 어머니의 설명에 따르면 그녀는 아이들이 무덤을 자주 찾아올 수 있게 몇 킬로미터 떨어져 있는 읍내의 공동묘지가 아니라 집터에 묻어달라고 죽기 전에 남편에게 부탁했다고 한다.

그녀의 아이들 역시 이곳에 묻혔다. 그녀 이후로 하손 집안 사람들은 모두 여기에 묻혔다.

우리는 세인트조지강이 머스캉거스만과 그 너머의 대서양으로 흘러들어가는, 키싱만과 메이플주스만 위편의 하손곶 남쪽 해변으로 발걸음을 옮긴다. 그곳에는 아주 오래된 조가비 더미가 있는데, 어머니 말로는 오래전 그 곳에서 여름을 보냈던 아베나키 인디언의 흔적이라고 한다. 나는 우리집이 지어지기 전, 세 채의 통나무 집이 지어지기 전, 어떤 이주민에게도 발견되기 전에 이곳이 어떤 모습이었을지 상상해본다. 조가비를 찾아서 바위투성이 해변을 뒤지는 내 또래의 아베나키족 여자아이를 그려본다. 이 곳에 서면 바다로 나가는 길이 보인다. 그 아이는 수평선에 시선을 고정하고 쳐들어오는 침입자가 있는지 살폈을까? 그들이 도착하면 그녀의 인생이 어떻게 달라질지 알았을까?

썰물 때다. 나는 바위 위에서 비틀거리지만 어머니는 아무 말 없이 그저 걸음을 멈추고 기다려준다. 갯벌을 지나면 리틀섬이 나온다. 섬은 자작나무와 마른 풀로 덮인 4천 제곱미터 넓이의 황

무지다. 어머니가 그곳을 가리킨다. "저기로 갈 거야. 하지만 금방 나와야 해, 밀물이 들어서 발목 잡히기 전에." 가는 길은 바위에 자란 해초 때문에 미끈거리는 장애물 코스다. 나는 천천히 조심조심 걸어도 발을 헛디뎌 넘어지고 따개비 무더기에 손을 긁힌다. 신발 안이 축축하다. 어머니가 나를 흘끗 돌아본다. "일어나. 거의 다 왔어." 섬에 도착하자 어머니는 해변의 물기 없는 땅에 모직 담요를 펼친다. 배낭에서 두툼하게 썬 빵으로 만든 달걀 샌드위치와 오이, 구운 사과 케이크 두 조각을 꺼낸다. 어머니가 내게 샌드위치 절반을 건넨다. "눈을 감고 햇볕을 느껴봐." 어머니의 말에 나는 팔꿈치에 체중을 싣고 몸을 젖혀 하늘을 향해 턱을 들고 햇볕을 느낀다. 눈꺼풀이 따뜻해지고 눈앞이 노랗다. 우리 뒤에서 나무들이 뻣뻣하게 풀을 먹인 치맛단처럼 버스럭거린다. 공기는 소금기를 머금고 있다. "여기 말고 다른 데 갈 이유가 없잖니?"

우리는 샌드위치를 먹고 조가비를 줍는다. 연초록색 말미잘과 보는 각도에 따라 빛깔이 달라지는 자주색 홍합이다. "저것 좀 봐." 어머니가 작은 웅덩이에서 기어나와 바위를 가로지르는 게를 가리킨다. "온갖 생물이 여기 이곳에서 살고 있지." 어머니는 나름의 방식으로 항상 내게 뭔가를 가르쳐주려고 한다.

농장생활은 날씨와 끊임없는 전쟁을 벌이는 거나 다름없다고 어머니는 말한다. 집안까지 아수라장으로 변하지 않게 통제가 안되는 외부 상황은 밀쳐내야 한다. 농부들은 노새와 젖소와 돼지 들과 함께 흙속에서 일을 하니 집은 보호구역이 되어야 한다. 그렇지 않으면 우리도 짐승이나 다를 바 없게 된다.

어머니는 끊임없이 움직인다. 쓸고 닦고 문지르고 굽고 훔치고 씻고 시트를 넌다. 아침에는 헛간 뒤편에서 자라는 홉 덩굴에서 얻은 효모로 빵을 굽는다. 내가 1층으로 내려올 때쯤이면 항상 레인지 뒤편에 포리지 냄비가 놓여 있다. 나는 포리지 위에 덮인 얇은 막에 구멍을 내어 어머니 몰래 고양이에게 먹인다. 어떨 때는 퍽퍽한 귀리 비스킷과 삶은 달걀이 있다. 아기 샘은 한쪽 구석에 놓인 요람에서 자고 있다. 아침 설거지를 마치면 어머니는 푸짐한 점심 준비를 시작한다. 닭고기 파이 아니면 고기 찜 아니면 생선 스튜. 으깨거나 삶은 감자. 계절에 따라 신선하거나 깡통에 담긴 완두콩 아니면 당근. 먹다 남은 건 캐서롤이나 스튜로 둔갑해 저녁 식탁에 다시 올라온다.

어머니는 일하면서 노래를 부른다. 가장 즐겨 부르는 노래는 〈레드 윙〉인데, 인디언 처녀가 전쟁터로 떠난 용사를 애타게 기다리다가 시간이 지날수록 점점 실의에 빠진다는 가사다. 안타깝게도 그녀의 진정한 사랑은 죽임을 당한다.

> 오늘밤, 달빛이 아리따운 레드 윙을 비추고
> 산들바람은 한숨을 쉬고 밤새는 우짖노니
> 머나먼 그의 별 아래에서 그녀의 용사가 잠들어
> 레드 윙이 심장을 토할 듯이 울고 있기 때문이지.

어머니가 왜 그렇게 슬픈 노래를 좋아하는지 나로서는 이해가 잘 되지 않는다. 쿠싱에 있는 4번 윙 학교에서 우리 반을 가르치는 크롤리 선생님이 말하길, 그리스 사람들은 고통을 묘사한 예술 작품을 접하면 자기 인생이 좀더 행복하게 느껴진다고 생각했단다. 하지만 내가 이 얘기를 꺼내자 어머니는 어깨를 으쓱한다. "나는 그냥 멜로디가 좋아. 그 노래를 부르면 집안일을 후딱 끝낼 수 있거든."

식탁에 손이 닿을 만큼 키가 자라자 상 차리기는 즉시 내 몫이 된다. 어머니는 은도금된 무거운 식사도구를 어떤 식으로 놓으면 되는지 가르쳐준다.

"포크는 왼쪽이야. 왼-쪽. '포크'처럼 두 글자지. 포-크." 어머니는 말하며 포크를 접시 옆의 알맞은 자리에 놓는다. "나이프하고 숟가락은 오른쪽. 세 글자잖니. '나이프'하고 '숟가락'처럼 오-른-쪽. 나-이-프."

"숟-가-락." 내가 말한다.

"맞아."

"그리고 유리잔도요. 유-리-잔. 맞죠?"

"아이고, 똑똑해라!" 마메이가 부엌에서 외친다.

일곱 살이 되자 나는 얇은 리본처럼 감자 껍질을 벗기고, 무릎을 꿇고 엎드려서 송판 바닥을 표백제로 닦고, 헛간 뒤편의 홉 덩굴을 기르고 또 거기서 빵 만들 때 쓸 효모를 얻는다. 어머니가 바느질과 옷 수선하는 법을 가르쳐주고, 나는 말을 듣지 않는 손가락 때문에 실을 꿰기도 힘들지만 그래도 포기하지 않는다. 집게손가락을 찔려가며 실 끝이 다 해지도록 애를 쓰고 또 쓴다. "내 평생 저렇게 심지가 굳은 아이는 처음 본다." 마메이는 감탄하지만 어머니는 한마디도 하지 않는다. 내가 실을 꿰는 데 성공한 다음에야 이렇게 말한다. "크리스티나, 인간은 끈기 빼면 시체야."

마메이는 어머니와 달리 먼지를 걱정하지 않는다. 구석에 먼지가 쌓이거나 설거지를 하지 않고 둔들 뭐 그리 큰일이 벌어지겠느냐고 한다. 마메이는 케케묵은 물건들을 좋아한다. 오래된 글렌우드 레인지, 등나무 좌석이 나달나달해진 창가의 흔들의자, 손잡이가 부러진 부엌 한구석의 작은 톱. 마메이 말로는 물건마다 각기 사연이 있다.

마메이는 조가비 방의 벽난로 선반에 전시된 조가비들을, 마치 자신의 지식을 총동원해 유적지를 소생시키고 발굴하는 고고학자처럼 손끝으로 훑는다. 마메이가 아들 앨버로의 선실용 사물함에서 꺼낸 조가비들은 여행으로 너덜너덜해진 까만 성경책과 함께 가장 눈에 잘 띄는 자리를 차지하고 있다. 모양과 크기가 저마다 다른 은은한 색조의 조가비들이 바닥 가장자리와 창틀을 따라 일렬로 전시되어 있다. 조가비로 덮인 꽃병, 조각상, 광택 사진, 밸런타인데이 카드, 책 표지. 오래전에 어느 친척이 가리비 껍데기에 그린 이 집의 미니어처 풍경, 심지어 조가비로 테두리를 두른 링컨 대통령의 판화도 있다.

마메이는 마다가스카르 해변의 산호초 근처에서 주운 아끼는 조가비를 내게 건넨다. 길이가 20센티미터 정도 되고 놀라우리만치 무거우며 비단처럼 반질반질하고 적갈색과 흰색으로 된 위쪽의 얼룩말 무늬가 크림색 바닥까지 점점 옅어지며 이어지는 조가비다. "이건 체임버드 노틸러스chambered nautilus, 앵무조개라고도 한단 다." 마메이가 말한다. "'노틸러스'는 그리스어로 '선원'이라는 뜻 이지." 마메이는 바닷가에서 이 비슷한 깨진 조가비를 발견한 남 자가 등장하는 시가 있다고 얘기해준다. 나선형의 방들chambers이 점점 더 커지는 것을 보고 그는 안에 든 연체가 점점 자라면서 좁 아진 방에서 그다음 방으로 이동하는 모습을 상상한다.

"'좀더 위풍당당한 저택을 건설하라, 오 나의 영혼아/ 날쌘 계 절이 지나가고 있으니!'" 마메이는 두 손을 허공에 펼치며 읊는다. "'그대가 마침내 해방될 때까지/ 작아진 그대의 껍데기를 인생의 쉼없는 바닷가에 두고 떠날 때까지.' 이 시는 인간의 본성을 이야 기한단다. 네가 태어난 껍데기 안에 한동안 머물 수는 있지만 언젠 가 그 껍데기는 너무 작아지거든."

"그럼 어떻게 해요?" 나는 묻는다.

"좀더 큰 껍데기를 찾아야지."

나는 잠깐 생각해본다. "너무 작지만 그래도 계속 거기서 살고 싶으면요?"

마메이는 한숨을 쉰다. "어이구, 아가, 뭐 그렇게 어려운 질문을 하니? 용감하게 새집을 찾거나 깨진 껍데기 안에서 살아야겠지."

마메이는 정확히 일렬로 쏟아지는 폭포처럼 보이게 조그만 조 가비들을 겹쳐서 책 표지와 꽃병을 장식하는 방법을 가르쳐준다. 같이 조가비를 붙이며 마메이는 할아버지가 어떤 식으로 해적들의 뒤통수를 치고 성난 파도와 난파를 이겨내고 목숨을 건졌는지 무용담을 들려준다. 모든 희망이 사라졌을 때 마메이가 옷을 찢어 만든 깃발과 멀리서 등장한 화물선에 구조된 기적적인 순간을 또다시 이야기한다.

"애한테 자꾸 허무맹랑한 이야기 들려주지 마세요." 어머니가 식료품 저장실에서 우리 대화를 듣고 잔소리를 한다.

"허무맹랑한 이야기 아니다, 실화지. 너도 그 자리에 있었잖니."

어머니가 문 앞으로 다가온다. "비참할 때가 대부분이었는데 근사하게 포장하고 있잖아요."

"정말로 근사했어." 마메이가 말한다. "이 아이는 아무데도 가지 않을지 모르지. 그래도 제 몸속에 모험가의 피가 흐른다는 걸 알아야 하지 않겠니?"

어머니가 나가며 등뒤로 문을 닫자 마메이는 한숨을 쉰다. 전세계를 누비며 키운 아이가 현실에 안주하며 살다니 믿기지가 않는다고 한다. 마메이는 아버지가 등장해 다른 삶을 제시하지 않았더라면 어머니가 노처녀로 살았을 거라고 말한다.

나도 숨은 사연을 조금은 안다. 어머니가 유일하게 목숨을 부지한 아이였고, 집에 집착한다는 것을. 할아버지는 바다에서 은퇴했을 때 이 집을 여름용 숙박시설로 개조해 수입을 챙기고 상심한 마음을 달래기로 마메이와 함께 결정했다. 지붕창이 달린 3층을 추가해 이제 방이 열여섯 개인 집에 네 개를 더 보태고, 동부 해안 일대의 모든 신문에 광고를 실었다. 엽서에서나 봄직한 전망을 자랑하는 매력적인 여관이 있다는 입소문이 나자 손님들의 행렬이 이어졌다. 1880년대에는 12달러를 내면 온 가족이 하손 하우스에 일주일 동안 묵으며 식사까지 해결할 수 있었다.

여관은 생각했던 것보다 일이 훨씬 많아서 어머니의 도움이 필수였다. 한 해, 두 해 지나면서 몇 안 되던 쿠싱의 총각들은 결혼을 하거나 거처를 옮겼다. 어머니는 삼십대 중반으로 접어들자 남자를 만나 사랑에 빠질 수 있는 시기는 한참 지났다고 생각했다(다른 사람들도 모두 그렇게 생각했다). 부모님이 이 집과 바다 사이에 자리잡은 가족 묘지에 묻힐 때까지 여기서 살며 부모님을 보살펴야 할 것이었다.

"옛날부터 쓰이던 표현이 하나 있거든." 마메이가 내게 말한다. "'대가 끊기다.' 무슨 뜻인지 아니?"

나는 고개를 젓는다.

"집안의 성을 물려받을 남자 후손이 없다는 뜻이야. 네 엄마는 쿠싱에 사는 하손 집안의 마지막 후손이란다. 네 엄마가 죽으면 하손이라는 성은 같이 사라지는 거야."

"그래도 하손곶은 남잖아요."

"그래, 그렇긴 하지. 하지만 여긴 이제 하손 하우스가 아니잖니. 올슨 하우스지. 네 엄마보다 여섯 살 어린 스웨덴 선원의 이름을 따서."

내 머릿속이 어지러워진다. "잠깐만요. 아빠가 엄마보다 어리다고요?"

"몰랐니?" 내가 다시 고개를 젓자 마메이는 웃음을 터뜨린다. "네가 모르는 게 많구나. 그 당시에는 네 아빠 이름이 요한 올라우손이었어." 나는 요상한 단어를 중얼거려본다. 요-한 오-라오우-순. "영어를 거의 한마디도 못했지. 지금 저기 저 조그만 집에서 부인과 함께 사는 존 멀로니가 선장으로 있었던 스쿠너의 갑판원이었고." 마메이는 창문 쪽을 손짓한다. "누구 말하는 건지 알지?"

나는 고개를 끄덕인다. 그는 더부룩한 회색 수염과 옥수수처럼 누런 이가 특징인 다정한 남자고, 그의 아내는 얼굴이 넓적하고 불그스레하며 배와 가슴이 구분 안 되는 여자다. 나는 만에 세워놓은 그의 배를 본 적이 있다. 이름이 '실버 스프레이'다.

"아무튼 2월이었어. 1890년이었고 혹독한 겨울이었지. 끝나지 않을 것만 같았단다. 그들은 생석회를 만드는 가마에 쓸 땔감과 석탄을 싣고 뉴욕에서 토머스턴으로 가는 길이었어. 그런데 머스캉거스만에 도착해 닻을 내렸을 때 폭풍이 들이닥쳤지. 어찌나 추웠는지 밤새 배 주변으로 얼음이 얼었지 뭐냐. 손쓸 틈도 없이 그렇게 오도 가도 못하게 됐지. 며칠이 지나 얼음이 두툼해지자 그들은 배에서 내려 육지로 건너왔단다. 여기로 말이다. 네 아빠는 갈 데가 없었기 때문에 얼음이 녹을 때까지 멀로니 부부와 함께 지냈지."

"얼마 동안이요?"

"음, 몇 달 동안."

"그동안 배는 그냥 얼음 속에 갇혀 있었어요?"

"겨우내 그랬단다." 마메이가 말한다. "이 창문 너머로 볼 수 있었지." 할머니는 턱을 들어 식료품 저장실 쪽을 가리킨다. 문 저쪽에서 그릇 달그락거리는 소리가 희미하게 들린다. "너희 아빠는 언덕 위로 이 집이 훤히 보이는, 만 근처의 저 조그만 오두막집에서 겨우내 지냈단다. 죽도록 심심했을 거야. 하지만 스웨덴에서 뜨개질을 배웠거든. 너희 아빠가 그 부부와 함께 사는 동안 응접실에 있는 저 파란색 담요를 뜬 거 아니?"

"아뇨."

"너희 아빠가 매일 밤 멀로니 부부와 벽난로 앞에 앉아서 뜬 거란다. 아무튼 사람들이 어떤 식인지 너도 알잖니. 수다를 떨고, 얘기를 하고. 게다가 그 멀로니 부부는 숙덕거리는 걸 얼마나 좋아하는지. 그 부부가 분명 너희 아빠한테 얘기했을 거야, 이 집이 대가 끊기게 생겼다고, 케이티가 결혼하면 남편이 모든 걸 물려받을 거라고. 물론 나도 장담은 못한다. 무슨 말이 오갔을지 짐작만 하는 거지. 하지만 너희 아빠는 여기서 지내기 시작한 지 일주일 만에 영어를 배우기로 마음먹었지. 읍내로 걸어가서 윙 학교의 크롤리 부인한테 영어를 가르쳐달라고 했단다."

"크롤리 부인이라니, 우리 선생님이요?"

"그래, 그때도 거기 선생이었거든. 너희 아빠는 날마다 학교로 가서 영어를 배웠지. 얼음이 녹기 전에 이름을 존 올슨으로 바꿨고. 그러고는 어느 날, 들판을 가로질러 이 집에 찾아와 대문을 두드렸고 너희 엄마가 문을 열어줬단다. 그렇게 된 거야. 그로부터 일 년도 안 돼서 샘 선장은 죽었고 너희 부모는 결혼했지. 하손 하우스가 올슨 하우스가 된 거란다. 이 모든 것이," 마메이는 악장처럼 두 팔을 든다. "너희 아빠 거지."

나는 멀로니 부부와 함께 아늑한 오두막집에 앉아 담요를 뜨며 멀리 보이는 하얀 집에 얽힌 이야기를 듣는 아버지의 모습을 그려본다. 세 명의 하손가 남자가 불룩 튀어나온 이 땅에 자신들의 이름을 부여하고, 그중 한 명이 바로 이 집을 지었고…… 지금은 노처녀인 딸이 부모와 함께 그 집에 사는데, 아들 셋이 다 죽어서 대가 끊기게 생겼고……

"아빠가…… 엄마를 사랑했을까요?" 내가 묻는다.

마메이는 내 손을 토닥인다. "모르겠다. 정말 모르겠어. 하지만 이것만큼은 진실이란다, 크리스티나. 사랑을 하고 사랑을 받는 방식에는 여러 종류가 있다는 거. 너희 아빠가 무슨 이유에서 이 집을 찾아왔는지 몰라도 이제는 여기가 그의 삶의 터전이지."

나는 아버지가 보기에 자랑스러운 자식이 되고 싶은 마음이 굴뚝같지만 아버지로선 나를 자랑스러워할 이유가 없다. 일단 나는 딸이다. 게다가 어느 누구에게도 직접 들은 적은 없지만 이미 알고 있다시피 예쁘지도 않다. 나는 주변에 아무도 없을 때 가끔 식료품 저장실 창턱에 기대 세워져 있는 조그맣고 부연 거울에 비친 내 모습을 뜯어본다. 작고 짝짝이인 회색 눈, 길고 뾰족한 코, 얇은 입술. "나는 너희 엄마의 미모에 반했지." 아버지는 입버릇처럼 얘기한다. 나는 그게 다가 아니라는 걸 알지만 그래도 어머니가 미인이라는 데는 반론의 여지가 없다. 우뚝한 광대뼈, 우아한 목선, 길쭉한 손과 가는 손가락. 어머니 옆에 있으면 내가 볼품없어지는 느낌이다. 어머니가 백조라면 나는 뒤뚱뒤뚱 걷는 오리다.
　뿐만 아니라 나는 아프다. 다른 사람들과 함께 있으면 아버지는 내가 비틀거리거나 누군가에게 부딪혀 난처해질까봐 긴장하고 신경을 곤두세운다. 우아하지 못한 내게 짜증을 낸다. 아버지는 고칠 방법을 찾아야 한다고 계속 중얼거린다. 내가 보조기를 차고 있어야 한다고 생각한다. 아픈 걸 감수할 필요가 있다고 한다. 하지만 얼마나 아픈지 모르고서 하는 얘기다. 나는 그런 고통에 다시 시달리느니 평생 다리가 뒤틀린 채로 사는 쪽을 선택하겠다.

아버지가 부끄러워할수록 나는 반항조로 나간다. 나 때문에 아버지가 불편해한들 신경쓰지 않는다. 어머니는 내가 그렇게 고집이 세고 당당해서 더 골치가 아프다고 한다. 하지만 자존심은 내가 가진 모든 것이다.

어느 날 오후 부엌에서 콩깍지를 까는데 현관에서 부모님이 대화를 나누는 소리가 들린다. "거기에 애를 혼자 두고 와야 할까?" 어머니가 걱정어린 목소리로 묻는다. "이제 겨우 일곱 살인데 말이야, 존."

"글쎄."

"어떤 치료를 받을 수 있을까?"

"검사를 받기 전에는 모르지." 아버지가 말한다.

공포가 내 등줄기를 훑고 지나간다.

"비용은 무슨 수로 감당하려고?"

"소를 팔 거야, 그래야 하면."

나는 절뚝절뚝 식료품 저장실 밖으로 나선다. "가지 않을래요."

"어디 가는 건지 알지도 못하면서……" 아버지가 말한다.

"힐드 선생님이 이미 시도해보셨잖아요. 병원에서 할 수 있는 건 없어요."

아버지는 한숨을 쉰다. "겁이 난다는 건 나도 안다, 크리스티나. 그래도 용기를 내야지."

"가지 않을 거예요."

"됐다. 네가 결정할 문제가 아니야." 어머니가 쏘아붙인다. "너는 우리가 시키는 대로 하면 돼."

다음날 아침, 새벽이 창문 사이로 스며들기 시작할 무렵 누군가 내 어깨를 거칠게 밀치며 흔든다. 눈의 초점을 맞추고 보니 아버지가 나를 내려다보고 있다.

"옷 갈아입어라." 아버지가 말한다. "지금 출발해야 해."

묵직하게 출렁이며 강아지 배처럼 내 발을 무지근하니 따뜻하게 누르고 있는 탕파가 느껴진다. "안 갈래요, 아빠."

"이미 얘기해놨어. 너도 알잖니. 같이 가는 거다." 아버지가 단호한 목소리로 조용히 말한다.

밖은 춥고 아직 어두컴컴하고, 아버지는 나를 안아서 마차에 태운다. 직접 뜬 파란 양모 담요로 나를 감싸고 그 위에 담요를 두 개 더 두르고 내 머리 뒤에 쿠션을 받쳐준다. 마차에서 오래된 가죽과 축축한 말 냄새가 난다. 아버지가 제일 예뻐하는 종마 블래키에게 마구를 채우는 동안 녀석은 긴 갈기를 흔들며 발을 구르고 히힝거린다.

아버지가 마부석에 올라타 파이프 담배에 불을 붙이고 고삐를 홱 당긴다. 우리는 삐걱거리는 마차 소리와 함께 단단하게 다져진 흙길을 나선다. 마차가 덜커덩거릴 때마다 관절이 아프지만 나는 이내 리듬에 적응한다. 터걱 터걱 터걱 하는 자장가를 들으며 잠이 들었다가 눈을 떠보니 봄날 아침의 서늘하고 노란 햇살이 나를 맞이한다. 길은 진창이다. 녹은 눈으로 개울과 지류가 생겼다. 추위에 강한 크로커스가 자주색 분홍색 하얀색으로 송이송이 피었고, 질퍽질퍽한 들판 여기저기에 새싹이 돋았다. 주인 없는 개가 숲에서 나와 잠깐 동안 우리를 따라 총총히 걷다가 뒤로 처진다. 아버지는 어쩌다 한 번씩 고개를 돌려 나를 확인한다. 나는 담요 둥지 안에서 아버지를 노려본다.

결국 아버지가 어깨 너머로 얘기한다. "이 의사는 전문가야. 힐드 선생님한테 소개받았어. 검사만 몇 가지 할 거라고 하더라."

"우리 거기에 얼마나 오랫동안 있을 거예요?"

"글쎄."

"하루 넘게 있어요?"

"글쎄."

"내 몸에 칼을 댈까요?"

아버지는 나를 흘끗 쳐다본다. "모르겠구나. 걱정한들 무슨 소용 있겠니."

살에 닿는 담요가 까끌까끌하다. 뱃속이 텅 빈 느낌이다. "아빠가 옆에 있어주실 거예요?"

아버지는 물고 있던 파이프를 뱉어서 손가락으로 꾹꾹 누른다. 다시 물고 한 모금 빤다. 블래키는 진창길을 따가닥따가닥 걷고 마차는 휘청휘청 앞으로 움직인다.

"옆에 있어주실 거예요?" 나는 고집스럽게 묻는다.

아버지는 대답하지 않고 나를 다시 돌아보지도 않는다.

로클랜드까지 가는 데 여섯 시간이 걸린다. 우리는 삶은 달걀과 건포도 빵을 먹고 한 번 멈춰서 말을 쉬게 하고 우리도 숲속에서 볼일을 본다. 가까워질수록 나는 점점 공포에 떤다. 도착했을 무렵에는 블래키의 등이 거품 같은 땀으로 덮인다. 추운 날씨에도 불구하고 나도 땀을 흘리고 있다. 아버지가 나를 안아서 내려놓고 말을 묶고 먹이 주머니를 매단다. 그런 다음 한 손으로는 내 손을 잡고 다른 손에는 병원 주소가 적힌 쪽지를 들고 앞장선다.

나는 겁이 나서 정신이 하나도 없고 몸이 벌벌 떨린다. "제발 이러지 마세요, 아빠."

"이 의사가 너를 치료해줄 수 있을지 몰라."

"저는 지금 이대로도 아무 문제 없어요. 저는 괜찮아요."

"다른 아이들처럼 뛰어다니면서 놀고 싶지 않니?"

"지금도 뛰어다니면서 놀잖아요."

"점점 심해지고 있잖아."

"상관없어요."

"그만해라, 크리스티나. 너를 어떻게 하는 게 좋을지는 엄마하고 내가 잘 알아."

"아니에요, 엄마 아빠는 몰라요!"

"어디서 감히 건방지게 그런 식으로 얘길 해?" 아버지는 발끈했다가 보는 사람이 없는지 얼른 좌우를 확인한다. 아버지가 야단법석을 얼마나 싫어하는지 나도 안다.

하지만 어쩔 수가 없다. 나는 지금 울고 있다. "죄송해요, 아빠. 죄송해요. 이러지 마세요. 제발요."

"너를 치료해주려고 이러는 거잖아!" 아버지가 거칠게 속삭인다. "뭐가 그렇게 무서운 게냐?"

집채만한 파도를 예고하는 가벼운 썰물처럼, 나의 유치한 거부와 반항은 내 안에서 솟아나는 여러 감정의 전조에 불과하다. 뭐가 그렇게 무섭냐고? 무슨 표본처럼 또다시 한도 끝도 없이 쑤셔지고 찔리는 것. 의사가 나를 형틀과 보조기와 부목으로 고문하는 것. 그가 벌이는 실험으로 내 상태가 좋아지기는커녕 더 나빠지는 것. 아버지는 떠나고 나는 여기에 붙들려 영영 집으로 돌아가지 못하는 것.

효과가 없으면 아버지가 나에게 더 실망하는 것.

"안 갈 거예요! 아빠가 나를 억지로 끌고 가지는 못해요!" 나는 울부짖으며 아버지에게서 벗어나 도망친다.

"이 미련한 고집불통아!" 아버지가 내 뒤에 대고 격하게 외친다.

나는 어느 골목의 생선냄새가 나는 통 뒤, 지저분한 진창에서 몸을 웅크린 채 숨어 있다. 금세 손이 빨개지면서 감각이 없어지고 뺨이 따끔거린다. 나를 찾느라 성큼성큼 지나가는 아버지의 모습이 어쩌다 한 번씩 보인다. 한번은 걸음을 멈추고 고개를 길게 빼서 어두컴컴한 골목길 안을 들여다보지만 이내 툴툴거리며 발길을 옮긴다. 한 시간쯤 지나자 혹독한 추위를 더이상 견딜 수 없는 지경에 이른다. 나는 발을 질질 끌며 마차로 돌아간다. 아버지는 파란 담요를 어깨에 두르고 마부석에 앉아 파이프 담배를 피우고 있다.

아버지가 험상궂은 표정으로 나를 내려다본다. "이제 병원에 갈 테냐?"

나는 마주 노려본다. "아뇨."

아버지는 엄하지만 남들 구경거리가 되는 것은 질색한다. 같이 생활하는 사람들의 약점은 터득할 수밖에 없듯 나도 아버지의 이런 면을 알고 있다. 아버지는 뻐끔뻐끔 파이프를 빨며 고개를 젓는다. 그러다 잠시 후 갑작스럽게 몸을 돌리더니 일언반구도 없이 마차에서 뛰어내린다. 나를 안아서 뒤에 앉히고 블래키의 마구를 조이고 다시 마부석으로 올라탄다. 집으로 가는 여섯 시간 내내 아버지는 말이 없다. 나는 하얀 종이에 숯으로 그은 듯 가차없고 황량한 지평선과 강철빛 하늘과 허공으로 시커멓게 솟구치는 까마귀떼를 바라본다. 파란 민둥 가지에 싹이 트기 시작했다. 만물이 빛을 잃은 유령 같고 내 손마저 조각상처럼 대리석 색깔이다.

해가 진 뒤 집에 도착하자 어머니가 샘을 허리춤에 안고 현관으로 마중나온다. "병원에서 뭐래?" 어머니가 열띤 목소리로 묻는다. "고칠 수 있겠대?"

아버지는 모자를 벗고 목도리를 푼다. 어머니는 아버지에게서 내 쪽으로 시선을 옮긴다. 나는 바닥만 내려다본다.

"애가 거부했어."

"뭐라고?"

"애가 거부했다고. 어쩔 도리가 없었어."

어머니의 등이 뻣뻣하게 굳는다. "무슨 소린지 모르겠네. 애를 병원에 데려가지 않은 거야?"

"안 가겠다잖아."

"안 가겠다잖아?" 어머니가 언성을 높인다. "안 가겠다잖아? 얘는 어린애야."

아버지는 외투를 벗으며 어머니를 밀치고 간다. 샘이 칭얼거리기 시작한다. "걔 인생이야, 케이티."

"걔 인생이라고." 어머니가 내뱉는다. "우리는 이 아이 부모야!"

"애가 난리를 부리잖아. 끌고 갈 수가 없었어."

어머니가 내 쪽으로 몸을 홱 돌린다. "이런 멍청한 것. 너는 네 아버지의 하루를 날리고 네 미래를 망쳤어. 앞으로 죽을 때까지 불구로 지내야 해. 만족하니?"

샘이 울음을 터뜨린다. 나는 비참한 심정을 달래며 고개를 젓는다.

어머니가 악을 쓰고 우는 아이를 건네자 아버지는 안고서 어설프게 어른다. 어머니는 내 앞에 쭈그리고 앉아 손가락을 흔든다. "너 자신이 너의 가장 큰 적이야. 그리고 너는 겁쟁이야. 두려움과 용기를 혼동하다니 어리석기도 하지." 어머니의 따뜻한 입김이 내 얼굴 위에서 부글거린다. "네가 안쓰럽다. 하지만 그뿐이야. 이제 더는 너를 돕지 않겠어. 딱한 네 아버지도 얘기했다시피 네 인생이니까."

이후로 나는 아침에 눈을 뜨면 손가락을 벌려서 밤새 뻣뻣해진 마디를 푼다. 발끝을 쭉 뻗어서 오그라드는 발목과 장딴지와 오금의 뻐근한 통증을 느낀다. 욱신거리는 관절은 나를 졸졸 쫓아다니는 반려동물과도 같다. 하지만 나는 하소연할 수 없다. 그럴 수 있는 권리를 박탈당했다.

세상에 띄우는
나의 편지

1940년

오래지 않아 앤디가 다시 찾아온다. 한쪽 겨드랑이에 삼각대와 스케치북을 어설프게 끼고, 잇새에 붓을 가볍게 물고 있다. "거치적거리지 않는 곳에 이젤을 설치해도 될까요?" 그가 도구를 현관 앞에 부리며 묻는다.

"그러니까…… 집안에다가?"

그는 계단 쪽을 턱으로 가리키며 고개를 끄덕인다. "2층에 설치하면 어떨까 하는데요. 아주머니만 괜찮으시면요."

나는 그의 뻔뻔함에 조금 충격을 받는다. 거의 알지도 못하는 사람의 집에 불쑥 찾아와 사실상 같이 지내도 되느냐고 묻다니. "음, 나는……"

"얌전히 있을게요. 제가 있는 줄도 모르실 거예요."

2층에는 몇 년 동안 아무도 올라간 적이 없다. 빈방은 많다. 그리고 사실 나는 누가 있어도 상관이 없다.

나는 고개를 끄덕인다.

"와, 잘됐다." 그는 씩 웃은 후 도구를 챙긴다. "마녀들 건드리지 않게 조심할게요."

2층으로 올라가는 그의 발소리가 쿵쿵 요란하다. 그는 예전에 내가 썼던 남동쪽 방에 이젤을 설치한다. 창밖으로 포트클라이드를 출발해 먼헤건섬과 망망대해로 향하는 증기선이 보이는 방이다.

탁탁거리는 그의 발소리와 뭐라고 중얼거리는 소리가 마룻장을 넘어온다.

몇 시간 뒤에 1층으로 내려온 그는 물감으로 손가락이 얼룩덜룩하고 붓을 물고 있느라 입가엔 자주색이 묻어 있다. "마녀들하고 사이좋게 동거하는 중이에요." 그가 말한다.

벳시가 드나든다. 우리처럼 그녀도 작업중인 앤디를 방해하지 않는다. 하지만 우리와 달리 그녀는 가만히 앉아 있지 못한다. 수건과 물 한 양동이를 들고 와서 먼지로 뿌연 창문을 닦는다. 젖은 빨래를 짜서 빨랫줄에 너는 걸 돕는다. 내 낡은 앞치마를 두르고 흙바닥에 쭈그리고 앉아 텃밭에 일렬로 상추 씨를 심는다.

따뜻한 날에는 앤디가 하루 작업을 마칠 때면 벳시가 광주리를 들고 오고, 우리는 오래전 아버지가 불구덩이를 파놓고 의자 삼아 나뭇등걸 사이에 널빤지를 걸쳐놓은 숲가로 소풍을 나간다. 앨과 내가 지켜보는 가운데 벳시와 앤디가 유목과 잔가지를 주워다 동그랗게 쌓은 돌멩이 안에 불을 지핀다. 모닥불을 통해서 보면 우리와 저멀리 집 사이에 놓인 들판이 모래밭처럼 보인다.

어느 비 내리는 날 아침에 벳시가 자동차 열쇠를 들고 찾아와서 말한다. "자, 마나님, 오늘은 마나님의 날이에요. 어디로 모실까요?"

내가 나의 날을 원하는지도 잘 모르겠을뿐더러 차려입고 나서야 한다면 더욱더 그렇다. 나는 낡은 홈드레스와 발목까지 줄줄 내려온 양말을 내려다보며 말한다. "차 한잔 마시면 어떨까?"

"좋죠. 다녀와서요. 저는 크리스티나 아주머니를 모시고 모험을 다녀오고 싶거든요." 벳시는 성큼성큼 레인지 앞으로 다가가 파란색 찻주전자 뚜껑을 열고 바닥을 들여다본다. "아하. 이럴 줄 알았다니까. 오래돼서 녹이 슬기 직전이에요. 제가 새로 하나 사드릴게요."

"물도 새지 않는걸, 베스. 멀쩡해."

그녀가 웃음을 터뜨린다. "이 집이 귓가에서 와르르 무너져도 아주머니는 멀쩡하다고 하실 거예요." 그녀는 내 신발을 가리킨다. "그 신발 뒤축만 해도 얼마나 닳았는지 보세요. 그리고 앨 아저씨 모자에 좀이 슬어 구멍이 뻥뻥 뚫린 거 보셨어요? 같이 가요, 아주머니. 로클랜드에 있는 백화점으로 모시고 갈게요. 센터크레인이요. 거긴 없는 게 없어요. 그리고 걱정 마세요, 제가 사드릴 테니."

나도 찻주전자에 녹이 슬었다는 걸 어렴풋하게는 알고 있다. 그리고 내 낡은 신발 뒤축이 닳았고 앨의 모자에 구멍이 뚫린 것도 알고 있다. 신경쓰지 않을 뿐이다. 오히려 이런저런 조각들로 둥지를 두둑이 채운 새처럼 마음이 편안해진다. 하지만 나는 벳시가 좋은 뜻에서 하는 얘기라는 걸 안다. 그리고 솔직히 그녀에게는 뭔가 할일이 필요해 보인다. "그래," 나는 물러선다. "가자."

가랑비가 내리는 가운데 벳시와 앨이 나를 스테이션왜건에 태운 후 편안하게 자리를 잡아주고, 차는 삼십 분 거리에 있는 로클랜드를 향해 긴 진입로를 나선다. 첫번째 신호등에 걸렸을 때 그녀가 손을 뻗어 내 무릎을 토닥인다. "보세요. 재밌죠?"

"네가 신나하는 게 아니고, 베스?"

"저는 바쁜 게 좋아요." 그녀가 말한다. "쓸모 있는 사람이 되고 싶고요. 아주 기본적인 인간의 욕구 아닌가요?"

나는 잠깐 생각해본다. 나도 그런가? "글쎄다, 예전에는 나도 그렇게 생각했지. 지금은 잘 모르겠다만."

"손이 한가하면……" 그녀가 말한다.

"악마의 유혹이 깃든다. 그렇게 생각하는 거니?"

그녀는 웃음을 터뜨린다. "청교도였던 제 조상님들은 분명 그렇게 생각하셨을 거예요."

"내 조상님들도. 하지만 그분들이 잘못 생각했을지도 몰라." 나는 굵은 빗방울이 앞유리창에 내려앉았다가 와이퍼에 쓸려나가는 것을 가만히 바라본다.

벳시는 흘끗 나를 곁눈질하고는 하고 싶은 말이 있는 듯 입술을 오므린다. 하지만 말하는 대신 턱을 살짝 젖히고 다시 도로를 바라본다.

어느 날 풀밭에 담요를 깔고 점심으로 햄을 넣어 끓인 말린 완두콩 수프를 같이 먹는데 벳시가 앨과 내게 앤디의 아버지가 그녀를 못마땅하게 여긴다는 얘기를 꺼낸다. 결혼을 하면 일에 집중할 수 없고 아이가 태어나면 더 심각해진다고 앤디에게 경고하며 그들의 약혼을 반대했다는 것이다. 하지만 그녀는 상관없다고 말한다. 그녀가 보기에 N. C.는 거만하고 고압적이며 뻔뻔한 사람이다. 그가 쓰는 색상은 천박하고 캐릭터는 만화 같으며 시장용으로 만들어졌다. "크림오브휘트*나 코카콜라 광고판용으로요." 그녀는 경멸하는 투로 말한다.

벳시가 얘기하는 동안 나는 앤디의 표정을 살핀다. 그는 물끄러미 그녀를 보고 있다. 고개를 끄덕이지는 않지만 뭐라고 항변하지도 않는다.

벳시는 앤디가 그의 아버지와 분리되어야 한다고 말한다. 스스로를 좀더 진지하게 여기면서 더 다그치고, 모험을 감행해야 한다고. 그녀는 그가 쓰는 색을 좀더 황량한 색으로 제한하고 구성을 간소화하고 색조는 더 선명하게 바꾸어야 한다고 생각한다. "당신은 할 수 있어." 그녀가 그의 어깨에 손을 얹으며 말한다. "당신은 아직 자기 능력조차 제대로 몰라."

"아, 왜 그래, 벳시. 지금은 그냥 취미삼아 그려보는 거야. 나는 의사가 될 거라고." 앤디가 말한다.

그녀는 앨과 나를 향해 눈알을 굴린다. "이이는 얼마 전에 보스턴에서 개인전을 열고 상을 받았거든요. 왜 화가가 아니라 다른 일을 하겠다는 건지 이유를 모르겠어요."

"나는 의학 공부가 좋아."

---

* 포리지 상표.

"당신이 사랑하는 일은 그게 아니야, 앤디."

"내 사랑은 당신이지." 앤디가 두 팔로 벳시의 허리를 감싸자 그녀는 웃으며 그를 떼어낸다.

"가서 템페라나 섞으시지요." 그녀가 말한다.

대개 앤디는 800미터 떨어져 있는 포트클라이드에서 혼자 고깃 배를 타고 아침에 건너온다. 물감과 붓이 가득 든 낚시도구 상자를 흔들며 집으로 오다가 닭을 치는 마당에 들러 달걀 대여섯 개를 저 글링 공이라도 되는 듯 한 손에 쥐고 나온다. 그리고 옆문으로 들 어와 앨과 나와 잠깐 잡담을 나누고 2층으로 올라간다.

앤디의 시선은 금이 갔거나 빛바랜 비품, 그릇, 도구, 한때는 날 마다 쓰였지만 지금은 유물처럼 지나간 삶의 흔적을 증언하는 용 도로 존재하는 물건들에 끌린다. 나는 그의 관점을 통해 익숙한 것 들을 새롭게 바라본다. 자잘한 꽃이 그려진 연분홍색 벽지. 창틀 에 놓인 파란색 화분에서 꽃을 피운 빨간 제라늄. 마호가니 난간, 현관에 있는 선장의 기압계, 식료품 저장실 선반에 놓인 오지그릇, 오래전 개가 긁어놓은 식료품 저장실의 파란 문.

어떤 날 앤디는 스케치북과 낚시도구 상자를 들고 헛간, 축사, 들판으로 간다. 나는 그가 절뚝거리며 천천히 풀밭을 내려가 묘지 의 비석에 새겨진 비문을 읽으며 집 주변을 배회하고, 몽돌 해변에 앉아 거품이 이는 파도를 물끄러미 바라보는 것을 부엌 창문 너머 로 지켜본다. 그가 집으로 돌아오면 나는 오븐에서 구운 사워도우 빵과 얇게 저민 햄과 해덕* 수프, 스킬렛 팬에 구운 사과 케이크를 권한다. 그는 한 손에 그릇을 든 채 문가의 높은 걸상에 걸터앉았고, 나는 내 의자에 앉아 사는 얘기를 나눈다.

그는 오남매의 막내이고 그를 끔찍이 아끼는 누나가 셋이라고 말한다. 오른다리가 뒤틀리고 고관절에 문제가 있어서 어렸을 때부터 제대로 걷지 못하고 운동에 끼지 못했다. 아주머니도 제가 다리 저는 거 알아차리셨죠? 그가 걸린 병은 흉부 감염이었다. 아버지가 유일한 스승이었다. 그를 학교에 보내지 않고 작업실에서 도제로 삼았다. 미술사와 물감 섞는 법, 캔버스를 당겨서 틀에 고정하는 법에 이르기까지 모든 걸 가르쳤다. "저는 다른 아이들하고 달랐어요. 섞이지 못했어요. 별종이었죠. 부적응자였고."

그러니 우리 둘이 죽이 잘 맞을 수밖에, 나는 생각한다.

"벳시한테 아주머니하고 앨 아저씨 얘기 많이 들었어요." 앤디는 하던 얘기를 계속한다. "아저씨가 어떻게 거리의 모든 사람들이 쓸 장작을 패는지 말이에요. 아주머니는 읍내에 사는 여자들 옷뿐 아니라 퀼트 이불까지 만드신다면서요." 그는 내 소매에 달린 조그만 꽃을 가리킨다. "그것도 직접 수놓으신 건가요?"

"응. 물망초야." 알아보기가 쉽지 않기 때문에 나는 설명을 덧붙인다.

"인간의 정신적 능력이 어느 정도인지 알면 신기하지 않아요?" 그는 생각에 잠긴 목소리로 중얼거리며 손을 내밀어 손가락을 구부린다. "정신적으로 굴복하기를 거부하면 몸이 거기에 맞춰 적응

---

* 대구와 생김새는 비슷하지만 그보다 작은 생선.

하잖아요. 아주머니께서 저희한테 선물하신 베갯잇의 그 복잡한 스티치와 이 블라우스의 자수를 보면…… 아주머니의 손가락으로 그런 작업을 할 수 있다는 게 믿기지 않지만 의지로 움직이시는 거 겠죠." 그는 빈 그릇을 조리대로 들고 가 스킬렛 팬에서 사과 케이크를 한 조각 슬쩍 덜어낸다. "아주머니는 저랑 비슷하세요. 적응하며 지내고 계세요. 그래서 존경스러워요."

스케치 단계에서 앤디는 오로지 집만 그리고 또 그린다. 어떨 때는 하늘을 배경으로 굴뚝에서 한줄기 연기가 피어오르는 검은 실루엣이다. 또 어떨 때는 빗물받이 홈통에서, 코브*에서, 허공을 나는 갈매기의 시각에서 바라본 집이다. 언덕 위에 홀로 서 있을 때도 있고, 나무로 둘러싸여 있을 때도 있다. 성처럼 큼지막할 때도 있고, 어린애 장난감 집처럼 작을 때도 있다. 별채들이 있을 때도 있고, 없을 때도 있다. 하지만 변함없는 것이 있으니 들판, 집, 지평선, 하늘이다.

들판, 집, 지평선, 하늘.

"왜 그렇게 자꾸 집을 그리니?" 하루는 같이 부엌에 앉아 있을 때 내가 묻는다.

"아, 저도 모르겠어요." 그는 높은 걸상 위에서 자세를 바꾸며 말한다. 손가락으로 바닥을 두드리며 잠깐 멍하니 허공을 응시한다. "뭔가를…… 포착하려고 하는 중이에요. 정확히 말하자면 이

---

* 벽과 천장의 접합부에 설치하는 오목한 공간.

집 자체가 아니라, 이 집의 느낌을요. 작가지만 화가이기도 했던 D. H. 로런스는 이런 문구를 남겼죠. '사물의 본체에 가까워지면 우리를 만들기도 하고 파괴하기도 하는 움직임을 들을 수 있다.' 제가 그러고 싶어요. 사물의 본체에 가까워지고 싶어요. 최대한. 그러려면 하나의 소재를 가지고 계속 점점 더 깊이 파고들어야 해요." 그는 웃으며 한 손으로 머리칼을 쓸어넘긴다. "꼭 정신병자가 하는 말 같죠?"

"지겹겠다는 생각만 드는걸."

"알아요, 그렇게 느껴질 수도 있다는 거." 그는 고개를 젓는다. "사람들은 저더러 사실주의 작가라고 하지만 솔직히 제 그림은 절대…… 사실적이지 않아요. 마음에 안 드는 부분은 제거하고 그 자리에 저를 집어넣거든요."

"그게 무슨 말이냐, 너를 집어넣다니?"

"그게 저만의 비밀이에요, 아주머니." 그가 말한다. "저는 항상 저를 그려요."

앤디가 이젤을 설치한 2층의 그 방에는 녹이 슬어 삐걱거리는 싱글 침대—내가 오래전에 쓰던 침대다—가 있다. 앨은 오후에 할일이 끝나면 종종 거기로 올라가서 그림을 그리는 앤디를 구경하다가 잠깐 눈을 붙인다.

하루는 2층으로 올라가기 전에 문 앞에서 앨과 나와 수다를 떨던 앤디가 자기는 누가 옆에서 보는 걸 싫어한다는 얘기를 꺼낸다. 혼자서 작업하는 걸 좋아한다고 말이다.

"그럼 이제 내가 그만 올라가야겠네." 앨이 말한다.

"아, 아니에요, 그런 뜻에서 드린 말씀이 아니에요." 앤디가 말한다. "아저씨가 계시면 좋아요."

"하지만 그것도 구경하는 거잖니." 내가 말한다. "우리 둘 다 구경을 하는걸."

앤디는 웃으며 고개를 젓는다. "두 분은 예외예요."

"그이가 두 분 곁에 있을 때는 꾸밀 필요가 없잖아요." 내가 이날의 대화를 전하자 벳시가 말한다. "아주머니하고 앨 아저씨는 그이한테 바라는 게 없으니까요. 그이가 뭘 하든 그냥 내버려두시잖아요."

"우리한텐 즐거움이거든." 나는 말한다. "여기가 워낙 잠잠하잖니."

그리고 그 말은 사실이다. 오랫동안 이 집은 북적거렸다. 나는 매일 아침 벽과 마룻장을 뚫고 넘어오는 불협화음을 들으며 일어나곤 했다. 아버지의 쩌렁쩌렁한 음성, 남자아이들이 계단을 쿵쾅거리며 오르내리는 소리, 마메이가 천천히 다니라고 나무라는 소리, 개가 왈왈 짖고 수탉이 꼬끼오 우는 소리. 그러다 쥐죽은듯 고요해졌다. 하지만 이제 나는 아침에 눈을 뜨면서 생각한다. 오늘 앤디가 온다. 날이 바뀌어가는데 그는 아직 오지 않는다.

1900~1912년

세시 반쯤 해가 지고 갈라진 틈새로 울부짖는 바람소리가 들리는 겨울날 오후면 우리는 담요를 몸에 두르고 장작난로 앞에 옹기종기 모여서 고래기름으로 등불을 희미하게 밝히고 따뜻한 우유와 차를 마신다. 아버지는 앨과 샘과 나에게 선원 시절에 배운 매듭 묶는 법을 가르쳐준다. 옭매듭, 감은 매듭, 두 겹 매듭, 종달새 머리 매듭, 올가미 매듭. 나무 바늘을 주고 뜨개질도 가르치려고 한다(하지만 남동생들은 비웃으며 배우길 거부한다). 나무를 깎아서 호루라기와 조그만 배 만드는 법도 가르쳐준다. 우리는 그걸 벽난로 선반 위에 일렬로 전시해두었다가 날이 따뜻해지면 만으로 들고 나가 누구 배가 가장 잘 가는지 시험한다. 나는 키가 크고 팔다리가 긴 아버지가 자신이 만든 배 위로 덥수룩한 금발 머리를 숙이고 스웨덴어로 중얼거리며 배가 거친 바다를 가르도록 살살 구슬리는 것을 구경한다. 마메이에게 들은 바로는 내가 태어나기 몇 달

전에 아버지의 남동생 베른트가 예테보리에서 배를 타고 건너와 여기서 겨울을 지내는 동안 둘이서 나를 눕힐 아기용 침대를 만들고 하얀색으로 칠했다고 한다. 올라우손 집안에서 우리집으로 놀러온 사람은 베른트밖에 없다.

조가비 방 낮은 선반 위 거대한 소라고둥 뒤편에서 나는 잡동사니로 가득한 나무상자를 발견한다. 고래수염으로 만든 빗, 말총으로 만든 칫솔, 오래된 장난감 세트의 채색 주석 병정, 돌멩이와 광물 몇 개가 들어 있다. "이거 누구 거예요?" 내가 마메이에게 묻는다.

"너희 아버지."

"이게 다 뭐예요?"

"직접 물어보렴."

그래서 그날 오후에 젖을 짜러 나갔던 아버지가 돌아오자 나는 상자를 들고 그를 찾아간다. "마메이가 그러는데 이거 아빠 거라면서요?"

아버지는 어깨를 으쓱한다. "별거 아니야. 내가 그걸 왜 간직하고 있었는지 모르겠네. 그냥 스웨덴에서 들고 온 잡동사니야."

나는 시커먼 숯 덩어리를 손에 얹어서 무게를 재며 묻는다. "이건 왜 안 버리고 두셨어요?"

아버지가 손을 내민다. 새까만 금속성 표면을 손가락으로 문지른다. "이건 무연탄이야." 아버지가 말한다. "순수한 탄소에 가깝지. 수백만 년 전에 살았던 식물과 동물이 분해돼서 만들어졌고. 학교에서 돌과 광물에 대해 배운 적이 있단다."

"스웨덴의 고향에서요?"

아버지는 고개를 끄덕인다. "옐링에에서."

"옐링에." 나는 따라 한다. 단어가 낯설다. 옐-링-에. "그럼 고향을 추억하기 위해 두신 거예요?"

아버지는 요란하게 숨을 토한다. "아마도."

"고향이 그리워요?"

"그렇진 않아. 그리운 게 몇 가지 있긴 하겠지만."

"예를 들면……"

"흠, 글쎄다. 스바르트브뢰드라는 빵. 연어랑 사워크림이랑 같이 먹는 거야. 그리고 여동생이 만들어줬던 라그뭉크라는 감자 팬케이크. 어쩌면 링곤베리도."

"하지만…… 여동생은요? 어머니는요?"

그제야 아버지는 옐링에라는 마을의 누추하고 천장이 낮았던, 방 두 칸짜리 오두막 얘기를 꺼낸다. 열 명의 가족이 굶주림에 대한 가장 강력한 대비책이었던 젖소와 함께 거기서 지냈다. 할아버지는 우울하지 않을 때면 포악한 술꾼이 되어 아버지와 일곱 동생을 공포로 몰아갔고, 어쩌다 한 번씩 정말 돈이 궁해지면 토탄밭에서 날품팔이로 일했다. 아버지는 속을 뒤집는 허기와 계속 싸워야 했다. 베이컨 한 토막과 메이플시럽 한 병을 훔치고 자갈길을 한참 달려 추격중인 경찰을 따돌린 덕분에 철창신세를 면한 게 한두 번이 아니었다.

아버지는 옐링에에는 미래가 없다는 사실을 일찍부터 깨달았다. 아버지가 할 수 있는 일거리가 없었고, 100킬로미터 떨어진 예테보리라는 대도시도 마찬가지였다. 아버지는 뭐든 금세 배웠지만 학교 공부에 관심이 없었기 때문에 아주 쉬운 이야기 정도밖에 읽을 줄 몰랐다. 장사는 배운 적이 없었다. 목도리와 장갑과 모자를 떠서 푼돈을 버는 어머니를 도우려고 독학으로 뜨개질을 배웠지만 아버지의 말에 따르면 그건 남자가 할 일이 아니었다.

그래서 뉴욕으로 출항하는 무역선이 있다는 소식을 듣고는 한밤중에 일어나 예테보리항 부둣가에 일착으로 갔다.

선장은 비웃었다. 열다섯 살이라고? 엄마 곁을 떠나기에는 너무 어린 나이 아닌가?

하지만 아버지는 결연했다. 어머니가 저를 그리워하지는 않을 겁니다. 아버지는 말했다. 입 하나를 덜고 몇 푼이나마 아낄 수 있을 테니까요. 아픈 동생들이 있습니다. 막내로 태어난 남동생 스벤이 한 달 전 돌도 되지 않은 나이에 굶어죽은 참이었다.

그렇게 아버지는 선장과 몇 안 되는 선원들과 함께 배를 타고 전 세계를 누볐다. 몇 개월이 몇 년이 되고, 과거가 희미해지기 시작했다. 아버지는 어머니에게 돈을 부치고 모든 선원들이 그러듯 말로는 집으로 돌아가겠다고 했지만, 밖에서 지내면 지낼수록 옐링에 대한 그리움은 줄었다. 젖소는 말할 것도 없고 남동생과 여동생들에게 걸려 넘어지던 때로 돌아가고 싶지 않았다. 한쪽 구석에는 구정물통이 있고 씻지 않은 몸에서 나는 악취가 풍기던 그 우중충한 돼지우리로 돌아가고 싶지 않았다. 좁고 축축한 배의 밑바닥도 별반 다를 게 없었을지 몰라도, 넓은 갑판으로 올라가면 흩뿌려진 별들이 반짝이고 노른자 같은 달이 뜬 광활한 하늘을 올려다볼 수 있었다.

돼지우리에서 자라 이십대를 바다에서 보낸 아버지가 농사일을 이 정도로 잘 알다니 놀라운 일이다. 어머니 말로는 아버지가 뭐든 마음만 먹으면 금세 배우기 때문이라고 한다. 아버지는 여관을 가정집으로 복구했다. 젖소와 양과 닭을 키워 우유와 고기와 양털과 달걀을 얻고, 돌투성이 땅에 일 년씩 번갈아 옥수수와 완두콩과 감자를 심고, 집 앞에 직판점을 설치해 판다. 포트클라이드와 세인트조지와 플레전트곳에서 배를 타고 찾아온 손님들은 농산물을 싣고 노를 저어서 집으로 돌아간다.

해초로 밭을 덮으면 여름에 땅을 촉촉하게 유지하고 잡초를 막을 수 있다는 걸 터득하자 아버지는 앨과 샘과 내게 해초를 모아와서 골고루 뿌리는 일을 맡긴다. 썰물 때 무거운 외바퀴 손수레를 몰고 물가까지 가려면 두 명이 필요하고 두툼한 면장갑을 끼어야 한다. 우리는 따개비와 게와 달팽이를 헤치며 바위에서 다시마를 뜯고, 구멍이 뻥뻥 뚫린 초록색 가닥은 끝에 거품이 맺혀 있고 납작하고 넓은 몸통은 파이 껍질처럼 세로로 홈이 난 해초를 손수레에 담는다. 장갑이 뻣뻣하고 불편하다. 맨손으로 잡아야 훨씬 수월하기에 우리는 장갑을 벗고 미끈미끈한 손을 바닷물에 헹군다. 그런 다음 손수레를 밀고 새로 갈아엎은 들판으로 올라가, 차가운 다시마를 크게 한 움큼 집어서 짓이겨 고랑을 따라 뿌린다. "손수레 치워." 아버지가 괭이질을 하다 말고 외친다. "작물 밟아서 죽이면 안 된다."

아버지는 항상 돈을 벌 궁리를 한다. 양떼가 늘어나자 동네 사람들에게 양털을 팔다가, 어느 시기에는 상자에 담아 멀리 보내서 소모기梳毛機로 빗고 잣고 색을 입혀 다른 주에서 더 비싼 값에 팔기로 한다. 이듬해 여름에는 이웃과 함께 버드곶과 하손곶 사이의 작은 만에 어살을 설치한다. 겨울에는 민물 얼음을 채취하기로 한다. 그걸 인근 항로를 지나는 증기선에 실으면 보스턴과 그 너머로 저렴하고 간단하게 운반할 수 있다. 보관은 샘 선장이 만들어놓고 몇십 년 동안 쓰지 않은 얼음창고에 할 것이다.

농작물처럼 얼음도 깨지기 쉽고 변덕스럽다. 태양이 내리쬐거나 갑작스럽게 폭풍이 들이닥치면 망가질 수 있다. 얼음을 보스턴으로 무사히 넘기기 전에는 돈을 받는다는 보장도 없다. 아버지는 바이널스 못에 얼음이 35~40센티미터 두께로 어는 2월까지 기다렸다가 다른 농부들에게 돈을 주고 말과 쟁기를 동원해 눈 치우는 일을 도와달라고 한다. 그들은 혹한의 날씨에 동이 트기도 전에 일어나 말에게 눈 치우는 긁개를 끌게 한다. 널빤지들을 한데 연결해 뒤로 비스듬히 기운 2.5미터 너비의 평평한 바닥을 만들고, 좀더 무겁고 물기가 많은 얼음을 옮길 때는 90센티미터 너비의 긁개를 동원한다. 남자들 몇 명이, 몸이 더워지면 외투와 목도리와 모자를 벗어가며, 기다란 T자 쇠 손잡이가 달린 작은 톱으로 얼음을 썬다. 힘든 일이지만 이 남자들과 말들은 힘든 일에는 이골이 났다.

썰려나온 얼음조각이 30센티미터 높이로 시럽 같은 물위에 떠다니면 남자들은 못으로 만든 갈고리를 끝에 단 기다란 장대로 얼음을 붙잡아놓는다. 그다음에는 얼음을 잘라서 말이 모는 평상형 트레일러에 싣고 축사 뒤편의 얼음창고로 옮기는 지루한 작업이 이어진다. 얼음덩어리를 쌓은 다음에는 톱밥으로 덮고, 일부는 동네 주민들에게 팔고 나머지는 매사추세츠행 수송선이 만에서 준비를 마칠 때까지 보관할 것이다.

얼음을 채취하는 날 새벽에 아버지가 집을 나서면 나는 어둠 속에서 긴 속옷 위로 스웨터와 바지를 껴입고 양말을 두 겹 신는다. 1층 현관에서 앨을 만나 안개 속으로 나서고, 서로에게 입김을 불어가며 바이널스 못으로 향한다. 쟁기를 연결한 말들이 두툼한 얼음 위에 점점 깊은 홈을 파며 왔다갔다하는 걸 구경하기 위해서다. 체로 친 밀가루처럼 고운 눈이 흩날리며 점점 쌓인다.

멀리서 블래키를 잡고 쟁기를 끄는 아버지가 눈에 들어온다. 아버지도 우리를 본다. "얼음 근처에 오지 마라!" 아버지가 외친다. 가장자리에 다다른 앨과 나는 말없이 서서 일하는 남자들을 구경한다. 블래키가 고개를 쳐들고 이리저리 날뛴다. 녀석은 예민하다. 나는 방목지에서 여러 시간에 걸쳐 정해진 순서에 따라 녀석을 진정시키는 방법을 터득해놓았다. 녀석의 목에는 며칠 전 겁에 질렸을 때 내가 통제하느라 매단 밧줄이 아직 걸려 있다.

한 남자의 갈고리가 얼음 안에서 부러져 다들 해결 방법을 제시하느라 어수선할 때, 나는 블래키가 슬로모션처럼 얼음 가장자리 쪽으로 미끄러지고 있다는 걸 알아차린다. 느닷없이 높고 날카로운 말 울음소리가 들린다. 숨막힐 정도로 차가운 물속에 빠지자 녀석은 공포로 눈을 까뒤집고 물을 마구 휘저으며 버둥거린다. 쟁기가 가장자리에 아슬아슬하게 걸쳐져 있다. 나는 생각하고 말고 할 겨를도 없이 아버지를 향해 얼음을 가로질러 달린다.

"망할, 저리 가!" 아버지가 고함을 지른다.

"목줄을 잡으세요." 나는 내 목을 가리키며 외친다. "블래키의 숨통을 조여요!"

아버지가 남자들 몇 명에게 손짓하고 그들은 나란히 서로 팔짱을 낀다. 아버지가 가운데에 자리하고 있고, 몇 명은 아버지의 허리띠를 잡는다. 아버지가 말의 머리 쪽으로 손을 뻗어 밧줄을 잡고 팽팽히 당긴다. 블래키는 이내 잠잠해진다. 아버지는 널빤지 위에 엎드려 녀석의 마구를 잡고, 우선 앞다리를, 그다음은 배를, 그리고 마침내 힘이 세고 두툼한 궁둥이를 얼음 위로 간신히 끌어올린다. 블래키는 조각상처럼 앞다리와 뒷다리를 벌린 채 얼어붙은 듯 잠깐 가만히 서 있는다. 그러다 머리를 숙이고 사방으로 물보라를 흩날리며 갈기를 턴다.

그날 저녁을 먹는 자리에서 아버지가 마메이와 어머니에게 이야기한다. 나처럼 성질 더럽고 고집 센 아이는 본 적이 없다고, 얼음 위로 달려왔을 때 내 목을 비틀지 않은 이유는 딱 하나, 내 빠른 판단 덕분에 블래키의 목숨을 구했을지 모르기 때문이라고. 우리 모두 알다시피 말이 물에 빠져 죽었다면 엄청난 손실이었을 것이다.

"누구한테 물려받은 성격인지 모르겠네." 어머니가 말한다.

한 달에 한두 번 저녁에 동네 농부들이 찾아와 위스키를 마시고 식탁에서 카드놀이를 한다. 아버지는 성격이 조용하고 스웨덴 억양이 있기 때문에 남들과 다르지만, 다들 농사를 짓고 고기 잡는 일을 한다는 사실 하나만으로도 유대감을 느끼기에 충분하다. 어머니와 마메이가 자러 들어가면 앨과 나는 우리가 보이지 않는 계단에 앉아 아저씨들이 나누는 대화를 듣는다.

리처드 우튼 아저씨는 술에 취할수록 횡설수설이 심해진다. "하느님의 이름을 걸고 맹세하는데 그 비밀의 터널 안에 보물이 있어. 언젠가는 내가 차지하고 말 거야."

앨과 나는 비밀의 터널 전설에 넋을 잃는다. 이 일대에서 전해 내려오는 이야기에 따르면 초기 이주민들이 지나가는 해적과 아베나키 인디언들로부터 몸을 숨기는 용도로 버드곶 근처의 바위를 뚫고 60미터가 넘는 굴을 팠다고 한다.

"거의 손에 넣었는데. 손에 넣기 직전이었는데." 리처드 아저씨가 말한다. 그의 목소리가 나지막해지자 나는 난간 쪽으로 바짝 몸을 기울이고 귀를 쫑긋 세운다. "칠흑같이 어두웠어. 하늘에 별빛 한 점 없더라고. 나는 등불을 들고 거길 찾아갔지. 얼마 동안 땅을 팠는지 모르겠지만 몇 시간은 팠을 거야."

"그 얘기 벌써 몇번째야, 이번이 백번째쯤 되지 않나?" 누군가가 비웃는다.

리처드 아저씨는 그 말을 못 들은 체한다. "그리고 보였어. 반짝이는 보물이."

"그럴 리가."

"진짜야, 내 눈으로 똑똑히 봤다니까! 그런데 바로 그때……"

남자들이 툴툴거리며 웃음을 터뜨린다. "아, 작작 좀 하라고!" "다 지어낸 얘기라니까."

"얘기 계속해봐, 리처드." 아버지가 말한다.

"사라져버렸지 뭐야. 그냥…… 그렇게." 그가 손가락 튕기는 소리가 들린다. "내가 손을 뻗는 도중에. 바로 전까지만 해도 있었는데 없어졌어."

"아이고, 아까워라." 한 명이 큰 소리로 외친다. "보물을 위하여!"

"보물을 위하여!"

다음날 저녁 앨과 나는 자투리 양초를 들고 슬그머니 집을 빠져나와 버드곳으로 향한다. 터널 입구는 어두컴컴하고 비밀스럽다. 들고 있는 촛불이 계속 깜빡거리다가 꺼진다. 살금살금 걸어가는데 섬뜩하도록 고요하다. 15미터쯤 가자 낙석들에 앞이 가로막힌다. 나는 묘한 안도감을 느낀다. 그게 아니었다면 겁도 없이 계속 갔을 것이다. 그랬다면 숨겨진 보물을 찾았을까? 아니면 깊숙한 터널 속으로 사라져 영영 돌아오지 못했을까?

앨과 나는 기회가 될 때마다 모험에 나선다. 몇 주 뒤 동생이 한 밤중에 나를 깨우더니 제 입술에 손가락을 대고 속삭인다. "따라 와." 나는 잠옷 위로 실내복을 입고 양말 위로 낡은 가죽신을 신고 고치처럼 아늑한 침대를 벗어난다. 밖으로 나가보니 몇백 미터 멀리 있는 항구에서 주황색 공이 이글거리고, 잘박거리는 수면 위에 그 모습이 비친다. 잠시 후 나는 깨닫는다. 배에 불이 난 것이다.

"몇 시간째 타고 있어." 앨이 말한다. "라임을 실은 연락선인데. 분명 토머스턴으로 가는 길이었을 거야."

"아버지를 깨워야 하지 않을까?"

"아니."

"아버지가 도울 수 있을지 모르잖아."

"한참 전에 고깃배가 남자들을 태우고 뭍으로 왔어. 이제는 아무도 손쓸 방법이 없어."

우리는 한 시간 넘게 풀밭에 앉아서 구경한다. 화물선이 어둠 속에서 활활 타오르며 파괴되어가는 광경은 장관이다. 나는 불빛으로 환하게 밝혀진 앨의 얼굴을 물끄러미 바라본다. 그가 좋아하는 책을 떠올린다.『보물섬』, 숨겨진 보물을 찾아 바다로 도망치는 소년의 이야기다. 앨이 선생님 책꽂이에 있는 그 책을 수없이 들추는 걸 보고 크롤리 선생님은 여름방학이 시작되자 그에게 책을 주었다. "우리 뱃사람 앨버로에게." 선생님은 속지에 깔끔한 글씨체로 적었다. "수많은 모험을 떠날 수 있길 바라며."

몇 달 뒤 썰물이 졌을 때 라임 운반선의 뼈대가 드러난다. 아버지와 앨은 배를 타고 나가 선체에서 떡갈나무 널빤지를 떼어내고, 그것들을 겹겹이 쌓은 후 무거운 걸로 눌러 판판하게 편 다음 얼음창고 바닥을 다시 까는 데 쓴다.

평일이면 앨과 나는 날마다 쿠싱에 있는 4번 윙 학교까지 2.5킬로미터를 걸어간다. 내 걸음걸이가 불안하기 때문에 시간이 오래 걸린다. 나는 걸음을 내딛는 데 집중하려고 하지만 워낙 자주 넘어지기 때문에 면 패드를 덧대어도 무릎과 팔꿈치에 멍과 상처가 가실 날이 없다. 발날은 거칠어지고 굳은살이 박였다.

앨은 가는 내내 투덜거린다. "어우, 젖소도 누나보다는 빠르겠다. 나 혼자면 지금쯤 갔다 오고도 남았을 텐데."

"그럼 먼저 가." 나는 말하지만 동생은 절대 먼저 가지 않는다.

팔로 균형을 잡아가며 몸을 앞으로 흔들어 움직이면 도움이 되지만 효과가 없을 때도 있다. 내가 넘어지면 앨은 한숨을 쉬며 말한다. "왜 이래. 이러다 정말 늦겠네." 하지만 나를 일으켜세울 때 동생은 온 힘을 다한다.

가끔 앤과 메리 코너스라는 옆집 여자아이들과 같이 갈 때도 있지만 그 집 어머니가 강요했을 때뿐이다. 내가 넘어져서 뒤처지면 두 아이는 혀를 차고 마른 나뭇가지를 발로 찬다. "아우, 또야?" 메리가 중얼거리고 둘은 앨과 내 귀에 들리지 않게 뭐라고 속닥거린다.

학교에 도착하면 외투 보관실이 빌 때까지 기다렸다가 무릎 보호대와 양팔에 두르는 밴드를 떼서 도시락 통에 넣는다. 다른 아이들이 못되게 굴 수 있기 때문이다. 책을 가지러 통로를 걸어가는데 레슬리 브라운이 발을 거는 바람에 거트루드 기번스의 책상을 들이받는다. "좀 보고 다녀, 이 사고뭉치야." 거트루드가 들릴락 말락 하게 중얼거린다.

나도 작정하면 얼마든지 받아칠 수 있다. 4번 윙 학교에 나무랄 데 없이 완벽한 삶을 누리는 아이는 거의 없다. 거트루드 기번스의 어머니는 오거스타의 제지공장에서 일하는 남자와 포틀랜드로 도망쳤고 두 번 다시 뒤돌아보지 않았다. 코너스 자매에게는 아버지가 없다. 어디로 떠난 게 아니라 애초부터 없었다. 손바닥만한 마을이라 원하는 것 이상으로 서로에 대해 아는 게 많다.

어느 날 오후 앨과 내가 도시락을 들고 운동장에 나가 느릅나무 그늘에 앉아 있는데 레슬리와 다른 남자아이들이 맴을 돌며 놀리기 시작한다. "너 어디가 고장났어? 네가 정상이 아닌 건 알지?"

앨은 귀 끝이 빨개지지만 아무 말도 하지 않는다. 동생은 키도 작고 왜소해서 담배를 씹어대는 이 거친 아이들의 적수가 되지 못한다. 나도 동생의 보호를 받고 싶은 생각은 없다. 앨과 나의 나이 차가 만 한 살도 넘는다.

나와 같은 학년인 새디 햄이라는 여자아이가 이쪽으로 온다. 호리호리하고 강단 있으며 해바라기 줄기처럼 튼튼하고 눈은 갈색에 얼굴은 동그랗고 고수머리가 해바라기 꽃잎처럼 사방으로 뻗친 아이다. 그애가 허리춤에 손을 얹고 남자아이들을 향해 턱을 내민다.

"이제 그만하시지."

"새디 베이컨." 레슬리가 비웃으며 말한다. "그게 네 이름이지?"

"나랑 이름 가지고 농담 따먹기 하고 싶지 않을 텐데, 레슬리 브라운." 새디가 앨과 나를 돌아보며 말한다. "나도 옆에 앉아도 돼?"

앨은 내키지 않는 눈치지만 나는 풀 위로 손을 토닥인다.

새디는 버터 바른 빵 사이에 얇게 썬 미트로프를 넣은 샌드위치를 나에게 나누어준다. 그애는 한 언니가 계산대에서 일하는 드러그스토어 2층 아파트에서 언니 두 명과 같이 산다고 말한다. 부모님 얘기는 하지 않기에 나도 묻지 않는다.

"내일도 같이 앉아도 돼?" 새디가 묻는다.

앨이 나를 흘끗 쳐다본다. 나는 못 본 체한다. "당연하지." 내가 말한다.

한참 동안 내 친구는 앨뿐이었다. 동생은 부엌 벽이나 축사로 가는 길만큼 익숙한 존재다. 나는 친구가 있으면 좋겠다고 생각한다.

육지에서 앨은 부끄럼이 많고 어설프다. 말도 별로 하지 않는다. 사람들이 많은 데 있으면 어디든 다른 곳으로 자리를 옮기고 싶은 것처럼 군다. 두 손은 어쩌면 좋을지 모르겠는지, 손목에 매달린 지나치게 큰 장갑처럼 늘어뜨린다. 하지만 아버지의 흰색 파란색 부표가 물속에서 까딱이는 바다로 나서면 동생은 결단력 있고 자신만만해한다. 밧줄을 한번 획 잡아당기기만 해도 저 아래 그물에 바닷가재가 얼마나 잡혔는지 안다.

앨은 예전부터 바닷가재 잡는 어부가 되고 싶어했다. 동생이 여덟 살 되던 해 여름, 아버지는 이제 앨이 그걸 배워도 될 나이라고 결정한다. 아버지는 작고 오래된 배에 앨을 태우고 일주일에 몇 번씩 바다로 나가고 가끔은 나도 동행한다. 우리는 하얀 우리집이 언덕 위의 티끌처럼 보일 때까지 노를 저어 나아간다. 작은 배를 타고 망망대해로 나서니 불안해진다. 땅에서도 균형감각이 위태로운 내가 아닌가. 우리를 감싼 바다는 깊고 어두컴컴하다. 널빤지는 거칠고, 배의 늑간에 고인 짠물에 내 맨발이 따끔거리고 원피스 치맛단이 젖는다. 나는 얼른 돌아가고 싶어서 안절부절못하며 한숨을 쉰다. 하지만 앨은 물 만난 물고기 같다.

아버지가 우리에게 손낚싯줄을 하나씩 준다. 무명실에 아마유를 먹이고 잘 잡을 수 있도록 아버지가 깎은 나무토막에 둘둘 감아놓은 단순한 장비다. 끝에 큼지막한 바늘과 가라앉게 만드는 납추가 달려 있다. 아버지가 널빤지로 덮어놓은 낡은 양동이에 담긴 밑밥을 바늘에 끼우는 법을 가르쳐준다. 우리는 낚싯줄을 천천히 드리우고 기다린다. 나는 아무것도 잡지 못하지만 앨의 낚싯줄은 요술을 부린다. 미끼 꿰는 법이 나랑 다른 걸까? 낚싯줄을 흔들어 살아 있는 것처럼 물고기를 속이기 때문일까? 아니면 물고기가 잡힐 거라는 느긋한 자신감 때문일까? 검지와 엄지로 쥔 낚싯줄에서 대여섯 번 아주 미미한 움찔거림이 느껴질 때마다, 앨은 줄을 홱 당겨 바늘을 걸리게 하고, 두 손을 번갈아 움직여 펄떡이는 해덕이나 바다 깊은 곳에 사는 대구를 배 위 널빤지로 끌어올린다.

앨은 외과의사 같은 솜씨로 낚싯바늘을 제거하고 엉킨 줄을 푼다. 집으로 가는 내내 저 혼자 노를 젓겠다고 고집을 부린다. 부두에 도착하면 시뻘겋게 쏠린 손바닥을 들어 보이며 씩 웃는다. 물집이 잡힌 손을 자랑스러워한다.

몇 년 지나지 않아 앨은 아버지의 오래된 일인승 보트를 수리하고 자기만의 통발을 만들고 설치하는 법을 배운다. 주위모은 나뭇조각들로 활 모양의 천장과 틀을 짜고, 노끈을 엮어 입구를 만들고, 돌멩이를 추 삼아 바닷속에 가라앉힌다. 자기가 만든 통발이 아버지 것보다 낫다고 으스대는데, 맞는 말이다. 앨의 통발은 바닷가재로 넘쳐난다. 앨은 축사 뒤편에 생선창고를 만들고 거기다 바닷가재 잡는 덫과 미끼 통, 보트 코킹 도구와 부표, 그물과 못을 보관한다. 오래지 않아 그는 파란색 흰색 부표를 인계받고, 쿠싱과 멀리는 포트클라이드에까지 바닷가재를 판매한다.

앨은 하루라도 빨리 학교에서 벗어나고 싶어한다. 그의 말에 따르면 지금은 그냥 기회를 엿보는 중이라고, 깨어 있는 모든 순간을 소중한 보트에서 보낼 수 있는 날을 손꼽아 기다리는 중이라고 한다.

예전에 크롤리 선생님이 내게, 가르쳤던 학생들 중 제일 똑똑하다고 한 적이 있다. 지금까지 내가 들은 최고의 칭찬이다. 나는 남들보다 한참 먼저 읽기와 연산을 끝낸다. 선생님은 항상 추가로 할 공부와 읽을 책을 준다. 칭찬은 감사하지만 나도 다른 아이들처럼 뛰어다니고 놀 수 있다면 그애들과 똑같이 엉덩이가 가볍고 주의가 산만할지도 모른다. 사실 책 속에 빠져 있으면 예고 없이 욱신거리는 팔다리의 통증이 덜 느껴진다.

학교에서 세일럼 마녀재판에 대해 배우는 중이다. 크롤리 선생님이 말하길 1692년에서부터 1693년까지 이백오십 명의 여자가 마녀로 고발돼 백오십 명이 감옥에 갇히고 열아홉 명이 처형당했다고 한다. 그들은 '영적 증거', 즉 그들이 유령의 모습으로 보였다는 고발자의 주장이나 점이나 사마귀 같은 '마녀의 표적'만으로 유죄판결을 받았다. 소문, 전해들은 이야기, 유언비어가 증거로 인정됐다. 재판관 존 호손은 가차없기로 악명 높았다. 그는 공정한 판사라기보다 검사에 가까운 태도를 보였다.

"그자가 우리 친척이잖니." 내가 방과후에 그날 배운 수업 내용을 전하자 마메이가 얘기한다. 우리는 부엌의 글렌우드 레인지 옆에 앉아 양말을 깁고 있다. "한겨울에 세일럼을 떠난 하손 집안의 세 남자 기억하지? 그게 재판이 있고 오십 년 뒤였어. 그들은 수치심으로부터 도망친 거야."

마메이는 양말 무더기에서 하나를 꺼내며, 달걀을 훔치고 고양이로 변신한다고 고발당했던 여관 주인 브리짓 비숍에 대해 들려준다. 브리짓은 알록달록한 옷을 입고 다니는 괴짜였는데, 특히 레이스로 뒤덮인 빨간색 보디스가 악마의 상징으로 낙인찍혔다고 한다. 마녀라고 자백한 두 여자가 브리짓도 일당이라고 증언하자 그녀는 체포되어 축축한 감방에 갇혔고, 썩은 덩이줄기와 죽으로 연명했다. 마메이는 아무리 번듯한 여자라도 그런 데서 며칠만 지내면 덫에 갇혀 발악하는 짐승과 비슷해진다고 말한다.

법정의 야유하는 방청객 앞에서 존 호손은 물었다. "당신이 마녀가 아니라는 걸 무슨 수로 알 수 있소?"

그녀가 대답했다. "저는 마녀에 대해 아는 게 아무것도 없어요."

호손 판사는 실눈을 뜨고 집게손가락을 들었다. 그 집게손가락으로 삿대질을 하자 그녀는 한 대 얻어맞기라도 한 듯 뒷걸음질을 쳤다. "이것 봐요." 그가 말했다. "당신은 지금 새빨간 거짓말을 하고 있어요." 그가 자기 앞의 테이블을 주먹으로 내리치자—마메이는 자기 주먹을 내리쳐 어떤 식인지 보여준다—고발자와 방청객들은 광분했다.

브리짓 비숍은 그걸로 끝이라는 걸 알았단다, 마메이는 말한다. 그녀는 남들처럼 갤로스 언덕에서 죽음을 맞이하고, 그녀를 불쌍히 여긴 사람이 한밤중에 줄을 끊어줄 때까지 거기 대롱대롱 매달려 있을 것이었다. 고발당한 대다수가 그랬듯 그녀 역시 중년에 독신이었고 집과 재산은 이미 몰수당했다. 누가 그녀를 두둔해줄까? 누가 그녀는 그럴 사람이 아니라고 증언해줄까? 아무도 없었다.

결국에는 매사추세츠 주지사가 재판에 제동을 걸었다. 고등법원의 판사들은 하나둘씩 기존의 입장을 철회하며 성급한 판단을 내렸던 것을 자책하고 유감스러워했다. 존 호손만이 침묵했다. 그는 단 한 번도 일말의 후회조차 내비친 적이 없었다. 이십오 년 뒤에 평화롭게, 아주 편안하게 눈을 감은 이후에도 냉혹하고 잔인했던 그의 명성은 사라지지 않았다.

마메이는 브리짓 비숍이 호손의 후손들에게 어떤 저주를 퍼부었는지 얘기한다. 정확히 말하면 저주가 아니라 경고이자 심판이었다. "그 여자를 존경할 수밖에 없어." 마메이가 말한다. "자기한테 있는 유일한 능력을 동원해 그에게 하느님에 대한 두려움을 심어주었잖니! 하느님이 아니라 다른 무언가에 대한 두려움일 수도 있지만. 하지만 나는 그 경고를 믿는다. 나는 네 조상들이 세일럼에서 마녀를 달고 왔다고 생각해. 그들의 혼령이 이 집에 맴돌고 있어."

"그만 좀 하세요." 어머니가 옆방에서 요란하게 한숨을 쉰다.

어머니는 마메이가 내 머릿속에 황당한 생각들을 잔뜩 심어놓는다고 생각한다. 내가 마메이의 이야기보다 바느질에 좀더 집중해야 한다고 생각한다.

내가 저주에 대해 묻자 아버지는 모르겠다고, 하지만 하손 집안 사람들이 거칠기로 악명 높았던 건 안다고 한다. 그들은 1600년대에 북아일랜드에서 뉴잉글랜드로 이주한 사납고 험상궂은 스코틀랜드계 아일랜드인이었고, 적으로 인지한 상대에게 금세 악랄한 자로 낙인찍혔다고 한다. "퀘이커교도를 폭행하고, 인디언을 배신하고 노예로 팔아넘기고…… 뭐, 그런 식이었지." 아버지가 말한다.

"그걸 다 어떻게 아세요?" 내가 묻는다.

"아주 오래전에 너희 할아버지하고 위스키를 같이 마신 적이 있었거든."

내가 열 살 되던 해 봄에 어머니는 만삭이다. 마메이와 내가 음식을 도맡다시피 하는데, 기나긴 겨울의 끝자락이다보니 대개 지하실에서 오래 묵은 뿌리채소, 말린 생선과 훈제한 고기, 스튜와 차우더 같은 것들이다. 바다가 워낙 춥고 파도가 심해서 아버지와 앨은 고깃배를 타고 나가지 못한다. 샘은 마른기침을 하고 콧물을 흘린다. 땅은 질척질척하다. 학교 가는 길에 넘어지면 하루종일 지저분하고 축축한 치맛자락을 끌고 다녀야 한다. 어느 누구에게도 기분좋을 일이 별로 없다.

비가 내리던 어느 날 오후 나는 학교에서 집으로 돌아가는 길에 저 앞에서 가고 있는 아버지의 마차를 발견한다. 오소리처럼 생긴 낯익은 여자가 파란 보닛을 쓰고 아버지 옆에 앉아 있는 걸 보고 미스 프릴리가 해산을 도우러 왔다는 걸 알아차린다. 나는 집에 도착해 남동생들과 아버지와 함께 식탁에 앉는다. 묵직하고 걸쭉한 빗방울이 지붕과 유리창을 때리고 우리 모두 뼛속까지 스며드는 습기를 느낀다. 나는 양말을 벗어서 레인지 위에 넌다. 글렌우드에서 새어나오는 장작 연기마저 축축하다.

출산은 순조롭게 이루어진다. 이제 어머니는 아이 낳는 것에 이골이 났다. 하지만 프레드가 태어난 이후에 어머니는 전과 달라진다. 아기가 찾아도 느릿느릿 일어난다. 대낮에 마메이에게 아기를 넘기고 다시 들어가서 눕는다. 프레드가 젖을 달라고 울어도 어머니가 다른 쪽으로 몸을 돌리기 때문에 마메이가 소젖에 물을 섞고 설탕을 살짝 뿌려서 먹여야 한다. 마메이는 아기가 낮잠을 자면 오븐에 구운 돌을 천으로 싸서 침대에 넣어주지만 그걸로 엄마를 대신할 수는 없다고 얘기한다.

앨과 나는 학교가 끝나면 얼른 집으로 돌아와 요람에서 프레드를 꺼내 의자에 눕혀서 흔들어주고 양철통에 넣어서 씻긴다. (씻기기 전에는 벌판의 구덩이에서 꺼낸 아이처럼 시큼하고 축축한 냄새가 난다. 씻기고 나면 강아지 냄새가 난다.) 우리 모두 어머니의 기운을 북돋울 수 있는 방법을 연구한다. 마메이는 어머니가 좋아하는 레몬 껍질을 넣은 파운드케이크를 굽는다. 아버지는 어머니의 리넨을 넣을 수 있게 서랍 네 개짜리 서랍장을 만든다. 파란색이 어머니가 제일 좋아하는 색이라 나는 집안의 이런저런 물건들을 기분좋은 파란색으로 칠해 어머니에게 깜짝 선물을 하기로 마음먹는다.

내 계획을 듣고 앨은 고개를 젓는다. "의자를 파란색으로 칠해봐야 아무 소용 없을 거야."

"나도 알아." 나는 말하지만 효과가 있길 바란다.

아버지가 허락하지 않을 걸 알기에 나는 마메이에게 묻는다. "훌륭한 생각이로구나." 마메이는 말하고 페인트 살 돈을 준다.

나는 방과후에 A. S. 페일스 앤드 선스 잡화점에 들러 색상표에서 가장 선명한 파란색 페인트 한 통과 말총 붓 두 개, 양철 쟁반, 테레빈유 한 통을 산 후 집까지 들고 오기는 너무 피곤해서 숲속에 숨겨둔다. 다음날 확인해보니 없다. 누가 훔쳐갔나 싶어 불안해지지만 집에 도착해보니 헛간에 있다. "나는 지금도 그게 한심한 짓이라고 생각해." 앨이 말한다. "하지만 누나가 그 일을 전부 하게 둘 수는 없지."

젖은 페인트는 파랑새의 가장 파란 깃털 색이고 호수 수면처럼 반짝인다. 앨과 나는 걸레로 헛간 문, 마차 테두리와 차대, 썰매와 건초 시렁과 제라늄 화분을 닦는다. 일단 색칠을 시작하자 멈출 수가 없다. 페일스에 가서 필요한 물품을 좀더 사가지고 돌아와 앞문과 뒷문, 마차 바닥까지 전부 칠한다.

어머니를 설득해 1층으로 끌고 내려와 우리가 뭘 했는지 보여드리자 어머니는 앨과 나를 끌어안는다.

서서히 상황이 호전된다. 날이 따뜻해지자 어머니와 나는 썰물 때 다시 리틀섬까지 걸어가기 시작하지만 이제는 남동생들도 데려간다. 앨은 풀을 헤치고 앞서 달린다. 샘은 조수 웅덩이에 불가사리를 쌓는다. 우리는 몽돌 해변을 걸으며 조가비를 찾고 오래된 가문비나무 아래에서 도시락을 먹는다. 어머니가 젖먹이 프레드를 아기 싸개에서 꺼내 바닷가에 똑바로 눕혀놓으면 아기는 옹알거리며 꾸르륵댄다. 나는 바위에 앉아 어머니를 지켜본다. 어머니는 괜찮아진 것 같다. 하지만 가끔 멍하니 먼 곳을 응시할 때가 있어 걱정된다.

크롤리 선생님이 특유의 깔끔하고 동글동글한 필체로 에밀리 디킨슨의 시를 칠판에 옮겨 적자 여기저기서 웅성거리기 시작한다.

"여섯 살 아이가 저걸 썼다고?"

"저 대시는 다 뭐야? 문법적으로 틀린 거 아니야?"

"우리 할아버지는 그 여자가 이상한 할머니였댔어. 노처녀였대." 뭐든 아는 척하는 거트루드 기븐스가 말한다.

"에밀리 디킨슨이 조용히 산 건 맞단다." 크롤리 선생님이 삐져나온 회색 머리카락을 귀 뒤로 넘기며 말한다. "어떤 남자 때문에 마음의 상처를 입은 이후로 은둔생활을 했거든. 흰색 옷만 입었고. 그녀가 시를 썼다는 걸 아무도 몰랐어. 다들 아름다운 정원을 가꿨다면서 그것에 감탄하기만 했지. 그녀는 작은 책상 앞에 몇 시간씩 앉아 있곤 했지만 뭘 하는지 아무도 몰랐어. 죽은 뒤에 서랍에서 시가 담긴 서류철이 발견됐단다. 특유의 꼼꼼한 글씨체로, 보다시피 아주 특이하게 기록한 작품이 페이지마다 쓰여 있었지. 수백 편의 시였단다."

나는 칠판에 적힌 시를 공책에 베껴쓰며 소리 없이 한마디, 한마디 따라 읽는다.

나는 무명인이에요! 당신은 누구신가요?
당신―또한―무명인인가요?
그럼 우리 둘이 똑같네요!
얘기하지 마요! 사람들이 떠들고 다닐 테니까―당신도 알잖아요!

"심지어 운율도 안 맞네." 레슬리 브라운이 말한다.

"어떤 의미가 담긴 작품이라고 생각하니?" 크롤리 선생님이 허공에 분필을 들고 묻는다.

"글쎄요. 자기 인생은 보잘것없다고 생각한다?"

"그렇게 해석할 수도 있겠지. 크리스티나, 네가 보기에는 어떠니?"

"제가 보기에는 작가가 자기는 대부분의 사람들하고 다르다고 느끼는 것 같아요." 나는 대답한다. "그리고 사람들이 자기를 이상하게 여길지 몰라도 이 세상에는 자기와 닮은 사람이 있다는 걸 알고 있고요."

크롤리 선생님이 미소를 짓는다. 선생님은 무슨 말을 하려다 생각을 바꾸는 것처럼 보인다. "자기하고 마음이 통하는 사람 말이지."선생님이 말한다.

수업이 끝나고 나는 생전 처음 들어본 이 시인의 작품을 좀더 읽을 수 있느냐고 선생님에게 묻는다. 선생님은 파랗고 작은 양장본을 책상에서 집고는, 에밀리 디킨슨은 8음절과 6음절로 번갈아 행을 구성했고 찬송가에 좀더 일반적으로 쓰이는 '보통 운율'을 자주 썼다고 설명한다. 작품의 대부분이 압운을 이루는 단어가 비슷하지만 정확하게 일치하지는 않는 불완전운이었다. 그리고 일부로 전체를 대변하는 방식이라고 한다. "예를 들어 여기 이 작품만 해도 그래." 크롤리 선생님은 어떤 페이지를 손끝으로 톡톡 두드리고는 큰 소리로 낭독한다. "'주변의 눈길─짜낸 눈물은 다 말랐고.' 이게 뭘 표현한 걸까?"

"음……" 나는 처음 몇 구절을 눈으로 훑는다.

파리 한 마리가 윙윙대는 소리를 들었지 ─내가 죽었을 때─
방안의 정적은
대기의 정적과 같았고 ─
힘겨운 숨소리 그 중간에 ─

"침대를 둘러싸고 서서 죽은 사람을 애도하는 사람들이요?"
크롤리 선생님은 고개를 끄덕인다. 선생님이 내게 책을 건넨다. "읽고 싶으면 주말 동안 집에 들고 가서 읽어도 돼."

나는 방과후에 집 앞 현관 계단에 앉아 책장을 넘기며 띄엄띄엄 읽어본다.

이건 세상에 띄우는 나의 편지
세상은 내게 절대 답장을 보낸 적 없지만—
부드럽고 장엄한 대자연이 전하는—
간결한 소식……

시들은 독특하고 거꾸로 뒤집혀 있고, 나는 내가 제대로 이해하는 건지 알 방법이 없다. 하얀 원피스를 입고 책상 앞에 앉아 깃펜 위로 머리를 숙이고 이 일관성 없는 파편을 끼적이는 에밀리 디킨슨을 그려본다. "정확하게 이해하지 못해도 괜찮아." 크롤리 선생님은 수업시간에 이렇게 말했다. "중요한 건 시를 읽었을 때 느껴지는 감정이니까."

이런 생각들을 종이에 담는 건 어떤 느낌일까? 반딧불이를 가둔 느낌이지 않을까, 나는 생각한다.

어머니는 현관 앞 계단에서 책을 읽는 나를 보고는 말린 시트가 담긴 바구니를 내 무릎 위로 털썩 내려놓는다. "빈둥거릴 시간 없다." 어머니가 나지막이 말한다.

8학년—4번 윙 학교의 최종 학년이자 우리 대부분이 정규교육을 받을 수 있는 마지막 해다—의 끝이 얼마 남지 않았을 때 크롤리 선생님이 점심시간에 나를 따로 부른다. "크리스티나, 내가 여길 영원히 맡을 수는 없어." 선생님이 말한다. "앞으로 몇 년 더 학교에 남아서 내 자리를 물려받도록 준비할 생각 없니? 내가 보기에 넌 훌륭한 선생님이 될 수 있을 것 같은데."

나는 뿌듯함에 얼굴이 환해진다. 하지만 그날 저녁식사 자리에서 이 말을 전하자 어머니와 아버지는 서로 눈빛을 주고받는다. "의논해보마." 아버지는 말하고 나더러 현관 앞 계단에 나가 있으라고 한다.

아버지가 나를 다시 안으로 불렀을 때 어머니는 접시를 내려다보고 있다. 아버지가 말한다. "미안하지만 크리스티나, 너는 이미 우리 둘보다 학교를 오래 다녔잖니. 네 엄마는 할일이 너무 많아. 네 도움이 필요하다."

심장이 쿵 내려앉는다. 나는 겁에 질려서 뾰족한 목소리를 내지 않으려고 애쓴다. "하지만 아빠, 학교는 오전에만 가도 돼요. 집에 일이 있으면 안 가도 되고요."

"내가 장담하는데 책에서 배우는 것보다 훨씬 더 많은 걸 이 농장에서 배울 수 있을 거다."

"하지만 저는 학교 가는 게 좋아요. 지금 배우고 있는 게 좋아요."

"책을 읽고 공부한다고 집안일이 해결되는 건 아니잖니."

다음날 나는 마메이를 붙잡고 내 뜻을 전한다. 나중에 마메이가 응접실에서 아버지에게 낮은 목소리로 말하는 소리가 들린다. "몇년 더 학교에 보내주게." 마메이가 말한다. "밑질 것 없잖아. 교사가 얼마나 훌륭한 직업인가. 그리고 솔직히 말해서 저 아이가 다른 일에는 별 쓸모가 없잖은가."

"케이티가 몸이 안 좋은 거 아시잖아요. 크리스티나가 집안일을 도와야 해요. 장모님도 도와야 하고요."

"우리끼리 어찌어찌 할 수 있어." 마메이가 말한다. "지금 학교를 관두면 저 아이는 평생 이 농장을 벗어날 수 없을지 몰라."

"그게 그렇게 끔찍한 일인가요? 전 그런 인생을 선택한걸요."

"하지만 바로 그거야, 존. 자네는 세상을 구경한 다음 선택했잖나. 저 아이는 로클랜드 너머로는 가본 적이 없어."

"그때 어땠는지 기억하시죠? 집에 오겠다고 난리를 부렸어요."

"어렸고 무서워서 그랬지."

"넓은 세상은 그 아이가 있을 곳이 못 돼요."

"나 원 참, 우리가 지금 넓은 세상을 운운하는 것도 아니잖아. 2.5킬로미터 떨어진 조그만 마을이야."

"저는 이미 결심을 굳혔어요, 장모님."

다음날 쉬는 시간에 크롤리 선생님에게 학교를 계속 다닐 수 없겠다고 얘기하는 것만큼 어려운 일은 내 평생 경험한 적이 없다. 선생님은 잠깐 동안 아무 말도 하지 않는다. 그러다가 이렇게 말한다. "너는 잘 지낼 거야, 크리스티나. 분명 다른 기회가 있을 거야." 선생님은 살짝 눈물을 글썽이는 것 같다. 나도 눈물이 난다. 지금까지 나와 신체 접촉을 한 적 없는 선생님이 내 손 위에 우아한 손을 얹는다. "내가 하고 싶은 말은 뭐냐면, 크리스티나 너는……특별한 아이라는 거야. 그리고……" 선생님은 말끝을 흐린다. "네정신세계가, 네 호기심이 너에게는 위안이 될 거야."

마지막 수업을 받는 날에 나는 자기 연민 속에서 허우적거리느라 거의 아무 말도 하지 못한다. 교실을 나서다가 시어스 카탈로그를 보고 주문한 크롤리 선생님의 지구본 앞을 맴돌며 한 손가락으로 빙그르르 돌려본다. 바다는 개똥지빠귀 알 같은 파란색이고, 울퉁불퉁하게 솟은 초록색과 황갈색은 대륙이다. 나는 대만, 태즈메이니아, 텍사스를 손끝으로 훑는다. 이 머나먼 곳들은 내게 비밀의 터널에 묻힌 보물과 비슷하다. 그러니까 실제로 존재한다는 게 믿기지 않는다.

학교를 그만둔 이후 시간은 몇 킬로미터 밖까지 보이는 평평한 길처럼 길게 늘어진다. 내 일상은 밀물과 썰물만큼이나 규칙적이 된다. 동이 트기 전에 일어나 헛간에서 장작을 한아름 가져다 부엌의 글렌우드 레인지 옆에 있는 통에 부려넣고 다시 가서 또 한아름 들고 온다. 오븐의 시커멓고 묵직한 뒷문을 열고 부지깽이로 재를 들쑤셔 희미한 잉걸불을 찾는다. 장작을 몇 개 넣고 불쏘시개로 살살 불을 일으킨 다음 문을 닫고, 추워서 곱은 손을 불에 대고 녹인다. 그런 다음 동생들을 깨워서 닭과 돼지와 말과 노새에게 먹이를 주게 한다. 동생들은 계단을 내려오는 내내 툴툴거리며 누가 먹이를 뿌리고 축사의 분뇨를 치우고 달걀을 가져올지 정한다. 동생들이 축사에 나가 있는 동안 나는 냄비에 건포도를 넣은 오트밀을 끓여 동생들이 먹을 아침을 준비하고, 두툼한 사워도우 빵에 버터와 당밀을 바르고 파라핀지로 싸서 점심 도시락을 만든다. 광주리를 팔에 걸고 금방이라도 부서질 것 같은 나무 사다리를 타고 지하실로 내려가 채소와 사과를 가져온다.

앨은 책을, 샘은 들통을, 프레드는 모자를 깜빡한다. 드디어 동생들이 나가면 나는 식료품 저장실의 길쭉한 주물 개수대에서 설거지를 한다. 그런 다음 식료품 저장실에 보관하는 사워도우 효모를 한 꼬집 뜯어내 나무 도마에 밀가루를 뿌려가며 빵을 만들기 시작한다. 침대를 정리하고 요강을 비우고 절뚝거리며 텃밭으로 나가 파이를 만들 호박을 딴다. 학교 수업이 끝나면 샘과 프레드는 축사에서 아버지를 돕고, 앨은 배를 타고 나간다. 오후 느지막이 다른 허드렛일이 모두 끝나면 동생들은 리틀섬부터 플레전트곶까지 길게 이어지는 어살에서 일한다. 저녁을 먹으려면 손을 씻고 신발을 벗은 다음 식탁에 앉으라고 동생들에게 잔소리를 해야 한다.

나는 생각할 거리가 많은 것 같다. 다른 밀가루를 써도 빵이 제대로 부풀어오를까? 비실비실한 닭 한 마리로 몇 명이 먹을 수 있을까? 비용을 조정하면 양 여덟 마리의 털을 깎아서 얼마를 벌 수 있을까? 나는 어떻게 하면 암탉들이 달걀을 더 많이 낳는지 안다. 소금을 먹이고, 햇볕이 잘 들게 닭장의 유리창을 깨끗이 닦고, 모이에 바닷가재 껍데기를 갈아서 넣으면 된다. 건강한 암탉들이 낳은 달걀이 우리가 소비할 수 있는 양을 넘어서자 앨과 나는 달걀을 팔기 시작한다. 나는 매달 몇 시간씩 올이 성긴 무명천으로 가방을 만들어 거기에 달걀을 담는다.

손이 굽었어도 내 바느질 솜씨는 제법 괜찮아지고 있다. 오후에는 옷을 험하게 입는 동생들의 바지와 셔츠와 양말을 깁고, 낡은 원피스에 옷깃과 소맷단을 새로 단다. 얼마 안 있어 식당에 놓인 어머니의 발판식 싱어 재봉틀로 내 치마와 블라우스와 원피스를 모두 직접 만들어서 입는다. 재봉틀은 팔꿈치를 구부린 팔처럼 둥그스름하고, 빨간색 초록색 금색의 예쁜 붓꽃 무늬가 새겨져 있다. 어머니의 옷본 책을 보고 처음에는 세 폭짜리 치마를, 나중에는 다섯 폭짜리 치마를 만드는 법을 터득한다. 단춧구멍이 제일 어렵다. 내 어설픈 손가락으로 제대로 만들려면 엄청 시간이 오래 걸린다.

어머니는 치마에 주머니가 달리면 볼품없다고 생각한다. 그래서 보이지 않게 안감에 속주머니 만드는 법을 가르쳐준다. "숙녀는 남들 앞에서 주머니에 손을 넣지 않는 법이야." 어머니가 말한다.

내 눈에는 그런 식으로 격식을 따지는 어머니가 조금 우스워 보인다. 여긴 우리 가족뿐이고, 남동생들은 그런 걸 알아차리지도 못하고 신경쓰지도 않는다.

수도가 없으니 배수로와 홈통에서 떨어지는 빗물과 눈 녹은 물을 지하실의 큼지막한 물탱크에 모아두고 식료품 저장실의 수동 펌프로 길어서 쓴다. 앨이 홈통에 깔때기를 대고 호스를 연결한 덕분에 좀더 효율적으로 물을 모을 수 있게 된다. 물탱크의 물이 다 떨어지면 내가 노새 '댄디'에게 빈 통 두 개를 실은 나무 썰매를 묶고 남동생 하나를 조수로 붙잡아 800미터 떨어진 목초지의 샘에 가서 길어온다. 빨래는 일주일에 한 번 하는데 하루 온종일, 어떨 때는 이틀이 꼬박 걸린다. 큼지막한 까만 냄비를 레인지에 얹어 물을 끓이고, 그걸 넓은 강철 통에 부은 다음, 골이 진 빨래판에 대고 빨래를 비벼 때를 빼고 수동 탈수기에 돌린 후 물이 뚝뚝 떨어지는 시트와 셔츠와 속옷을 넣어 말린다. 내 불안한 균형감각 때문에 밖에서 빨래 널기는 쉽지 않지만, 장대 두 개에 묶인 빨랫줄을 풀어 바닥에서 빨래를 집게로 고정한 다음 장식이 달린 팔찌처럼 축축한 빨래를 매단 줄을 들어올리면 된다는 걸 터득한다. 눈이 너무 심하게 내리는 날이면 헛간에 빨래를 넌다. 그러면 며칠 동안 마르지 않아 곰팡내가 봄까지 간다.

비누가 떨어지면 잿물에 기름을 넣고 틀에 부어서 며칠 동안 말린 다음, 파라핀지에 얹고 식료품 저장실에서 한 달 동안 굳힌다. 바닥은 무릎과 손마디가 빨개지고 옷이 하얀색으로 점점이 탈색되도록 표백제와 샘물로 문질러 닦는다. 내가 하도 뒤뚱거리다보니 이렇게 평범한 일도 위험하기 그지없다. 펄펄 끓는 물, 유독성 표백제, 독한 잿물과 씨름하느라 팔다리는 흉터투성이가 된다.

내가 이런 자질구레한 부상을 들먹이거나 맡은 일이 너무 많다고 중얼거리면 앨은 이렇게 말한다. "우리는 머리를 가릴 지붕이라도 있잖아. 그것조차 없는 사람들도 있어." 그걸 기억하면 도움이 되는 것도 같다. 하지만 학교에서 끌려나온 슬픔을 떨쳐버리기란 쉽지 않다.

나를 이해하는 사람은 마메이뿐이다. "너는 내게서 호기심을 물려받았지," 마메이가 말한다. "유감스럽게도."

시간이 지나자 나는 이 생활을 견딜 방법을 찾는다. 아무도 원하지 않는 새끼 고양이 세 마리를 살리고, 옆집 코커스패니얼의 새끼 중에서 제일 작고 약한 녀석을 선택해 톱시라는 이름을 지어준다. 씨앗을 주문해 에밀리 디킨슨처럼 한련, 팬지, 수선화, 메리골드를 심어 꽃밭을 가꾼다. 그녀는 꽃밭을 나비의 이상향이라고 불렀다. 꽃이 피자 노란색 검은색의 제왕나비, 배추흰나비, 암회색 호랑나비가 날아든다.

나는 공책에 베껴놓은 시를 찾아서 읽는다.

두 마리 나비가 한낮에 나와
개울 위에서 춤을 추다가
창공을 그대로 관통하며 스텝을 밟고
빛줄기 위에서 쉬다가……
함께 방향을 바꿔
반짝이는 바다 위로 멀어지는데……

나는 세상을 여행하는 이 나비들이 내 꽃밭에 잠깐 내려앉았다가 다시 떠나는 광경을 상상해본다. 언젠가는 내게도 날개가 돋아나 펄럭펄럭 그들을 따라 들판을 가로지르고 강을 건널 수 있을지 모른다고 꿈꾼다.

내가 농장에 묶인 신세가 아니라면 지금쯤 무얼 하고 있을지는 생각하지 않으려고 한다. 앤과 메리 코너스는 공부를 계속하고 있다고 한다. 앤은 간호사, 메리는 교사가 꿈이다. 메리가 크롤리 선생님의 후임이 될 거라는 소문이 들린다. 나는 볼일을 보러 쿠싱에 갔다가 저멀리 철물점이나 우체국에서 그들 중 한 명이 보이면 반대편으로 길을 건넌다.

내가 어렸을 때 마메이는 이렇게 속삭이곤 했다. "너는 나를 닮았어, 크리스티나. 언젠가는 너도 머나먼 섬을 탐험하게 될 거야." 하지만 이제 마메이는 그런 얘기를 하지 않는다. 그저 내가 집에서 벗어나기만을 바란다. 그런 얘기를 하지 않는 우리 부모님과는 달리 마메이는 항상 나에게 '사람들과 어울리며 살아야 한다'고 강조한다. "제발 네 또래의 아이들하고 만나고 그래라!" 마메이는 말한다. "모임이나 소풍이나 그런 거 없니?"

앨은 금요일 저녁에 쿠싱의 에이콘 그레인지 홀에서 열리는 댄스파티에 관심이 없기 때문에 나는 친구 새디 햄과 같이 간다. 우리는 어둑해질 무렵 다른 아이들 몇 명과 팔짱을 끼고 바큇자국이 깊이 파인 길을 걸어간다. 내가 바큇자국에 발이 걸려서 수시로 뒤처질 때마다 새디는 팔짱을 푼다. 나와 수다를 떨고 싶어하는 척하지만 사실은 버팀목이 되어주려는 거다.

새디는 끝단을 레이스 처리한 소매와 자개단추가 달린 원피스 차림이다. 언니들한테서 물려받은 거라지만 내 어떤 옷보다 근사하다. 나는 감색 치마와 앞면에 단추가 달린 하얀 모슬린 셔츠블라우스 차림이다. 짙은 색의 긴 치마는 넉넉하다. 주름이 가려줘서 보기 흉한 내 다리가 잘 보이지 않는다. 가는 길에 새디는 실없는 노래를 부르고 원피스 차림으로 옆으로 재주를 넘으며 바보짓을 한다. 언니들이 드러그스토어에서 조그만 용기에 담아오는 파우더와 분홍색 입술연지를 발랐다. 자유롭고 편안하게 웃음을 터뜨리고 넘어질 걱정 없이 깡충깡충 뛰어다니는 그녀가 부럽다. 나도 그레인지 홀의 한편에서 음악에 맞춰 몸만 흔들지 말고 남자아이들에게 말도 걸고 댄스플로어에도 나가고 싶다.

나중에 집으로 돌아와 침대에 누웠을 때 나는 로버트 앨런이라는 남자아이와 만약 말을 섞게 된다면 어떤 식으로 대화를 이어갈지 계획을 세운다. 그 아이는 갈색 눈과 고수머리가 너무 매력적이라 심지어 댄스플로어를 사이에 두고 있어도 똑바로 쳐다볼 수가 없다.

잠시 후 내 상상 속에서 음악이 시작된다. "이 음악에 맞춰서 너랑 춤출 수 있을까, 크리스티나?" 로버트가 묻는다.

"그럼, 되지." 내가 대답한다.

그가 손을 내밀고 나는 그 손을 잡는다. 그가 나를 끌어당기자 따뜻한 가슴이 내 가슴에 닿는다. 그가 다른 손을 내 허리 오목한 부분에 얹고 부드럽지만 단호하게 이끄는 것이 블라우스를 통해 느껴진다. 그가 왼발을 앞으로 내밀면 나는 오른발을 뒤로 옮긴다. 천천히 투스텝, 빠르게 스리스텝, 그리고 멈춤. 앞으로, 앞으로, 좌우로.

나는 상상 속의 노랫소리를 듣고 리듬에 맞춰 발가락을 움직이며 서서히 잠이 든다. 천천히 투스텝, 빠르게 스리스텝, 그리고 멈춤. 천천히 투스텝, 빠르게 스리스텝, 그리고 멈춤.

이제 여든이 된 마메이는 전보다 더 자주 과거의 새파란 바다를 떠도는 것 같다. 그곳의 모래사장은 설탕처럼 곱고 하얗고, 열대 꽃 향기가 공기 중에 맴돈다. 마메이는 눈꺼풀을 실룩이며 꿈을 꾸다 말다 하고 자기 안으로 점점 더 깊숙이 침잠한다. 깃털 이불과 담요를 아무리 겹겹이 덮어줘도 계속 춥다고 한다. 나는 마메이의 예전 수법을 동원해 오븐에 구운 돌멩이를 이불 속 침대 발치에 넣어준다.

하루는 조가비 방에서 안쪽 면이 입술 안쪽처럼 분홍색으로 반질거리는 고둥 껍데기를 가져다준다. 마메이는 그 앙상한 고둥 껍데기를 꼭 쥔 채, 샘 선장과 케이프 혼으로 떠났을 때 아무도 없는 바닷가에서 어떻게 그걸 주웠는지 들려준다. 발가락을 간질이던 모래, 머리 위에서 햇볕을 막아주던 야자수 이파리. 포치에서 청하던 낮잠, 저녁으로 먹은 구운 생선과 채소.

"다음번에는 너를 데리고 가마." 마메이가 나지막이 속삭인다.

"그래주시면 감사하죠." 나는 말한다.

마메이의 머리카락은 가늘고 노래졌고, 투명한 피부는 들종다리 알처럼 반점으로 뒤덮이고, 눈은 초점 없이 좌우를 살핀다. 뼈는 한 마리 새처럼 금방이라도 부서질 듯하다. 어머니는 날마다 마메이의 방으로 들어가 삼십 분 정도 돌아다니며 괜히 시트를 매만지고 더러워진 리넨을 들고 나온다. "보고 있으면 가슴이 미어지는구나." 어머니가 내게 말한다. 어머니는 마메이의 침대 가에 걸터앉아 천장을 올려다보며 좋아하는 노래를 한 곡 부른다. 어렸을 때 교회에서 배운 오래된 찬송가다.

> 내 면류관에서 별들이 반짝일까
> 저녁이 되어 해가 질 때
> 내가 안식의 거처에서
> 복 받은 사람들과 눈을 뜰 때
> 내 면류관에서 별들이 반짝일까?

여기서 별이 뭘 상징하는지 궁금해진다. 나는 특별히 소중한 존재라는, 남들보다 조금 더 환하게 반짝인다는 증거겠지. 하지만 천국에서 복 받은 사람들과 눈을 뜬다면 그걸로 충분하지 않을까? 바랄 수 있는 최고의 성과를 거둔 것이 아닌가? 야망이라고는 찾으려야 찾을 수 없고 어느 선 이상은 뭐든 관심이 없는 어머니와 어울리지 않는 가사처럼 들린다. 어쩌면 어머니는 자신의 생활방식이 가장 의롭다고 여길지도 모르겠다. 아니면 어머니가 전에도 얘기했다시피 그냥 멜로디가 좋은 건지도 모른다.

아버지는 어쩌다 한 번씩 2층에 올라가 문 앞에서 서성인다. 남동생들은 그토록 심오한 소멸의 존재 앞에서 할말을 잃은 채 들락거린다. 하지만 그애들을 비난할 수는 없다. 마메이는 내 동생들을 '저 사내 녀석들'이라고 부르며 멀찌감치 거리를 두고 나하고만 가깝게 지냈다. "마메이, 저 왔어요." 나는 중얼거리며 마메이의 팔을 쓰다듬고 내 뺨에 갖다댄다. 내 얼굴에 닿는 할머니의 숨결에서 얕은 호수를 덮은 찌꺼기 같은 냄새가 난다.

마침내 숨을 거둘 때 마메이는 며칠 동안 먹지도 못하고 물도 제대로 마시지 못한 뒤라 살가죽이 푹 꺼진 볼 위로 팽팽하게 당겨져 있고 거친 숨을 힘겹게 몰아쉰다. 나는 그 시를 떠올린다. 주변의 눈길―짜낸 눈물은 다 말랐고……

마메이를 묻은 날은 을씨년스럽다. 하늘은 무채색이고, 나무는 회색으로 헐벗었고, 묵은 눈은 거무튀튀하다. 겨울도 저 자신에게 신물이 난 거야, 나는 생각한다. 쿠싱 침례교회의 코언 목사는 가족 묘지에 묻힌 마메이의 무덤 앞에서 추도사를 하면서 할머니가 먼저 떠난 사랑하는 사람들과 재회하게 되었다고 말한다. 나는 마메이의 솔송나무 관이 땅속으로 천천히 들어가는 걸 보며 여든 살의 노쇠한 할머니가 몇십 년 젊은 남편과 세 아들과 재회하는 광경을 애써 그려보지만, 우리가 마음의 평화를 위해 향하는 곳은 우리의 육신이 향하는 곳과 별개인 것 같다는 찜찜한 느낌만 남는다.

알아봐주는 사람이
나타나길 기다리며

1942~1943년

전쟁이 점점 치열해지면서 먼바다를 지나가는 수송선이 보이기 시작한다. 벨파스트에서 파송된 초록색 지프차를 탄 병사들이 해안선을 순찰하고 쌍안경으로 수평선을 살피며 우리집 근처를 돌아다닌다.

앨은 재미있어한다. "저 사람들, 여기서 무슨 일이 벌어질 거라고 생각하는 걸까?"

병사 한 명이 우리집 문을 두드리고 "수상한 움직임"을 감지한 적이 있느냐고 묻고, 나는 그게 도대체 무슨 뜻이냐고 되묻는다.

"이 일대에서 적국 선박이 목격됐다는 보고가 있었습니다." 병사가 은근히 위협하듯 말한다. "쿠싱 해안가가 위험 지역으로 선포됐습니다."

나는 『보물섬』의 사악한 해적과, 검은색 바탕에 해골과 엑스자로 놓인 뼈다귀가 그려진 누가 봐도 알 만한 깃발을 떠올린다. 우리의 적군은, 이 근처에 숨어 있다 한들 그런 식으로 대놓고 정체를 드러내지 않을 것이다. "최근에 저기서 수많은 움직임이 보이긴 했어요. 평소보다 많이요. 하지만 아군인지 적군인지는 모르겠는데요."

"계속 주시해주시기 바랍니다, 부인."

얼마 안 있어 쿠싱에 간헐적인 등화관제와 식량배급 지시가 내려온다. "대공황 때보다 사태가 더 심각해요." 프레드의 아내 로라가 외친다. "볼일 보러 다니기에도 기름이 빠듯할 정도예요."

"코티지치즈로는 간 쇠고기를 대신할 수 없어요. 아무리 애를 써도 샘이 먹으려 들질 않아요." 다른 올케 메리는 이렇게 얘기한다.

앨과 나는 별다른 영향을 받을 게 없다. 우체국 벽에 붙은 포스터는 시민들에게 "아껴 쓰고 아껴 입고 없이 지내라"고 촉구한다. 하지만 우리는 항상 그렇게 지내왔다. 전기를 쓴 적이 없기에 등화관제도 새삼스러울 게 없다. (매일 밤 석유램프를 끄면 곧바로 등화관제다.) 페일스 잡화점에서 우유와 밀가루와 버터를 사게 되긴 했지만, 우리가 먹는 것은 대부분 들판과 과수원과 닭장에서 난다. 우리는 아직도 지하실에 뿌리채소와 사과를 저장하고, 잘 상하는 음식은 식료품 저장실의 마룻장 아래 아이스박스에 보관한다. 고기는 앨이 잡는다. 나는 늘 그랬듯이 빨래를 삶아서 탈수기에 돌리고 바람에 널어 말린다.

시원한 9월의 어느 날, 샘과 메리의 맏아들인 조카 존이 부엌으로 들어와서 의자를 꺼내 앉는다. 껑충하고 성격이 유순하며 한쪽 입꼬리만 올려 씩 웃는 존은 이십 년 전에 이 집에서 태어난 후 지금까지 내가 가장 예뻐하는 조카다.

"드릴 말씀이 있어요, 고모." 그가 내 손을 움켜쥔다. "어제 지나가는 차를 얻어 타고 포틀랜드에 가서 해군에 자원 입대했어요."

"아." 나는 충격을 받는다. "꼭 그래야 하니? 농장 일을 하려면 네가 있어야 하지 않아?"

"어차피 조만간 영장이 나올 거라서요. 기다리면 보병으로 징집될 거예요. 그러느니 차라리 자원하는 게 낫죠."

"엄마, 아빠는 뭐라고 하시는데?"

"어차피 시간문제라는 걸 알고 계셨어요."

나는 이 사실을 받아들이느라 잠깐 하던 얘기를 멈춘다. "언제 떠나니?"

"일주일 안으로요."

"일주일!"

존이 내 손을 꼭 잡는다. "서류에 서명하면 그 순간 떠나는 거나 다름없어요, 고모."

처음으로 전쟁이 실감난다. 나는 다른 손을 조카의 손 위에 얹는다. "편지하겠다고 약속해줘."

"당연히 할 거라는 거 아시면서."

과연 그의 말대로 열흘 정도마다 존이 보낸 엽서나 연푸른색 얇은 반투명 종이에 쓴 편지가 쿠싱의 우체국에 도착한다. 그는 로드아일랜드의 뉴포트에서 육 주라는 긴 시간 동안 기본 훈련을 받고, 항공모함과 초계함과 잠수함을 호위하는 구축함 넬슨호에 배치된다. 그후부터는 소인이 더 크고 알록달록해진다. 하와이, 카사블랑카, 트리니다드, 다카르, 프랑스……

바다를 누볐던 우리 조상! 마메이가 알았다면 좋아했을 것이다.

샘과 메리는 자기 집 마당에 깃대를 세우고 너도나도 볼 수 있게 빳빳한 새 미국 국기를 단다. 둘은 나라를 위해 복무하는 존을 자랑스럽게 여긴다. 메리는 고철 모으는 모임을 결성해 포탄에 쓰이는 구리와 놋쇠를 수거하러 다니고, 다른 군인의 아내와 어머니들과 함께 양말과 목도리를 떠서 병영에 보낸다. "우리 아들은 남자가 돼서 돌아올 거야." 샘은 말한다.

나는 로라의 뜨개질 모임에 동참하고, 집과 헛간을 뒤져 전쟁물자로 보낼 만한 잡동사니와 쇳조각을 모은다. 하지만 존이 외국에 있으니 편안히 잠을 잘 수가 없다. 아이가 돌아왔으면 하는 마음뿐이다.

예전에 어디에선가 관찰이라는 행위에 의해 관찰 대상의 성격이 달라진다는 글을 읽은 적이 있다. 앨과 내 경우에는 확실히 맞는 말이다. 앤디가 있으면 구석구석 우리가 모르는 곳 없는 이 낡은 집의 아름다움에 좀더 눈을 뜨게 된다. 누르스름한 들판을 지나 바다까지, 일정하지만 항상 변화하는 그 풍경과 축사 지붕에 앉은 시커먼 까마귀떼와 머리 위에서 맴도는 매를 전보다 더 관심 있게 바라보게 되는 것이다. 곡식 자루, 움푹 들어간 들통, 서까래에 매달린 밧줄. 앤디의 붓에 의해 이런 평범한 물건과 도구들은 시간을 초월한 다른 세상의 것으로 탈바꿈한다.

어느 이른아침 부엌 창가에 앉아 있다가 몇 년 전에 심은 스위

122

트피가 뒷문 옆의 양지바른 곳에 터무니없이 무성하게 자랐다는 것을 알아차린다. 서랍에서 과도를, 조리대에서 대바구니를 꺼내 들고 나가 크림색 분홍색 연주황색의 그 향긋한 꽃이 달린 가지를 잘라 바구니에 담는다. 식료품 저장실의 높은 선반에서 어머니가 쓰던 먼지로 뒤덮인 작은 크리스털 꽃병을 꺼내 개수대에서 씻은 다음 꽃을 꽂는다. 1층 곳곳에 꽃병을 놓기 좋은 데가 많다. 부엌 조리대, 조가비 방의 벽난로 선반, 식당 창턱, 심지어 헛간의 구멍 네 개짜리 변소까지. 마지막 꽃병은 앤디가 2층으로 올라갈 때 지나는 계단 입구에 놓는다.

몇 시간 뒤에 등장한 앤디가 현관 안으로 들어서자 나는 숨을 참는다.

"이게 뭐예요?" 그가 외친다. "이렇게 예쁠 수가!" 그는 계단을 터덜터덜 올라가며 큰 소리로 말한다. "오늘은 좋은 날이 될 거예요, 아주머니, 정말 좋은 날이 될 거예요."

어느 무더운 오후에 앤디가 계단을 터벅터벅 내려와 현관 밖으로 나가는 소리가 들린다. 나는 맨발로 풀밭을 서성이는 그를 부엌 창문 너머로 지켜본다. 그는 허리춤에 손을 얹고 바다를 내다본다. 그러다 다시 천천히 집으로 돌아와 부엌으로 들어온다.

"도무지 보이질 않네요." 그가 뒷덜미를 문지르며 말한다.

"뭐가?"

그는 의자에 털썩 주저앉는다.

"레모네이드 줄까?" 내가 묻는다.

"좋죠."

나는 의자에서 일어나 넘어지지 않게 식탁과 앤디의 흔들의자와 벽을 짚어가며 좁은 식료품 저장실로 간다. 평소 같으면 남의 시선에 신경이 쓰였을 텐데, 앤디는 워낙 생각에 잠겨서 내가 그러는 줄 알아차리지도 못한다.

임신 7개월로 더위에 힘들어하는 벳시가 갓 만든 레모네이드 한 주전자를 조리대에 갖다놓고 낮잠을 자러 다시 제 집으로 돌아갔다. 나는 두 손으로 유리 주전자를 들지만 주전자가 흔들리는 바람에 팔 위로 레모네이드를 왈칵 쏟는다. 나 자신에게 짜증을 내며 젖은 행주로 레모네이드를 닦고 조심스럽게 앤디에게 잔을 들고 간다.

"고맙습니다." 그는 잔에서 흘러내린 레모네이드에 끈적끈적해진 손의 옆면을 멍하니 핥는다. 내가 다시 의자에 앉자 그가 말한다. "제가 요즘 저 위에서 하루종일 그냥…… 몽상을 하고 있어요. 시간이 너무 아깝지만 그 방법 말고는 다른 방법을 모르겠어요." 그는 레모네이드를 길게 벌컥벌컥 들이켜고 빈 잔을 바닥에 내려놓는다. "망할, 정말 모르겠어요."

나는 화가는 아니지만 그게 무슨 소리인지 알 것 같다. "필요한 시간만큼 기다려야 하는 일도 있는 법이지. 암탉한테 무작정 알을 낳게 할 수는 없으니까." 앤디가 고개를 끄덕이자 나는 대담해진다. "가끔 나도 빵을 좀더 빨리 부풀게 하고 싶지만 서두르면 망치거든."

그가 씩 웃으며 말한다. "맞아요."

내 뱃속 깊은 곳에서 작은 따스함이 느껴진다.

"아주머니한테는 작가의 혼이 있어요."

"글쎄, 나는 잘 모르겠네."

"우리 둘은 아주머니가 생각하시는 것보다 공통점이 더 많아요."

나중에 나는 우리의 공통점과 다른 점에 대해 곰곰이 따져본다. 우리는 고집이 세고 병약하다. 답답한 어린 시절을 보냈다. 그는 아버지의 반대로 학교에 다니지 못했다. 그 점에서 우리는 비슷하다. 하지만 N. C.는 아들에게 그림 그리는 법을 가르쳤고 우리 아버지는 나에게 집안 건사하는 법을 가르쳤으니, 그 점에서는 하늘과 땅만큼 다르다.

앤디의 스케치 가운데 일부는 앞으로 등장할 작품의 지도 역할을 하는 아우트라인만 급하게 그려놓은 것이다. 인물이 언뜻 보이고 풀이 이리저리 자라고 집과 헛간을 기하학적인 선으로 묘사한 식이다. 그런가 하면 머리카락 한 올과 옷감의 주름, 식료품 저장실에 달린 문의 나뭇결까지 정확히 음영을 넣고 세밀하게 묘사한 작품도 있다. 수채화의 경우 짙은 초록색과 갈색을 쓰고 하늘은 그냥 하얀 종이다. 평평한 챙이 달린 모자를 쓰고 파이프를 물고 밭에서 블루베리를 갈퀴질하거나 현관 앞 계단에 앉아 있거나 건초를 한데 모으는 앨. 우리가 키우는 회갈색 암말 테시의 늠름한 옆모습. 앤디는 흠집이 난 나무 테이블, 흰색 찻주전자, 달걀 껍데기, 축사의 곡식 자루, 말리려고 3층의 어느 방에 걸어놓은 종자용 옥수수를 스케치한다. 그의 캔버스 위에서 그것들은 같지만 다르게 보인다. 반질반질 윤이 난다.

앤디가 말하길 그의 아버지는 유화를 그린다. 하지만 앤디는 조토나 보티첼리 같은 중세 후기나 르네상스 초기 유럽의 거장들이 애용했던 템페라를 더 좋아한다. 금세 마르고 부드러운 효과를 연출할 수 있어서다. 나는 그가 달걀을 깨서 노른자를 분리하고, 손과 손 사이에서 그 볼록한 액낭을 조심스럽게 굴려 흰자를 제거하는 모습을 지켜본다. 칼끝으로 그걸 찔러 증류수를 담은 컵에 주황색 노른자를 붓고 손가락으로 젓는다. 분필 같은 분말 안료를 넣어 걸쭉하게 만든다.

작은 붓을 템페라에 담갔다가 빼서 손가락으로 물기와 색을 없애고 건조하고 뾰족뾰족하게 끝을 펼친다. 그리고 토끼 가죽 아교와 석고를 잘 섞어서 만든 젯소로 바탕을 칠해놓은 메이소나이트 섬유판 위에 물감이나 연필이나 잉크로 옅게 그려놓은 그림에 그것을 덧입힌다. 작업 속도가 빠른데도 붓놀림이 꼼꼼하고 세심하며 매번 뚜렷하다. 크로스해칭 기법으로 표현된 풀밭, 일렬로 빽빽하게 심긴 시커먼 나무. 젖었을 때 빨간색은 인디언브러시 꽃 같고, 적갈색은 진흙 같고, 파란색은 여름날 오후의 만 같고, 초록색은 호랑가시나무 이파리 같다. 그랬다가 마르면 이 선명한 색상들이 바래면서 희미한 광채를 남긴다. "제가 신경쓰는 건 강렬함, 감정을 사물에 담는 것, 그것뿐이에요." 그가 말한다.

시간이 지날수록 앤디의 작품은 색상이 배제되고 황량하고 간결해진다. 주로 흰색과 갈색과 회색과 검은색이다. "이런 젠장." 앤디는 고개를 뒤로 젖히고 새롭게 완성한 수채화를 바라보며 중얼거린다. 챙 달린 모자를 쓴 앨의 그림자 같은 형체가 고랑을 걸어오고, 지평선 위의 하얀 집과 회색 축사는 황량하다. "이게 더 낫네. 벳시 말이 맞았어."

앤디는 2층에서 그림을 그릴 때가 아니면 꿀벌이 벌집을 대하듯 내 주변을 맴돈다. 그는 우리의 습관과 일상에 놀라워한다. 닭들은 어떤 식으로 알을 낳아요, 어떻게 계량도 하지 않고 완벽한 빵을 만드세요, 어떻게 민달팽이가 달리아 꽃을 먹지 못하게 막으세요? 앨 아저씨는 장작으로 어떤 나무를 베나요, 이 마을 바닷가재 어선은 어떤 돛을 쓰나요? 어떤 식으로 물탱크에 물을 모으세요? 이 집의 수많은 물건이 똑같은 파란색으로 칠해져 있는 이유가 뭔가요? 고깃배가 헛간 서까래에 방치된 이유가 뭔가요? 기다란 사다리를 집에 기대어 세워놓은 이유가 뭔가요?

"이 집에는 전화가 없거든." 앨이 특유의 간결한 투로 설명한다. "그리고 제일 가까운 소방대까지 거리가 15킬로미터고. 그러니까 지붕이나 굴뚝에서 불이 나면……"

"알겠어요." 앤디가 말한다.

이런 질문에는 쉽게 대답할 수 있다. 하지만 시간이 지날수록 앤디는 점점 개인적인 질문을 한다. 빈방이 이렇게 많은데 왜 두 분이서만 지내세요? 들판이 대부분 꽃으로 뒤덮이기 전, 사람들로 북적거렸을 때는 어땠어요?

처음에 나는 경계한다. "어쩌다보니 그렇게 됐네." 나는 이렇게 설명한다. "그때는 지금보다 바쁘게 살았지."

앤디는 얼버무리는 대답에 만족하지 않는다. 왜 어쩌다보니 그렇게 됐어요? 아주머니나 아저씨나 여기 아닌 다른 데서 살아보고 싶은 마음은 없었어요?

내 생각을 말로 표현하기가 쉽지 않다. 누군가가 관심을 보이며 물어본 게 얼마 만의 일인가.

그는 물러서지 않는다. "알고 싶어요."

그래서 나는 조금씩 공개한다. 로클랜드까지 갔지만 의사의 진료를 거부했던 일. 비밀의 터널 안의 사라진 보물. 마녀, 선장, 얼음에 갇힌 배……

학교에 다니지 못하니까 어떤 게 아쉬웠어요?

의사를 왜 그렇게 무서워했어요?

그는 개처럼 살갑고 고양이처럼 호기심이 많다.

크리스티나 올슨, 당신은 어떤 분인가요?

어느 날 오후 조가비 방에서 앤디는 아버지의 나무상자를 발견하고 뚜껑을 연다. 고래수염으로 만든 빗의 반질반질한 빗살을 어루만진다. 조그만 주석 병정을 집어 집게손가락으로 팔을 들어올린다. "이건 누구 거예요?"

"우리 아버지. 이 상자는 내가 간직하는 아버지의 유일한 유품이야."

"저도 예전에 장난감 병정을 수집했는데." 그가 중얼거린다. "어렸을 때 전장을 통째로 재현했어요. 지금도 펜실베이니아의 작업실 창틀에 일렬로 세워놓았죠." 그는 병정을 다시 상자 안에 넣고 시커먼 무연탄 덩어리를 한 손가락으로 문지른다. "그분께서 이걸 간직하신 이유가 뭘까요?"

"아버지 말로는 돌과 광물을 좋아했다고 하셨어."

"이거 무연탄이죠?"

나는 고개를 끄덕인다.

"석탄의 멋진 사촌." 그가 말한다. "아버님한테 이 얘기 들으셨어요? 남북전쟁 때 남부연합군은 봉쇄선에 잠입시킨 배의 정체가 드러나지 않게 무연탄을 연료로 썼어요. 깨끗하게 타서 연기가 나지 않거든요."

"그런 얘기는 한 번도 못 들었어." 나는 그렇게 대답하면서도 생각한다. 정말 딱 어울리잖아. 아버지는 절대 정체를 드러낸 적이 없었지.

"그 배의 별명이 유령선이었어요. 섬뜩한 이미지죠? 어디에선가 불쑥 등장하는 불길한 선박." 그는 무연탄을 다시 상자에 넣고 뚜껑을 닫는다. "아버님은 스웨덴에 다시 가신 적 있어요?"

"아니. 하지만 내 이름이 할머니 성함이야. 안나 크리스티나 올라우손."

"할머님을 만난 적 있어요?"

나는 고개를 젓는다. "생각해보면 이상하지 않니? 살아 있지만 두 번 다시 만나지 않기로 한 사람의 이름을 자기 자식에게 붙이다니."

"그렇게 이상하지는 않은데요." 그가 말한다. "『일곱 박공의 집』에 이런 명문장이 있잖아요. '세상이 부단히 발전하는 것은 모두 불행한 사람들 덕분이다.' 아주머니의 아버지는 가족과의 연결고리를 끊는 한이 있더라도 자신의 길을 가야 한다고 생각했던 게 분명해요. 익숙한 것의 유혹에 저항하는 것은 용감한 행동이죠. 자신의 욕구를 이기적으로 추구하는 거요. 저는 날마다 그 문제로 씨름하는걸요."

앤디와 벳시가 겨울을 나기 위해 채즈퍼드로 돌아가고 몇 달이 지났을 때 나는 벳시의 편지를 받는다. 9월에 니컬러스라는 병약한 아이를 낳아 특별히 많은 관심을 기울여야 했지만 지금은 괜찮아진 것 같다고 한다. 11월에는 앤디에게 영장이 날아왔다. 그는 신체검사를 받으러 갔지만 뒤틀린 오른다리와 평발 때문에 그 자리에서 불합격 판정을 받았다. "그이는 집행유예를 받았다고 생각하고 그걸 최대한 유용하게 활용하기로 마음먹었어요." 편지에는 그렇게 쓰여 있다.

일종의 집행유예이긴 하지, 나는 생각한다. 하지만 친자식은 없어도 나는 가족이 생기면 얼마나 부담스러워지는지 익히 알고 있다. 이제 아버지가 된 앤디가 익숙한 것의 유혹과 그의 원동력인 창작열 사이에서 전보다 더 갈등을 느낄지 궁금해진다.

1913~1914년

따뜻한 6월의 어느 아침 일찍부터 닭장으로 나가 달걀을 줍는데, 밭을 가로질러 점점 다가오는 사람들의 목소리가 들린다. 손님이 오기로 하진 않았는데. 나는 허리를 펴며 들고 있던 따뜻한 달걀들을 앞치마 주머니에 넣고 가만히 귀를 기울인다.

러모나 칼. 그녀의 걸걸한 웃음소리는 어디에서 들어도 알 수 있다.

러모나는 형제인 앨바, 엘로이즈와 함께 매사추세츠에서 여름마다 찾아오는 휴양객이다. 몇 년 전 그들 가족은 여기서 조금만 가면 나오는 시비네 집과 부지를 매입했다. 앨바가 맏이다. 엘로이즈는 나와 동갑이고, 러모나는 그보다 몇 살 어리다. 그들은 전몰장병추모일부터 노동절까지 여기서 지낸다.* 하지만 (나태하고 게

---

* 전몰장병추모일은 5월의 마지막 월요일이고, 노동절은 9월의 첫째 일요일이다.

으르며 충동적으로 자극을 추구하는) 다른 외지인들과 달리 칼 집 안 사람들은 성심성의껏 동네 주민들과 어울린다. 나는 그들과의 재회를 항상 기다린다. 그들은 해마다 7월 4일에 하손곶에서 열리는 해산물 파티 때 숟가락에 달걀 얹고 달리기 시합을 주최하고, 레드 로버나 술래잡기와 같은 게임에 모든 이의 동참을 유도하며, 폭죽을 여러 봉지 들고 와서 해가 진 뒤에 사방을 밝힌다.

나는 러모나가 제일 좋다. 그녀는 다정하고 충동적인 한편 가냘프고 에너지가 넘치며, 머리는 녹인 초콜릿 색깔이고 눈은 새끼 사슴처럼 커다랗고 반짝거린다. 한번은 읍내에 같이 갔을 때 지나가던 할머니가 보고 어쩌면 이렇게 깜찍하게 생겼느냐고 한 적도 있었다. (나는 그 비슷한 소리를 들은 적이 한 번도 없었다.)

나는 달걀을 잔뜩 챙기고 기대 섞인 함박웃음을 지으며 고개를 숙이고 닭장을 빠져나오다가 하마터면 처음 보는 남자와 부딪칠 뻔한다. "어머나, 안녕하세요!" 내가 말한다.

"안녕하세요!" 그는 내 또래인 듯하고─나는 이제 막 스무 살이 되었다─나보다 키가 15센티미터 정도 크며 미간이 넓은 파란 눈은 연갈색 머리칼에 덮여 있다. 얇은 리넨 바지에 부드러운 흰색 셔츠를 입고 소매를 팔꿈치 위로 걷어올린 차림이다.

갑작스럽게 남의 시선을 의식하게 된 나는 자다가 일어나 떡이 진 머리를 매만지며, 아침에 빵을 굽느라 지저분해진 앞치마와 진창을 헤치고 걸을 때 신는 나막신을 내려다본다.

"월턴 홀이라고 합니다." 그가 손을 내밀며 말한다.

"크리스티나 올슨이에요." 그의 손은 놀라우리만치 보드랍다.

쟁기질을 한 번도 한 적 없는 남자다.

"월턴은 몰든에서 왔어." 러모나가 말한다. "엘로이즈 언니랑 고등학교 동창이야. 여름이 지나면 하버드로 가."

"솔직히 놀랐죠?" 월턴은 가볍게 눈을 찡긋거리며 말한다. "'보기보다 똑똑한 모양이야'라고 생각하면서."

"하버드에 간다고 다 똑똑한 건 아니잖아요." 내가 대꾸한다.

그가 미소를 짓자 살짝 겹쳐진 앞니가 보인다. 그는 보이지 않는 잔을 들어 건배하는 흉내를 낸다. "좋은 지적이에요."

"아우, 그만해." 러모나가 말한다. "다시 한번 얘기하지만 월턴, 온 가족이 아침을 기다리고 있어."

"아, 그렇지." 그가 말한다. "우리는 달걀을 구하러 왔어요."

"그렇군요." 나는 말한다. "몇 개요?"

"열두 개들이 두 판이요. 맞지, 러모나?"

그녀가 고개를 끄덕인다.

"좋아요. 달걀값은 50센트, 봉지값은 1페니예요." 내가 말한다.

"어휴, 빡빡하시네!"

러모나가 눈을 굴린다. "달걀 하나에 50센트를 부를 수도 있잖아, 크리스티나 언니. 이 오빠는 아무것도 몰라."

내가 달걀을 세어가며 하나씩 봉지에 넣는 동안 그는 우스갯소리를 늘어놓는다. "그건 말고요! 완벽한 타원형이 아니잖아요!" 하거나 "달걀 크기가 정확하게 똑같아야 해요" 하는 식이다. 그는 내 옆에 바짝 붙어 서 있고 입에서 버터스카치 냄새가 난다. 러모나는 날씨 얘기를 하며 겨울 내내 칙칙해서 6월이 오길 얼마나 손꼽아 기다렸는지 모른다는 둥, 오늘 날씨가 정말 좋은데 이따 나빠질 것 같으냐는 둥 묻는다. 나중에 배를 타고 나갈 수 있을 만큼 잔잔할까? 그들이 돌아갔을 때 아침식사가 다 끝난 다음이면 어머니가 이 많은 달걀로 뭘 할지도 궁금해한다. 수플레를 만드려나? 아니면 오믈렛? 아니면 레몬머랭 파이?

"우리랑 같이 가요." 월턴이 말한다.

러모나와 내가 둘 다 고개를 든다.

"네?" 나는 어리둥절해하며 묻는다.

"오늘 오후에 배 타러 같이 가요, 크리스티나." 그가 말한다. "바람이 완벽할 거예요."

"내가 날씨 때문에 조바심 낼 때 진작 좀 얘기해주지." 러모나가 중얼거린다.

원래 나는 오후에 쉴 틈이 없다. 방금 전에 만난 모르는 남자와 배를 타러 나갈 시간은 더군다나 없다. "고맙지만 나는…… 안 돼요. 빵을 만들어야 하거든요. 할일도 많고……"

"아, 그러지 말고 같이 가자." 러모나가 말한다. "이래저래 월턴이랑 놀아줘야 하거든. 샘도 데려와. 재밌잖아. 같이 시시덕거릴 내 또래도 있어야 하고."

"미안, 그렇게는 안 될 것 같아."

"어허, 끈질기시네. 자요, 외출 허가증을 발급해줄게요." 월턴이 말한다.

"외출 허가증?"

어리둥절한 내 표정을 보고 러모나가 웃음을 터뜨린다. "교실

하나짜리 학교에서는 외출 허가증 같은 거 없어, 월턴."

"못 가요." 내가 말한다.

그는 고개를 젓고 어깨를 으쓱한다. "아, 그래요. 그럼 나중에 같이 가요."

"생각해볼게요."

"그러겠다는 뜻이야." 러모나는 언제나 제 마음대로 하는 아이답게 자신만만한 목소리로 그에게 말한다. 그리고 나를 보며 미소 짓는다. "다시 올게. 조만간."

나는 환한 마당에서 집안으로 들어가 어두침침한 현관 벽에 기대서서 심호흡을 한다. 이게 대체 뭐지?

"누구 목소리가 들린 것 같던데?" 어머니가 부엌에서 외친다.

나는 얼굴을 만져본다. 블라우스 앞섶을 매만진다. 숨을 한 번 크게 들이마신다.

"누가 왔었니?" 내가 앞치마를 벗으며 들어가자 어머니가 묻는다.

"아," 나는 애써 무심한 척한다. "러모나요, 달걀 사러 왔어요."

"분명 남자 목소리도 들렸는데."

"그 가족 친구래요."

"그렇구나. 반죽 다 됐으니까 치대면 돼."

"지금 할게요."

이후로 몇 주 동안 러모나와 월턴은 가끔 엘로이즈와 앨바와 함께 이틀에 한 번꼴로 달걀이나 우유나 구이용 닭을 사러 와서 점점 더 오래 있다가 간다. 그들이 소풍 바구니와 낡은 퀼트 이불을 들고 오면 다 같이 풀밭에 앉아서 햇볕을 쪼이며 차를 마신다. 나는 늦은 아침이나 이른 오후에 어슬렁어슬렁 들판을 가로질러오는 그들을 기다리게 된다. 남동생들은 여름 휴양객을 티나지 않게 피하는 편이지만 칼 가족과 월턴에게는 서서히 마음의 문을 연다. 할일을 다 마치면 앨과 샘도 종종 우리와 함께 풀밭에서 소풍을 즐긴다.

어느 날 아침, 월턴과 러모나와 나뿐일 때 러모나가 말한다. "우린 오늘 언니를 납치할 거야. 배를 타기에 완벽한 날이거든."

"하지만……"

"하지만 같은 건 없어. 이 농장은 언니가 없어도 잘 굴러갈 거야. 앨바 오빠가 기다리고 있어. 가자."

바닷가를 향해 내려가는 동안 등뒤에서 월턴의 시선이 느껴진다. 나는 내 부자연스러운 걸음걸이를 의식하며 움직임에 조심스럽게 집중한다. 앞에서 러모나가 조잘거린다. "햇빛이 정말 눈부시다! 으악, 미처 생각 못했는데 모자가 모자라겠네. 어머니가 배에 두고 내린 모자가 있으면 좋겠는데……" 월턴이나 나나 한마디도 대꾸가 없다는 걸 모르는 눈치다. 그리고 잠시 후 내가 두려워하던 사태가 벌어진다. 나무뿌리에 발이 걸린 것이다. 내 두 다리가 꺾인다. 몸이 앞으로 쏠리는 게 느껴진다.

내가 소리를 내기 전에 팔 하나가 내 팔을 받친다. 러모나가 듣지 못하게 월턴이 나지막이 중얼거린다. "길이 이렇게나 멀다니."

불과 몇 분 전만 해도 불안해서 얼굴이 상기됐었는데 지금은 이상하리만치 평온하다. "고마워." 나는 속삭인다.

가족 이외의 다른 남자와 이 정도로 가까이 있어본 적은 처음이다. 청명한 오전 햇살 아래 나는 명징해진 오감으로 모든 것을 느낀다. 고개를 숙인 창백한 수선화. 머리 위에서 쥐처럼 찍찍거리며 날아다니는, 검은 몸통에 밝은 빨간색 다리를 한 바다오리. 저멀리서 들판을 에두른 붉은 가문비나무, 전나무, 노간주나무, 호리호리한 유럽소나무. 입술에서 바다의 짠맛이 느껴진다. 하지만 주로 느껴지는 건 팔이 든든한 이 남자아이에게서 풍기는 따뜻한 포유동물의 체취다. 아마도 땀냄새와, 머리카락에서 풍기는 사향냄새, 훅 하고 풍기는 애프터셰이브 냄새. 숨결에서 풍기는 달짝지근한 버터스카치 냄새.

"무례하다고 생각하지 않았으면 좋겠는데, 원피스 꽃무늬의 파란색이 네 눈동자 색이랑 정확히 일치하는 거 알아?" 그가 소곤거린다.

"몰랐어." 나는 가까스로 대답한다.

칼 가족의 배는 돛대 하나짜리 요트로, 뱃머리에는 지브*가, 나무 돛대 뒤편에는 큼지막한 하얀 주돛이 있다. 키싱만 근처 바닷가에 노를 갖춘 조그만 나무 보트를 두어 요트까지 타고 나갈 수 있게 해두었다. 우리가 바닷가에 도착하자 앨바가 100미터쯤 바다로 나선 요트 갑판에서 손을 흔든다. 우리는 물가까지 보트를 끌고 간다. 월턴이 노를 젓겠다고 고집을 부리고, 우리는 우왕좌왕하며 요트를 향해 나아간다. 나는 입술을 깨물고 웃음을 참는다. 그의 노

---

* 뱃머리의 큰 돛 앞에 다는 작은 돛.

질은 뚝뚝 끊기고 서투른 것이 앨의 리드미컬한 동작과 전혀 다르다. 요트에 도착하자 러모나가 부표에 보트를 묶고, 월턴이 앨바가 내민 손을 잡고 먼저 갑판으로 펄쩍 올라가 우리 둘을 도와주려고 한다.

"참으로 씩씩하십니다만, 그러실 것 없습니다." 러모나가 월턴의 손을 찰싹 때리며 말한다. 나는 거절하지 않는다. 도움을 있는 대로 받아야 하기 때문이다.

일단 배에 오르자 좀더 마음의 여유가 생긴다. 산들바람이 부는 포근하고 따뜻한 아침이고, 나는 앨버로의 조그만 배에서 배운 적이 있기에 배를 몰 줄 안다. 앨바가 바람을 맞아 빨랫줄의 시트처럼 요란하게 펄럭이는 주돛을 들어올리고, 나는 더이상 움직이지 않을 때까지 핼야드*를 단단히 잡아당긴다. 앨바가 배를 우현 쪽으로 돌려 바람을 피하고 경사를 줄이자 좀더 편안한 각도로 탁 트인 바다로 나갈 수 있게 된다. 나는 월턴에게 하활**에 머리를 맞지 않게 고개를 숙이라고 경고한다.

그는 뭘 제대로 아는 듯한 나를 보고 놀라워하며 조금 감동하기까지 한 눈치다. "숨겨놓은 재주가 많네!"

옷깃 바로 위쪽이 살짝 탄 월턴의 목덜미를 지척에 두고 정신이 팔린 와중에 앨바에게 도움을 줄 수 있다니 기적이나 다름없다. 햇볕에 점점 익어가고 있는 그의 작은 귀. 잽싸게 깜빡이는 청회색 눈.

---

* 닻이나 깃발을 달거나 내릴 때 쓰는 밧줄.
** 돛의 아래 활대.

아버지와 할아버지와 함께 배 위에서 자란 남자답게 요트에 대한 열정이 넘치는 앨바는 힘든 일을 도맡으며 행복해하고, 일단 바다로 나서자 우리는 편안한 리듬에 몸을 맡긴다. 러모나가 바구니를 열어 빵과 치즈를 자르고 삶은 달걀과 소금과 물통을 건네준다.

오가는 대화를 통해 나는 월턴의 집안에 대해 단편적인 정보를 얻는다. 그의 어머니는 사회적인 규범에 집착하고 아버지는 일주일에 며칠씩 보스턴의 조그만 아파트에 머무는 은행업자다. "늦게까지 일을 할 때는 거기서 주무시지. 적어도 아버지 말로는 그래." 월턴은 얘기한다. 나는 그 말에 담긴 뜻이 뭔지 잘 모르겠지만 예의상 물어보지는 못하겠다. 무식하게 보이고 싶지 않을 뿐 아니라 캐묻는 것도 싫다. 월턴의 어린 시절을 상상하는 것은 달에서의 삶을 상상하는 것만큼 어렵다. 제인 오스틴의 작품에 등장하는 응접실과 빨간 벽돌 저택, 하버드에서 공부한 조상들의 초상화를 금테 액자에 넣어 장식한 식당 벽을 그려본다.

그는 어렸을 때 척추측만증이 있어서 열두 살 때 수술을 받고 길고 무더운 여름 내내 석고 깁스를 몸에 차고 있었다는 얘기를 한다. 다른 친구들은 나무를 타고 공을 차는 동안 그는 침대에서 『로빈슨 가족의 모험』이나 『용감한 선장들』 같은 모험담을 읽었다. 직접 말은 하지 않지만 그가 나 같은 사람의 심정을 이해한다는 사실을 전하고 싶어한다는 걸 알겠다.

몇 시간이 지나자 하늘에서 온기가 가신다. 나는 팔에 소름이 돋는 걸 느낀 다음에야 스웨터를 깜빡했다는 걸 깨닫는다. 월턴이 아무 말 없이 재킷을 벗어 내 어깨에 걸쳐준다. "아." 나는 놀라서 이렇게 말한다.

"너무 스스럼없이 구는 것처럼 보이지는 않았길 바라. 추워하는 것 같길래."

"맞아. 고마워. 그냥…… 생각지 못했던 일이라." 사실 내 신체적 불편을 누군가 알아채고 뭔가 조치를 취한 것이 언제였는지 기억이 나지 않는다. 농장에서 살다보면 너 나 할 것 없이 거의 하루종일 불편하게 지낸다. 너무 춥거나 너무 덥고, 지저분하고, 기진맥진하고, 다치고, 연장이나 뜨거운 쇠살대에 상처를 입고…… 너무 정신이 없어서 서로에 대해 신경쓸 겨를이 없다.

"너는 굉장히 독립심이 강한 것 같아, 맞지?"

"아마도."

"크리스티나 같은 여자는 만난 적 없을 거야, 월턴." 러모나가 말한다. "불을 지피거나 생선 손질도 할 줄 모르는 몰든의 한심한 여학생들하고는 달라."

"미스 팽크허스트처럼 여성 참정권 운동을 하나?" 그가 놀리는 투로 묻는다.

한심한 무지렁이로 전락한 느낌이다. 나는 여성 참정권 운동이 뭔지도 모르고 미스 팽크허스트라는 이름도 들어본 적이 없다. 내가 빨래하고 요리하고 청소하는 동안 월턴은 학교에 다닌 그 몇 년의 세월을 생각해본다. "여성 참정권 운동?"

"투표하고 싶어서 안달이 난 여자들 말이야." 러모나가 말한다. "자기들도 남자가 하는 일은 뭐든 할 수 있다고 말도 안 되는 생각을 하는 여자들."

"너도 그렇게 생각해?" 월턴이 묻는다.

"글쎄, 잘 모르겠는데." 나는 말한다. "시합을 열어서 알아봐야 하나? 장작을 패거나 하수관을 고칠 수 있는지? 아니면 닭을 잡을 수 있는지?"

"조심해." 그는 웃으며 말한다. "미스 팽크허스트는 불손한 발언을 했다는 이유로 삼 년 형을 선고받았어."

우리 둘 사이에 불꽃이 튀었다고 나는 거의 확신할 수 있다. 어떤 번뜩임. 나는 러모나를 흘끗 본다. 그녀는 나를 보며 눈썹을 추켜세우고 웃는다. 그녀도 느낀 것이다.

어느 날 월턴이 자전거를 타고 혼자 찾아온다. 가는 줄무늬 양복 윗도리에 이 일대에서는 아무도 쓰지 않을 스타일의 밀짚모자를 쓰고 있다. (따지고 보면 이 일대에서는 가는 줄무늬 양복도 입지 않는다.) 남동생들 옆에 있으니 그는 칠면조 무리에 섞인 공작처럼 조금 엉뚱해 보인다.

그가 두 손으로 모자를 잡고 긴 손가락으로 챙을 만지작거린다. "달걀을 몇 개 처분해주는 호의를 베풀고자 찾아왔나이다. 이렇게 중요한 임무를 나한테 맡기다니 믿기지 않지?" 그러고는 무슨 음모를 꾸미는 듯한 목소리로 덧붙인다. "사실 그 집 사람들은 내가 여기 온 줄 몰라."

"외투 들고 나올게." 나는 말한다.

"그럴 것 없는 날씨야." 그가 말한다. "그렇게까지……"

하지만 나는 이미 문을 닫은 뒤다.

어두컴컴한 현관에 서 있는데, 심장이 귓전을 때린다. 어떤 식으로 대응하면 좋을지 모르겠다. 할일이 많다고 말해야 하나?

문 두드리는 소리가 들린다. "안에 있어? 들어가도 될까?"

나는 외투를 걸어놓는 못으로 손을 뻗어 아무거나 집히는 대로 잡는다. 샘의 묵직한 양모 재킷이다.

"크리스티나?" 어머니의 목소리가 계단을 타고 내려온다.

"닭장에 달걀 가지러 다녀올게요, 어머니." 나는 문을 열고 월턴을 향해 미소 짓는다. 그도 마주 미소 짓는다. 나는 외투를 입으며 밖으로 나선다. "열두 개들이 두 개라고 했지? 구경하고 싶으면 같이 가도 되는데."

"버터스카치 먹을래?" 그가 호박색 사탕을 내민다.

"어…… 그래."

그는 포장지를 까서 내게 건넨다. "달콤한 그대에게 달콤이를."

"고마워." 나는 얼굴을 붉히며 말한다.

월턴은 앞장서라고 손짓한다. "여기 예뻐." 같이 닭장으로 걸어가는 동안 그가 말한다. "러모나가 그러는데 예전에는 여관이었다며?"

버터스카치가 입안에서 녹는다. 혀로 뒤집는다. "할아버지, 할머니가 여름에 손님을 받았어. 엄브렐라 루프 여관이라고 이름을 짓고."

그는 실눈을 뜨고 지붕을 쳐다본다. "우산?"

"맞아." 나는 살짝 웃음을 터뜨린다. "전혀 우산처럼 생기지 않았지?"

"비를 막아줘서 그런가보네."

"모든 지붕이 그렇지 않나?"

이제는 그도 웃음을 터뜨린다. "정답을 알게 되면 나도 알려줘."

월턴의 말이 옳다. 동생의 따끔거리는 재킷을 입었더니 너무 덥다. 나는 달걀을 거둔 뒤에 재킷을 벗고, 월턴은 풀밭에 같이 앉자고 한다.

"제일 좋아하는 색이 뭐야?" 그가 묻는다.

"정말로 궁금해?"

"물어보면 안 돼?" 버터스카치 사탕이 그의 이에 부딪혀 달그락거린다.

"좋아." 이런 질문은 처음이다. 생각해봐야 한다. 새끼 돼지의 귀, 땅거미가 진 여름 하늘, 앨이 사랑하는 장미꽃의 색…… "음. 분홍색."

"좋아하는 동물은?"

"우리집 스패니얼 톱시."

"좋아하는 음식은?"

"나는 구운 사과 케이크를 잘 만들기로 유명해."

"나한테도 만들어줄래?"

나는 고개를 끄덕인다.

"그 약속 지키는지 두고 보겠어. 좋아하는 시인은?"

이건 쉽다. "에밀리 디킨슨."

"아," 그가 말한다. "'새벽이 언제 올지 모르니 모든 문을 열어놓지요.'"

"'어쩌면 새들처럼 날아올지도—'"

"좋은데!" 그는 내가 그 시를 안다는 데 놀란 기색이 역력하다. "'어쩌면 바닷가처럼 굽이칠지도.'"

"내가 학교를 더 못 다니게 됐을 때 선생님이 디킨슨 시집을 주셨어. 그 시, 나도 좋아하는 작품이야."

그는 고개를 젓는다. "나는 그 마지막 부분을 절대 이해하지 못하겠던데."

"글쎄⋯⋯" 나는 해석을 제시하기가 조금 망설여진다. 그가 반론을 제기하면 어쩐다? "내 생각에는⋯⋯ 내 생각에는 가능성을 받아들이려는 마음을 견지해야 한다는 뜻이 아닐까 싶어. 그 가능성이 어떤 식으로 찾아오든 간에."

그는 고개를 끄덕인다. "아. 말 된다. 그래서 너는 그래?"

"내가 뭐?"

"가능성을 받아들이려는 마음을 견지하느냐고."

"글쎄. 그랬으면 하는데. 너는 어떤데?"

"노력하는 중이야. 발버둥치면서."

그는 아버지를 기쁘게 하기 위해 하버드에 진학하지만 캠퍼스가 좀더 작은 보든이 자신에게는 더 맞을지 모른다고 한다. "하지만 하버드를 거부할 수는 없잖아?"

"왜?"

"그러게, 왜 거부할 수 없을까?" 그가 말한다.

"그 오빠는 언니를 좋아해." 러모나가 눈을 반짝이며 말한다.

"나한테 얼마나 이것저것 물어보는지 몰라. 언니하고 알고 지낸지 얼마나 됐는지, 언니한테 남자친구가 있는지, 언니 아버지가 엄한 성격인지. 언니는 어떻게 생각하는지 궁금해하고."

"내가 뭘?"

"자기에 대해서 말이야, 바보. 언니는 그 오빠를 어떻게 생각하느냐고."

모르는 나라 말로 대답하라는 요청을 받기라도 한 듯 난처한 질문이다. "나도 좋아. 나는 좋아하는 사람이 많거든." 나는 신중하게 말을 고른다.

러모나는 콧잔등을 찡그린다. "말도 안 돼. 좋아하는 사람이 거의 없으면서."

"아는 사람이 거의 없으니까."

"하긴." 그녀는 말한다. "하지만 내숭 떨지 마. 그 오빠를 생각하면 심장이 쿵쾅거려?"

"러모나, 왜 이래."

"그렇게 놀랄 것 없잖아. 질문에 대답이나 하셔."

"음, 잘 모르겠는데. 아마 조금?"

"아마 조금이라. 그렇다는 뜻이네."

여름이 이어지는 동안 러모나는 전서구처럼 월턴과 나 사이를 오가며 단편적인 소식과 감상과 소문을 물어 나른다. 그녀는 그 역할에 안성맞춤이다. 에너지와 지적 능력이 한량없는데 문밖 출입을 못하는 주인과 함께 사는 테리어처럼 지금까지 그걸 발휘할 기회가 없었던 것이다.

처음에 어머니는 딱딱하고 조금 냉랭하게 월턴을 대하지만 서서히 그에게 마음의 문을 연다. 나는 그가 늘 어머니를 존중하고, 꼬박꼬박 존칭을 쓰고, 아무것도 당연시하지 않으며 어떤 식으로 행동을 조심하는지 지켜본다. 그는 어머니를 구슬려 소풍을 나가고 오후에 요트를 타자고 한다. "아유, 저 아이 참 깍듯하지 뭐야." 어머니는 바닷가에서 오랫동안 점심을 먹은 끝에 인정한다. "비싼 학교에서 배웠나봐."

어느 날 아침 어머니는 읍내에 나가 옥양목 한 필과 단추 한 통, 새로 나온 버터릭 옷본을 사가지고 와서 나를 놀라게 한다. 어머니는 아무렇지 않게 그걸 내게 건네며 말한다. "너도 새로운 스타일이 필요하지 않을까 해서." 나는 표지의 그림을 본다. 치맛단은 일곱 폭이고 몸에 딱 붙는 보디스에는 조그만 자개단추가 달렸다. 황설탕색 바탕에 초록 이파리 무늬와 꽃무늬가 있는 예쁜 옥양목이다. 나는 할일을 마친 뒤 작업에 착수해 옷본을 한 조각씩 오리고, 퍼즐 조각 같은 그 얇은 박엽지를 핀으로 천에 고정해 초크로 표시하고, 그 선을 따라 천을 재단한다. 해가 지자 촛불을 몇 개 켜놓고 주황색 등유램프 불빛에 비춰가며 옷을 만든다.

밤이 이슥해지도록 어머니의 싱어 재봉틀 위로 고개를 숙이고 발판을 밟아가며 옷감을 박는다. 어머니가 자러 들어가다 말고 문 앞에서 걸음을 멈춘다. 들어와서 내 뒤에 서 있다가 손을 내밀어 손끝으로 치맛단을 훑고 바늘 뒤쪽을 반듯하게 편다.

다음날 아침에 원피스를 입어보니 골반 위에서 찰랑거린다. 식료품 저장실 안에서 조그맣고 부연 거울을 손에 들고 전면을 비출 수 있게 이쪽저쪽으로 돌려보지만 보이는 것이라고는 여기 조금, 저기 조금뿐이다.

"다 만들었구나." 점심 준비를 거들러 부엌에 들어온 어머니가 한 말은 이게 전부다. 하지만 기뻐하고 있다는 걸 알 수 있다.

오전 늦게 월턴이 튤립과 수선화 꽃다발을 들고 찾아온다. 밀짚 모자를 벗고, 식탁에서 밀가루를 체로 거르는 어머니를 향해 살짝 고개를 숙인다. "안녕하세요, 올슨 아주머니."

어머니는 고개를 끄덕인다. "어서 와라, 월턴."

그가 내게 꽃다발을 건넨다. "원피스 예쁘다!"

"어머니가 천이랑 옷본을 사다주셨어." 나는 치맛단을 내밀고 그가 일곱 폭을 모두 볼 수 있게 한 바퀴 돈다.

"안목이 훌륭하시네요, 올슨 아주머니. 예뻐요. 그런데 잠깐, 크리스티나…… 네가 이걸 만들었다고?"

"응, 간밤에."

그는 치마를 한 부분 집어서 두 손가락으로 비비고 소매에 달린 자개단추를 만진다. "너를 보면 존경스러워."

내 뒤에서 어머니가 말한다. "크리스티나는 마음만 먹으면 뭐든 할 수 있는 아이지." 거의 들어본 적 없는 칭찬에 나는 놀란다. 어머니는 원래 감정을 잘 표현하지 않는 성격이다. 하지만 나는 이 집 현관문을 두드린 낯선 사람이 어머니의 진가를 알아봐주었다는 사실을 떠올린다. 어머니는 그게 가능한 일이라는 걸 안다.

어느 날 월턴이 놀러왔을 때 나는 비밀의 터널에 대해 들려준다. 내가 어떤 식으로 그곳을 절대 밝혀지지 않을 비밀을 간직한 신비롭고 마법 같은 공간으로 여기는지 말이다. "거기에 보물이 잔뜩 묻혀 있다고 생각하는 사람들도 있어." 나는 말한다.

"구경시켜줘." 그가 말한다.

둘만 가는 걸 우리 부모님이 허락할 리 없기에 우리는 몰래 계획을 세운다. 어머니는 쉬러 들어가고 아버지는 동생들과 어살을 살피러 나갈 때까지 기다리기로 한다. 수요일 오전이면 내가 집 뒤편에서 빨래를 탈수하고 너는 시간이기 때문에 아무도 나의 행방을 궁금해하지 않을 것이다. 그는 조용히 걸어서 올 것이다. 옆에 다른 사람이 있으면 계획을 포기할 것이다.

남동생들이 아침을 먹고 어살을 살피러 나가기 전에 빨래통에 물 채우는 것을 도와준다. 누구든 관심이 있었다면 내가 풀 먹인 원피스를 입었고, 머리를 깔끔하게 땋아서 리본으로 묶었고, 힘들어서가 아니라 러모나가 가르쳐준 대로 꼬집어서 볼이 발그스레하다는 걸 알아차렸을 것이다.

모두 떠난 뒤에 뒷마당으로 나를 찾아온 월턴은 아무 말 없이 무겁고 축축한 빨래를 내 손에서 건네받는다. 한 손으로 탈수기 크랭크를 돌리고 다른 손으로는 빨래를 살살 달래며 탈수한다. 빨랫줄 앞에서 그가 바구니에 담긴 축축한 빨래를 집어서 구김 없이 털고 건네면 내가 빨랫줄에 널고 집게를 꽂는다. 바구니가 비자 그가 빨랫줄을 들어서 장대에 고정한다.

소꿉놀이가 이렇게 짜릿할 수 있구나, 나는 문득 깨닫는다.

펄럭이는 축축한 빨래 사이에 숨은 월턴이 나를 잡고 자기 쪽으로 가만히 끌어당긴다. 내 눈을 똑바로 들여다보며 내 손을 자기 입 쪽으로 가져가 입을 맞추더니 나를 좀더 바짝 끌어당기고 고개를 옆으로 기울여 내 입술에 입을 맞춘다. 그의 입술은 서늘하고 매끈하다. 두근거리는 그의 심장이 그의 셔츠를 뚫고 느껴진다. 그에게서 버터스카치와 향신료 냄새가 난다. 너무 이상하고 아찔한 경험이라 숨을 제대로 쉴 수가 없다.

나는 바구니를 들고 다시 집으로 들어가 앞치마를 벗고 머리를 매만지고 식료품 저장실에 있는 거울 조각에 비친 내 모습을 흘끗 본다. 좁은 얼굴에 코는 너무 크고 회색 눈은 짝짝이지만 생기 넘치는 여자아이가 나를 마주본다. 이목구비는 평범할지 몰라도 피부가 깨끗하고 두 눈은 빛나고 있다. 나는 밖에서 나를 기다리는 남자를 생각해본다. 이제 보니 머리가 빠지기 시작했다. 가슴이 티스푼처럼 조금 오목하고 전에 여름 동안 깁스를 하고 있었던 터라 척추가 비정상적으로 뻣뻣하다. 흥분하면 살짝 혀짤배기소리를 낸다. 이렇듯 불완전한 남자가 나를 점점 사랑하게 된다는 것이 상상할 수 없는 일은 아니다. 그렇지 않을까?

우리는 집과 축사가 드리운 그늘을 한 줄로 말없이 지나 들판 너머의 숲을 향해 걷는다. 하루 중 이 시간에는 나무 그늘이 드리워져 있기 때문에 누가 작정하고 우리를 찾으러 나서지 않는 이상 눈에 띌 일이 없다. 월턴이 손을 내밀어 내 손끝을 스치고 내 손을 꼭 잡는다. 빽빽한 나무 사이로 가파른 방죽을 걷는 동안 몇 번 손을 놓치지만 그는 뜨갯감의 빠진 코를 찾는 사람처럼 다시 내 손끝을 찾는다. 산마루 뒤로 숨은 탁 트인 공간에 이르러 내가 장난스럽게 그의 손을 당기자 그가 다시 내 손을 당기고, 그 바람에 나는 비틀거리며 걸음을 멈춘다. 바로 뒤에 있는 그의 숨결이 목덜미로 느껴지고 옆으로 뻗은 그의 팔이 나를 끌어안는다.

"천국도 이보다 더 좋지는 않을 거야." 그가 중얼거린다.

뭘 두고 하는 말인지 알 수가 없다. 눈앞에서 세차게 일렁이는 바다일까, 춤을 추는 풀밭일까, 시커먼 해초로 덮인 바위일까⋯⋯ 아니면 나일까. 상관없다. 이곳, 이 곳은 머리칼이나 코나 눈과 다름없는 내 일부다.

터널 입구가 코앞이다. 월터는 두 손으로 내 허리를 잡고 나를 돌려 이마를 내 이마에 갖다댄다.

"나는 이미 보물을 찾았어." 그가 말한다. "지금껏 네가 여기서 너의 진가를 알아봐주는 사람이 나타나길 기다리고 있었잖아."

월턴의 관심은 중천에 뜬 해처럼 너무 환하고 너무 눈이 부셔서 다른 것은 모두 빛을 잃는다. 부모님과 동생들의 목소리, 닭들이 꼬꼬댁거리고 개가 짖고 빗방울이 깡통에 담긴 쌀알처럼 지붕을 때리는 소리…… 이 모든 소음이 내 머리 저 뒤편에서 스튜처럼 보글거린다. 어머니나 동생이 내 팔을 잡고 흔들며 "내가 아까 한 얘기 들었어?"라고 날카롭게 물을 때까지 그들의 존재를 거의 인지하지도 못한다.

다른 사람들도 이런 상태로 걸어다닐까? 우리 부모님도 그랬을까? 생각해보면 이상한 일이다. 재미없게 살아가는 완벽하게 보통인 두 분이 한때 이토록 펄떡거리고 이토록 아찔한 전개를 경험했을지도 모른다니. 두 사람의 눈빛에서 그런 흔적은 전혀 찾아볼 수가 없건만.

마메이는 눈[雪]을 본 적 없기에 그걸 가리키는 단어가 없는 섬의 원주민들을 만난 얘기를 들려주곤 했다. 내가 바로 그런 기분이다. 내겐 이걸 표현할 만한 단어도, 맥락도 없다.

내 친구 새디는 말한다. "너하고는 끝이로구나. 너는 이제 보스턴으로 이사할 테고 그럼 우리 둘은 두 번 다시 못 만날 테니까."

"내가 여기서 살자고 그이를 설득할 수 있을지 몰라."

"여기서 뭐하게? 그 사람은 농사에 어울리는 타입으로 보이지 않는데."

"그이 말로는 기자가 되고 싶대. 기사는 아무데서나 쓸 수 있잖아."

"뭐에 대해서 기사를 쓸 수 있겠어? 우윳값?"

하지만 새디가 뭘 알겠는가? 월턴은 우리의 생활방식에 홀딱 반한 눈치다. "내가 살아온 방식하고 정말 달라." 그가 말한다. "네지식은 현실적이야. 실용적이라고. 내가 아는 건 전부 머릿속에만 있는데. 나는 송아지 받는 법도, 우유로 크림을 만드는 법도 몰라. 요트를 조종하거나 말을 마차에 연결하는 데에도 젬병이고. 너도 못하는 게 있어?"

"마음먹은 대로 뭐든 할 수 있고 될 수 있는 사람은 너야." 나는 그에게 일깨운다.

"내가 하고 싶은 건," 그가 말한다. "너랑 함께하는 거야."

내 삶이 둘로 나뉘어 서로 다른 속도로 움직이는 느낌이다. 하나는 예측 가능한 리듬 안에서 익숙한 요소들과 함께 평소의 속도로 움직이지만, 다른 하나는 색상과 소리와 감각이 뭉개질 정도의 속도로 돌진한다. 나는 지난 이십 년 동안 다른 방식의 삶을 꿈꾼

적도 없고, 심지어 그런 삶을 꿈꿀 수 있다는 생각조차 하지 않은 채 사는 시늉만 하며 하루하루 멍청한 짐승처럼 지냈다는 것을 이제는 분명히 느낄 수 있다.

나는 월턴과 수준을 맞추기로 결심한다. 남동생들이 필요한 물품을 사러 읍내에 갈 때마다 신문을 챙겨달라고 부탁한다. 정치와 시사에 대해 토론할 수 있을 만큼 지식을 쌓고 싶다. 오하이오주 데이턴에서 터진 홍수와 아일랜드의 자치제. 연방 소득세와 워싱턴에서 데모를 벌인 여성 참정권 운동가들, 인종분리제도에 대한 우드로 윌슨의 시각과 그리스의 요르요스 1세 암살사건. 월턴이 언급했던 윌라 캐더, D. H. 로런스, 이디스 워턴 같은 작가들의 작품을 쿠싱의 도서관에서 대출해 그를 생각하며 그의 시선으로 읽는다. 로런스의 『아들과 연인』에 이런 문장이 있다. "그녀는 그럼에도 불구하고, 월터 스콧의 주인공처럼 생겼고 그림을 그리고 프랑스어를 할 줄 알며 대수학이 뭔지 알고 날마다 열차를 타고 노팅엄을 출입하는 이 남자가 그녀의 겉모습 아래에 숨겨진 공주 같은 면모를 알아보지 못하고 그냥 돼지 아가씨로 간주하는 건 아닌지 걱정스러웠다."

나도 내가 돼지 아가씨는 아닌지 걱정스럽다. 하지만 월턴은 나를 공주처럼 대한다. 아버지가 어느 날 오후에 블래키와 마차를 몰고 나가도 좋다고 허락해줘서 나는 월턴을 태우고 외곽 섬들이 보이는 브로드만을 출발해 이스트프렌드십의 고풍스러운 가게와 로클랜드 도심에 있는 아주 멀끔한 울머 교회까지 긴 나들이를 한다. 마지막에는 키싱만이 내려다보이는 언덕 풀밭에서 달걀 샐러드 샌드위치와 집에서 담근 피클을 먹고 유리병에 담아온 레모네이드를 마신다. 오후가 저녁으로 저무는 동안 우리는 태양이 출렁이는 수평선 속으로 녹아들고, 얇은 원반 같은 달이 희미하게 솟아오르는 광경을 지켜본다. "별들이 정말 가깝게 느껴진다." 그가 광활한 암흑을 손가락으로 가리킨다. "손을 내밀면 딸 수 있을 것 같아. 손 안에 담을 수 있을 것 같아." 그는 하나를 집어서 내게 건네는 시늉을 한다. "나는 케임브리지에 있고 너는 여기 쿠싱에 있을 때 나는 별을 올려다보면서 네 생각을 할 거야. 그럼 네가 그렇게 멀리 있는 것처럼 느껴지지 않겠지."

8월의 마지막 주는 짙은 구름으로 덮여 축축하고, 반갑지 않은 선뜩한 날씨가 식탁 앞에 서서 파티가 끝났다고 눈치를 주는 집주인처럼 갑작스럽게 여름의 끝을 선포한다.

월턴이 작별인사를 하러 찾아왔을 때 나는 목이 메어 거의 아무 말도 하지 못한다. 내가 이렇게 그와 만나는 시간을 손꼽아 기다리게 됐을 줄은 몰랐다. "편지할게." 그가 말하고 나도 그러겠다고 약속하지만, 하버드에서의 거처가 정해지지 않았기에 그쪽에서 먼저 편지를 보낼 때까지 기다려야 한다.

그의 소식을 기다리는 것은 고통스럽다. 나는 하루에 한 번, 정오에 터벅터벅 우체국을 찾아간다.

"오늘도 평소처럼 세시에 마차를 몰고 읍내에 가는데," 앨이 말한다. "내가 편지 가져다줄까?"

"맑은 공기 좀 쐬려고." 나는 말한다.

말랐고 신경질적이며 아주 꼼꼼한 우체국장 버사 도싯은 호기심 어린 눈빛으로 나를 쳐다본다. 나는 금세 그녀의 일상을 파악한다. 그녀는 우표를 돌돌 말아서 조그만 서랍에 보관하며 거위 깃털로 동전을 감싼 종이의 먼지를 떤다. 그녀의 머리 뒤편 벽에 걸린 일람표에 따르면 하루에 두 번 바닥을 쓴다. 매일 저녁 해질녘에 우체국 앞에 게양한 깃발을 내려서 깃대에서 분리해 깔끔하게 접어 상자에 보관한다.

내가 가면 그녀는 우리 가족 칸에 담긴 우편물을 건네는데, 대개 청구서와 광고 전단이다. "오늘은 그게 다야." 그녀는 항상 이렇게 말한다.

나는 고개를 끄덕이고 있는 힘을 다해 미소를 짓는다.

교도소에 갇혀서 열쇠가 쩔그렁거리는 소리가 들리는지 조마조마한 심정으로 귀를 기울이며 석방을 기다리는 죄수가 된 심정이다. 어느 날 저녁에 식사를 마친 뒤 내가 접시를 치우는데, 남동생들이 어살을 놓고 옥신각신한다. 한쪽에선 너무 오래 방치하면 바다를 얼리는 폭풍 때문에 망가질 수 있다고 하고, 다른 한쪽에선 정어리가 잘 잡히고 있기 때문에 너무 일찍 해체하면 아깝다는데, 듣고 있자니 정신이 하나도 없다. 나는 내가 이렇게 못되게 굴 수도 있나 스스로 놀랄 정도로 동생들에게 쏘아붙인다. "이 굼벵이들아, 너희 접시는 너희가 좀 치워! 예의도 없는 것들 같으니라고."

상처받은 표정으로 놀라는 동생들을 보며 얄팍한 만족감을 느낀다.

그러던 어느 날, 편지가 올 거라는 믿음을 포기한 지도 오래됐을 때 버사가 카운터 위로 우편물더미를 내미는데 그게 보인다. 2센트짜리 빨간색 조지 워싱턴 우표를 붙인 하얗고 두툼한 봉투의 수신인 자리에 내 이름이 적혀 있다. 크리스티나 올슨.

"어머나, 그게 뭐야? 좋은 소식이었으면 좋겠네." 그녀가 말한다.

나는 우체국을 나설 때까지 기다리지 못하고 봉투를 개봉한다. 길가의 쓰러진 나무에 걸터앉아 두툼한 편지지를 펼친다.

"사랑하는 크리스티나에게……"

나는 드문드문 건너뛰고 편지지를 뒤적여가며(두 장, 세 장, 네 장이다) "너의"―나의!―"월턴"이라 적힌 마지막 부분까지 허겁지겁 읽는다. 몇 문장이 눈에 들어온다. "올해 여름을 나는 절대 잊지 못할 거야." "햇빛이 비치면 손으로 눈을 가리던 너, 네가 입었던 세일러 블라우스의 납작한 옷깃, 네 머리칼을 묶었던 짙은 남색 리본." 그리고 마지막으로, "내게 모든 길은 쿠싱으로 통해".

나는 방충망에 뚫린 구멍으로 빠져나가려는 벌처럼 앞뒤로 왔다갔다 읽는다. 그는 메인에서 보낸 여름이 자꾸만 생각난다고 한다. 몰든에서 보낸 시간은 지루하고 더웠다. 요트와 소풍과 끊임없이 펼쳐지는 모험 끝에 만난 하버드는 외롭다. 그는 그 모든 것을 그리워하고 있다. 키싱만에 묶어놓은 요트, 갓 구운 빵으로 만든 달걀 샌드위치, 러모나의 실없는 농담, 리틀섬에서 벌인 해산물 파티, 분홍색과 주황색이 어우러진 저녁노을. 하지만 가장 그리운 것은 나라고 한다.

집으로 가는 길에 햇살이 전과 달리 더 부드럽고 따뜻하게 느껴진다. 나는 턱을 들고 눈을 감고 도로 왼편의 파인 자국을 따라 한

발 한 발 내디딘다. 이렇게 눈을 감고도 걸을 수 있는 이유는 오로지 길을 외우고 있기 때문이다.

　매주 아니면 열흘마다 2센트짜리 우표를 붙인 하얗고 두툼한 봉투가 배달된다. 그는 도서관에서, 식당에서, 럭비를 한 후 진을 잔뜩 마신 룸메이트가 곯아떨어진 기숙사 방의 좁은 나무 책상에서 가스등 불빛에 비춰가며 편지를 쓴다. 편지가 도착할 때마다 말 꾸러미가 언어에 굶주린 내 영혼에 양식을 제공하고, 학생들은 교수와 대화를 나누기 위해 나무로 벽을 댄 교실에 남아 기다리고 하루 종일 도서관에 있을 수 있으며 무엇을 어떻게 쓸 건지가 걱정의 전부인 학교라는 세계를 열어 보여준다. 그의 자리에 나를 대입해본다. 해질 무렵 은은하게 빛나는 두꺼운 유리창 너머를 들여다보며 한가롭게 캠퍼스를 가로질러 친구들과 함께 저녁을 먹으러 가면 어떨까, 턱시도를 입은 웨이터들이 부스스한 학생들을 코 아래로 내려다보지만 학생들은 신경쓰지 않는 하버드 광장의 비싼 식당으로.
　편지가 점점 쌓이자 그것들을 연분홍색 리본으로 묶어 침대 아래에 모아둔다. 한 편지에서 월턴은 이렇게 고백한다. "매일 밤 나는 정수리 거의 바로 위편, 남동쪽으로 널따랗게 자리잡은 정사각형 공간을 올려다보며 거기 보이는 별의 이름을 지어. 브로드만, 포코너스, 이스트프렌드십, 그리고 울머 교회. 그러면서 너와 함께 거길 드라이브하고 있으면 좋겠다는 생각을 해." 저녁을 먹은 뒤에 헛간 문을 열고 밖으로 나와 나도 광활하게 펼쳐진 별들을 올려다보며 상상한다. 케임브리지에서 월턴도 이러고 있을지 모른다고. 나는 여기에 있고 그는 거기에 있지만, 우리는 하늘로 연결되어 있다.

카메오
조가비

1944~1946년

몇 년 동안은 우리집에 작업실을 차린 젊은 화가에게 아무도 관심을 기울이지 않는 듯했다. 하지만 올해 여름은 다르다. 올케 메리와 함께 읍내로 나가서 볼일을 보는데, 페일스의 통조림 코너에서 모르는 여자가 내게 다가온다.

"실례지만 혹시…… 크리스티나 올슨이신가요?"

나는 어리둥절하며 고개를 끄덕인다. 처음 보는 사람이 어떻게 나를 알지?

"그럴 줄 알았어요!" 여자가 얼굴을 환히 빛낸다. "저는 이 근처 오두막집을 일주일 동안 빌려서 가족들과 함께 지내고 있거든요. 아주머니와 남동생분 이야기가 실린 기사를 읽었어요. 남동생분 성함이 앨 맞죠?"

옆 코너로 건너갔던 메리가 모퉁이를 돌아 이쪽으로 온다. "안녕하세요, 저는 미스 올슨과 동행인데요. 무슨 일이시죠?"

"어머, 죄송해요! 제가 앞뒤 설명이 너무 없었네요. 유명한 화가가 아주머니 댁에서 작업을 하고 있죠? 앤드루 와이어스라고."

"그걸 어떻게……" 메리가 말문을 연다.

"제가 사인을 받고 싶은데 혹시 부탁을 드려도 될까요?" 여자가 비위를 맞추는 말투로 말한다.

"아. 글쎄요?" 메리는 물으며 나를 쳐다본다.

나는 여자를 보며 뻣뻣하게 미소를 짓는다. "아뇨, 안 되겠는데요."

나중에 내가 이 얘기를 벳시에게 건네자 그녀는 놀랍지 않다는 듯이 고개를 젓는다. "죄송해요, 아주머니. 앤디가 요전에 〈아메리칸 아티스트〉 표지에 실려서 안 그래도 뭔가가 달라지지 않을지 걱정했는데. 정말 달라진 모양이네요."

"앨하고 나에 대해서 한 얘기가 있었니?"

"조금요. 많지는 않았어요. 두 분 이름을 얘기했을 수도 있어요. 여름 동안 쿠싱에서 지낸다고 기사에 소개가 됐으니 마음만 먹으면 금세 알아낼 수도 있을 거고요. 그이는 그 얘기를 꺼낸 걸 후회하고 있어요. 누가 귀찮게 하는 걸 정말 싫어하거든요. 아주머니도 그러실 텐데."

나는 어깨를 으쓱한다. 내 기분이 어떤지 잘 모르겠다.

몇 주 뒤에 부엌 창문을 열어놓고 그 옆 의자에 앉아 있는데, 연푸른색 컨버터블이 우리집 앞에 멈춰 서는 게 보인다. 운전자는 크림색 페도라를 썼고, 옆에 탄 여자는 머리에 얇은 물방울무늬 스카프를 썼다.

"저기요!" 여자가 분홍색으로 손톱을 칠한 손을 흔들며 외친다.
"안녕하세요! 저희는……" 여자가 남자의 팔을 찰싹 때린다. "그 남자 이름이 뭐더라?"

"와이어스."

"맞아. 앤드루 와이어스를 만나러 왔어요." 그녀는 분홍색으로 칠한 입술을 벌려 차창 너머로 미소를 짓는다.

앤디는 아직 여기 없지만, 키싱만에서 어슬렁어슬렁 들판을 가로질러 올라오는 그의 모습이 지금 당장이라도 보일 것 같다. "그런 사람 몰라요." 나는 여자에게 말한다.

"이 집에서 그림을 그리고 있지 않나요?"

"금시초문인데요." 내가 대꾸한다.

여자는 어리둥절해하는 표정으로 입술을 오므린다. "프랭크, 여기 맞지 않아?"

"글쎄." 남자가 한숨을 쉰다. "내가 어찌 알겠어."

"확실해. 그 잡지에 그렇다고 나왔는데."

"모르겠어, 메이블."

"분명히 봤단 말이야……"

아니나 다를까, 그들이 조잘거리며 멀어져가는 동안 물감이 담긴 낚시도구 상자를 흔들며 풀밭을 가로질러 걸어오는 앤디가 보인다. 메이블이 내 시선을 따라서 목을 길게 빼고 그쪽을 쳐다본다.

"봐, 프랭크!" 그녀가 고함을 지른다. "저 사람일지 몰라!"

"저 사람이요?" 나는 억지로 빙그레 웃는다. "그냥 동네 어부예요." 내가 앤디를 향해 눈썹을 추켜세우자 그는 나를 보고 축사 쪽으로 방향을 튼다. "낚싯대를 여기 보관해주고 있어요."

메이블이 뿌루퉁하게 입을 내민다. "아이참, 여기까지 왔는데."

"저 사람한테 고등어는 살 수 있을지 몰라. 내가 물어볼까?"

"아우, 됐어." 그녀는 콧방귀를 뀌며 스카프를 더욱 단단히 동여맨다. 작별인사조차 하지 않는다.

그들이 차를 돌려 진입로를 내려가기 시작했을 때 앤디가 축사에서 나온다. "감사해요. 큰일날 뻔했네요." 그가 말한다. "앞으로입을 다물어야겠어요."

"그러는 게 좋을지 몰라." 나는 말한다. 우리는 여기서 아주 폐쇄적으로, 그리고 서로 가깝게 지내기 때문에 문명사회가 멀게 느껴진다. 하지만 앤디가 우리만의 것이 아니라 세상의 것이라는 깨달음이 서서히 나를 찾아온다. 심란한 깨달음이다.

요즘은 불안한 일들이 많다. 1944년 6월에는 노르망디 해변에서 존이 탄 배가 어뢰에 명중당해 이십 명 넘게 전사했다. 존도 목숨을 부지하지 못할 뻔했지만, 입고 있던 옷만 걸친 채 침몰하는 배에서 탈출했다. "브루클린에서 100달러 주고 산 시계가 완전히 박살났어요." 그는 사건 몇 달 뒤에 보낸 편지에서 이렇게 쓴다. "어뢰에 맞고 하루 지났을 때 지나가던 배가 우리를 영국해협까지 태워다주었고, 거기에서 우리는 플리머스로 가는 배에 승선했어요. 둘둘 말린 밧줄 위에서 자느라 얼어죽을 뻔했지만 상관없었어요. 살아 있다는 것만으로 그저 행복해요."

이런 사고를 당했으니 귀환 조치가 내려질까? 아니다. 그는 잉글랜드, 스코틀랜드, 아일랜드를 거쳐 보스턴에서 짧은 휴가를 보낸 다음 뉴포트에서 사십오 일 동안 항공모함 승무원 훈련을 받는다. 그러고는 남태평양으로 출동해 일본군을 상대한다.

새디의 아들 클라이드도 해군 예비역으로 복무중인데, 그녀가 말한다. "모르는 차가 진입로로 들어서는 소리가 들리지는 않는지 계속 촉각을 곤두세우게 돼." 그게 무슨 말인지 안다. 나도 한밤중에 불길한 예감을 느끼며 깬다. 아침이 되면 그런 느낌이 대부분 가시지만 절대로 완전히 사라지지는 않는다. 밤낮으로 아무때고 이런 생각이 든다. 바로 지금 샘과 메리가 전보를 들고 나를 찾아올 수도 있어. 하지만 내가 밀가루 반죽을 보드라워질 때까지 치대면 아닐지 몰라. 닭이 매끈해질 때까지 털을 뽑으면 아닐지 몰라. 바닥을 쓸고 처마의 거미줄을 치우면 아닐지 몰라.

1946년 초에 벳시가 끔찍한 소식을 전한다. 앤디의 아버지와 조카 뉴얼이 지난 10월에 펜실베이니아에서 열차에 치여 세상을 떠났다고 한다. 와이어스 씨가 몰던 차가 선로에서 시동이 꺼진 것이다. 그녀의 말에 따르면 앤디는 제정신이 아니지만 눈물은 한 방울도 흘리지 않았다고 한다.

그들이 여름을 보내러 메인으로 돌아왔을 때 아버지의 죽음이 그에게 얼마나 많은 영향을 미쳤는지 한눈에 알아볼 수 있다. 그는 전보다 말이 없다. 더 진지해졌다.

"있잖아요. 우리 아버지가 사실 그녀에게 연심을 품었을지 모른다는 생각이 들어요." 나와 단둘이 부엌에 남게 되자 앤디가 말한다. 그는 앨의 흔들의자에 앉아 한 발로 무심히 의자를 앞뒤로 흔들고 있다. 뒤꿈치, 발가락, 삐걱, 끼익.

나는 당황한다. "미안하지만 앤디…… 연심을 품었을지 모른다니, 누구한테?"

그가 의자를 흔들다 말고 멈춘다. "캐럴라인이요. 넷째 형의 아내요. 조카 뉴얼의 어머니요, 그러니까…… 차에 같이 타고 있었던 아이 말이에요."

"아, 이런." 나는 이게 무슨 소리인지 파악하느라 끙끙댄다. "네 아버지가…… 네 형수를?" 나는 그들의 이름은 모른다. 앤디는 그들에 대해 한 번도 얘기한 적이 없다.

"네." 그는 이목구비를 지우려는 사람처럼 손으로 얼굴을 문지른다. "어쩌면요. 누가 알겠어요. 마음이 있었던 것만큼은 분명해요. 아버지는 그런 분이었거든요. '어마어마하고 다양한 열정의 소유자.'" 그는 부고를 인용하듯 말한다. "거기에 대해 절대 거리낌이 없으셨죠. 하지만 막판에는 비참한 심정이었던 것 같아요."

"사고 직전에 무슨 일이 있었니? 누군가……"

"아무 일도 없었어요. 제가 알기로는요. 하지만 죽음이라는 단어가 아버지의 머릿속에 있었다는 건 알아요. 아버지가 집착한 것 중 하나가 그거였거든요. 아버지의 작품을 보면 알 수 있어요. 내 작품에서도 그게 보이죠. 하지만……" 그는 말끝을 흐린다. 혼잣말을 중얼거리며 자신의 감정을 분석하고 어떤 식으로 해석할지 결정하려는 것 같다. "이상했어요." 그가 웅얼거린다. "사고가 난 후에 아버지의 작업실에 가보니 작업도구가 일렬로 조심스럽게 세워져 있는 거예요. 모두 한 줄로. 아버지는 원래 저처럼 온 사방에 늘어놓는 성격이었거든요. 어떤 식인지 아시죠?"

나는 온 집안을 도배한 템페라 튄 자국과 굳은 달걀 껍데기와 딱딱해진 붓을 떠올린다. 어떤 식인지 나도 안다.

"우연의 일치일지 모르지만, 작업실에 두고 보시는 성경책이 펼쳐져 있었는데 간음을 언급한 구절이었어요. 아니면…… 우연의 일치가 아니었을 수도 있죠. 그러니까, 실제로 어떤 일이 벌어졌건 간에 아버지가 불륜의 결과에 대해 고민했을지 모른다고 생각하는 것도 전혀 말이 안 되는 추측은 아니에요. 하지만 그렇다고 해서 아버지가 일부러……"

"어울리지가 않아." 나는 말한다. "너한테 들은 얘기하고. 너는 항상 아버지를 아주…… 현실적인 분이라고 했잖니."

앤디는 나를 보며 냉소적인 미소를 짓는다. "사람이 어떤 행동을 하는 이유를 누가 알겠어요, 그죠? 인간은 워낙 알다가도 모를 존재잖아요." 그는 어깨를 으쓱한다. "어쩌면 심장마비였을 수도 있어요. 아니면 부주의였거나. 아니면…… 다른 이유였을 수도 있고요. 진실은 아마 절대 알 수 없겠죠."

"그래도 아버지가 그립다는 건 알 수 있잖아. 그것만큼은 상당히 단순하지 않니?"

"그런가요?"

나는 내 부모님을 생각한다. 어떤 식으로 그들을 가끔은 그리워하고 또 가끔은 그리워하지 않는지를 생각한다. "아닌 것 같구나."

앞뒤로 천천히 의자를 흔들며 그가 말한다. "아버지가 돌아가시기 전에는 그냥 그림을 그리고 싶은 마음뿐이었어요. 이제는 달라요. 좀더 심오해졌어요. 뭐랄까, 그 무게감이 느껴져요. 저 너머의 어떤 것. 그걸 최대한 선명하게 모두 화폭에 담고 싶어요."

그가 내 표정을 흘낏 살피자 나는 고개를 끄덕인다. 나는 진심으로 그의 말을 이해한다. 복잡한 감정을 뼛속 깊이 간직한다는 게 어떤 건지 안다. 유령들로 우글거리는 과거에 발목 잡힌 심정이 어떤 건지 안다.

아버지가 세상을 떠났을 때 앤디는 낡은 석유램프를 옆에 두고 쇠 걸쇠를 걸어 닫아놓은 문에 기대앉아 있는 앨을 실물 크기의 템페라화로 그리던 중이었다. 그는 이 그림을 그 전해 여름에 착수했는데, 목탄으로 스케치를 한 후에 램프의 긁힌 니켈 부분과 걸쇠의 묵직한 질감을 종이 위에 담으려 애쓰고 있었다. 이윽고 앤디가 물감을 꺼내더니 앨에게 부엌 입구로 가서 문 옆에서 포즈를 잡아달라고 요청했다. 앨이 몇 시간, 며칠, 몇 주 동안 그 문에 기대앉아 있는 동안 앤디는 머릿속의 이미지를 캔버스에 옮기려다 실패하기를 반복했다. "나비를 핀으로 고정하려는 거하고 비슷해요." 그가 씩씩대며 말했다. "조심하지 않으면 제 손에서 날개가 바스러질 테니까요."

여름이 끝나고 포트클라이드를 떠났을 때까지도 미완성이라 그는 채즈퍼드에 있는 겨울 작업실로 그림을 들고 갔다. 사고 이후 앤디는 그 작품을 다시 그리기 시작했다. 메인으로 돌아왔을 때 그는 그 그림을 들고 와 조가비 방의 벽난로에 기대어 세워놓았다.

어느 날 아침 내가 벽난로 근처에 서서 그림을 들여다보고 있는데, 앤디가 현관문을 거쳐 집안으로 들어온다. 그는 현관 입구에서 조가비 방에 있는 나를 보고 다가와 내 옆에 선다. "앨 아저씨는 저렇게 가만히 앉아 있는 걸 싫어하셨죠?" 앤디가 묻는다.

나는 웃음을 터뜨린다. "지겨워서 안절부절못했지."

"다시는 제 모델이 되어주시지 않겠네요."

"아마도." 나는 동의한다.

그림의 절반은 환하고 절반은 어둡다. 석유램프가 앨의 얼굴 쪽에서 낡은 나무문 위, 쇠 걸쇠 아래로 그림자를 드리운다. 램프 뒤편의 신문은 얼룩덜룩하고 쭈글쭈글하다. 앨은 깊은 생각에 잠긴 사람처럼 중간쯤을 응시하고 있다. 눈은 눈물이 고여서 흐릿하게 보인다.

"네가 바라던 대로 그려졌니?" 내가 앤디에게 묻는다.

그는 손을 내밀어 허공에서 램프의 윤곽선을 따라 그린다. "니켈의 질감은 제대로 살렸어요. 그 부분은 만족해요."

"앨의 이목구비는?"

"그건 계속 바꿨어요." 그가 말한다. "아저씨 표정을 제대로 담지 못하겠더라고요. 지금도 자신 없어요."

"앨이…… 울고 있는 거니?"

"우는 걸로 보이세요?"

나는 고개를 끄덕인다.

"제가 의도한 바는 아니에요. 하지만……" 그는 서글픈 미소를 짓는다. "울부짖는 열차 기적소리가 실제로 들리는 것 같지 않아요?"

"앨이 그 소리를 가만히 듣고 있는 것처럼 보여." 내가 말한다.

그는 앞으로 다가가 캔버스를 열심히 들여다본다. "그럼 제대로 표현이 된 거예요."

앤디는 지금까지 내게 모델이 되어달라고 요청한 적이 없었는데, 그 대화를 나누고 몇 주가 지났을 때 찾아와 내 초상화를 그리고 싶다고 말한다. 내가 무슨 수로 거절할 수 있겠는가? 그는 나를 식료품 저장실 입구에 앉히고 무릎 위에 얹은 손과 치맛자락을 정리한 다음 하얀 종이 위에 펜으로 스케치를 하고 또 한다. 멀리서. 가까이서. 목 뒤로 넘긴 머리칼을 한 가닥씩 세세하게. 목걸이를 넣었다가 뺐다가. 내 손을 이렇게 그렸다가 저렇게 그렸다가. 나 없이 문간을 텅 빈 채로 그리기도 했다가.

거의 온종일 들리는 소리라곤 펜이 종이를 긁는 소리, 큼지막한 스케치북을 넘기는 소리뿐이다. 그는 실눈을 뜨고 엄지손가락을 내민다. 펜을 입에 무는 바람에 입술이 잉크 범벅이 된다. 그가 조용히 혼잣말을 중얼거린다. "그래, 바로 그거야. 그림자가……" 그가 나를 쳐다보는 동시에 내 속을 꿰뚫어보는 듯한 묘한 기분이 든다.

"아주머니 팔이 그렇게 연약한 줄 지금껏 몰랐어요." 잠시 후 그가 생각에 잠긴 투로 중얼거린다. "그리고 그 흉터도요. 어쩌다 생긴 거예요?"

나는 나의 기형을 대하는 사람들의 반응—뭐라고 해야 할지 모

르거나, 불쾌하게 여기거나, 심지어 혐오스러워하는—에 워낙 이
골이 났기에 누가 얘기를 꺼내면 대개는 입을 다물어버린다. 하지
만 앤디는 동정하는 기색 없이 나를 대놓고 쳐다본다. 나는 팔뚝
에 난 십자 모양의 흉터들을 흘끗 내려다본다. 어떤 건 다른 것보
다 빨갛다. "오븐 그릴에 난 상처야. 그게 가끔 살짝 미끄러질 때
가 있거든. 내가 평소에는 긴팔을 입는데."

그가 움찔한다. "흉터를 보니 아팠겠어요."

"익숙해지게 되어 있어." 나는 어깨를 으쓱한다.

"요리를 도와줄 일손을 쓰면 어떨까요? 벳시가 아는 사람이 있
는데……"

"나 혼자서도 잘하고 있어."

그가 고개를 저으며 말한다. "맞아요, 그렇죠, 아주머니? 그래
서 다행이에요."

하루는 앤디가 스케치를 모두 모아 2층으로 들고 올라간다. 이
후 몇 주 동안 나는 그를 거의 보지 못한다. 매일 아침 그는 파란
작업복 바지와 물감이 튄 스웨트셔츠에 끈도 묶지 않은 낡은 작업
부츠를 신고, 불안한 골반 때문에 야윈 몸을 기우뚱하게 휘청거리
고 팔꿈치와 무릎을 내젓듯이 들판을 가로질러 우리집으로 걸어온
다. 물통과 암탉들에게서 후무린 달걀 한줌을 들고 방충문을 두 번
두드린 다음 안으로 들어온다. 부엌에서 앨과 나와 농담을 주고받
는다. 혼잣말을 중얼거리며 작업 부츠를 신은 발로 쿵쿵 계단을 밟
으며 올라간다.

뭘 하는지 보여달라고 청하지는 않지만 궁금하다.

7월의 어느 따뜻하고 화창한 날, 앤디가 1층으로 내려오더니 피곤하고 집중이 안 돼서 오후 작업을 작파하고 배를 타러 나갈까 생각중이라고 한다. 그가 나가자 나는 2층에서 그의 작업을 확인하기에 좋은 기회라는 사실을 깨닫는다. 집에 아무도 없다. 내 마음대로 천천히 한 칸씩 기어올라가면 된다. 두 계단마다 쉬어가며.

2층의 방문을 열기 전부터 달걀냄새가 난다. 문을 활짝 열어보니 깨진 달걀 껍데기와 지저분한 걸레와 알록달록한 물이 담긴 컵이 온 사방에 흩어져 있다. 내가 여기 올라온 게 얼마 만인지 모르겠다. 이제 보니 벽지가 조각조각 벗겨졌다. 열어놓은 창문으로 산들바람이 불어 들어오는데도 답답하다. 나는 저쪽 모서리의 엉성한 이젤에 얹혀 있는 그림을 얼른 확인하고 고개를 돌린다.

싱글 침대—내가 어렸을 때 썼던 침대다—위에 똑바로 누워서 천장에 생긴 거미줄 모양의 균열을 쳐다본다. 직사각형의 캔버스가 곁눈으로 들어오지만 똑바로 쳐다볼 자신이 없다. 언젠가 앤디는 내게 사실적으로 보이는 그의 작품 안에 비밀과 수수께끼와 알레고리가 숨겨져 있다고 얘기한 적이 있다. 아무리 추하더라도 사물의 본질에 다다르고 싶다고 말했다.

그가 내 안에서 무엇을 보았을지 깨닫는 게 두렵다.

마침내 더이상 미룰 수 없는 지경에 이른다. 나는 옆으로 돌아누워 그림을 바라본다.

내 모습은 흉측하지는 않다, 확실히. 그럼에도 그의 눈에 비친 나를 확인하는 것은 충격적이다. 캔버스 속의 나는 옆얼굴을 보이고서 진지하게 만 쪽을 바라보고 있다. 두 손은 어색하게 무릎에 엎혀 있고, 코는 길고 뾰족하며 입가는 아래로 처졌다. 머리는 짙은 적갈색이고 몸은 호리호리하며 살짝 기우뚱하다. 식료품 저장실 입구는 테두리가 까맣고 절반이 그늘져 있다. 문은 풍파에 시달려 갈라졌고, 그 너머로 제멋대로 자란 풀이 보인다. 내 원피스는 검은색이고 하얀 목 아래로 브이자로 깊게 파였다.

검은 원피스를 입은—지금 입은 옷이 아니다—내가 우중충해 보인다. 모질어 보인다. 그리고 전적으로 외로워 보인다. 문 앞에서 외로이 바다를 마주보고 있다. 피부는 유령처럼 창백하다. 온 사방은 어둠이다.

선고를 기다리는 브리짓 비숍.

죽음을 기다리는.

나는 다시 똑바로 눕는다. 바람이 불 때마다 들락거리는 레이스 커튼의 그림자가 천장을 넘실대는 바다로 만든다.

다음날 아침에 앤디가 왔을 때 나는 2층에 올라갔었다는 얘기를 하지 않는다. 그는 인사를 건네고 드롭비스킷*을 살살 뒤적이고 있는 나와 잠깐 잡담을 하고 계단 입구로 향한다. 걸음을 멈춘다. 허리춤에 손을 짚고 다시 부엌문 앞으로 온다. "올라가보셨군요."

나는 반죽을 한 덩어리씩 떠서 납작한 철판 위에 떨어뜨린다.

"올라가보셨어요." 그는 순순히 물러서지 않는다.

"어떻게 알았어?"

---

* 달군 철판이나 끓는 기름 속에 밀가루 반죽을 숟가락으로 한 점씩 떨어뜨려서 만드는 비스킷.

그는 야단스레 한 손을 위로 든다. "꼭대기까지 먼지 사이로 길이 나 있잖아요. 거대한 달팽이가 기어간 자국처럼."

나는 건조한 웃음을 터뜨린다.

"그래서, 어떠셨어요?"

나는 어깨를 으쓱한다. "나는 예술에 대해 아는 게 없잖니."

"그건 예술이 아니잖아요. 아주머니죠."

"아니야, 그렇지 않아. 너지." 나는 말한다. "예전에 나한테도 네가 그랬잖아. 모든 그림은 자화상이라고."

그는 휘파람을 분다. "아, 아주머니는 제가 상대하기에 너무 빈틈이 없으시다니까. 그러지 말고 말씀해주세요. 아주머니 생각이 궁금해요."

그에게 얘기하기가 겁이 난다. 거만하고 잘난 척하는 것처럼 들릴까봐 겁이 난다. "너무…… 어둡더라. 그림자하며. 까만 원피스하며."

"아주머니의 피부와 대조시키고 싶었어요. 거기 앉아 있는 아주머니가 도드라져 보이게."

이렇게 대화를 나누다보니 나는 내가 조금 화가 났다는 사실을 깨닫는다. "내가 뚜껑이 반쯤 닫힌 관 속에 들어 있는 사람 같아 보이더라고."

앤디는 내 심기가 불편할 수도 있다는 걸 믿지 못하는 듯 살짝 웃음을 터뜨린다.

나는 그를 차분하게 바라본다.

머리칼을 손으로 쓸어넘기며 그가 말한다. "저는 아주머니의……" 그는 망설인다. "기품과 엄숙함을 드러내고 싶었어요."

"그게 문제인 것 같아. 내가 생각하기에 나는 엄숙한 사람이 아니거든. 너도 마찬가지로 생각했으리라고 본다만."

"맞아요. 그냥 어느 순간의 느낌이에요. 그건 '아주머니'가 아니에요. '저'도 아니고요. 아주머니는 어떻게 생각하실지 몰라도." 그는 말끝을 흐린다. 내가 묵직한 오븐 문을 잡고 끙끙대는 걸 보더니 와서 문을 열고 비스킷이 담긴 쟁반을 안에 넣어준다. "제가 생각하기에 그 그림은 이 집을 그린 것 같아요. 이 집의 분위기요." 그가 오븐 문을 닫는다. "무슨 말인지 아시겠어요?"

"너는 그걸 너무……" 나는 알맞은 단어를 생각해내려고 한다. "뭐라고 해야 할까. 외롭게 표현했다고 할까."

그는 한숨을 쉰다. "가끔은 실제로 그렇잖아요?"

우리 둘 사이에 잠시 정적이 흐른다. 나는 행주를 집어 밀가루 묻은 손을 닦는다.

"그럼 아주머니가 생각하기에 아주머니는 어떤 분인가요?" 그가 묻는다.

"응?"

"아까 아주머니가 생각하기에 아주머니는 근엄한 사람이 아니라고 하셨잖아요. 그럼 아주머니가 생각하기에 아주머니는 어떤 분인가요?"

좋은 질문이다. 내가 생각하기에 나는 어떤 사람일까?

우리 둘 다 놀람직한 대답이 나온다.

"내가 생각하기에 나는 젊은 아가씨야."

1914~1917년

온 마을 사람들이 매사추세츠 소인이 찍힌 봉투에 대해 아는 눈치다. 버사 도싯이 편지를 건넬 때마다 능글맞게 웃으며 눈썹을 추켜세우는 걸 보니 그녀가 동네방네 떠들고 다녔다는 걸 알겠다. 내가 편지에 그 얘기를 쓰자 월턴은 이렇게 답장을 보낸다. "호기심 때문에 너를 신경쓰이게 만드는 사람들이 있다니 안타깝다." 그러면서 러모나를 연막으로 동원하겠느냐고, 그녀가 보스턴에서 편지를 보내는 것처럼 포장할 수도 있다고 한다. "그러면 내가 쓴 편지인 줄 모르겠지. 하지만 다른 경로로 그 사실을 알게 될 것 같긴 해."

나는 신경쓰지 않기로 한다. 사람들은 항상 입방아를 찧을 것이다. 적어도 지금은 그럴 만한 이유가 있긴 하다.

한 편지에서 월턴은 지금 사는 케임브리지 아파트에서 좋아하는 스위트피 꽃을 키우려다 실패했다고 얘기한다. 4월, 그가 다시 오려면 아직 몇 달이 남았을 때 나는 스위트피 씨앗을 우편 주문하고 앨에게 격자 시렁을 만들어달라고 부탁한다. 소포가 도착하자 씨앗을 밤새 물에 불렸다가 물기를 없애고, 날카로운 칼로 한쪽 끝을 도려낸 다음 거름을 듬뿍 뿌린 땅에 심는다. 콩나무가 자라나길 기다리는 잭이 된 심정이다.

돋아난 싹이 가느다란 줄기로 자라 시렁을 휘감으며 올라간다. 딸기를 수확하는 6월 중순이 되자 스위트피가 꽃을 피우기 시작한다. 월턴이 편지로 어느 주에 다시 오는지 밝혔는데도, 샘이 읍내에서 그를 보았다고 했는데도, 어느 따뜻한 오전에 스위트피 한 다발을 들고 함박웃음을 머금은 채 오솔길을 걸어올라오는 그를 보고 나는 깜짝 놀란다.

"이렇게 예쁠 수가!" 부엌문 앞에 다다른 그가 이렇게 외치며 얼른 나를 끌어안는다. 내게 꽃다발을 건네며 말한다. "네가 스위트피를 얼마나 좋아하는지 알지." 나는 아니라고, 스위트피를 좋아하는 사람은 너라고 말하고 싶다. 너는 내가 너를 얼마나 좋아하는지 알지 않느냐고 말하고 싶다. 하지만 나는 그가 자신의 감정을 나의 감정과 혼동했다는 데 묘하게 감동을 받는다.

"깜짝 선물이 있어." 나는 그에게 말하고 눈을 감으라고 한 다음 격자 시렁으로 데려간다. "눈 떠도 돼."

그가 서글픈 표정을 짓는다. "미안. 내가 괜한 짓을 했네."

"나도 같은 생각을 했지 뭐야." 나는 말한다. "너를 위해서 길렀는데."

"나를 위해서?"

나는 고개를 끄덕인다.

그는 바짝 다가와 내 손을 잡는다. "스위트피가 없어도 너의 미모라면 나를 유혹하기에 충분한데."

다시 온 걸 환영해, 나는 생각한다.

나는 지금까지 내 외모에 관심을 기울인 적이 별로 없는데, 갑작스레 예민하게 신경이 쓰인다. 파란 샴브레이 원피스를 기운 때 묻은 조각, 모슬린 블라우스의 나달나달한 소매, 지저분한 치맛단이 눈에 들어온다. 손가락으로 머리칼을 쓸어넘기자 떡이 진 채 몇 가닥으로 나뉜다. 우리는 온 가족이 나이가 많은 순서대로 매달 세 번째 월요일에 부엌에서 한 통의 물로 목욕을 한다(원래부터 목욕을 좋아하지 않는 사내 녀석들은 여름에는 호수나 바다에서 수영한 걸로 때운다). 나는 레인지에 데운 물을 수건에 적셔 며칠에 한 번씩 얼굴과 겨드랑이를 닦는다. 하지만 그걸로는 부족하다는 결론을 내린다. 나는 앨의 도움을 받아 장작을 쌓아두는 광에서 예전에 쓰던 양철통을 꺼내고, 식료품 저장실에 있는 펌프로 냄비에 물을 채워 레인지에 데운다. 물이 끓기 직전에 우리 둘은 통에 물을 붓고 양동이에 담긴 찬물을 부어 섞는다. 그런 다음 앨을 밖으로 내보낸다.

통에 들어앉아 카스티야 비누로 팔다리와 하얀 배와 겨드랑이와 다리 사이에 난 부드러운 털을 문지른다. 통 안에 머리를 담가서 머리카락을 적시고 비누가 묻은 손으로 문지른다. 손끝에 닿는 두피가 남의 것인 양 낯설게 느껴진다. 머리를 헹군 뒤 어머니에게 배운 대로 오므린 손에 애플사이더 식초를 따라서 뿌드득 소리가 날 때까지 머리카락에 대고 문지른다. 뭉친 근육과 중력에서 해방돼 둥둥 뜬 팔에 닿는 물이 편안하게 느껴진다. 두 다리도 둥둥 떠 있다. 어렸을 때는 가끔 남동생들과 연못에서 멱을 감으며 무중력의 순간을, 고통에서 잠시 해방되는 순간을 만끽했다. 이제는 욕조가 이런 위안을 누릴 수 있는 유일한 장소다. 나는 눈을 감고 그걸 음미한다.

차가운 통에 등을 기대고 여길 떠나면 어떨지 상상의 나래를 펼친다. 내가 이야기 속의 주인공이라도 된 듯 그 순간을 그려본다. 다른 식구들이 모두 자고 있을 때 일어나, 소지품 몇 개를 꾸러미에 챙기고 최대한 살금살금 계단을 내려오는 젊은 여자(항상 남들보다 먼저 일어나 불을 지피고 아침식사를 준비하니 익숙한 일이다). 그녀는 어두컴컴한 현관에서 신발끈을 묶고 문을 열고 밖으로 나선다. 발레리나처럼 가볍게, 나비처럼 훨훨 계단을 내려가 모퉁이를 돌고 집과 축사를 넘어, 젊은 남자(당연히 월턴이다. 그가 아니면 누구겠는가?)가 보이지 않는 곳에 세워두고 기다리는 자동차를 향해 간다. 그는 그녀의 가방을 받아서 좌석 위로 던진다. 그녀의 가방 안에는 앵무조개, 조가비로 장식한 빈 액자가 들어 있다. 기억할 만한 순간을 기다리며 비워놓은 액자. 지난 삶의 파편들은 거의 대부분 두고 떠난다. 앞으로 필요한 건 뭐가 됐든 지금 가는 곳에서 구할 수 있을 것이다.

여름이 깊어가고 지난해와 같은 일상이 자리잡는다. 우리는 칼 남매와 함께 요트를 타고, 키싱만 옆 바위에서 해산물 파티를 벌이고, 목초지로 소풍을 떠난다. 어느 날, 버드곳을 향해 구불구불 내리막길을 걸어가고 있을 때 월턴이 말한다. "올가을에 네가 보스턴으로 놀러올 수 있으면 정말 좋을 텐데."

나는 솟구치는 희열을 느낀다. "나도 그럴 수 있으면 좋겠다."

"칼 가족의 집에서 지내면 될 거야. 그리고……" 그가 머뭇거리자 나는 좀더 개인적인 초대가 이어지길 바라며 숨을 죽인다. "거기 있는 동안 네 고통스러운 증상을 의사에게 보일 수 있을지도 모르고."

나는 놀라서 걸음을 멈춘다. 내가 그의 부축을 받기는 하지만 우리 둘 사이에서 내 상태가 공개적으로 언급된 건 처음이다. "내가 병원에 가봤으면 좋겠어?"

"시골 의사들도 분명 의욕은 있겠지만 최신 의술에 정통하지는 않을 거야. 네 어디가 문제인지 알아보고 싶지 않아?"

"내 어디가 문제라니?" 나는 말을 더듬는다. 내 살갗이 싸늘하게 느껴진다.

그는 손가락 두 개로 자기 이마를 두드린다. "미안, 크리스티나. '어디가 아픈지'라고 했어야 하는데. 너는 아무 소리 하지 않지만 얼마나 괴로울지 상상이 돼. 너를 아끼는 사람으로서……" 그는 다시 말꼬리를 흐리고 내 손을 잡는다. "무슨 조치를 취할 수 있을지 알아보고 싶어."

합리적이고 심지어 타당한 걱정이다. 그런데 그의 조심스러운 간청을 듣자 왜 나는 손으로 귀를 막으며 그만하라고 애원하고 싶어질까? "내 건강에 신경써줘서 고마워." 나는 애써 감정을 배제한 투로 말한다.

"무슨 소리. 나는 네가 건강하게 지낼 수 있길 바랄 뿐이야. 그럼 생각해볼 거야?"

"그러고 싶지 않아."

"이런 바틀비 같으니라고."* 그는 미소를 반짝이며 긴장을 해소한다.

바틀비. 학창 시절의 희미한 기억을 더듬어 어떤 인물인지 끄집어낸다. 고집 센 필경사다. 나는 마주보고 미소를 짓는다.

"나는 너를 위해 가장 좋은 걸 해주고 싶은 마음뿐이야."

"나한테는 너만 있으면 돼." 나는 말한다.

8월은 뼈를 찌르는 고통이다. 나는 하루하루가 영원하기를 바란다. 안절부절못하고 흥분을 가라앉히지 못하며, 월턴을 제외한 모두에게 계속 짜증을 낸다. 그에게는 나의 가장 바람직한 모습만을 보여주기로 작정했으니까. 이런 내 감정은 특이한 형태의 불만으로, 아직은 과거랄 수 없는 순간을 향한 달콤쌉쌀한 향수다. 심지어 즐거운 소풍을 떠나는 때마저 이것이 얼마나 찰나에 불과한가 하는 생각이 든다. 물은 따뜻하지만 차가워질 것이다. 바다는 유리장 같지만 수평선 저멀리서 바람이 점점 불어오고 있다. 장작불은

---

* 허먼 멜빌의 소설 「필경사 바틀비」의 주인공 바틀비는 "안 하는 편을 택하겠습니다(I would prefer not to)"라고 말하고 해고당한다. 크리스티나가 말한 "그러고 싶지 않아"의 원어가 바틀비의 말과 똑같다.

이글거리지만 잦아들 것이다. 월턴은 내 옆에서 팔로 내 어깨를 감싸안고 있지만 금세 떠날 것이다.

다 같이 만나는 마지막날 저녁에 바닷가에 앉아 대화를 나누다 월턴이 연감에서 올겨울은 혹독할 거라고 예보했다는 얘기를 꺼내자 러모나가 말한다. "크리스티나가 혹독하지 않은 겨울을 보낼 날이 있을까?" 그를 보며 한 얘기는 아니지만 그녀가 무슨 뜻에서 그렇게 묻는지 우리 모두 안다. 월턴이 출구를 제공할 생각이 있는지, 있다면 언제인지 묻는 거다.

그는 알아차리지 못한 눈치다. "크리스티나는 우리하고 달라, 러모나. 크리스티나는 추운 메인의 겨울을 좋아해. 그렇지?" 그는 내 어깨를 꼭 쥐며 내게 묻는다.

내가 러모나를 쳐다보자 그녀는 고개를 살짝 저으며 눈알을 굴린다. 하지만 우리 둘 다 더이상 아무 말도 하지 않는다.

꽃이 지고, 이른 서리에 얼어붙고, 덩굴에 매달린 채 말라붙는다. 나무는 화려하게 타오르다 스스로 소진된다. 낙엽은 재로 바스러진다. 한때는 나를 만족시켰던 농장생활의 모든 것이 이제는 짜증스럽게 느껴진다. 여름이 끝난 이후 몇 달을 견디기가 더 힘들어진다. 날마다 느릿느릿 반복되는 집안일, 어둠과 추위로 이어지는 피할 수 없는 내리막. 끝이 보이지 않는, 돌고 또 도는, 익숙한 숲 사이로 난 좁은 길을 걷는 느낌이다.

초가을은 통조림과 잼과 피클을 만들며 보낸다. 토마토, 오이, 딸기, 블루베리. 병들을 헛간 선반에 쟁인다. 앨버로가 돼지를 한 마리 잡고, 우리는 돼지의 발굽에서부터 꼬불꼬불한 꼬리에 이르기까지 한 조각도 남김없이 저미고 절이고 훈제한다. 루타바가, 순무, 파스닙, 비트, 이런 못생긴 뿌리채소들을 캐서 저장한다. 사과를 따서 기나긴 겨울을 대비해 지하실의 기다란 테이블에 늘어놓는다.

생각할 시간이 너무 많다. 나는 자신을 고문한다. 하는 것이라곤 일과 생각뿐이다. 마메이의 앵무조개 속 연체동물이 된 느낌이다. 자라서 껍데기가 좁게 느껴지는. 내 나이 정도 되는 여자라면 남자와 아이들을 위해 일을 하고 있어야 하는 게 아닐까, 이런 생각이 든다. 내 주변의 친구와 동급생들은 전부 약혼과 결혼을 하고 있다. 동기 남학생들은 농부나 어부나 장사꾼으로 자리를 잡아가고 있다. 새디와 거트루드를 비롯한 여자아이들은 가정을 꾸리고 아이를 낳고 있다.

내가 터덜터덜 할일을 하고 있으면 어머니가 나무라고―"딸, 발 질질 끌면서 걷지 마. 사는 게 뭐 그리 비극이라고"―앨은 나를 곁눈질한다. 나는 그들이 무슨 생각을 하는지 안다. 애초에 월턴이 등장하지 않는 편이 나았을지 모른다고 생각하겠지.

하지만 월턴의 편지가 열기구처럼 나를 우울에서 건진다. 그는 수업과 선생님과 미래의 직업에 대한 고민을 적는다. 기자가 되는 훈련을 받고 있긴 하지만 유럽에서 기승을 부리는 전쟁 소식이 신문을 도배하고 있어서 그 사이를 비집고 내신을 전하기가 어렵다고 한다. 그래서 교직으로 시선을 돌리기로 마음먹었다. 전쟁이 격심하게 계속되고 주식시장이 폭락하더라도 교사는 언제든 필요한 존재다. 나는 교사라면 어디에서든 할 수 있다는 데, 심지어 메인주 쿠싱에서도 가능하다는 데 주목한다.

겨울이 얼음 녹는 속도로 천천히 지나간다. 크리스마스와 새해 첫날로 잠깐 기분전환을 한 이후 몇 달은 얼음과 눈이 일상이 된다. 2월의 어느 어둑어둑한 늦은 오후 나는 우체국에서 돌아오는 길에 월턴의 편지를 외투 안에 넣다가 삐죽 튀어나온 얼음조각에 발이 걸리는 바람에 요란하게 넘어진다. 나는 팔꿈치로 바닥을 디딘 채, 찢어진 양말과 피가 엷게 덮인 정강이와 넘어지면서 디디느라 욱신거리는 오른손을 묘하게 무심한 시선으로 바라본다. 조심스럽게 왼팔을 뻗어 내 몸을 일으킨다. 재킷을 툭툭 턴다. 넘어지면서 주머니에 넣은 편지가 날아간 모양이다. 치마가 더욱 진흙투성이가 되는데도, 피로 얼음이 붉그스름하게 물들어가는데도 나는 바닥을 더듬는다. 몇 미터 떨어진 곳에서 봉투를 발견하자 절뚝절뚝 다가간다. 비어 있다. 하늘은 점점 어두워져가고 날은 춥고 정강이는 욱신거리는데, 나는 아편중독자처럼 절박한 심정으로 계속 뒤진다. 편지를 찾기 전에는 자리를 뜰 수가 없다. 이윽고 배수로에서 펄럭이는 접힌 종이가 보인다.

집어보니 잉크가 번졌다. 진창이 튀고 물에 젖어서, 수신인을 미치게 만들 작정으로 극악무도한 암호로 적은 편지처럼 보인다. 네다섯번째 단어나 구절만 알아볼 수 있다. (재미있는…… 기쁜 소식을 전할 수 있어서…… 좋아지기 시작했어.) 나는 치밀어오르는 분노를 달래며 어떻게든 읽어보려다가 편지를 외투 안에 넣어 원피스에 대고 납작하게 누른다. 잉크가 마르면 알아볼 수 있길 바라며. 집까지 걸어가는 길은 느리고 고통스럽다. 집안으로 들어가 외투를 펼쳐보니 샴브레이 원피스의 보디스에 문신처럼 잉크가 배어 있다. 그의 편지가 내게 얼마나 중요해졌는지를 영원히 일깨우는 흔적이다.

다시 여름이다. 1915년 6월의 어느 날 아침 노크 소리에 문을 열어보니 월턴이 서 있다. 그가 나를 보고 함박웃음을 지으며 버터 스카치 사탕 한 통을 안겨준다. "달콤한 그대에게 달콤이를." 그가 말한다.

"그거 재탕이야." 내가 말한다. "전에도 써먹은 적 있다고."

그가 웃음을 터뜨린다. "나는 레퍼토리가 몇 개 안 되나봐."

우리는 거의 날마다 만나며 이내 익숙한 일상으로 돌아간다. 우리집 근처를 산책하고 오후에 배를 타고 초저녁에 칼 남매와 내 남동생 앨, 샘과 함께 작은 숲으로 소풍을 나간다. 월턴과 나는 떠내려온 나무와 잔가지를 주워다 동그랗게 쌓은 돌 안에 불을 지피고, 그가 나를 나무 뒤편으로 데려가 입을 맞춘다. 그런 우리를 러모나가 지켜본다는 걸 나는 알고 있다. 저녁이 저물면 우리는 아버지가 만든 울퉁불퉁한 벤치에 앉아 재가 바스러지고 잠잠해지는 것을 바라본다. 태양이 잉걸불처럼 바닷속으로 가라앉으면 하늘은 파란색에서 자주색으로, 다시 장미색을 거쳐 붉게 물든다.

월턴이 일어나 불구덩이 저편에 앉은 앨바와 얘기를 나누러 가자 러모나가 와서 내 옆에 앉는다. "물어볼 게 있는데," 그녀가 조용히 말한다. "월턴이 언니하고 자기하고 어떤 사이인지 얘기 꺼낸 적 있어?"

나는 그런 질문을 받게 될 줄 알고 있었다. 그 순간을 두려워하고 있었다.

"그렇지는 않아." 나는 대답한다. "하지만 우리가 어떤 사이인지…… 안다고는 생각해."

"안다니, 누가?"

"우리 둘 다."

"월턴이 아무 얘기도 한 적 없어?"

"음, 먼저 그가 자리를 잡아야……"

"꼬치꼬치 따지고 들어서 미안해. 나도 가만있으려고 했어. 하지만 맙소사, 올해로 삼 년째잖아."

그녀가 한 말 중에 내가 생각해본 적이 없는 말이 없는데도, 한 마디 한마디가 명치에 꽂히는 주먹 같다. 월턴은 고전과 철학을 공부하는 학생이야, 나는 그렇게 말하고 싶다. 공부를 다 마칠 때까지는 어떤 결정도 내릴 수 없어. 그런데 아무도 그걸 이해하지 못하는 눈치다.

나 자신도 그걸 이해하고 있는지 잘 모르겠다.

"사실 네가 상관할 일은 아니잖아, 러모나." 나는 뻣뻣하게 말한다.

"그래, 언니 말이 맞아."

우리는 아무 말 없이 앉아 있는다. 우리 둘 사이의 공기가 하지 않은 말들로 가득차 있다.

잠시 후 그녀가 한숨을 쉰다. "있잖아, 언니. 조심해. 내가 하고 싶은 말은 그것뿐이야."

러모나도 나를 생각해서 하는 얘기라는 걸 안다. 하지만 이건 낭떠러지에서 뛰어내린 사람에게 조심하라는 것과 같다. 나는 이미 허공에 떠 있다.

8월 말에 월턴과 나는 단둘이 배를 타고 토머스턴에 다녀오기로 한다. 러모나와 대화를 나눈 뒤부터 나는 우리 관계가 화제에 오르면 그가 얼마나 교묘하게 말을 돌리는지 절감한다. 어쩌면 그녀의 말이 맞는지 모른다. 내 쪽에서 단도직입적으로 그 문제를 거론해야 한다.

나는 배를 타고 가는 동안 그러기로 결심한다.

이른 저녁이고 공기에서 선선한 기운이 느껴진다. 그는 내 뒤에 서고 내가 키를 잡고 조종하는 동안 큼지막한 모직 담요를 펼쳐 우리 어깨를 덮는다.

"월턴……" 나는 쭈뼛쭈뼛 입을 연다.

"크리스티나."

"네가 떠나지 않았으면 좋겠어."

"나도 떠나고 싶지 않아." 그는 자기 손으로 내 손을 감싸며 말

190

한다.

나는 손을 빼낸다. "하지만 너는 기다려지는 일들이 있잖아. 내게 남는 건 기나긴 겨울뿐이야. 그리고 기다리는 것."

"아, 우리 딱한 페르세포네*."

이 말에 나는 짜증이 더 솟구친다. 몸을 조금 더 멀찌감치 옮긴다. 잠깐 동안 우리는 아무 말도 하지 않는다. 나는 거위만큼 커다란 갈매기들이 머리 위에서 구슬프게 우는 소리를 듣는다.

"너한테 묻고 싶은 게 있어." 마침내 나는 말을 꺼낸다.

"물어봐."

"그게 아니라…… 음…… 너한테 할말이 있어."

"뭔데?"

"나는 너를……" 말문을 열지만 용기가 사라진다. "나는 너랑 같이 있으면 좋아."

그는 담요로 나를 더욱 바짝 감싸 우리를 보호막으로 덮는다. "나도 너랑 같이 있으면 좋아."

그의 손이 내 옆구리를 타고 위로 움직여 내 갈비뼈에 머문다. 내가 등을 활처럼 구부려 그에게 기대자 그의 손이 앞으로 움직여 옷 위로 부드럽게 내 젖가슴을 감싼다. "아, 크리스티나." 그가 숨을 토한다. "세상에는 설명할 필요가 없는 일도 있잖아. 안 그래?"

나는 그에게 묻거나 다그치거나 고집부리지 않기로 한다. 아직

---

* 대지의 여신 데메테르의 딸로, 하데스에게 납치되어 하계로 끌려갔다. 어머니의 강력한 요구로 다시 지상으로 돌아오게 됐지만 하계를 완전히 떠나지 못하고 일 년 중 삼분의 일은 하데스의 아내로 지내야 했다.

은 그럴 때가 아니라고 내게 속삭인다. 하지만 사실은 겁이 난다. 내가 그를 밀어내는 바람에 이 관계가—무슨 관계인지는 모르겠지만—끝이 날까 겁이 난다.

어느 날 저녁에 같이 저녁 설거지를 하는 도중에 앨이 묻는다. "그래서 어떻게 될 것 같아?"

"뭐가?"

그는 접시 위로 허리를 숙이고 남은 감자와 고구마와 사과소스를 긁어서 돼지 먹이통에 넣고 있다. "월턴 홀이 누나랑 결혼할 것 같아?"

"글쎄. 생각해본 적 없는데." 하지만 앨은 이게 거짓말이라는 걸 알 것이다.

"내가 하고 싶은 말은 뭔가 하면……" 그는 자기 생각을 얘기하는 이 친밀한 분위기가 낯설어 불편해하고 어색해한다.

"'내가 하고 싶은 말은 뭔가 하면,'" 나는 짜증 섞인 말투로 그를 놀린다. "뭘 그렇게 망설여. 그냥 얘기해."

"누나의 이런 모습 처음이라고."

"어떤 모습?"

"이성을 상실한 것 같아."

"나 원." 나는 치밀어오는 짜증에 덜거덕 소리가 나게 냄비들을 거칠게 다룬다.

"걱정이 돼서 하는 얘기야." 그가 말한다.

"그럴 것 없어."

잠깐 동안 우리는 말없이 식탁을 치우고, 식사도구들을 그릇에 모으고, 설거지를 하기 위해 주전자의 따뜻한 물을 냄비에 붓는다. 익숙한 동작들을 수행하는 동안 점점 더 화가 난다. 아무도 사랑해본 적 없는 이 소심한 풋내기가 감히 월턴의 진의와 나의 판단력을 놓고 이러쿵저러쿵하다니. 앨은 원피스 만드는 법을 모르는 만큼이나 우리가 어떤 관계인지에 대해서도 모른다.

"네가 보기엔 어떤데?" 결국 나는 불쑥 묻는다. "내가 바보 천치 같아? 아무 생각도 없는 것 같아?"

"내가 걱정하는 건 누나가 아니야."

"뭐, 걱정할 필요 없어. 내 일은 내가 알아서 하니까. 그리고—네가 상관할 바 아니지만—월턴은 지금까지 모든 면에서 점잖았어."

앨은 접시 더미를 설거지용 냄비에 담근다. "당연히 그랬겠지. 월턴은 기분전환거리를 좋아하니까. 그걸 포기하고 싶겠어?"

나는 포크를 한 주먹 움켜쥐고 앨을 돌아본다. 그걸로 찌를까 잠깐 고민하다가 심호흡을 하고 말한다. "어디서 감히."

"왜 이래, 누나. 그런 뜻에서 한 얘기가 아니라……" 다시 앨의 목소리가 흔들린다. 엄청난 불편함을 감수해가며 내게 따지고 드는 걸 보니 그가 이 문제를 얼마나 중요하게 생각하는지 알겠다. 그럼에도 나에게는 그가 짜증나리만치 단순하게 느껴진다. 내가 평소에는 감탄했던 부분들이 지금은 못난 부분처럼 느껴진다. 그의 충실함은 미지의 세계에 대한 두려움에 다름 아니고, 예의가 바른 건 그냥 순진한 거고, 도덕관념은 고지식한 잣대질인 것이다. (관점만 살짝 비틀면 사람들의 장점이 얼마나 금세 단점으로 전락

하는지!)

"내가 하고 싶은 말은 뭔가 하면……" 앨은 침을 꿀꺽 삼킨다. "월턴은 선택지가 많다는 거야."

앨버로에게 사랑이 뭔지 설명하려고 해봐야 소용없는 짓이다. 그래서 나는 이렇게 말한다. "아버지가 어머니한테 접근했을 때도 그렇게 볼 수 있었지."

얄궂은 표정이 그의 얼굴을 스치고 지나간다. "어째서?"

"아버지는 아무 배에서나 일할 수 있었어. 전 세계를 돌아다닐 수 있었어. 하지만 어머니와 함께 여기 정착했잖아."

"어머니한테는 넓은 집과 수백 에이커의 땅이 있었으니까." 그는 창문을 향해 손을 내젓는다. "이 올슨 하우스가 예전에는 뭐라고 불렸는지 누나도 알잖아."

나는 짜증을 내며 식사도구들을 개숫물 속에서 거칠게 다뤄 물을 튀긴다. "아버지가 어머니를 사랑했을 거라는 생각은 안 해봤니?"

"당연히 했지. 그랬을 거야. 그냥 명심하고 있으라고. 누나한테는 남동생이 셋이야. 이 집을 물려받을 사람은 누나가 아니야."

"월턴은 이 집에 관심 없어."

"좋아." 그는 행주에 손을 닦고 고리에 건다. "나는 그냥 조심하라고 얘기하는 거야. 그가 누나를 밧줄에 매어놓는 건 옳은 행동이 아니야."

"나는 밧줄에 매여 있지 않아." 나는 그에게 쏘아붙인다. "어쨌든, 나는 이 동네 남자아이하고 일 년 내내 같이 지내는 것보다 월턴하고 여름 삼 개월 동안 같이 지내는 게 훨씬 좋아."

몇 주 뒤 어느 날 아침에 달걀을 주워모은 후 집 문지방을 넘는
데, 부모님이 평소에는 잘 들어가지 않는 조가비 방에서 대화를 나
누는 소리가 들린다. 나는 아직 따뜻한 달걀들을 손에 쥔 채 꼼짝
않고 현관에 서 있는다.

"걔가 예쁘지는 않지만 성실하잖아. 훌륭한 반려자가 될 거야."
아버지가 하는 얘기다.

"그렇겠지." 어머니가 말한다. "하지만 그 아이가 걔를 데리고
장난치는 건 아닌가 하는 생각이 들기 시작했어."

두 분이 내 얘기를 하고 있다는 사실을 깨닫자 내 얼굴이 따끔
거린다. 나는 벽에 몸을 기대고 열심히 귀를 기울인다.

"혹시 모르지. 그 아이가 농장을 운영하고 싶은 걸지도."

어머니는 건조하게 짖듯이 웃음을 터뜨린다. "그 아이가? 아니
야."

"그럼 뭐하러 걔를 만나는 거지?"

"누가 알겠어? 시간 때우려고 만나는 게 아닌가 싶긴 한데."

"우리 딸을 진심으로 사랑하는 것일 수도 있어, 케이티."

"나는……" 어머니가 말끝을 흐린다. "그 아이가 우리 딸하고
결혼하지 않을까봐 겁이 나."

아버지가 말한다. "나도 마찬가지야."

내 뺨이 화끈거리고 심장소리가 귓전을 때린다. 떨리는 내 손안
에서 달걀들이 복닥거리며 움직이고, 내가 아무리 애를 써도 손가
락 사이로 한 개씩 바닥에 떨어져 현관 입구를 노란색과 끈적끈적
한 하얀색으로 뒤덮는다.

어머니가 심란한 표정으로 안에서 나온다. "걸레 가져올게." 어머니는 휙 사라졌다가 돌아온다. 쭈그리고 앉아서 내 발 주변의 바닥을 닦는다. 우리 둘 다 아무 말이 없다. 나는 수치심과 내 무언의 두려움이 말로 옮겨진 것을 들은 공포 말고는 아무것도 느낄 수가 없다. 방충문이 쾅 소리와 함께 닫히고, 나는 아버지가 고개를 숙이고 창문 앞을 지나 축사로 향하는 것을 지켜본다.

9월이 돼서 다시 학교로 돌아간 월턴이 편지를 보낸다. "우리 둘이 토머스턴에 다녀온 그날 저녁이 지금까지 살면서 가장 행복했던 순간인 것 같아. 그런 상황에서 어떻게 키를 조종할 수 있었어? 나 때문에 큰일날 뻔했다는 생각이 든다." 그는 쿠싱이 그립다고 한다. 내가 그립다고 한다. "여태껏 그보다 행복했던 여름은 없었어. 대부분 네 덕분이야." 그는 이렇게 쓰고 서명한다. "사랑을 담아서, 월턴."

집의 한쪽 벽이 나머지와 분리되어 바닥으로 가만히 무너지는 듯한 느낌이다. 탈출구가, 망망대해로 나서는 뻥 뚫린 길이 보인다.

월턴과 칼 남매가 여름 내내 있을 때는 다른 어느 누구도 필요 없다. 남동생들과 나는 선명한 불길에 이끌리는 나방처럼 그들 주변을 맴돈다. 하지만 그들이 떠나고 나면 외롭다. 학창 시절에는 딱히 좋아하지 않았지만 이제는 조금 괜찮은 어른으로 자란 거트루드 기번스가 캐서린 베일리라는 전문 재봉사가 주관하는 수요일 저녁 바느질 모임에 초대하자 나는 마지못한 듯 초대에 응한다. 거트루드도 옷을 직접 만들어 입기 때문에 우리는 집안일을 마치면 가끔 저녁때 둘이 만나서 바느질을 하기 시작한다. 시간을 때우기 위한 하나의 방편이다.

어느 서늘한 11월 저녁, 나는 바느질거리가 담긴 자루를 어깨에 메고 도보 3킬로미터가 넘는 거리에 있는 거트루드의 집을 향해 나선다. 하루종일 내린 비로 길이 젖어 있어서 천천히 걸으며 조심스럽게 웅덩이를 피해야 한다.

"드디어 왔구나!" 거트루드가 내 노크 소리를 듣고 문을 열어주며 외친다. 둥근 얼굴에 혈색이 좋고 원피스 단추를 압박할 듯이 가슴이 풍만한 그녀는 당밀 쿠키를 먹고 있다. 검은색 대형견이 짖으며 펄쩍거린다. "앉아, 오스카, 앉아!" 그녀가 야단친다. "아우, 들어와."

천을 씌운 의자에 고양이 한 마리가 웅크리고 앉아 있다. "저리 가, 톰." 거트루드가 손사래를 치며 말하자 고양이는 마지못해 말을 듣는다. "여기 앉아." 그녀가 내게 말한다. "쿠키 줄까? 방금 구웠는데."

"지금은 괜찮아. 고마워."

"그래서 그렇게 날씬하구나!" 그녀가 말한다. "우리 언니처럼 잘 참네. 정말이지 나도 노력하는데, 따뜻한 당밀 쿠키의 유혹을 무슨 수로 견디는지 모르겠다."

집은 아늑하다. 벽난로에서는 잉걸불이 벌겋게 빛나고 있다. 내가 자리를 잡고 앉는 동안 거트루드가 장작을 하나 더 넣는다. 부모님은 토머스턴에 있는 친척집에 갔다고 한다. 남동생은 친구들과 놀러나갔다. 오스카는 벽난로 앞에 대자로 뻗더니 이내 가지색 배를 들썩이며 단잠을 잔다.

우리는 올해 감자와 순무 농사가 잘됐다는 얘기를 한다. 나는 우리 닭장에서 암탉 세 마리를 잡아먹은 여우가 있는데, 앨이 덫을 놓아서 죽였다는 얘기를 한다. 그녀가 내 유명한 구운 사과 케이크 레시피를 궁금해하길래 나는 차근차근 설명해준다. 사과 껍질을 벗기고 얇게 저며서 시커멓고 묵직한 스킬렛 팬에 넣고 낮은 온도로 굽는데 사과가 가운데는 몰캉몰캉하고 가장자리는 바삭해질 때 당밀을 부은 다음 접시에 대고 팬을 뒤집으면 된다고 말이다. (이제는 혼자 팬을 뒤집을 수 없어서 남동생의 도움을 받아야 된다는 얘기는 하지 않는다.)

내가 만드는 치마는 주름이 잡히고 주머니가 달린 베이지색 면치마다. 거트루드의 집에 오기 전에 뜨거운 다리미로 꼼꼼히 다렸고 이제 공그르기로 단을 꿰매고 있다. 내 바늘땀이 작고 깔끔한 이유는 제대로 하느라 정말 열심히 집중하기 때문이기도 하다. 거트루드의 바늘땀은 엉성하다. 그녀는 금세 딴 데 정신을 팔고, 같이 쑥덕거리고 싶어하는 동네 소문이 많다. 에밀리 존스는 초여름에 아이를 사산하고 딱하게도 아직까지 문밖출입을 하지 않는다고 한다. 얼 스탠딘은 알코올중독이다. 임신한 그의 아내는 지난주에 시퍼렇게 멍든 눈을 하고 페일스에 등장해 기둥에 부딪혔다고 주장했다. 세라 스튜어트는 사교파티에서 만난 로클랜드 출신의 대장장이하고 결혼했는데, 소문에 따르면 그의 동생을 사랑하게 됐다고 한다.

"너는 뭐 들은 거 없어?" 그녀가 묻는다.

나는 천을 들고 눈살을 찌푸리며 빼먹은 바늘땀 때문에 신경질이 난 척한다. 그녀가 떠들면 떠들수록 나는 입을 다물고 싶어진다. 그녀가 월턴에 대해 자세히 듣고 싶어 안달이 났다는 걸 알지만 그걸 잘근잘근 되새김질하지 않을 거라는 보장이 없기에 털어놓지 않는다. 그녀는 바느질감을 무릎에 얹어놓고 끈질기게 기다린다.

"너는 스핑크스 같구나, 크리스티나 올슨." 마침내 그녀가 말한다.

"그게 아니라 난 그냥 심심한 애야." 나는 말한다. "아무도 나한테 해주는 얘기가 없거든."

"러모나 칼하고 그 할랜드 우드베리는? 그가 그녀한테 반했다고 하던데."

할랜드 우드베리라는 남자가 올여름에 러모나를 만나기 위해 보스턴에서 쿠싱까지 찾아오기는 했다. 하지만 그가 떠난 뒤에 러모나는 그의 투실투실한 뺨과 돼지고기 파이처럼 생긴 중절모를 비웃었다. "그에 대해 내가 아는 건 없는데." 나는 거트루드에게 말한다.

그녀는 음흉한 표정으로 나를 쳐다본다. "흠, 내가 들은 얘기 중에 네가 설명할 수 있는 게 하나 있어." 그녀는 집게손가락에 침을 묻히고 나달나달한 실 끝을 비벼 뾰족하게 만든다. "내가 듣기로는," 그녀가 바늘에 실을 꿰며 말한다. "하버드에서 온 어떤 젊은 남자가 갈팡질팡하고 있다던데."

정수리에서부터 시작된 화끈거림이 열사병처럼 나를 관통한다. 내 손가락이 떨린다. 나는 거트루드에게 들키지 않게 옷감을 내려놓는다.

"너도 알겠지만 그런 남자는……" 거트루드는 어린아이 대하듯 조심스럽게 말한다. 한숨을 쉰다.

"그런 남자라니?" 나는 쏘아붙였다가 반응을 보인 것을 곧바로 후회한다.

"알잖아. 멀리서 왔고 많이 배운 남자." 그녀는 손을 내밀어 내 다리를 토닥인다. "그러니까―그걸 뭐라고 표현하더라?―달걀을 한 바구니에 담지 마."

"알았어, 거트루드."

"너는 속 얘기를 잘 하지 않는 거 나도 알아, 크리스티나. 이 얘기를 하고 싶어하지 않는 것도. 하지만 양심상 내가 어떻게 생각하는지 밝히지 않고 그냥 넘길 수가 있어야 말이지."

나는 고개를 끄덕이고 계속 입을 다물고 있다. 내가 아무 말도 하지 않으면 그녀도 대꾸할 방법이 없다.

거트루드의 집에서 우리집으로 가는 동안 생각에 빠져서 정신을 딴 데 두는 바람에 길바닥에 파인 바큇자국에 발이 걸려서 앞으로 고꾸라진다. 반쯤 완성한 원피스 꾸러미가 담긴 가방을 보호하느라 몸을 옆으로 틀어서 쿵 하고 오른쪽으로 넘어진다. 오른다리에서 불에 덴 듯한 통증이 느껴진다. 양쪽 팔뚝 모두 살갗이 벗겨졌다. 자갈이 섞인 흙을 털자마자 피부에 피가 맺힌다. 다리가 내 아래에서 뒤틀리는 바람에 두 발이 비정상적인 방향으로 뻗쳐 있다. 원피스를 담은 꾸러미는 찢어지고 진흙이 묻었다.

도와달라고 외쳐봐야 소용없다. 아무도 듣지 못할 거다. 다리가 부러졌다면, 일어나지 못한다면 아침이 되어야 누군가에게 발견될 거다. 추운 밤에 나 혼자 이렇게 외출을 하다니 바보 같았다. 무슨 영화를 바란다고?

나는 신세를 한탄하며 끙끙거린다. 사람들은 줄곧 어리석은 실수를 저지르고 그길로 끝장이 난다. 지난겨울 토머스턴에서는 한 남자가 길을 잃었는지 아니면 심장마비였는지 숲속에서 얼어죽었다. 사람들은 흐린 날 작은 배를 타고 나가고, 저류가 있을 때 바다에서 헤엄을 치며, 촛불을 켜놓고 잠이 든다. 얼어붙을 듯이 추운 11월 밤에 혼자 외출해서 인적이 끊긴 곳에서 다리를 부러뜨린다.

나는 손을 뻗어 오른쪽 허벅지를 만져본다. 슬개골. 다리를 구부리자 날카롭게 찌르는 듯한 통증이 느껴진다. 아, 거기로구나. 발목.

집을 나서는 나를 보고 아버지가 자기 지팡이를 들고 가라고 했는데 내가 됐다고 했다.

응당 그래야 할 방식대로 움직이지 않는, 말을 듣지 않는 몸뚱이라면 이제 신물이 난다. 결코 가시지 않는 무지근한 통증도. 넘어지지 않게 걸음을 옮길 때마다 집중해야 하는 것도, 항상 나와 함께하는 딱지와 멍도. 남들과 다르지 않은 척하는 것도 지긋지긋하다. 하지만 이런 껍데기 안에서 사는 심정이 어떤지 자백하는 것은 포기하는 거나 다름없고, 나는 아직 그럴 생각이 없다.

"너는 자존심 때문에 큰코다칠 거다." 어머니는 종종 이렇게 얘기한다. 어쩌면 그 말이 맞을지도 모르겠다.

나는 꾸러미를 허리춤에 쑤셔넣고 끙끙대며 무릎을 꿇는다. 살갗이 바닥에 쓸리지 않도록 치마를 뭉쳐서 아래를 받치고 발목에 체중이 실리지 않게 조심해가며 길가로 내 몸을 질질 끌고 간다. 실눈을 뜨고 3미터쯤 떨어진 곳에 모여 있는 자작나무들을 쳐다보며 지팡이로 쓸 만한 나뭇가지를 찾는다. 몸을 일으켜세우고 돌멩이와 파인 자국을 넘어 비틀비틀 나무들이 모여 있는 곳으로 걸어가 손으로 이리저리 더듬는다. 여기 있다. 너무 짧지만 이거면 될 거다. 나는 절뚝절뚝 다시 길로 돌아가 통증에 얼굴을 찡그리며 나뭇가지에 무거운 몸을 싣는다.

한 시간 전만 해도 거트루드의 집에서 나오고 싶어 좀이 쑤셨지만 지금은 거기로 돌아가는 수밖에 없다. 나는 다리를 절며 천천히 길을 걷는다. 그녀의 집 현관 포치가 보이자 안도의 한숨이 나온다. 진흙자국을 남겨가며 계단 세 개를 올라가 문 앞에서 걸음을 멈춘다. 불이 꺼져 있다. 주먹을 쥐고 옆면으로 문을 두드린다. 아무 대답이 없다. 나는 손마디로 문 옆에 달린 창문을 세게 친다.

집안 깊숙한 곳에서 발소리가 들린다. 창문 너머로 램프 불빛이 보인다. 잠시 후 문 너머에서 겁에 질린 거트루드의 목소리가 들린다. "누구세요?"

"나야. 크리스티나."

문이 열리자 나는 앞으로 휘청거린다.

"어머나!" 거트루드는 바위에 내려앉으려는 새처럼 팔을 퍼덕인다. "어쩌다 이렇게 됐어?"

"길바닥에서 넘어졌어. 발목이 부러진 것 같아."

"어떡해. 진흙을 뒤집어썼네." 그녀는 경악한 목소리로 말한다.

"미안해. 번거롭게 해서 미안해." 뜨거운 눈물이 내 눈에 고인다. 안도와 탈진과 쓰라림의 눈물이다. 나는 제대로 걸을 수가 없고, 그래서 이렇게 이 집에 다시 왔으며, 그리고 망할, 거트루드의 말이 맞을지 모른다. 월턴은 나와 결혼할 리 없고, 나는 평생 이 마을에 틀어박혀서 이 형편없는 여자와 바느질을 해야 할 것이다. 나는 맷국 사이로 흐르는 눈물을 그녀가 볼 수 없게 고개를 돌린다.

거트루드는 한숨을 쉬며 고개를 짓는다. "거기 가만히 있어. 러그가 더럽혀지지 않게 천을 가져올게."

"거트루드 기번스의 집에 다녀오는 길에 발목이 부러졌어." 나는 월턴에게 보내는 편지에 이렇게 쓴다. "내가 바보 같았지. 어두컴컴한 밤에 그 길을 혼자 다니는 게 아니었는데."

"나아가고 있다니 다행이다. 앞으로는 좀더 조심하길 바라." 그는 답장을 보낸다. "너의 친구—"

나는 행간에서 느껴지는 그의 목소리를 들으려고 애쓰며 편지를 여러 번 훑는다. 하지만 글이 딱딱하고 정중하다. 몇 번을 읽어도 충고처럼 느껴진다.

긴 겨울 동안 떨어져 지내다 월턴을 다시 만날 때가 되자 불안해지지만 그는 나를 따뜻하게 안아주고 뺨에 입을 맞춘다. "선물이 있어." 그는 말하고 시어서커 재킷 안에서 큼지막한 조가비를 꺼내 우리 앞의 테이블에 내려놓는다. "네 소장품에 추가하면 어떨까 해서."

반짝거리고 요란하게 색칠이 되어 있다. 붉은 주황색이고 꼭대기에 달린 큼지막한 혹들은 가장자리로 갈수록 작아진다.

나는 조가비를 집는다. 유리로 된 문진처럼 반질반질하고 묵직하다. "어머. 이런 건 어디서 찾았어?"

"샀어. 케임브리지에 있는 전문점에서." 그는 미소를 짓는다. "하와이에서 온 거래. 카메오 조가비라고 한대. 선반에 달린 카드에 적힌 바로는 그래. 조가비 방에 같이 두면 어울릴 것 같지 않아?"

나는 고개를 끄덕인다. "응."

그가 내 팔을 건드린다. "마음에 안 드는구나?"

"아니야. 신기해." 하지만 전문점에서 산 이런 천박한 싸구려는 탐험에서 발견한 기념품으로 가득 채운 조가비 방에 어울리지 않는다는 사실을 이해하지 못할 정도로 나를 모른다니 실망스럽다. 차라리 바닷가에서 주웠다고 거짓말을 해주었더라면 얼마나 좋았을까.

나는 카메오 조가비를 조가비 방의 벽난로 선반에 놓지만 꽃밭 속의 조화처럼 어울리지 않는다. 몇 주 뒤 나는 그걸 서랍 안에 넣어 치운다.

1916년 여름이 깊어가는 동안 월턴은 예전과 똑같이 행동한다. 세심하게 배려하고 깍듯하며 수시로 미소를 짓고 농담을 속삭인다. 하지만 나는 바람에 날아간 종이처럼 그 안의 무언가가 내 손에서 빠져나갔음을 절실히 느낀다. 내가 대놓고 물어도 그는 보스턴 생활, 그의 가족, 미래의 계획에 대한 얘기를 두루뭉술하게 얼버무린다.

7월의 어느 이른아침에 둘이서 저녁에 먹을 홍합을 따러 키 큰 풀을 헤치며 하슨곳으로 나섰을 때 나는 그가 별로 말을 하지 않는다는 걸 알아차린다. 그는 걷는 동안 소맷부리를 만지작거리며 불편한 기색을 보인다.

"왜 그래? 월턴, 얘기해봐."

"그냥……" 그는 생각을 떨쳐버리려는 듯 고개를 젓는다. "우리 부모님 때문에. 나를 위해 뭐가 최선인지 자신들이 안다고 생각하셔."

나는 그의 부모님이 몰든에서 칼 집안 근처에 산다는 걸 안다. 내가 아는 한 그들은 여기로 놀러온 적이 없다. "부모님이 편지를 보내셨어?"

그는 허리를 숙여 풀밭에서 굴러다니는 나뭇가지를 주워 힘들이지 않고 매섭게 딱 하고 반으로 부러뜨린다. "응. 길고 장황한 편지를. 나더러 여름마다 여기서 칼 집안 식구들과 빈둥거릴 게 아니라 정신 차리고 보스턴에서 일할 때가 됐대." 그는 나뭇가지를 다시 반으로 부러뜨린 다음 조각들을 바닥에 내동댕이친다.

"이게…… 내 얘기인 거야?"

그는 주머니에 손을 찔러넣는다. 나를 생각해서 과장이라도 하는 듯 연극배우처럼 불만스러운 표정을 짓는다. "누굴 콕 집어서 하시는 얘기는 아니야." 그가 퉁명스럽게 말한다. "내 앞날이 걱정돼서 하시는 얘기래. 내가 넓게 내다보았으면 좋겠다는 거지."

말보다 먼저 내 심장이 두근거린다. "그게…… 그게 무슨 말씀일까?"

"어처구니없는 얘기지." 그는 말한다. "외모에 신경써라. 하버드, 어쩌고저쩌고. 제대로 된 직장. 제대로 된 아내."

"그러니까 말하자면……" 나는 최대한 감정을 배제한 투로 말한다.

그는 어깨를 으쓱한다. "아, 누가 알겠어. 그분들은 내가," 그는 그대로 인용해 말한다는 의미로 양손의 검지와 중지를 들어 구부린다. "'좋은 집안'에서 '제대로 교육을 받은' 여자하고 결혼하길 바라셔. 그러니까, 기본적으로 그분들이 들어본 적 있는 집안의 여자하고. 보스턴에 사는 집안이면 더 좋겠지. 그분들의 사회적 지위를 더욱 굳게 다져줄 수 있는 집안. 왜냐하면 그게 중요하니까."

나는 침묵 속으로 오그라든다. 당연히 월턴의 부모님은 하버드에서 공부한 아들이 중등교육도 받지 못한 여자와 결혼하는 걸 바라지 않을 거다.

"심란하구나." 월턴은 말하며 내 팔을 토닥인다. "하지만 그럴거 없어. 너 때문에 그러시는 거 아니니까. 우리 부모님은 너에 대해 제대로 알지 못하시거든."

그 소리에 놀라서 말문이 터진다. "그분들께 내 얘기를 한 적이 없어?"

"당연히 얘기했지." 그가 얼른 대답한다. "그냥 부모님은 우리가 어떤…… 네가 나한테 얼마나 소중한 사람인지 모르시는 것 같다는 뜻이야."

"그분들은 우리가……" 애인이라는 단어가 떠오르지만 지나치게 감상적이고 주제넘게 들릴까봐 겁이 난다.

그는 어깨를 으쓱한다. "나는 부모님한테 최대한 아무 얘기도 하지 않으려고 해."

"그러니까 그분들은 우리가…… 사 년째 만나고 있다는 것도 모르시겠네?"

"그분들이 어떤 걸 알고 계신지 모르겠고 관심도 없어." 그는 멸시하는 투로 말한다. "그 얘기는 그만하고 이 시간을 즐기자, 응? 괜히 얘기 꺼내서 미안."

나는 고개를 끄덕이지만 우울해진다. 나중에 그와 나눈 대화를 곱씹은 다음에야 그가 내 질문에 대답하지 않았다는 사실을 깨닫는다.

월턴과 칼 가족이 매사추세츠로 돌아가기 전날에 우리는 쿠싱의 에이콘 그레인지 홀에 가서 춤을 추기로 한다. 월턴이 엘로이즈, 러모나와 함께 예정보다 일찍 도착해 뒷마당에서 빨랫더미와 씨름하는 나를 발견한다. 빨래하는 날이라 전부 널기 전에는 집을 나설 수 없다.

"먼저 가, 금방 따라갈게." 나는 그들에게 말한다. 더워서 땀이 나고 아직까지 후줄근한 원피스에 앞치마를 두르고 있다.

"내가 남아서 도울게." 월턴이 나머지에게 말한다. "먼저들 가 있어."

엘로이즈와 러모나는 앨과 샘과 함께 시끌벅적하게 떠난다. 나는 멀어져가는 그들을 지켜본다. 키만 멀대같이 큰 앨과 샘은 예쁘장한 두 자매를 향해 갈대처럼 몸을 기울이고 있다.

월턴이 빨래 짜는 걸 도와준다. 아귀힘이 세서 나보다 훨씬 일을 잘한다. 그가 밀짚 광주리를 들어 허리춤에 대고 나와 같이 빨랫줄이 있는 곳으로 걸어간다. 그가 허리를 숙여 축축한 빨래를 하나씩 집어서 털고 건네면 내가 받아서 집게로 빨랫줄에 건다. 이 평범한 집안일을 통해 전해지는 애틋함이 달콤쌉쌀하게 느껴진다.

월턴이 뒤쪽 현관에서 기다리는 동안 나는 안으로 들어가 깨끗한 흰색 블라우스와 감색 치마로 갈아입는다. "보기 좋은데?" 내가 밖으로 나가자 그가 말한다. 그레인지 홀까지 천천히 걸어가는 도중에 그가 주머니를 뒤진다. 파라핀지가 부스럭거리는 익숙한 소리가 들린다. 그가 버터스카치 사탕을 자기 입안에 넣는다.

"나 먹을 것도 있어?" 내가 묻는다.

"당연하지." 그는 걸음을 멈추고 사탕을 하나 꺼내 포장지를 벗기고 내 혀 위에 올려놓는다. 그러고는 내 팔을 문지른다. "벌써 공기에서 가을이 느껴지네." 그는 생각에 잠긴 투로 중얼거린다. "추워? 재킷 벗어줄까?"

"나는 아무 문제 없어." 나는 조금 딱딱하게 말한다.

"나도 네가 아무 문제 없다는 거 알아. 춥냐고 물은 거야." 그는 미소 짓는다. 그가 내 기분을 풀어주려고 노력하는 중이라는 걸 알겠다.

나는 잠깐 사탕을 빨아먹는다. "이제 떠나겠구나."

"며칠 있다가."

"금세."

"너무 금세지." 그도 인정하고 나와 손깍지를 낀다.

잠깐 동안 우리는 말없이 같이 걷는다. 그러다 내가 조심스럽게 얘기를 꺼낸다. "선생님은 어디에서든 필요한 직업이야. 심지어 메인에서도."

윌턴은 내 손을 쥔 손에 살짝 힘을 주지만 아무 대꾸도 하지 않는다. 머리 위에서 갑자기 요란한 새소리가 정적을 가른다. 우리 둘 다 위를 올려다본다. 빽빽하게 우거진 나뭇잎에 가려서 아무것도 보이지 않는다. 잠시 후 시커먼 돌풍이 갑자기 도로를 가로질러 급강하한다.

"저렇게 많은 까마귀는 처음 본다." 그가 말한다.

"사실 검은지빠귀야."

"그렇구나. 날 바로잡아주는 네가 없으면 난 어쩌지?" 그는 장난스럽게 내 손을 잡아당겼다가 그 때문에 내가 중심을 잃었다는 걸 알아차리고 내 허리춤에 자기 팔을 두른다. "이런 똑똑이 같으니라고." 그가 내 귀에 대고 중얼거린다. 그러더니 걷는 속도를 점점 늦추다 길 한복판에 멈춰 선다.

나는 그의 의도를 파악하지 못한다. "왜 그래?"

그는 한 손가락을 자기 입술에 대고 검푸른색 가문비나무들로 이루어진 작은 숲이 있는 강둑 아래로 나를 가만히 잡아당긴다. 나무 그늘 안에서 서늘한 그의 손이 내 따뜻한 얼굴을 감싼다. "너는 정말 특별한 사람이야, 크리스티나."

나는 그의 옅은 색 눈을 들여다보며 무슨 말을 하려는 건지 파악하려고 한다. 그는 완강한 눈빛으로 나를 마주본다. "네가 곧 떠난다고 슬퍼하고 있는지 나는 잘 모르겠는데." 나는 스멀스멀 심술기가 묻어나는 투로 얘기한다.

"당연히 슬퍼하고 있지. 하지만 너도 인정해, 조금은 후련해질 거잖아. '드디어 여름이 끝나서 내 일상이 돌아왔다'고."

나는 고개를 젓는다.

그도 나를 따라서 고개를 젓는다. "아니야?"

"아니지. 나는……"

그는 내 입술에 입을 맞추고 나를 더 바짝 당겨서 앙상한 어깨와 목의 우묵한 부분에 입을 맞춘다. 내 블라우스 몸통 부분을 손으로 훑고 내려가다가 잠깐 망설이더니 치마 주름이 있는 곳까지 계속 내려간다. 나는 놀라서 현기증이 난다. 그가 나무껍질로 나를 밀친다. 내 위로 몸을 숙여 한 손으로는 옆구리를 훑고 다른 손은 블라우스 안으로 넣어 봉긋하게 솟은 가슴 쪽으로 움직이자 내 등을 누르는 나무옹이가 느껴진다. 그의 입술이 내 입술을 덮치고 내 머리가 나무줄기에 어색하게 눌리는데, 불편하지만 아주 불쾌하지만은 않다.

버터스카치 사탕이 내 입안에서 달그락거린다. "이걸 뱉지 않으면 목에 걸리겠어." 내가 말한다.

그는 웃음을 터뜨린다. "나도."

숙녀답지 못하거나 말거나 상관없다. 나는 풀 위로 사탕을 뱉는다.

이제 그의 손은 내 다리 사이에 있고 치마로 덮여 보이지 않는다. 그가 그곳을 움켜쥐는 게 느껴지자 나는 그의 단단한 물건을 느끼며 골반을 그에게로 움직인다. 내 살갗이 살아 숨쉬고 모든 신경 말단이 펄떡인다. 그가 거칠고 격하게 숨을 쉰다. 내가 원한 게 이런 거다. 이런 격정. 이런 확신. 이렇듯 분명한 욕망의 증거. 지금 당장은 그가 원한다면 뭐든 할 수 있다.

그런데 바로 그때. 길에서 무슨 소리가 들린다. 월턴이 새 사냥개처럼 번쩍 고개를 든다. "뭐지?" 그가 숨을 토한다.

나는 고개를 갸우뚱한다. 발바닥을 타고 나지막한 덜커덩거림이 느껴진다. "자동차인 것 같아."

하늘은 이제 어두컴컴하다. 그의 얼굴이 거의 보이지 않는다.

그는 뒤로 몸을 뺐다가 내 어깨를 붙잡고 내 쪽으로 휘청거린다. "아, 크리스티나." 그는 중얼거린다. "같이 있으면 너를 자꾸 원하게 돼."

나는 어둠 덕분에 대담해진다. "나는 네 여자야."

그는 내 어깨를 잡은 채 자꾸 들이받으려 드는 양처럼 내 흉골 위로 머리를 기댄다. 그가 한숨을 쉬자 따뜻한 입김이 가슴에 느껴진다. "나도 알아." 이윽고 그가 놀라우리만치 강렬한 눈빛으로 내 눈을 올려다본다. "우리는 함께 있어야 해. 이 모든 걸," 그는 한 팔을 흔들어 나무와 길과 하늘을 가리킨다. "넘어서."

내 심장이 두근거린다. "월턴. 진심이야?"

"응. 약속할게."

내 모든 본능이 그러지 말라고 아우성치지만 나는 그게 무슨 뜻인지 알아내기로 마음먹는다. 나는 침을 꿀꺽 삼키고 묻는다. "뭘 약속하는데?"

"우리가 함께할 거라는 거. 내가…… 해결해야 할 일들이 있긴 해. 네가 보스턴으로 와서 우리 부모님을 만나야 하고. 하지만 약속할게, 크리스티나, 진짜로."

머리 위에서 쉭쉭거리는 검푸른 가문비나무, 밑창이 얇은 신발 아래로 느껴지는 자갈 섞인 흙, 솔향기, 네코 웨이퍼 사탕 같은 하늘의 달. 어떤 감각의 기억들은 과거가 되자마자 사라진다. 그런가 하면 어떤 기억들은 남은 평생 머릿속에 각인된다. 이게 그중 하나라는 걸 나는 벌써부터 알 수 있다.

그레인지 홀에 도착해보니 러모나와 엘로이즈가 지나가던 남자아이 아무나 붙잡아 수다를 떨고 깔깔대며 의자에서 끌어내어 춤을 추고 있다. 바이올린과 피아노와 콘트라베이스로 급조한 밴드는 나와 어린 시절을 함께 보낸 빌리 그로버, 마이클 버잘레노, 월터 브라운 같은 이들로 이루어져 있다. 그들이 〈단풍잎 래그〉와 〈티퍼레리로 가는 길은 멀어〉를 시끄럽고 엉성하게 연주한다. 월턴이 내 귀에 대고 속삭인다. "스트랜드도 피카딜리도 두고 떠나와, 원망 듣기 싫으면. 나는 사랑에 눈이 멀었고 너도 그렇길 바라."[*]

그들이 〈대니 보이〉를 연주하기 시작하자 나는 그 곡을 처음 듣는 사람처럼, 나를 위해 만들어진 곡이라도 되는 듯이 가사에 귀를 기울인다.

여름이 가고 모든 장미가 시들면
너는 떠나야 하고 나는 기다려야 하네⋯⋯

---

[*] 〈티퍼레리로 가는 길은 멀어〉의 가사. 스트랜드는 런던의 극장가이고, 피카딜리는 쇼핑가로 유명한 런던의 광장이다.

화창한 날이나 흐린 날이나 나는 여기 있을 테니—
오 대니 보이, 오 대니 보이, 내 사랑아

우리는 코와 코를 마주대고 춤을 춘다. 내 둔부에 얹힌 월턴의 손이 숲속에서 경험한 그 순간을 말없이 일깨운다. "이게 그리울 거야." 그가 말한다. "네가 그리울 거야."

목이 멘다. 무슨 말이 튀어나올지 나 자신을 믿을 수가 없다.

마지막 곡이 끝나고 우리는 다른 일행과 함께 어두컴컴한 길을 되짚어 집으로 돌아간다. 다리가 피곤하기도 하지만 울적한 심정 때문에 목줄에 매여 가고 싶지 않은 데로 끌려가는 개처럼 걸음걸이가 더뎌진다. 월턴이 한 팔로 나를 감싸안고, 우리는 일행에게서 떨어져나온다. 칼 가족의 집으로 가는 갈림길에 다다르자 우리는 대문 앞에서 머뭇거린다. 나는 그의 어깨에 고개를 묻는다.

"저멀리 보이는 별을 따서 네 손가락에 끼워주고 싶다." 월턴이 말한다. 내 입술을 손가락으로 훑다가 허리를 숙여 입을 맞춘다. 나는 그의 입맞춤 안에서 그가 한 약속의 무게를 느낀다.

열흘 뒤에 매사추세츠 소인이 찍힌 편지가 도착한다. "일주일 전 오늘밤 기억나? 나는 너를 다시 만날 때까지 그날 밤을 기억할 거야. 나는 약속을 하면 지키는 사람이야."

12월은 내 기분만큼 무채색이다. 9월 이후로 월턴은 감감무소식이다.

춥긴 해도 눈은 거의 내리지 않는다. 고양이 한 마리가 우리집 아래에서 숨어 지내고 있다. 버터스카치 색깔 바탕에 호랑이 무늬가 있고 황갈색 눈이 큼지막한 메인쿤*이다. 나는 우유 그릇을 놓고 녀석을 밖으로 꼬드긴다. 녀석은 바들바들 떨며 걸신들린 듯이 우유를 핥아먹더니 그릇이 비자 내 무릎 위로 올라온다. 암컷이다. 가죽이 뼈 주변으로 늘어져서 마치 속이 빈 파이프가 담긴 주머니를 안고 있는 기분이다. 녀석은 성게 같은 혓바닥으로 내 턱을 핥고 가르랑거리며 내 무릎 위에 자리를 잡는다. 나는 '롤리'라고 이름을 붙여준다. 12월을 통틀어 마음에 드는 부분은 롤리 하나뿐

---

* 털이 긴 대형 고양이 품종.

이다.

크리스마스 때 나는 동생들에게 그애들이 밖에서 일하는 동안 만든 플란넬 격자무늬 셔츠를 선물한다. 어머니는 양말과 모자를 떠놓았다. 아버지는 선물을 주는 시늉조차 하지 않는다. 비를 가릴 지붕을 마련해주었으니 그걸로 충분하다는 것이다. 샘은 내게 빵 굽는 판을 선물하고, 프레드는 새 볏짚 빗자루에 리본을 달아주고, 앨은 나무를 깎아 만든 숟가락 세트를 준다. 월턴은 빨간 리본이 장식된 초록색 리스를 박으로 찍은 두꺼운 크림색 카드를 올슨 가족 앞으로 보낸다. "날씨는 춥지만 따뜻한 마음을 전합니다. 행복한 크리스마스 보내시고 하느님의 축복이 함께하시길!" 여기에 "월턴 홀"이라고 서명을 했다.

나는 예전과 달리 그의 카드를 진열해놓지 않고 2층 내 방으로 들고 간다. 선반에 모아둔 그의 편지 뭉치를 꺼내 연분홍색 리본을 풀고 침대에 앉아 하나씩 읽어본다. 내게 모든 길은 쿠싱으로 통해. 나는 약속을 하면 지키는 사람이야. 사랑을 담아. 내가 두 손으로 하도 세게 쥐는 바람에 크리스마스카드가 조금 찢어진다. 나는 천천히 카드 한가운데를 찢고, 카드가 버터스카치 사탕만큼, 2센트짜리 우표만큼, 하늘에 떠 있는 머나먼 별들만큼 작아질 때까지 찢고 또 찢는다.

명절이 지난 뒤에 월턴에게 편지를 보내 행복한 1917년을 기원하고 동생들에게 받은 선물과 내가 직접 만든 플란넬 셔츠에 대해 얘기한다. 앨이 마당에 파놓은 구덩이에서 구워 먹은 새끼 돼지,

블루베리 콩포트와 구운 사과 케이크, 호박 만두를 넣은 닭고기 스튜와 샘이 세밑에 만든 음료에 대해서도 쓴다. 끓는 물을 담은 잔에 럼, 당밀, 정향을 넣고 시나몬 스틱으로 저어서 마시는 것으로 '웨일러스 토디'라고 부른다. 나는 우리 가족의 소박한 의식에서 풍기는 운치, 남자들로 북적거리는 집안 특유의 동지애와 시끌벅적함, 설명을 하면 할수록 부풀려진다기보다 점점 고조되는 행복감과 명절의 들뜬 분위기를 열심히 전달한다. 그 아래에 깔린 애처로운 분위기는 애써 외면한다.

이해가 안 돼. 왜 편지를 보내지 않는 거야?

며칠이 지나고 몇 주가 지난다. 몇 달이 지난다. 나는 내가 기다림에 익숙한 줄 알았다. 이건 새로운 형태의 지옥이다. 내 영혼이 타르를 뒤집어쓴 것처럼 느껴진다.

나는 특별할 것 없는 의식을 아무 생각 없이 편지로 주저리주저리 늘어놓은 것에 대해 자책한다. 그렇게 시시하고 보잘것없는 집안일을 공유하려 하다니. 하지만 그게 내가 얘기할 수 있는 전부다.

겨울이 봄으로 바뀌는 동안 나는 눈과 진창을 이리저리 피해가며 묵묵히 우체국으로 향한다. 청구서, 광고 전단, 〈새터데이 이브닝 포스트〉. "오늘 너한테 온 건 없어, 크리스티나." 버사 도싯이 연민을 담아 새침한 목소리로 말한다. 나는 카운터 너머로 달려들어 그녀의 얼굴이 보라색으로 질리고 숨을 헐떡일 때까지 목을 조르고 싶다. 하지만 우편물을 챙기며 미소를 짓는다.

눈이 녹고 크로커스가 피어도 나는 춥다. 담요를 몇 겹이나 덮고 또 덮고 자도 계속 춥다. 한밤중이면 벽 틈새로 울부짖는 바람소리에 귀를 기울인다. 자기 집에 갇힌 채 정신병에 걸려 자기가 벽지 뒤에서 산다고 믿게 된 어떤 여자 이야기가 생각난다. 나도 계단을 기어서 오르내리며 그 여자처럼 이 집에서 영영 벗어나지 못하는 건 아닐지 궁금해지기 시작한다.

5월의 어느 따뜻한 아침, 고개를 숙이고 어깨를 똑바로 펴고 풀밭을 가로질러 우리집으로 성큼성큼 걸어오는 러모나가 부엌 창밖으로 보인다. 내가 겨울 내내 상상했던 순간이다. 나는 빨간 제라늄 옆에 둔 내 오래된 의자에 앉는다. 롤리가 무릎 위로 폴짝 뛰어올라오자 녀석의 등을 쓰다듬는다. 평소 같으면 일어나 찻주전자를 올리고 문 앞에 서서 그녀를 맞이하겠지만 의례적인 인사 이후에 이어질 대화를 감당할 기운이 없다.

러모나는 내가 부엌에 있는 걸 보고 놀라지 않는다. "안녕, 크리스타나. 나 들어가도 돼?" 그녀의 미소가 흔들린다. 문지방을 넘어 어두침침한 부엌으로 들어서며 실눈을 뜬다. "다시 만나니까 정말 좋다."

나도 애써 미소로 화답한다. "나도."

"뭔가 하고 있었는데 내가 방해한 건 아니지?"

"늘 똑같은 일인걸."

"잘 지내는 것 같아 보여."

그렇지 않다는 걸 안다. 나는 수수한 체크무늬 원피스 위에 낡은 앞치마를 입고 있다. "누가 올 줄 몰랐어." 나는 뒤로 묶어놓은 앞치마 끈을 풀려고 한다.

"아니야, 벗을 것 없어." 러모나는 말하고 얼른 덧붙인다. "그냥 나랑 같이 있는 건데 뭐."

"점심 설거지 끝나서 어차피 벗으려던 참이었어."

그녀는 뒤로 묶은 앞치마 끈과 씨름하는 나를 지켜본다. 도와주고 싶지만 내가 좋아하지 않을 걸 알기 때문이다.

그녀는 잠깐 부엌 한가운데에서 머뭇거린다. 종이가방을 들고 있고, 내가 처음 보는 스타일의 원피스를 입고 있다. 노랗고 흰 바둑판무늬에 하얀색의 긴 소매와 세 개의 별갑단추, 아름답게 주름 잡힌 흰 깃, 넓은 허리띠가 달린 원피스다. 엷은 색 스타킹에 하얀 가죽 신발을 신고 있다. 머리를 하나로 틀어서 노란색 리본으로 묶었다.

"원피스 예쁘다." 나는 이렇게 말한다. 어딘지 몰라도 재미있는 곳에 들렀다 온 게 분명하다는 생각이 들게 만드는 옷차림이다.

"아, 고마워. 여름 분위기 나지 않아?"

"그러게."

러모나는 갑자기 생각났다는 듯이 말한다. "내가 뭘 좀 들고 왔어! 엄마 앞으로 플로리다에서 상자가 배달됐거든." 그녀는 가방에서 커다란 오렌지 세 개를 꺼내 식탁에 놓는다. "나도 언제 플로리다에 놀러가고 싶어. 큼지막한 밀짚모자를 쓰고 바닷가에 수건을 깔고 그 위에 누워 있는 내 모습이 눈에 선해. 근사하겠지?"

"그렇겠지."

"같이 갈까? 겨울에, 어마어마하게 추울 때."

나는 어깨를 으쓱한다. "나는 햇볕에 태우는 걸 별로 좋아하지 않아서."

"스웨덴 피를 물려받은 언니의 피부를 깜빡했네." 그녀가 말한다. "우리 오렌지 하나 까먹으면서 나는 플로리다를 상상하고 언니는 건강을 챙기면 어때?"

"글쎄, 점심을 먹은 지 얼마 되지 않아서……" 나는 그렇게 말을 시작했다가 마음이 약해진다. "좋아."

그녀는 엄지손가락으로 오렌지를 찔러서 구멍이 난 두툼한 껍질을 벗기고 하얀 실 같은 것들을 조심스럽게 떼어낸다. 과육을 갈라서 내게 한 조각 건넨다. "건배!"

오렌지가 워낙 달콤하고 과즙이 풍부해서 하마터면 내가 얼마나 긴장하고 있었는지 잊을 뻔한다.

오렌지를 해치운 다음 러모나가 앨의 흔들의자를 식탁 쪽으로 끌고 와서 앉는다. "나는 이 오래된 흔들의자가 정말 좋더라." 그녀가 말한다. "손때가 묻은 느낌이라." 그녀는 검은 칠이 벗어져서 원목이 드러난 팔걸이를 문지른다.

그녀가 흔들의자 팔걸이 위로 손을 늘어뜨린 다음에야 나는 그녀의 손가락에서 반짝이는 것을 발견한다. 반지. "어머, 그거 혹시……?"

러모나는 얼굴을 새빨갛게 붉히며 몸을 앞으로 숙이고 펼친 손가락을 내 쪽으로 내민다. "맞아! 못 믿겠지? 나 약혼했어. 언제 알아차리려나 했더니." 억지로 명랑한 척하는 그녀의 목소리가 이 상황이 우리 둘 모두에게 얼마나 어색한 순간인지를 보여주는 증거다. "편지로 알리려고 했는데 불과 몇 주 전의 일이라."

중앙의 제법 큼지막한 다이아몬드를 빙 둘러 조그만 다이아몬드 조각들이 감싸고 있는데, 그렇게 화려한 반지는 지금까지 본 적이 없다. 나는 솔직하게 말한다. "예쁘다. 할랜드한테 받은 거겠지?"

그녀는 웃음을 터뜨린다. "당연히 할랜드지. 너무 갑작스럽게 너무 진지한 사이가 됐어. 결혼식은 가을에 그냥 가족들끼리 조촐하게 할 생각이야. 할일이 얼마나 많은지 몰라! 하지만 지금 이렇게 여기 다시 내려오니까 정말 좋아. 언니를 다시 만나는 것도 그렇고."

"뭐." 나는 챙이 짧은 우스꽝스러운 모자를 쓰고 다녔던 투실투실한 할랜드를 떠올린다. "축하해."

"고마워. 언니의 축복이 나한테 얼마나 의미 있는지 알아?" 그녀는 옆걸음으로 문지방을 넘어오는 롤리를 보고 비명을 지른다. "어머, 고양이 진짜 예쁘다! 엄청 크네."

"메인쿤이야. 작은 호랑이나 다름없어."

"이리 와, 야옹아." 그녀는 혀를 차며 손가락을 튕긴다.

롤리는 그 자리에 얼어붙은 채 우리 둘을 번갈아 쳐다본다.

"오지 않을 거야." 내가 말한다. "고집이 세고 낯을 가리거든. 나처럼." 고양이는 내 말을 입증이라도 하듯 잽싸게 달려와 내 무릎 위로 폴짝 올라온다.

러모나는 미소 짓는다. "언니는 낯을 가리지 않아. 좋아하는 사람만 좋아하지. 그런 면에서 고양이랑 같긴 하네."

롤리는 내 손에 대고 몸을 구부려 자기를 쓰다듬으라고 요구하고, 잠깐 동안 방안에는 녀석이 계속 가르랑거리는 소리만 들린다.

희미한 오렌지 냄새가 허공에 맴돈다.

마침내 러모나가 한숨을 쉰다. "이 얘기를 어떤 식으로 꺼내면 좋을지 계속 고민했거든. 월턴이…… 그게 말이야……" 그녀는 고개를 젓고 원피스에 달린 큼지막한 단추 하나를 비튼다. "그 오빠는 귀엽고, 그래서 사랑스럽지만, 가끔 정말 짜증날 때가 있어."

이게 다 무슨 소리인지 알아들을 수가 없다. 월턴이 귀엽다고? 그래서 사랑스럽다고? "그가 보내던 편지가 끊겼어." 나는 말한다.

"알아, 들었어."

내가 롤리의 등을 하도 세게 움켜잡는 바람에 녀석이 야옹 하고 울며 내 손바닥을 발톱으로 찍고 내 무릎에서 버둥거리며 빠져나간다. 내 손바닥 위로 핏방울이 맺힌다. 치마에 문질러 닦자 분홍색 얼룩이 남는다.

"그 오빠는 가증스러웠지. 나도 계속 오빠에게 그렇게 얘기했어. 그리고…… 음…… 잔인하다고."

이런 순간이 찾아올 줄은 알았지만 내 존재의 어느 한구석에도 이런 대화를 나누고 싶은 마음은 없다. "러모나……"

"하던 얘기 마저 끝낼 수 있게 해줘. 끔찍하긴 하지만…… 해야 하는 일이니까. 월턴은 언니를 사랑해. 사랑했을 거야. 아, 언니."

그녀는 한숨을 쉰다. "듣는 언니만큼 나도 한마디, 한마디 꺼내기가 괴롭고 이러고 싶지 않지만……" 그녀가 말을 멈춘다. 그러다 불쑥 내뱉는다. "월턴이 약혼을 했어."

월턴이. 약혼을. 하다니. 내가 미처 못 들은 부분이 있나? 그 약혼 상대가 난가? 나는 그녀를 멍하니 쳐다본다.

월턴이 약혼을 했다.

다른 여자와.

나는 지금까지 그의 침묵을 이리저리 뜯어보고 원인에 대해 고민했지만 그랬을지 모른다는 생각은 한 적이 없었다. 하지만 왜 아니겠는가? 그게 가장 논리적으로 앞뒤가 맞는 것을. 그는 갑자기 편지를 끊었다. 당연히―당연히―다른 여자가 생긴 거였다.

내 몸속이 모두 비워지고 짙고 묵직한 공기로 채워진 느낌이다. 아무것도 생각할 수가 없고 보이지도 않는다. 그 공기가 내 눈까지 가득찼다. 월턴의 생김새를 떠올려보려고 애쓴다. 검은색 그로그랭 리본이 달려 있던 밀짚모자. 리넨 재킷. 여자아이처럼 부드러웠던 손. 하지만 얼굴은 그려지지 않는다.

"언니? 괜찮아?" 러모나의 얼굴이 순식간에 창백해진다. 나는 그녀의 눈을 쳐다본다. 커튼을 사이에 두고 그녀를 보는 것 같다.

"왜." 질문이랄 수도 없는 짧은 한마디다.

그녀는 한숨을 쉰다. "나도 수백 번 자문했고 월턴도 마찬가지야. 그에게 납득이 될 만한 답을 달라고 간청한 적도 있어. 그 오빠도 답을 모르지 않을까 싶어. 다만……" 그녀는 말끝을 흐린다.

"다만……"

"다만." 그녀는 의자 안에서 몸을 비튼다. "거리. 그리고 그의 부모님."

"그의 부모님."

"오빠가 언니한테 얘기했다고 하던데. 오빠의 부모님이…… 반대했다고."

"그런 얘기 한 적 없었어."

"한 적 없었어?"

나는 의자에 기대며 눈을 감는다. 어쩌면 그가 했을 수도 있다.

"오빠 어머니가 끔찍한 여자야. 독종이야. 잘난 아들에게 바라는 그림이 있었어. 아니, 지금도 있지. 그리고 스미스대학에 다니는 친구의 딸을 계속 집으로 불렀거든. 내 생각에는 그게 계속되니까 오빠가 나도 모르겠다, 더는 못 버티겠네, 그랬을 것 같아. 세상에서 제일 쉬운 게 포기하는 거잖아."

"제일 쉽다." 나는 그녀의 말을 따라 한다.

"상대가 그렇게 이상한 여자도 아닌 것 같았어. 멀쩡해." 러모나는 어깨를 으쓱한다. "물론 오빠한테 그런 말은 하지 않았어. 당황스럽다, 실망했다, 그러기만 했지. 언니를 생각해서."

말하는 품새로 보건대 그 여자와 같이 시간을 보내고 다 같이 몰려다니는 사이라는 걸 알 수 있다. "그 여자 이름이 뭐야."

"메릴린. 메릴린 웨일스."

나는 잠깐 곰곰이 생각한다. 이름도 있는 실존 인물이다. "월턴은 한 번도…… 편지로 설명한 적 없었어."

"알아. 그래서 너무 화가 나. 오빠랑 그것 때문에 싸운 적도 있어. 내가 그랬거든, 비양심적일 정도로 예의 없는 거 아니냐고. 오빠는 못하겠대. 사실 나더러 언니한테 편지로 설명해달라고 간청했는데 내가 거부했어."

나는 채찍질을 당하는 심정이다. 한마디, 한마디가 채찍 같다. "너는 내가 기다리고 있다는 걸 알았잖아." 나는 점점 언성을 높이며 느릿느릿 말한다. "그런데 속시원히 알려줄 생각을 하지 않았다고?"

"크리스티나?" 어머니가 2층에서 외친다. "무슨 일 생긴 거 아니지?"

내가 빤히 쳐다보자 러모나도 눈물이 가득 고인 눈으로 나를 마주본다. "정말 미안해." 그녀가 말한다.

"아무 일 없어요, 어머니." 내가 외친다.

"누가 왔니?"

"러모나 칼이요."

어머니는 아무 말도 하지 않는다.

"그 오빠는 언니를 만날 자격이 없는 사람이야." 러모나가 속삭인다.

나는 고개를 젓는다.

"그래, 그 오빠는 똑똑하고 매력적일지 모르지만, 솔직히 약해빠졌어. 이제 그렇다는 걸 알겠어."

"그만," 나는 말한다. "그만해."

러모나는 흔들의자에서 몸을 앞으로 숙이며 말한다. "언니, 내 말 잘 들어. 바다에 물고기는 많아."

"아니, 그렇지 않아."

"아냐. 우리가 월척을 찾아줄게."

"나는 낚싯줄을 거뒀어." 나는 말한다.

이 말 한마디로 긴장이 해소된 모양이다. 러모나가 미소를 짓는다. (그렇게 정색을 하고 있으려니 얼마나 힘들었을까! 그녀는 기질적으로 이런 분위기에 어울리지 않는다.) "지금이야 그렇겠지. 더 많은 모험이 기다리고 있을 거야."

"구멍이 난 이 배로는 안 돼."

그녀는 살짝 웃음을 터뜨린다. "정말 메인쿤처럼 고집이 세다, 크리스티나 올슨."

"그럴지 모르지." 나는 말한다. "정말 그럴지 몰라."

잠자리에 들고 나서 다시는 눈을 뜨고 싶지가 않다. 뼛속 깊이 자리잡은 아픔이 가시지 않는다. 나는 한밤중에 번쩍 깨어나 고통에 흐느껴 운다. 아무것도 좋아지지 않을 것이다. 모든 게 나빠지기만 할 것이다. 나는 아버지가 뜬 파란 양모 담요를 더욱 바짝 몸에 감고 마침내 잠이 든다. 몇 시간 뒤에 따끔거리는 아침햇살을 맞으며 깨어나, 베개에 얼굴을 묻는다.

앨이 내 방으로 들어온다. 눈을 감고 자는 척해도 그의 소리가 들리고 그가 보인다. "누나." 그가 나지막이 부른다.

나는 대답하지 않는다.

"빵하고 잼 찾아서 아침 차렸어. 샘하고 프레드는 축사에 있어. 집안일 마치면 내가 어머니하고 아버지한테 달걀 가져다드릴게."

나는 듣고 있다고 말없이 인정하는 뜻에서 한숨을 쉰다.

허리춤에 손을 얹고 나를 내려다보는 앨이 속눈썹 너머로 보인다. "어디 아파?"

"응."

"의사 선생님 부를까?"

"아니." 나는 눈을 뜨지만 아무 표정도 지을 수가 없다. 그는 나를 빤히 내려다본다. 이런 식으로 그의 눈을 똑바로 본 적이 있었는지 기억이 나지 않는다.

"그 인간을 죽여버리고 싶어." 그가 말한다. "진짜 죽여버리고 싶어."

내 침대가 야트막한 무덤처럼 느껴진다.

연분홍색 리본으로 묶은 월턴의 편지 더미를 꺼내 상자에 넣는다. 불을 질러서 활활 타는 걸 구경하고 싶은 마음도 있다. 하지만 차마 그러지는 못하겠다.

1층 계단 맨 꼭대기 측벽에 조그만 벽장문이 있다. 나는 근처에 아무도 없을 때 상자를 어두컴컴한 벽장 구석으로 밀어넣는다. 그의 편지를 보고 싶지 않다. 그런 편지가 있다는 증거만 있으면 된다.

읍내에서는 누구 하나 입도 벙긋하지 않는다, 적어도 내 앞에서는. 하지만 불쌍히 여기는 눈빛이 느껴진다. 수군거리는 소리가 들린다. 버림받았다잖아, 글쎄. 동정하는 사람들을 대할 때마다 어찌나 치욕스러운지, 멀리 배를 타고 나가서 다시는 고향으로 돌아오지 않는 사람의 심정이 이해될 정도다.

6월의 어느 따뜻한 날 늦은 오후에 동생들과 배를 타러 나갈 준비를 하며 월턴에게 선물 받은 조가비를 주머니에 챙긴다. 배 위에서 그 거친 틈새와 반질반질한 표면을 손가락으로 쓰다듬는다. 손바닥 안에 완벽하게 자리잡기에 알맞은 무게와 형태. 태양이 하늘 아래로 저물어가고 이제 그만 집으로 돌아갈 때가 되자 나는 조그만 돛단배의 뒤편으로 자리를 옮기고 혼자 앉아서 부채꼴 모양으로 갈라지는 수면을 내려다본다. 마음만 먹으면 아무렇지 않게 뱃전 너머로 몸을 던져 바다 밑바닥으로 가라앉을 수 있다. 암흑, 오로지 암흑, 그리고 자비로운 혼수상태. 얼굴을 타고 입속으로 흘러내리는 눈물이 짭짤하고 달콤하다. 머지않아 동생들은 결혼할 테고, 부모님은 기력이 다해 세상을 떠날 테고, 서서히 변해가는 계절과 노쇠해져가는 내 모습과 바스러져 먼지가 되는 것 말고는 기다리는 게 없는 언덕 위의 그 집에 나 혼자 남을 것이다.

월턴과 나도 이런 배 고물에 같이 앉은 적이 있었다. 네가 좋아, 그는 내 귀에 속삭였다. 그가 얼마나 헌신적이었던가. 나를 늘 더 보고 싶어하고 나만 사랑하지 않았던가. 나만. 내 어깨와 맞닿아 있던 그의 탄탄한 어깨, 하늘을 가리키던 긴 손가락, 별자리, 내가 열심히 외웠던 온갖 이름들. 오리온, 카시오페이아, 헤라클레스, 페가수스. 나는 이제 석판처럼 짙은 색으로 점점 어두워져가는 하늘을 올려다본다. 별들은 지워져 오직 기억 속에 남았다.

눈을 감고 뱃전 너머로 몸을 내밀자 짭짤한 물보라가 눈물과 섞인다. 손바닥에 얹은 조가비의 무게를 가늠한다. 이 카메오 조가비는 다른 것들과 같이 있을 게 못 된다. 가게에서 산 싸구려로 아무런 역사도 사연도 없다. 이걸 선물 받았을 때 그가 나에 대해 제대로 아는 게 아무것도 없다는 사실을 내심 알아차렸다. 왜 그걸 경고로 인식하지 못했을까?

내 팔 위에 닿는 손길이 느껴지자 나는 눈을 뜬다. "밤공기가 시원하지?" 앨이 가볍게 묻는다. "여기 조심해. 미끄럽거든."

"내 걱정 할 것 없어."

그는 내 팔에 얹은 손에 더욱 힘을 준다. "나랑 같이 가서 앉자."

"좀 있다가."

"황소고집이라는 소리 들어본 적 있어?"

나는 살짝 웃음을 터뜨린다. "한두 번."

우리는 땅거미를 내다본다. 멀리 보이는 어느 집 창문에서 새어 나온 희미한 불빛이 바닷가에서 어른거린다. 우리집이다. "그럼 내가 여기 누나랑 같이 있을게." 그가 말한다.

"그럴 필요 없어, 앨."

"무슨 일이든 벌어지는 게 싫어서. 그러면 나를 용서하지 못할 거야."

슬픔이 무겁게 가슴을 짓누른다. 나는 조가비를 움켜쥐고 뭉툭한 혹을 만진다. 그러다 손가락 사이로 떨어뜨린다. 조그맣게 풍덩 바닷물이 튄다.

"그거 뭐야?"

"아무것도 아니야."

조가비는 금세 가라앉는다. 앞으로는 두 번 다시 그걸 보거나 손에 쥘 필요가 없을 것이다.

나는 약속을 하면
지키는 사람이야

1946년

"안녕하세요-오. 크리스-티나?" 한 여자의 인위적인 고음이 방충망을 뚫고 들어온다.

"나 여기 있어요." 내가 대꾸한다. "누구세요?"

여자는 문을 열고, 침몰하는 배에 오르기라도 하듯 부엌 안으로 들어온다. 나이를 가늠할 수 없는 중년의 여자로 소모사 정장에 스타킹과 펌프스를 신고 캐서롤 냄비를 들고 있다. "저는 바이얼릿 에번스예요. 쿠싱 침례교회에서 나왔고요. 저희 교회에 이웃 사랑 분과가 있는데, 음, 일주일에 한 번씩 방문하는 집 목록에 이 집이 있어서요."

내 등이 뻣뻣해진다. "그런 목록이 있다는 얘기 못 들었는데요."

그녀는 참는 티를 내가며 미소를 짓는다. "아, 있답니다."

"어떤 사람들이 대상인데요?"

"주로 바깥나들이가 불편하신 분들이요."

"나는 해당 사항 없는데요."

"아, 네." 그녀는 말하며 좌우를 눈으로 훑는다. 그러고는 냄비를 내민다. "아무튼. 얇게 썬 훈제 쇠고기를 넣은 국수를 만들어왔어요." 그녀는 실눈을 뜨고 어두침침한 집안을 관찰한다. 늦은 오후고, 나는 아직 램프를 켜지 않았다. 그녀가 들어오기 전까지는 집안이 얼마나 어두운지도 몰랐다. "불을 좀 켤까요?"

"전기가 안 들어와요. 잠깐 기다려주면 램프를 들고 올게요."

"아, 번거롭게 그러실 것 없어요. 금방 갈 거예요." 그녀는 조심스럽게 부엌을 가로질러 냄비를 레인지 위에 내려놓는다. "치마에 조금 쏟은 것 같아서요. 개수대가 어느 쪽에 있는지 좀 가르쳐주시겠어요?"

나는 부득불 식료품 저장실을 가리킨다. 이제 어떤 일이 벌어질지 나는 안다.

"어머나, 이건…… 펌프네요!" 예상했던 대로 그녀는 조금 놀랐다는 듯이 웃음을 터뜨리며 외친다. "맙소사, 실내 수도 설비가 없어요?"

당연히 없다. "없어도 잘 지내고 있어요."

"아." 그녀가 다시 말한다. 도망칠 준비를 하는 사슴처럼 부엌 한가운데에 우두커니 서 있다. "아주머니와 남동생께서 얇게 썬 훈제 쇠고기를 좋아하셨으면 좋겠네요."

"동생은 먹을 거예요."

내가 좀더 고마워해주길 그녀가 바란다는 걸 안다. 하지만 내가 이 요리를 만들어달라고 한 것도 아니고, 나는 얇게 썬 훈제 쇠고기를 딱히 좋아하지 않는다. 그녀가 의자에 앉으면 병균이라도 옮을 것처럼 오만하게 구는 것도 마음에 들지 않는다. 그리고 나는 청하지도 않은 자선을 베풀고 고마워하길 기대하는 사람들을 마주하면 천성적으로 반발심이 생긴다. 그런 사람들은 대개 나를 위에서 내려다보듯 평가하고, 이 증상—나는 이걸 가지고 푸념을 늘어놓지도 않건만—을 내가 자초했다고 믿는 듯한 느낌을 풍기기 때문인 것 같다.

심지어 나를 이해하는 벳시조차 항상 내 운명을 개선하고 싶어한다. 그 고운 손으로 설거지를 하고 정리해준답시고 엉뚱한 데 그릇을 집어넣는다. 빗자루는 문 뒤에서 나오고 행주는 뒷베란다에 널려 있다. 하루는 그녀가 담요와 시트를 잔뜩 들고 와서 식탁에 털썩 내려놓은 적이 있었다. "아주머니가 깔고 주무시는 그 오래된 누더기는 제가 가져갈게요." 그녀는 말했다. "이제 아주머니도 깨끗한 리넨을 쓸 때가 되지 않았어요?" (다들 내가 자존심이 얼마나 센지 안다. 이런 식으로 얘기해도 내가 그냥 넘어가는 사람은 벳시뿐이다.) 그녀는 내 침대 커버—낡긴 했고 특히 아버지가 뜬 파란색 담요는 너덜너덜하다—를 모아서 밖으로 들고 나가 쓰레기장에 버리려고 스테이션왜건 짐칸에 던져넣었다.

"냄비는 걱정 마세요." 침례교회에서 나온 여자가 장담하듯 말한다. "다음주에 와서 가져갈게요."

"계속 이럴 필요 없어요. 진짜로. 우리는 잘 지내고 있어요."

그녀는 허리를 숙여 내 손을 토닥인다. "도울 수 있어서 기뻐요, 크리스티나. 이게 저희에게 주어진 사명이기도 하고요."

나는 침례교회에서 나온 이 여자가 이 일을 좋은 뜻에서 한다는 것도 알고, 스스로 기독교도로서의 의무를 다했다고 믿어 의심치 않으며 오늘밤에 단잠을 잘 거라는 것도 안다. 하지만 그녀가 두고 간 음식을 먹으면 내 입에 쓴맛이 남을 것이다.

여름 동안 거의 날마다, 더위가 밭 위에서 젤라틴처럼 두꺼워지는 늦은 아침이면 앤디가 찾아온다. 그는 전에 없이 열심이다. 아들 니키는 이제 거의 세 살이 되었고, 벳시가 다시 임신해 해산을 한 달 앞두고 있다. 앤디의 표현에 따르면 점점 불어나는 가족을 부양할 수 있을 만한 작품을 생산해내야 한다.

스케치북, 물감 묻은 손가락, 주머니에는 달걀. 그는 부츠를 벗어던지고 맨발로 집과 들판을 어슬렁어슬렁 거닌다. 2층으로 올라가 이 방, 저 방 돌아다니다 오래전에 잠가놓은 방을 향해 터벅터벅 또 한 계단 올라간다. 그가 오랫동안 꼼짝한 적 없는 3층 창문을 끙끙대며 여는 소리가 들린다.

그가 이 얼기설기하고 오래된 집이 바람에 날아가버리지 않고 들판에 남아 있도록 눌러주는 문진 같은 존재라는 생각이 든다.

앤디는 대개 뭘 들고 오거나 돕겠다고 하지 않는다. 우리의 사는 방식을 보고 놀라지 않는다. 우리를 개조가 필요한 대상으로 보지 않는다. 나가고 싶어하거나 이미 문밖으로 반쯤 나간 거나 다름없는 사람의 분위기를 풍기며 의자 끝에 걸터앉거나 문 앞에서 서성이지 않는다. 그냥 자리잡고 앉아서 관찰한다.

대부분의 사람들이 어떻게 하고 싶어하는 부분을 앤디는 좋아한다. 개가 긁어놓은 파란색 헛간 문. 금이 간 하얀 찻주전자. 해진 레이스 커튼과 거미줄이 쳐진 유리창. 그는 낮 동안 내가 부엌 의자에 앉아 파랗게 칠한 등받이 없는 의자에 발을 올려놓고 바다를 내다보다가 어쩌다 한 번씩 수프를 젓거나 화분에 물을 줄 때만 일어나며 하루를 소일하는 데 만족하고, 이 낡은 집이 땅속에 뿌리박도록 내버려두는 이유를 안다. 재미없게 깔끔한 집보다 비바람에 쓸려 뼈대가 하얘진 집이 훨씬 근사하다고 그는 딱 잘라 말한다.

앤디는 채소를 수확하고 갈퀴로 블루베리를 모으고 말과 소를 돌보고 돼지에게 먹이를 주는 등 일상적인 일을 하는 앨을 스케치한다. 부엌의 빨간 제라늄 화분 옆에 앉아 있는 나를 스케치한다. 그의 눈을 통해 나는 이 집의 보이는 부분과 보이지 않는 부분을 모두 새롭게 인지한다. 늦은 오후의 어스름에 잠긴 부엌, 다시금 꽃을 피우기 시작한 들판, 비바람에 시달린 물막이 판자를 붙잡아놓는 민머리못, 녹슨 물탱크에서 떨어지는 물방울, 금이 간 유리창 틈새로 흘러들어오는 차가운 푸른빛.

마메이가 코바늘로 뜬 레이스 커튼이 나달나달 찢어진 채 끊임없이 부는 바람에 펄럭인다. 나는 마메이가 여기에 있다고, 마메이의 인생과 사연이, 모든 이야기가 그렇듯 앤디의 캔버스 위에서 다른 뭔가로 탈바꿈되는 과정을 내가 지켜보고 있다고 믿어 의심치 않는다.

어느 흐린 날 앤디가 험상궂은 표정으로 요란하게 들이닥치더니 평소와 달리 잡담도 생략하고 쿵쿵 2층으로 올라간다. 위에서 그가 요란하게 이 방, 저 방 문을 닫고 혼자 욕을 하며 쿵쾅거리는 소리가 들린다.

이런 식으로 한 시간이 지나고 그가 터벅터벅 다시 부엌으로 내려와 의자에 털썩 주저앉는다. 손바닥으로 눈을 세게 비비며 말한다. "벳시 때문에 제가 망하게 생겼어요."

앤디가 워낙 과장해서 말하는 성격이긴 하지만 벳시를 두고 투덜거리는 건 들어본 적이 없다. 나는 뭐라고 대꾸하면 좋을지 모르겠다.

"브래드퍼드곳에 있는 오래된 시골집을 수리해서 거기서 살겠대요. 덧붙이자면 저하고는 상의도 없이요. 빌어먹을."

내가 보기에 전적으로 말도 안 되는 일은 아니다. 벳시에게 듣기로 그들은 그녀의 부모님 집에 딸린 마구간에서 살고 있다고 한다. "너는 시골집을 좋아하니?"

"싫지 않아요."

"그걸 수리할 여력은 되고?"

그는 어깨를 으쓱한다. 있다는 뜻이다.

"벳시가 너더러 도와달래?"

"그렇지는 않아요."

"그럼……?"

그는 텁수룩한 머리를 격하게 흔든다. "어떤 집에 발목 잡혀서 살고 싶지 않아요. 지금 우리가 사는 이대로가 완벽하게 적당해요."

"지금 마구간에서 살고 있잖아, 앤디. 벳시 말로는 거기서 두 칸을 쓰고 있다던데."

242

"수리해서 쓰고 있어요. 건초 더미 위에서 자고 그러는 건 아니에요."

"아이가 있고 조만간 한 명이 더 태어날 예정이잖아."

"니키는 좋아한다고요!" 그가 말한다.

"흠. 뭐…… 나는 마구간에서 살고 싶지 않은 벳시의 심정을 이해할 수 있을 것 같은데."

앤디는 팔에 말라붙은 물감을 긁으며 중얼거린다. "우리 아버지한테도 이런 사태가 벌어졌어요. 끊임없이 고쳐야 하는 집, 요트, 자동차, 뱃도랑…… 너무 깊숙이 휩쓸려들어가 금전적인 출혈이 시작되면 뭐가 팔릴지, 뭐가 시장에서 좋아할 만한 것인지가 판단의 근거가 되고 그러면 끝장이에요. 아예 끝장이라고요. 그 시작이 이런 식이죠."

"시골집을 수리하는 거랑 그게 같나."

앤디는 실눈을 뜨고 나를 보며 호기심에 찬 미소를 짓는다. 초상화를 보고 별로 안 좋아했을 때 말고는 내가 그의 말에 토를 단 적이 없었던 것이다. 그가 놀랐다는 걸 알겠다.

"나는 벳시를 어렸을 때부터 보았어." 내가 말한다. "물질적인 부분에 관심이 없는 아이야."

"관심이 없긴요. 일부 여자들만큼 심하지 않을지는 모르죠. 하지만 그런 여자였다면 제가 결혼하지 않았을 거예요. 벳시도 관심 있어요. 좋은 집, 새 차를 원해요……" 그는 무겁게 한숨을 쉰다.

"그렇지 않아."

"아주머니가 모르셔서 그래요."

"네가 알고 지낸 세월보다 내가 알고 지낸 세월이 더 긴데?"

"아, 그건 그렇네요." 그가 인정한다.

"우리가 어떤 식으로 처음 만났는지 벳시한테 들었니?"

"그럼요, 어느 해 여름에 심심해진 벳시가 놀러오기 시작했다면 서요."

"그냥 놀러온 게 아니었어. 어느 날 문을 두드리고는—아홉 살인가 열 살밖에 안 됐을 땐데—안으로 들어오더니 좌우를 두리번거리다가 설거지를 시작하는 거야. 그러더니 거의 날마다 찾아와서 집안일을 도왔지. 아무 대가 없이. 그냥…… 천성이 그런 아이인 거야. 내 머리도 땋아주었는데……" 나는 벳시가 내 긴 머리칼에서 핀을 빼고 엉킨 곳을 찬찬히 풀어가며 넓은 빗으로 빗어주었던 때를 떠올린다. 감은 두 눈과 뒤로 젖힌 고개와 눈꺼풀 너머에서 주황색으로 느껴지던 하늘. 빗에 걸리던 희끗희끗한 내 머리칼. 내 머리칼을 세 갈래로 나눠 하나로 땋던 그녀의 단단하고 빈틈없던 작은 손.

앤디는 한숨을 쉰다. "뭐, 벳시가 사랑스럽지 않다는 건 아니에요. 당연히 사랑스럽죠. 하지만 여자아이가 자라면 여자가 되고 여자들은 바라는 게 있어요. 그리고 저는 그런 것에 대해 아무것도 생각하고 싶지 않아요. 그냥 그림만 그렸으면 좋겠어요."

"그러고 있잖니." 나는 짜증이 치밀어오르는 것을 느끼며 말한다. "하루종일 그림만 그리고 있잖아."

"저는 부담감을 얘기하는 거예요. 거기에…… 영향을 받지 않을 수가 없다고요."

"하지만 영향 안 받고 있잖아. 앞으로도 그럴 테고. 중요한 건 일이라고, 너는 계속 그러잖니. 벳시도 계속 그러고."

앤디는 잠깐 그 자리에 계속 앉아서 손끝으로 무릎을 두드린다. 하고 싶은 얘기가 더 있는데 어떤 식으로 꺼내면 좋을지 고민중이라는 걸 알겠다. "우리 아버지는 그런 걸 좋아하셨어요. 명성의 올가미를. 그걸 생각하면 화가 나요."

"어떤 것 때문에 화가 나는데? 아버지가 그런 걸 소중하게 여겼던 거?"

"네. 아뇨. 모르겠어요." 그는 벌떡 일어나 창문 앞으로 다가간다. "저도 하마터면 아버지처럼 그 열차에 치일 뻔했던 거 아세요? 몇 년 전에 바로 그 교차로에서요. 딴생각을 하면서 운전하다가 정신을 차리고 열차가 눈앞을 요란하게 지나가기 직전에 브레이크를 밟았어요. 그러니까 달려오는 그 열차를 봤을 때 아버지 심정이 어땠을지 알아요. 그 공포. 할 수 있는 게 아무것도 없다는 허무함." 그는 머뭇거리다가 덧붙인다. "그리고 제 마음속은 분노로 가득해요. 아버지를…… 아버지를 잃었다는 분노요. 아버지를 너무 일찍 잃었다는 분노."

아, 그렇구나, 나는 생각한다.

"아버지를 잃었다는 데 화가 나지만 헛되이 날려버린 것들에도 화가 나요." 그는 말한다. "헛되이 날려버린 시간, 의미 없는 소유물에 쓴 에너지, 타협…… 저는 똑같은 실수를 반복하고 싶지 않아요."

내 아버지가 생의 말미에 저질렀던 여러 실수를 떠올려본다. 나는 부모의 죽음이 해방인 동시에 심판이 될 수 있다는 걸 안다.

"너는 그럴 일 없을 거야."

"지금 그러게 생겼잖아요."

"차 한잔 끓여줄게."

그는 고개를 젓는다. "아뇨. 다시 올라갈게요. 분노는 작업하는데 도움이 돼요. 그걸 쏟아부을 거예요. 그리고 한데 뒤엉킨 슬픔과 사랑도." 그는 문틀을 붙잡고 문간에 서서 말한다. "가엾은 벳시, 자기 잘못도 아닌데. 그녀는 평범한 삶을 원했을 텐데 그 대신 나랑 같이 살게 됐네요."

"어떤 미래가 자기를 기다리고 있을지 알았을 거야."

"뭐, 그때는 몰랐더라도 지금은 알겠죠."

1917~1922년

몇 년 만에 처음으로 여름의 남는 시간을 주체할 길이 없다. 나
는 페일스 매장에 있는 카탈로그에서 벽지를 주문하고 어머니에
게 도움을 청해 1층을 새롭게 단장한다. (이 집에서 벗어날 수 없
는 운명이라면 적어도 흰색 바탕에 조그만 분홍 꽃무늬로 벽지를
바꾸고 싶다.) 어머니의 설득 아래 예전에는 경멸했던 모임에 참
석한다. 아이스크림 파티를 열고 앞치마를 판매하며 매주 만남이
있는 공제회, 여성 상조회, 남쿠싱 침례교회 바느질 동호회다. 나
는 도서관에서 월턴이 추천하지 않은 책을 빌린다. (특히 암울한
뉴잉글랜드의 겨울, 고통스러운 타협과 비극적인 실수를 다룬 『이
선 프롬』을 밤을 꼬박 새우며 읽는다.) 읍내에 사는 여성들의 주문
을 받아 원피스, 잠옷, 슬립을 만든다. 심지어 금요일 저녁에 러모
나와 엘로이즈와 남동생들과 함께 그레인지 홀까지 나서기도 하지
만, 나무 사이로 유쾌한 피아노와 바이올린 연주 소리가 들릴 정도

로 가까워지자―〈호랑이 래그〉와 〈호숫가의 여인〉이다―숲속으로 사라져버리고 싶어진다.

우리는 도착하자마자 모두 뿔뿔이 흩어진다. "어머 딱한 것!" 거트루드 기번스가 나를 발견하고 댄스홀 저편에서 비명을 지른다. 달려와 내 손을 잡는다. "소식 듣고 우리 모두 얼마나 안타까워했는지 몰라."

"난 괜찮아, 거트루드." 나는 말하며 그녀를 떼어내려고 한다.

"그래, 그렇게 얘기하는 수밖에 없겠지." 그녀는 남들이 다 듣도록 속삭인다. "너 정말 의연하다, 크리스티나."

"의연하기는 무슨."

그녀가 내 손을 꼭 쥔다. "진짜야, 진짜! 그런 일을 겪고도 이렇다니. 나라면 구덩이 속으로 기어들어갔을 텐데."

"설마 그러겠니."

"그랬을 거야! 그냥 쓰러졌을 거야. 너는 정말이지……" 그녀는 뿌루퉁한 척 입술을 내민다. "너는 항상 어떻게든 극복하더라. 정말 존경스러워."

갑자기 나는 진절머리가 난다. 눈을 감고 심호흡을 한 번 한 다음 다시 눈을 뜬다. "아우, 뭐야, 나는 네가 존경스러운데."

그녀가 가슴에 손을 얹는다. "진짜?"

"응. 너는 그렇게 살을 빼고 싶어서 안달인데 날씬한 언니가 있으니 얼마나 힘들겠어? 불공평하게 느껴질 거 아냐."

그녀는 똑바로 선다. 배를 집어넣는다. 입술을 깨문다. "나는 그렇게 생각한 적……"

"얼마나 힘들겠니." 나는 손을 내밀어 그녀의 어깨를 토닥인다. "다들 그렇게 말하더라."

내가 잔인하게 굴고 있다는 걸 알지만 어쩔 수가 없다. 그리고 상처받은 그녀의 표정을 보고 후회하지도 않는다. 내 심장은 산산조각이 났고 남은 거라고는 삐죽삐죽한 파편뿐이다.

어머니가 커튼을 내리고 하루종일 방에서 나오지 않는다. 힐드 선생님이 와서 뭐가 문제인지 파악하려고 한다. 나는 멀찌감치 거리를 두고 어두컴컴한 데서 서성댄다. "진행성 신장 질환과 어쩌면 심장병까지 앓고 계신 것 같네요." 마침내 그가 말한다. "충분히 휴식을 취하셔야 합니다. 그러다 기운이 나면 햇빛을 쐬러 나가보셔도 되고요."

어머니는 상태가 좋은 날도 있고 나쁜 날도 있다. 나쁜 날에는 방에서 나오지 않는다. (어머니가 차를 청하면 나는 찻잔받침 위에서 찻잔이 달가닥거리고 뜨거운 찻물이 내 손에 튀도록 흔들거리며 천천히 쟁반을 들고 올라간다.) 좋은 날에는 내가 아침 설거지를 마치면 어머니가 방에서 나와 부엌에 같이 앉는다. 가끔 상태가 정말 좋으면 썰물 때에 맞춰 리틀섬으로 소풍을 떠난다. 우리는 잘 어울리는 한 쌍이다. 아파서 숨을 헐떡이는 엄마와 옆에서 절뚝거리며 비틀비틀 걷는 딸.

어머니는 오랜 여행으로 닳고 빛이 바랜 마메이의 까만색 성경책을 침대 옆 테이블에 두고 얇은 종이를 종종 넘겨본다. 간혹 외우는 구절을 큰 소리로 중얼거리기도 한다. 우리가 환난중에도 즐겨워하나니 이는 환난은 인내를, 인내는 연단을, 연단은 소망을 이루는 줄 앎이로다…… 우리가 잠시 받는 환난의 경한 것이 지극히 크고 영원한 영광의 중한 것을 우리에게 이루게 함이니……

어느 날 아침 아버지에게 물을 가져다드리려고 축사로 나가보니 이상하게 얼굴을 찡그린 아버지가 안에 가둬놓은 노새에 기댄 채 구부정하게 앉아 있다. 나는 깜짝 놀라 잔을 내팽개치고 비틀비틀 다가간다.

"좀 부축해주겠니, 크리스티나." 아버지가 숨을 헐떡이며 손을 내민다. "일어날 수가 없네." 근육이 땅기고 쥐가 나고 다리가 너무 아파서 움직일 수가 없다고 한다. 가까스로 집으로 모시고 들어오자 아버지는 부엌바닥에 누워 통증이 누그러지도록 종아리를 주무른다.

앨이 가서 힐드 선생님을 모셔온다. 그는 아버지를 진찰한 뒤 관절염이라고, 손쓸 방법이 별로 없다고 단언한다.

어머니는 침대 신세를 면치 못하고 아버지는 점점 병약해지니 동생들과 내가 부담해야 하는 집안일이 전보다 더 많아진다. 우리로서는 선택의 여지가 없다. 그러지 않으면 농장 전체가 예측 불가능한 상태로 빠질 것이다. 가축들은 굶고 젖소들은 젖이 붇고 다음 날 해야 할 일이 두 배로 늘어날 것이다. 그 많은 걸 해내려면 가스등에 달린 납작한 스위치를 돌려서 작은 불씨만 남겨놓듯 내 머릿속의 조도를 낮춰야 한다.

여름이 가을로 접어들자 2센트짜리 우표에 보스턴 소인이 찍힌 편지가 다시 내 앞으로 우체국에 배달되기 시작한다. 러모나는 "가족들끼리 조촐하게" 치르려고 했던 결혼식이 아니나 다를까, 좀더 화려한 행사로 발전하고 있다고 보고한다. 웨딩드레스는 어머니의 반대를 무릅쓰고 신식으로 선택할 것이다. 하얀 공단에 목둘레는 브이자로 파고, 치마 길이는 무릎 살짝 아래로 하고, 넓은 공단 허리띠를 두르고 면사포가 달린 테 없는 모자를 쓸 것이다(건드리면 바스러지는 누런 레이스로 된 할머니의 면사포는 절대 사양이다). "여성 참정권 운동가들은 백악관 앞에서 피켓 시위를 하는데, 나도 긴 치마와 케케묵은 면사포로부터 해방을 선포할 수 있지 않겠어?" 러모나는 딱 잘라 말한다. 〈허스트〉 잡지 표지에 실린 신부처럼 붓꽃 부케를 들 거라고 한다.

크림색의 큼지막한 봉투에 담긴 청첩장—크림색의 두툼한 카드지에 파스텔색 꽃을 손으로 그렸다—이 배달된다. 나는 길가에 서서 까만색으로 현란하게 새겨진 문구를 읽는다.

허버트 칼 부부가 여식

러모나 제인과

할랜드 우드베리의 결혼식에

귀하를 초대합니다……

나도 똑같이 예의를 갖춰서 공책 낱장에 불참 의사를 밝힌다. 동생들은 추수하느라 바쁘고 나는 명절 준비를 해야 하지만 우리 모두가 행복한 부부의 앞날을 축복한다고 적는다. (그리고 나중에

토머스턴의 가정용품점에서 세일 판매한 은도금 찻잔 세트를 보낸다.)

결혼식이 끝난 11월 초에 뉴포트 소인이 찍힌 신혼여행 엽서가 오고―"집들이 얼마나 으리으리한지 몰라! 여기 여자들은 전부 모피를 입고 다녀"―그로부터 몇 주 뒤에는 신혼부부가 보스턴에서 세들어 사는 신축 벽돌 건물의 볕 잘 드는 아파트를 소개하는 편지가 내 앞으로 배달된다. "초봄에 꼭 놀러와. 앨은 파종하느라 바쁠 테니까 귀염둥이 샘을 데리고." 러모나는 이렇게 얘기한다. "샘에게는 모험이 필요하고 언니도 마찬가지야. 건초 만드는 기간도 명절 기간도 아니니까 핑계는 용납하지 않겠어. 몇 주잖아! 아무 지장 없을 거야."

상상했던 것과는 전혀 다른 사정으로 보스턴 여행을 할지 모른다고 생각하니 오후 내내 머리가 아파서 나는 침대에 드러눕는다.

"우리가 못 간다는 거 너도 알잖아." 바보같이 식탁에 펼쳐놓는 바람에 편지를 읽은 샘이 따지고 들자 나는 이렇게 대답한다.

"어째서?"

"멀기도 하고…… 내가 몸이 불편하기도 하고……"

"말도 안 돼." 샘이 말한다. "나는 지금까지 집을 떠나본 적이 없어. 누나도 마찬가지고. 우리 가자."

나는 키가 크고 잘생긴 샘의 튼튼한 턱과 매부리코와 날카로운 회색 눈을 보며, 그가 이름을 물려받은, 바다를 사랑했던 그 모든 새뮤얼들이 세상을 탐험하러 나서는 광경을 상상한다. 샘은 이제 스무 살이다. 러모나의 말이 옳다. 그에게는 모험이 필요하다. "너만 다녀와." 나는 그의 등을 떠민다.

"누나랑 같이 가는 거 아니면 안 가."

"하지만…… 앨 혼자 무슨 수로 농장을 관리하니."

"혼자가 아니지. 프레드가 있잖아. 아버지도 도우실 테고."

나는 회의적인 눈빛으로 그를 쳐다본다. 아버지가 별 도움이 되지 못한 지 제법 됐다.

"형은 할 수 있을 거야. 안 된다고 해도 소용없어."

이렇게 해서 두려움에 벌벌 떠는 나는 안중에도 없이, 1918년 3월의 어느 이른아침에 앨이 안개를 뚫고 우리를 토머스턴까지 태워다준다. 거기서 샘과 나는 보스턴의 노스유니언역으로 가는 열차를 탈 것이다. 계단과 표 사는 줄, 좁은 통로와 열차 플랫폼, 이 모든 게 우리 둘에게는 당황스러운 난코스인데, 설상가상으로 새로 산 내 신발이 너무 꼭 낀다. 샘이 여행가방 두 개와 외투를 다 들고도 어찌어찌 한 팔로 든든하게 내 팔을 받치고, 우리 둘은 같이 천천히 개찰구를 향해 걸어간다. 마침내 객차에 다다르자 우리는 빨간 가죽의자 위로 주저앉는다.

몇 분 뒤 역을 출발하자 샘이 묻는다. "먹을 거 있어?"

가방에 아무것도 바르지 않은 비스킷을 싸가지고 왔는데, 꺼내보니 내 손안에서 부스러진다. 보스턴에 도착할 때까지 참아야 하나보다 생각하는 찰나, 불그스름한 얼굴에 뻣뻣한 콧수염을 기른 차장이 표를 받으러 등장한다. 샘이 표를 찾느라 재킷을 뒤진다. "어디 보자." 차장이 말한다. "기차 여행 처음이에요?"

나는 고개를 끄덕인다.

"그럴 줄 알았어요." 그는 의자 위로 허리를 숙인다. "화장실은 다음 칸에 있고……" 그가 두툼한 손가락으로 오른쪽을 가리킨다. "식당차는 네 칸 옆이에요. 따뜻한 음식이나 차를 마실 수 있어요. 위스키가 더 좋으면 그것도 있고." 그는 빙그레 웃는다. 그의 입에서 바닷가재처럼 짠내가 풍긴다.

"감사합니다." 내가 말한다. 하지만 그가 지나가자 나는 샘에게 말한다. "가지 말자. 돈을 아껴야 하잖아." 우리는 여행 경비로 80달러를 들고 왔다. 왕복 차비로 벌써 일인당 5달러 58센트가 들었다. 비틀비틀 걸어가며 구경거리가 되고 싶지 않은 마음도 있다.

"그래도 뭐 좀 먹어야 해." 샘이 말한다.

"네가 가서 간단한 걸로 사다줘."

샘은 내가 무슨 생각을 하는지 안다. 긴 객차 네 칸이다. 그가 호들갑스럽게 일어나 팔을 내민다. 나는 심호흡을 하고 자리에서 일어난다. 하지만 다른 문제가 있다. 도둑맞지 않게 짐을 들고 가야 할까, 아니면 여기 두고 가도 될까? 얼굴이 지하실에 저장한 사과처럼 생긴 나이 지긋한 아주머니가 통로 건너편 좌석에서 몸을 앞으로 내민다. "걱정 말아요. 내가 짐 봐줄 테니까."

열차의 흔들림 덕분에 내 장애가 가려진다. 균형 잡기라면 이골이 난 내가 취객처럼 좌우로 비틀거리는 샘보다 훨씬 빨리 적응한다. 식당차에서 햄 샌드위치를 먹고 우유와 설탕을 넣은 차를 마시며 휙휙 지나가는 어두컴컴한 창밖을 내다본다. 오래전부터 나는 이 순간을 꿈꾸어왔다. 아니, 이 비슷한 순간을 꿈꾸어왔다. 하지만 상상했던 것과 이렇게 다를 줄이야! 발목이 시리고 새 신발이 발을 옥죄는 가운데 공기는 담배 냄새와 체취 때문에 불쾌하고 빵은 딱딱하며 차는 묽고 씁쓸하다.

하지만…… 이렇게 새로운 곳으로 가고 있지 않은가. 짐을 싸서 떠나기가, 표를 사서 기차를 타고 미지의 세계로 출발하기가 이렇게 간단하다니 충격적이다.

포틀랜드, 포츠머스, 뉴베리포트. 내게는 지도에 적힌 단어에 불과했던 역들로 차례차례 천천히 들어선다. 세일럼에 도착하자 나는 여기 살았던 우리 조상들을 떠올린다. 교수대에 서서 자신에게 내려진 형을 역으로 이용해보려고 안간힘을 썼던 브리짓 비숍을 그려본다. 당신들이 진심으로 내가 마녀라고 믿는다면 내게 당신들을 해코지할 능력도 있다고 믿겠지. 그녀는 분명 이렇게 생각하지 않았을까. 언제나 나는 존 호손이 사회 법규를 강화하는 수단으로 반항아와 부적응자들의 혐의를 위조했을 거라고 생각했다. 그런데 이제 와서 궁금해진다. 만약 그 여자들이 그의 영혼에 올가미를 씌울 수 있다고 그가 진심으로 믿었다면?

사우스역에 들어설 무렵에는 날이 어두워지고 추운데, 칼 가족의 집에 가려면 열차를 세 번 갈아타야 하고, 그중 하나는 고가철도를 지나, 짐을 끌고 계단을 오르내려야 한다. 나는 샘의 팔 위에 내 팔을 맡기고 한 걸음, 또 한 걸음 내딛는 데 집중한다. 월턴과 함께하는 삶을 꿈꾸었을 때 나는 도시를 유영하며 사는 건 어떤 걸까 생각해본 적이 없었다. 모든 것은 내 몸, 이 하자 있는 껍데기로 귀결된다. 이 껍데기를 깨서 열고, 두고 갈 수 있으면 얼마나 좋을까.

보스턴 여행을 앞두고 전전긍긍하기는 했지만 새로운 곳에 있어보니 신이 나고, 아무 문제 없는 척하기도 쉽다. 아침으로 달걀 프라이를 만드는 러모나와 함께 다정하게 수다를 떨고, 결혼 선물과 아파트 창밖으로 자갈길이 보이는 근사한 풍경에 감탄하고, 저녁이면 거실의 정사각형 접이식 테이블에서 그녀와 할랜드와 샘과 카드놀이를 한다. (할랜드가 올드 메이드를 하자고 하면 나도 모르게 움찔거리지만.*)

　하지만 한 꺼풀만 들춰보면 내 심장이 다 벗겨져 건드리면 아플 것처럼 느껴진다. 미소를 짓고 고개를 끄덕이고 감탄하지만, 속으로는 소리 없이 울부짖으며 유령처럼 하루하루를 표류한다. 여기 이 하버드 야드의 벤치에서 월턴과 내가 쉬었을지도 몰라. 조던마

---

　* 영어로 올드 메이드는 '노처녀'라는 뜻이다.

시백화점에서 가구와 그릇을 고를 수 있었을 텐데. 찰스강변에 퀼트 담요를 깔고 그의 가슴에 기대앉아 노 젓는 사람들을 구경했을지도 모르는데. 밤이면 나는 탈진해 침대로 쓰러진다. 너무 견디기 힘든 슬픔 때문에 숨조차 제대로 쉴 수가 없다.

내가 최선을 다했는데도 러모나는 속지 않는다. 어느 날 아침 그녀가 뜬금없이 말한다. "여기까지 오다니 언니는 참 용감한 사람이야." 우리 둘은 부엌 한구석에서 도자기 컵에 담은 반숙 달걀과 은제 랙에 꽂은 토스트를 먹고 있다. 샘과 할랜드는 산책하러 나갔다.

"여기 오니까 좋은걸."

러모나는 커피를 한 모금 마신다. "다행이다. 여행을 결심하기가 쉽지 않았을 텐데."

"맞아." 나는 시인한다. "하지만 샘이 우겼거든."

"알아. 샘한테 들었어. 하지만…… 재미있게 지내고 있는 거 맞지?"

나는 토스트에 버터를 바르며 고개를 끄덕인다. "당연하지, 즐거운 시간을 보내고 있어."

"할 얘기가 있는데 언니……" 그녀는 숟가락을 내려놓는다. "궁금해하고 있을 게 분명해서. 월턴은 몰든에 살아. 요즘은 보스턴에 거의 오지 않아."

나는 그녀의 눈을 쳐다본다. "궁금해하고 있었어."

"이제 언니 마음이 편안해졌으면 좋겠어."

"그이는 내가 여기 있는 거 아니?"

"내가 얘기했어. 그래야 할 것 같더라고. 만에 하나……"

"그렇지. 너희 둘은 친구잖아." 내 말투에서 신랄한 기미가 느껴진다.

러모나는 입술을 깨문다. "가족끼리 친구지. 어렸을 때부터 알고 지낸. 인연을 끊기가 쉽지 않아…… 아무리……" 그녀는 고개를 저으며 말한다. "뭐라고 설명하면 좋을지 모르겠네. 내가 배신자가 된 기분이야. 언니가 얼마나 괴로웠을지 알아. 오빠가 가증스럽게 굴었어."

러모나가 어찌나 진심으로 심란해하는 것처럼 보이는지, 손톱만큼 공감이 간다. "설명하지 않아도 돼. 이해하니까."

"진짜?" 그녀가 기대하는 투로 되묻는다.

"과거는 과거잖아."

나는 그게 러모나가 듣고 싶어하는 말이라는 걸 안다. 그녀는 누가 봐도 안도하는 표정으로 미소를 짓는다. "언니가 그렇게 생각하다니 정말 기뻐. 내 생각도 그렇거든! 그나저나 언니는 관심없다고 했던 거 알지만 보스턴에는 괜찮은 독신 남자들이 많아."

"러모나……"

그녀는 손사래를 친다. "응, 응, 알아, 언니는 낚싯줄을 거두었다는 거. 하지만 남이 노력하는 걸 가지고 뭐라 하면 안 되지."

며칠 뒤에 러모나가 말한다. "내가 봐도 여기서 돌아다니기가 쉽지 않겠어, 언니."

그녀의 말이 옳다. 보스턴은 자갈길부터 행인이 많은 인도에 이르기까지 어디든 내게 위험하다. 그녀와 샘과 심지어 실수투성이인 할랜드마저 오후 산책길에 나설 때면 튼튼한 팔을 내어주며 나를 엘리베이터로 인도하고 같이 계단을 내려간다. 그럼에도 불구하고 나는 헛디디고 휘청거린다. "네가 도와줘서 얼마나 고마운지 몰라." 나는 러모나에게 말한다.

"아, 그게 뭐 별거라고. 그런데 있잖아, 언니 상태가 전보다 심해 보이는 것 같아. 몇 번인가 움찔하기도 하던데. 아파?"

나는 어깨를 으쓱한다. 통증은 옅은 색 속눈썹이나 탈지우유 색 피부처럼 나와 더불어 사는 내 일부가 되었다. 이제는 아침에 일어나면 몇 분 동안 스트레칭을 하고 주물러야 손을 움직일 수 있다. 그리고 발은 접착제 속에 빠진 것처럼 느껴질 때가 많다. 나 혼자서는 네댓 걸음만 걸어도 균형을 잃는다.

"언니, 예전에 월턴이랑 이 문제를 놓고 얘기한 적 있다고 들었어. 오빠가 무슨 방법이 있는지 보스턴에 와서 알아보자고 했다면서."

내 얼굴이 화끈거리는 게 느껴진다. "그가 무슨 권리로……"

그녀가 손가락을 든다. "지금 중요한 건 그게 아니잖아. 내가 보스턴 시립병원의 의사—아주 실력이 좋은 의사야—한테 얘기를 했더니 도움을 줄 수 있을지 모른댔어. 지금 당장은 아니야. 이번에는 안 돼. 예약을 잡아야 해. 내가 하고 싶은 말은 생각해보라는 것뿐이야. 봐봐." 그녀는 한숨을 쉰다. "언니도 남들처럼 살면서 남들과 같은 기회를 누리고 싶지 않아? 전에 거부했고 그래서……"

그녀가 하지 않은 말이 허공에 맴돈다. 나는 그 안에 숨은 뜻을 안다. 치료에 대한 고민조차 거부했기 때문에 월턴과의 관계가 어

그러졌을지 모른다는 말이다. 솟구치는 분노가 느껴진다. 그렇다. 내가 당시에 두려워했던 부분이 정확히 그거였다. 나를 향한 월턴의 감정이 조건부일지 모른다는 것. 내가 더 괜찮은 사람이 되길 바라고 있다는 것.

하지만 분노는 치솟은 것만큼이나 금세 잦아든다. 남들처럼 살수 있으면 좋지 않을까. 이제는 강한 척하는 것도, 아주 사소한 집안일에도 녹초가 되는 걸 감추는 것도 지긋지긋하다. 멍과 생채기와 행인들의 연민어린 시선도 지긋지긋하다. 어쩌면 이 의사가 정말 도움이 될지 모른다. 누가 알겠는가? 어쩌면 이 의사가 나를 치료할 수 있을지도 모른다.

"알았어." 나는 러모나에게 말한다. "생각해볼게."

그녀가 미소를 짓는다. "잘 생각했어! 어쩌면 언니의 그 구멍난 배를 메울 수 있을지 몰라."

신문들마다 전선 소식으로 가득하다. 〈보스턴 글로브〉에 따르면 거의 만 명에 달하는 미군이 날마다 프랑스로 파병되고 있다고 한다. 쿠싱에서도 누가 입대했다거나 작년에 의무징병법이 통과된 이후로 누가 영장을 받았다는 소식이 가끔 들렸다. (농사를 짓는 우리 동생들은 이 일대의 수많은 청년들이 그렇듯 면제 대상이다.) 우리는 라디오 보도를 열심히 들었다. 하지만 여기에서는 뉴스가 멀리서 벌어지는 추상적인 사건이 아니다. 샘과 내가 하버드 야드를 가로지르다보면 파란 수병 제복을 입고 방송 통신 수업을 들으러 가는 신병을 수천 명씩 맞닥뜨린다. 보스턴 코먼파크에는 적십자 천막이 줄줄이 설치되고 거기서 자원봉사자들이 해외로 보낼 물품을 수거하고 포장한다.

신문에 백악관 앞에서 이 년 넘게 피켓 시위를 벌이고 있는 여성 참정권 운동가들을 폄하하는 사설이 실리자, 러모나와 엘로이즈는 씩씩대며 그 문제에 대해 길게 대화를 나눈다. 그들은 일부 운동가들의 이름과 여성이 투표권을 가져야 하는 이유를 안다. 그 결과에 이해관계가 얽혀 있기라도 한 것처럼, 자신들에게 어떤 의견을 낼 권리가, 심지어 의무라도 있는 것처럼 그 사건들에 대해 얘기를 나눈다.

"하지만 이건 우리하고 아무 상관 없는 일이잖아." 내가 말한다.

"우리와 절대적으로 상관있지." 러모나는 발끈하며 대답한다.

쿠싱에서의 내 일과는 어떤 것도 러모나의 세상과 전혀 무관하다. 그녀는 착하지만 조금 서툰 남편 말고는 아무도 챙길 필요가 없고 그마저도 경제적으로 넉넉하게 뒷받침이 되기 때문에, 거리가 내다보이는 4층의 방 네 개짜리 아파트에서 소꿉장난을 하는 느낌이다. 전기와 실내 화장실, 부엌과 욕실에서 수도꼭지만 틀면 나오는 온수, 성냥을 긋기만 하면 불이 붙는 가스레인지, 모든 방을 덥히는 주물 라디에이터가 있으면 내 삶이 얼마나 달라질까. 나도 불을 지피느라 그 많은 시간을 허비하지 않으면 더 넓은 세상에서 벌어지는 일들을 파악할 수 있을지 모른다. 러모나는 오페라와 최신 연극을 보러 다닌다. 모자 가게와 여성복가게를 둘러본다. 러모나가 실내복 차림으로 식탁 앞에 앉아 일주일에 두 번씩 오는 〈보스턴 헤럴드〉를 읽는 동안 빨래를 하고 바닥을 닦고 침구를 교체

하고 책장 먼지를 떨고 설거지를 하는 아이(자기보다 나이가 많은 데도 러모나는 그렇게 부른다)도 있다.

러모나는 풀을 먹여서 다려놓은 최신 스타일의 옷과 모자 없이는 절대 외출하지 않는다. 수수한 원피스 두 벌, 치마 두 벌, 블라우스 두 벌, 살짝 쭈글쭈글한 모자 두 개가 전부인 나는 그녀가 준비를 마칠 때까지 한참을 기다린다. "아, 언니, 짜증났겠다." 그녀는 침실에서 허겁지겁 나와 현관 거울 앞에서 수많은 모자 중 하나를 핀으로 고정하며 한숨을 쉰다. 그러는 동안 나는 문가에서 빈둥거린다. "이 자질구레한 물건들하며 몸단장, 핀컬, 모자 핀…… 나는 외모에 신경쓰느라 너무 많은 에너지를 낭비하고 있어! 언니는 그냥 본모습 그대로 지내는데. 부러워."

나는 그 말을 믿지 않는다. 러모나는 살고 싶은 대로 살고 있다. 하지만 나는 그녀를 사실 부러워하지도 않는다. 장애가 없었더라도 건물과 보행자가 한데 뒤엉킨 이 좁은 길에 적응하고, 쉴새없이 쨍그랑거리는 전차 소리와 요란한 경적소리와 비명 같은 브레이크 소리와 집안에서 흘러나오는 음악소리와 인간들이 떠드는 소리를 감당하기 힘들 것이다. 보스턴의 하늘은 등불로 희석돼 완전히 어두워지는 법이 없다. 밤이면 흩뿌려진 별들이 반짝이는 하손 곳의 짙은 어둠과 은은한 가스등, 절대적인 고요의 순간, 누런 들판과 후미진 만과 저멀리 보이는 바다의 풍경, 그 너머의 수평선이 그립다.

러모나뿐 아니라 심지어 할랜드조차(주여, 그를 축복하소서) 넘치는 환대를 베풀었지만 작별의 순간이 다가와도 아쉽지가 않다. 우리가 떠나는 날은 눈이 부시도록 화창하다. 눈이 녹아 길거리 곳곳에 웅덩이가 생겼다. 노란색 자주색 크로커스가 밤새 공원에서 진창을 뚫고 꽃을 피웠다. 내가 작은 방에서 몇 개 안 되는 소지품을 여행가방에 챙기고 있는데 노크 소리가 들린다. "나 샘이야. 들어가도 돼?"

"응."

그가 문을 열자 나는 고개를 든다. 그는 두 눈을 반짝이며 함박웃음을 짓고 있다. "준비 거의 다 끝났어?"

"응. 너는?"

"나는 아직."

"그럼 얼른 해." 나는 긴 치마를 들어서 반으로 접는다. "열차 놓치면 안 되잖아."

샘은 문손잡이에 손을 올려놓고 문 안팎으로 몸을 반씩 걸쳐놓은 채 머뭇거리고 있다. "나는 아직 돌아갈 생각이 없어."

나는 놀라서 고개를 든다. "뭐라고?"

그는 이마를 문에 대고 누르며 한숨을 쉰다. "고민 끝에 내린 결론이야. 평생 아무도 모르는 지방의 손바닥만한 마을에서 지내야 한다면 세상 구경을 조금이라도 하고 싶어."

"지금까지 우리가 했던 건 세상 구경 아니야?"

"이제 막 시작이라고 보는데."

나는 잘 이해가 되지 않는다. "그러니까…… 러모나하고 할랜드의 집에 좀더 있고 싶다는 거야? 그래도 되는지 물어봤어?"

"사실 허버트 칼 아저씨가 아저씨 회사 우편물 담당으로 일하면 서 자기네 집에서 지내면 어떻겠냐고 제의를 해왔어. 그러니까 이 집에서 신세를 지지 않아도 돼."

어느 정도 시간을 두고 세운 계획이라는 깨달음이 서서히 나를 찾아온다. "왜 진작 얘기하지 않았어?"

"지금 얘기하잖아."

"하지만 어떻게…… 무슨 수로……"

"누나는 괜찮을 거야." 내 생각을 읽기라도 한 듯 그가 말한다. "역까지 바래다줄게. 그런 다음 곧바로 출근할 거야."

"그럼, 농장은 어쩌고?"

"형이랑 프레드가 알아서 할 수 있겠지. 게다가 프레드도 이제 는 나서서 좀더 열심히 돕는 게 본인한테 좋지 않겠어? 너무 오랫 동안 막내로 지냈잖아."

나는 사기당한 기분이다. "철저히 준비했구나."

"응."

"나한테는 상의 한마디 없이."

그는 혼나는 개처럼 문 앞에서 꿈지럭거린다. "누나가 반대할까 봐 그랬어."

"반대하느라 이러는 게 아니야. 나는…… 나는……" 이 기분 은 정확히 뭘까? "어떤 기분이냐면……"

"버림받은 기분이겠지." 그가 말한다. 우리 둘 다 그걸 동시에 알아차린 듯하다.

내 눈에 눈물이 고인다.

"아, 누나." 샘이 다가와 한 손을 내 팔에 얹는다. "내가 나만 생각하고 있었네. 누나 생각은 전혀 하지 않고."

"그랬겠지." 대답을 하는데 목이 멘다. 내가 신파조로 나오고 있다는 걸 알지만 어쩔 수가 없다. "네가 내 생각을 해줄 이유가 없잖아. 다른 사람이라고 해주지도 않겠지." 나는 동생에게서 고개를 돌리고, 접어서 여행가방에 넣어둔 손수건을 집어 얼굴을 묻고 어깨를 들썩이며 흐느껴 운다.

샘은 뒷걸음질친다. 이런 내 모습을 한 번도 본 적이 없기 때문이다. "내가 나밖에 몰랐네." 그가 말한다. "누나랑 같이 열차를 타고 집으로 갈게."

잠시 후 나는 심호흡을 하고 손수건으로 눈가를 토닥인다. 창밖에서 덜커덩거리며 전차가 지나가는 소리와 자동차 경적소리가 들린다. 나는 마메이의 방랑벽을 떠올린다. 좀더 넓은 세상을 구경하고 싶어했던 마메이의 바람을. 우리 가족 중에 어느 누구도 자신의 야망에 공감하지 않는 듯해 보였을 때 마메이가 느낀 좌절을. 샘이 보스턴에 남으면 안 되는 이유가 뭐가 있을까? 아직 그는 앞길이 창창한데.

"아니야." 내가 말한다.

"아니라니……?"

"집에 가면 안 돼."

"하지만 누나……"

"괜찮아." 내가 말한다. "나는 네가 여기 그냥 있었으면 해."

"진짜?"

나는 고개를 끄덕인다. "마메이가 자랑스러워하셨을 거야."

"배를 타고 세계를 누비는 것도 아닌걸." 샘이 미소를 지으며 말한다. "하지만 보스턴이 출발점이 될 수도 있겠지."

샘은 약속대로 역까지 동행해 나를 열차에 태워준다. 그가 플랫폼에 서서 출발하는 열차를 향해 손을 흔드는데, 그렇게 젊고 잘생기고 행복해 보일 수가 없다.

보스턴이 점점 멀어지자 내 머릿속에서 희미해져 있던 집안 걱정이 벌떡 되살아난다. 어머니의 건강은 어떨까? 잘 주무시고 계실까? 식사는 어찌어찌 해드실 수 있었을까? 돌아가면 부엌 구석에서 나를 기다리고 있을 게 분명한 빨랫더미와 레인지에 쌓여 있을 잿더미를 떠올린다. 노새, 젖소, 닭, 집 뒤편의 펌프…… 나는 지평선을 내다본다. 색색깔의 띠가 수평으로 포개어져 있다. 순서대로 까만색, 파란색, 적갈색, 주황색이 한 줄씩이고, 얇은 금색 선에 이어 다시 파란색이다. 북쪽으로 가는 것은 시간을 거슬러올라가는 것과 같다. 열차가 토머스턴에 진입했을 때는 춥고 어둡고 흐리다. 몇 주 전 보스턴에 도착했을 때 받은 인상과 정확하게 일치한다.

266

집으로 돌아오고 몇 주 지났을 때 어머니가 편지 한 통을 손에 쥐고 나를 식탁에 앉힌다. 그 뒤 문가에 아버지가 서 있다. "샘하고 러모나가 너더러 보스턴에 다시 와서 검사를 받았으면 좋겠단다. 칼 부부가 아주 실력이 좋은 의사를 안다고……"

"네, 저도 들었어요." 나는 말허리를 자른다. 집으로 다시 돌아와 익숙한 일상으로 복귀하니 보스턴이 아주 멀게 느껴진다. 엉망이 될 집안일, 고생스러운 여행길, 고통스러울 게 거의 분명한 과정과 전혀 확실하지 않은 결과는 말할 것도 없다. 내가 그런 고난을 겪어야 하는 이유를 잘 모르겠다. "생각해보겠다고 했어요. 하지만 솔직히 무슨 소용일까 싶은데요."

어머니가 손을 내밀어 내가 뒤로 빼기 전에 내 손목을 잡는다. 손목을 뒤집어 팔뚝 곳곳에 남은 불룩하고 길고 빨간 흉터들을 드러낸다. "봐. 네가 너한테 무슨 짓을 했는지 보라고."

나는 무거운 냄비를 들 때, 찻주전자에 펌프 물을 채워 쏟지 않고 레인지까지 들고 갈 때 팔꿈치와 손목과 무릎을 쓰기 시작했다. 그 결과 팔뚝에 덴 흉터들이 길게 남았다. 얼마간은 이것 때문에, 또 얼마간은 점점 꼬챙이처럼 가늘어지는 팔 때문에 풍성한 소매로 최대한 가리고 다닌다. 나는 팔을 홱 잡아빼고 소매를 내려 흉터를 덮는다. "이건 아무도 어쩔 수 없는 거예요."

"아직 모르는 일이야."

"저 지금 잘 지내고 있어요. 어머니."

"계속 심해지면 나중에는 못 걷게 될 거야. 거기에 대해서는 생각해봤니?"

나는 식탁 위에 떨어진 부스러기를 열심히 모은다. 당연히 생각해봤다. 매일 팔꿈치로 벽을 짚어가며 4미터가 넘는 식료품 저장실을 돌아다닐 때마다 하는 생각이다.

"다리가 말을 듣지 않아도 잘 지낼 수 있을 것 같아?" 어머니는 집요하게 묻는다.

"결정된 거다." 아버지가 불쑥 말한다. 우리 둘 다 아버지를 돌아본다. "보스턴에 가기로. 그러니까 더이상 왈가왈부하지 마."

어머니는 놀란 표정으로 고개를 끄덕인다. 아버지가 이런 식으로 강하게 의견을 내다니 좀처럼 없는 일이다. "아버지 말씀 들었지?" 어머니가 말한다.

싸워봐야 소용도 없을 듯하다. 그리고 누가 알겠는가, 두 분의 말이 맞을지. 증세를 호전시키거나 최소한 속도를 늦출 방법이 있을지 모른다. 나는 균형을 잡을 수 있게 무게를 똑같이 맞춰서 두 개의 가방을 싼다. 나 혼자 열차를 갈아타지 않도록 앨이 이웃집 차를 빌려 포틀랜드까지 태워다준다. 보스턴에 도착하자 할랜드의 새 하늘색 캐딜락 세단을 몰고 온 샘과 러모나가 나를 태워 사우스엔드의 해리슨 애비뉴에 있는 시립병원으로 데려간다. 병원은 거대한 기둥과 작은 탑이 달린 돔형 지붕을 올린 웅장한 벽돌 건물이다. 나는 일주일 동안 입원해 '관찰'을 받기로 한다.

샘과 러모나가 동행한 가운데 암탉처럼 가슴이 나온 간호사가 내 휠체어를 밀어 엘리베이터에 태우고, 철제 침대가 있고 창밖으로 주변 건물들의 옥상이 보이는 8층의 작은 일인실로 데려간다. 병실에서 페인트 시너 냄새가 난다.

"면회 시간은 언제예요?" 러모나가 묻는다.

간호사가 내 차트를 확인한다. "면회 금지예요."

"면회 금지요? 도대체 왜요?" 샘이 묻는다.

"휴식 처방이 내려졌어요. 휴식과 격리."

"그럴 필요가 없어 보이는데요." 러모나가 말한다.

"의사 선생님의 지시예요." 간호사가 말한다. "십 분 동안 자리 비켜드릴게요. 그 이후에는 환자분이 적응할 수 있게 도와주셔야 해요. 일주일 뒤에 데리러 오세요." 그녀는 나를 훑어보며 매부리코를 든다. "침대 위에 갈아입으실 환자복이 있어요. 이따 오후에 의사 선생님들이 회진을 돌 거예요. 궁금하신 거 있나요?"

나는 고개를 젓는다. 궁금한 건 없다. 다만…… "이 냄새는 뭐예요?"

"에테르야." 러모나가 말했다. "진저리난다. 편도선 제거 수술

했을 때 맡은 기억이 나."

"너무 익힌 완두콩을 꺼냈을 때도 이런 냄새가 났어." 샘이 거든다.

간호사가 나가자 러모나가 들고 있던 핸드백에서 책을 한 권 꺼내 침대 옆 테이블에 놓는다. 『나의 안토니아』다. "나는 아직 안 읽었지만 요즘 난리야. 네브래스카의 전원생활을 담았대." 그녀는 어깨를 으쓱한다. "내 취향은 아니지만 심심해지면……"

나는 구릿빛으로 글자를 박은 금색의 책 표지를 보고 윌라 캐더의 대초원 삼부작의 3편이라는 걸 알아차린다. 앞서 두 권은 월턴의 추천으로 읽었다. 『오, 개척자여!』의 한 구절이 떠오른다. "이 세상에서는 기회가 있을 때마다 행복을 낚아채야 한다. 항상 찾는 것보다 잃어버리는 것이 더 쉽기에……"

"정확히 몇시에 퇴원하는지 간호사한테 물어보고 데리러 올게." 샘이 말한다.

"손꼽아 기다릴게." 내가 대꾸한다.

"그 책 다 읽으면 내가 몇 권 더 들고 올 수 있어." 러모나가 말한다. "너도나도 얘기하는 셔우드 앤더슨의 단편집이 있거든."

하얀 가운을 입어서 거위떼처럼 보이는 의사들이 하루에 한 번 요란하게 행군해 들어와 내 침대 주변으로 모인다. 그들을 이끄는 전문가를 나는 '대왕 벌레'라고 부르는데, 큼지막한 안경 뒤로 보이는 눈이 어마어마하게 커다랗기 때문이다. 의사들은 내게 일어나보라는 둥, 팔을 흔들어보라는 둥, 발을 굴러보라는 둥 주문하고는 저희끼리 중얼거리며 다시 우르르 나간다. 내게는 귀가 없는 듯이 굴지만 나는 그들이 하는 모든 말을 듣는다. 처음 며칠 동안 그들은 전기를 쓰면 도움이 될지 모른다고 생각한다. 하지만 나흘째에 이르자 전기는 끔찍한 선택이 될 거라는 결론을 내린다. 내 어디가 문제인지 다들 눈곱만치도 모르는 눈치다. 일주일째 되는 날 대왕 벌레가 성인인 양 미소를 지으며 처방전과 함께 나를 샘과 러모나에게 넘긴다.

"지금처럼 계속 사셔야겠습니다." 그가 양끝을 탑 모양으로 맞댄 손으로 나를 가리키며 선포하자 다른 의사들이 메모지에 뭐라고 끼적인다. "몸에 좋은 음식을 먹고. 최대한 야외에서 지내고. 조용한 시골생활이 어떤 약이나 치료보다 더 도움이 될 겁니다."

"그런 얘기나 듣자고 보스턴까지 온 건 아닌데." 러모나가 들릴락 말락 하게 중얼거린다.

집으로 돌아가는 열차 안에서 나는 실눈을 뜨고서 푸른 벨벳 같은 하늘 위에 은화처럼 박힌 달을 창밖으로 내다본다. 나는 부모님이 원한 대로 했다. 이제 두 분은 치료 방법을 찾아보지 않았다며 속을 태우지 않아도 된다. 정체가 뭔지 몰라도 이 병은 예정대로 점점 심해질 것이다. 나는 소망의 파괴력에 대해 생각해본다. 현실적이지 않은 것을 원하는 마음과 구원의 가능성을 믿는 마음의 파괴력에 대해 생각해본다. 보스턴에서 보낸 시간으로, 병을 치료할 방법이 없다는 내 믿음만 더욱 공고해졌다. 내가 나뭇가지에 펄럭이는 누더기를 매달고 머리 위로 아무리 열심히 흔들어도 멀리서 어선이 나를 구출하러 나타나지는 않을 것이다.

나는 이제 겨우 스물다섯 살이지만 다르게 살 수 있는 한 번의 기회가 왔다가 사라졌다는 것을 뼛속 깊이 실감한다.

두 번 읽으면서 여기저기 책장 귀퉁이를 접어놓은 『나의 안토니아』를 가방에서 꺼내 책장을 넘기며 거의 막판에 나오는 문장을 찾는다. 아, 여기 있다. "어떤 추억은 현실이다. 그리고 앞으로 다시 벌어질 그 어떤 일보다 더 낫기도 하다." 어쩌면 그럴지도 모른다는 생각이 든다. 어쩌면 달콤했던 시절의 내 추억도 뒤이어 찾아오는 실망을 충분히 상쇄할 수 있을 만큼, 그리고 나를 끝까지 지탱할 수 있을 만큼 생생하고 실감날지 모른다.

한 세대 먼저 태어났다면 앨버로는 우리 선조들처럼 선장이 됐을 것이다. 자제심이 강한 성격이라 항해에 이상적이다. 바다를 향한 열정을 타고났기에, 비가 오나 바람이 부나 동이 트기 전부터 일어나 햇빛이 하늘에 스밀 무렵이면 벌써 바다로 나가 있다. 하지만 아버지의 손이 울퉁불퉁 뻣뻣하게 굳고 샘은 보스턴에서 돌아올 기미를 보이지 않고 프레드는 쿠싱의 포목점에 취직해 읍내 아파트로 거처를 옮기자 앨 말고는 이제 농장을 건사할 사람이 아무도 없다.

"이 농장은 상태가 훌륭해." 어느 봄날 아침에 아버지가 앨에게 이렇게 얘기하는 소리가 언뜻 들린다. "내가 어찌어찌 모아놓은 돈이 2천 달러가 넘는다. 말과 장비도 대금 결제가 끝났고. 이제 네가 잘 굴리기만 하면 된다."

그날 아침 늦게 앨은 암말 테시에게 썰매를 매달아 바닷가로 데려가 그의 고깃배를 싣는다. 지금까지 매일 타고 나갔던 배다. 앨은 그 배를 집으로 끌고 와 부엌에 딸린 헛간으로 옮겨 온갖 낚시 도구와 함께 높다란 건초 더미 위에 뒤집어 보관한다. 그러고는 리틀섬의 뾰족 튀어나온 지점에 있는 건선거乾船渠에 요트 '오리올'을 올려놓는다.

"뭐하는 거야?" 내가 묻는다. "왜 배를 치워?"

"그 시절은 끝났어, 누나."

"하지만 나중에……"

"다시 떠올리고 싶지 않아."

이후 요트는 몇 달에 걸쳐 내부 설비와 등, 심지어 나뭇조각까지 도둑맞고 헐벗은 시체로 풀밭에서 썩어간다. 축사 뒤편의 생선 창고는 황폐해지고 안에 든 장비들은 먼 옛날의 유물처럼 낡아간다. 미끼, 미끼통, 보트 코킹, 바닷가재 통발이 화석처럼 말라비틀어진다.

늦은 오후에 할일을 모두 마치고 말들이 덮는 담요를 쌓아놓고 고깃배 아래에서 단잠을 청하는 앨의 모습을 볼 때가 있다. 나는 그런 그가 안쓰럽지만 이해한다. 한때 즐거움을 주었던 것들을 향해 계속 희망을 품는 건 괴로운 일이다. 잊어버릴 방법을 찾아야 한다.

어느 날 로클랜드에서 배달부가 휠체어를 들고 찾아오고, 그날 이후로 아버지는 휠체어에서 거의 일어나지 않는다.

"그런 건 뭐하러 쓰세요?" 나는 아버지에게 묻는다.

"너도 하나 사줘야 하는데." 아버지가 말한다.

"아뇨, 됐어요."

아버지는 뭐든 하려고 할 때마다 삭신이 쑤신다고 한다. 팔다리가 가늘어지고 약해졌다. 내게는 익숙한 형태로 뒤틀렸다. 하지만 아버지는 그걸 관절염이라고 지칭하며 내 증상과 연관 있다는 걸 인정하지 않는다.

우리는 둘 다 자존심이 하늘을 찌르지만 그 자존심을 표현하는 방식이 다르다. 내 자존심의 형태는 반항이고, 아버지는 부끄러움이다. 내게 휠체어는 포기했다는 것을, 집안의 보잘것없는 존재로 살겠다고 체념했다는 것을 의미한다. 내 눈에 그것은 창살이다. 아버지에게는 왕좌이고 덧없는 권위를 유지하는 방편이다. 아버지가 보기에는 절뚝거리고 넘어지는 내가 볼썽사납고 부끄러운 줄 모르고 한심하다. 아버지의 생각이 옳다. 나는 부끄러운 줄 모른다. 부상과 굴욕을 감수해가며 내가 선택한 방식대로 움직이려고 한다. 좋든 싫든 간에 천성적으로 고집이 세고 남들 생각에 아랑곳하지 않는 나는 올라우손보다 하손의 자손일지 모른다는 생각이 든다.

수치심과 자존심은 동전의 양면에 불과하지 않을까 하는 생각이 다시금 든다.

아버지는 문득 낙관론—아니면 현실 부인—에 빠졌는지 472달러를 주고 로클랜드의 녹스 카운티 자동차 대리점에서 까만색 포드 런어바웃을 산다. 모델 T라는 이 차는 번쩍번쩍 윤기가 흐르고 힘이 세다. 아버지는 뿌듯해하지만 몸이 부실해 직접 운전하지는 못한다. 나도 마찬가지다. 그래서 앨이 집안의 기사 노릇을 하며 아버지와 나머지 가족을 태우고 다닌다. 비가 오건 눈이 오건 날마다 차를 몰고 우체국으로 가 이웃집 우편물까지 수거해 오는 길에 전달해준다. 토머스턴과 로클랜드에 가서 어머니의 심부름을 처리한다. 그리고 덕분에 가끔 밤마실을 다니기 시작한다. 행선지는 대개 언제든 카드놀이를 같이 할 수 있는 남자들이 대기중이고 어빙 페일스 영감이 틈틈이 이발을 해주고 푼돈을 버는 페일스다.

어느 날 그렇게 밤마실에 나섰다가 앨은 로클랜드에 사는 S. J. 폴이라는 의사를 찾아가면 관절염을 치료할 수 있다는 얘기를 듣는다. 다음날 그는 좀더 알아보기 위해 아버지를 태우고 로클랜드로 향한다. 두 사람은 사과와 비수술적 치료를 주제로 열띤 대화를 나누며 돌아오고, 저녁을 먹는 자리에서 우리는 아버지가 서명하려고 받아온 계약서를 열심히 읽는다. 한마디로 요약하자면 사과를 많이 먹어야 한다는 것이다. 우리집 뒤편에 아버지가 십오 년 전에 일구어놓은 조그만 과수원이 있다. 나무마다 빨간색과 초록색의 반질반질한 사과가 잔뜩 달렸다. 하지만 이 사과는 알맞은 품종이 아니다. 아버지는 토머스턴에서 개당 5센트에 파는 품종을 먹어야 한다.

나는 계약서를 휙휙 넘긴다. "본인은 S. J. 폴이 도움을 주고 본인의 병을 치료할 수도 있지만 어떤 것도 확약할 수 없다는 설명을 들었음을 확인한다." 이렇게 적혀 있다. "상담의 대가로 지불한 돈은 환불이 불가하다는 데 상호합의한다. 본인은 법이 인정하는 성인이다."

"쉰일곱 살이면 법적으로 성인이지, 안 그러냐?" 아버지가 웃음을 터뜨린다.

어머니가 입술을 오므린다. "이걸로 효과를 본 사람이 있어?"

"폴 선생님이 치료한 환자들의 감사장을 여러 장 보여줬어요." 앨이 대답한다.

"케이티." 아버지는 어머니의 손 위에 자기 손을 얹으며 진지하게 얘기한다. "이걸로 치료가 될 수도 있어."

어머니는 천천히 고개를 끄덕이지만 더이상 아무 말도 하지 않는다.

"정확히 얼마가 들어요?" 내가 묻는다.

"적당한 액수야." 아버지가 대답한다.

"얼마인데요?"

앨이 나를 똑바로 쳐다본다. "아버지는 한참 희망을 잃고 지내셨잖아."

"그러니까 얼마냐고."

"누나한테는 아무 방법도 안 들었다고 해서……"

"사과가 잔뜩 열린 훌륭한 과수원이 있는데 돈을 주고 사과를 사야 하는 이유를 모르겠어서 그래."

"이 의사는 전문가야. 아버지는 나을 수 있고. 누나도 그걸 원하지 않아?"

착실하게 살아왔는데 알 수 없는 이유로 요절하는 끔찍한 운명이 자신을 기다리고 있다는 사실을 알고 분노하는 이반 일리치라는 남자의 이야기를 읽은 적이 있다. 우리 아버지가 그 짝이다. 자신이 장애인이 되었다는 데 화가 난 것이다. 아버지는 근면과 청결이 곧 청렴이고, 청렴한 삶은 보상받아야 한다고 생각한다. 그래서 나는 이 황당무계한 치료법을 철석같이 믿는 아버지를 보고 놀라지 않는다.

아버지는 계약서에 서명하고 삼십 주 동안 서른 번 치료를 받기로 한다. 그게 계약 가능한 최소 횟수다. 매주 화요일에 앨이 아버지를 모델 T의 조수석에 태우고 로클랜드로 간다. 치료를 받으러 갈 때마다—내가 보기에는 정체 모를 약에 돈을 쓰고 그 비싼 사과를 몇 개 먹었는지 작성하는 게 전부인 것 같다—계약서에 구멍이 하나씩 뚫린다.

아버지는 블루베리와 채소, 우유와 버터, 닭과 달걀을 팔고, 얼음을 잘라서 판매하고, 어살을 운영하는 것으로 가외 수입을 올리며 농장을 탄탄하게 운영해왔다. 늘 전전긍긍하며 돈을 모았다. 그런데 지금은 나을 수 있다는 희망에 그 의사가 시키는 거라면 무엇에든 돈을 아끼지 않을 태세다.

치료를 시작한 지 사 개월쯤 지난 어느 화요일 아침, 앨과 아버지가 로클랜드로 출발한 지 한 시간밖에 되지 않았는데 차문이 세게 닫히는 소리가 들려서 나는 부엌 창밖을 내다본다. 그들이 돌아온 것이다. 앨이 험상궂은 표정으로 아버지를 부축해 차에서 내린다. 아버지를 2층 방으로 옮기고 부엌으로 들어와 의자에 털썩 앉는다. "젠장." 그가 말한다.

"무슨 일이야?"

"다 사기였어." 그는 손으로 두피를 긁어댄다. "병원에 도착해보니 온 건물에 덧문이 내려져 있더라고. 며칠 전에 화가 난 환자

들이 찾아와서 마을 밖으로 쫓겨났대. 탈탈 털린 사람이 한두 명이
아니래."

이후 몇 개월이 지나는 동안 우리가 얼마나 심각한 상황인지 가
혹하리만치 분명해진다. 아버지가 모아놓은 2천 달러가 날아갔다.
공과금을 낼 돈이 없다. 어느 때보다 노쇠해진 아버지는 무기력하
게 우울해하며 2층에서 내려올 줄 모른다. 나는 공감하고 싶지만 잘
되지 않는다. 사과. 이브를 유혹한 그 과일에 귀가 얇은 우리 아버
지도 넘어갔고, 양쪽 모두 감언이설을 늘어놓는 뱀에게 놀아났다.

10월의 어느 쌀쌀한 목요일 아침에 아버지가 앨에게 조가비 방
으로 휠체어를 옮겨달라고 한다. 한 시간 뒤, 매끈한 밤색의 문 네
개짜리 크라이슬러가 우리집 앞에 미끄러지듯 나타나고, 늘씬한 회
색 정장 차림의 여자가 뒷좌석에서 내린다. 기사는 차 안에 머문다.

현관문 두드리는 소리에 내가 나가려고 움직이자 아버지가 무
뚝뚝하게 말한다. "내가 처리하마."

그들의 대화가 뒤쪽 복도에까지 띄엄띄엄 들린다. ……괜찮은 제
안…… 갑부…… 쓸 만한 바닷가 땅…… 두 번 다시 오지 않을……

여자가 간 뒤—그녀는 "배웅은 필요 없다"며 혼자 나가고, 나는
그녀가 고개를 숙이고 크라이슬러 뒷자리에 올라타 기사의 어깨를
두드리는 광경을 지켜본다—아버지는 조가비 방에 잠깐 혼자 있
다가 어설프게 휠체어 바퀴를 돌려 부엌으로 들어온다. "앨버로는
어디 있니?"

"젖 짜고 있을 거예요. 이게 무슨 일이에요?"

"불러와라. 그리고 너희 엄마도."

축사에서 돌아와보니 아버지가 식당으로 자리를 옮겼다. 1층으로 잘 내려오지 않는 어머니가 어깨에 숄을 두르고 식탁 상석에 앉아 있다. 나를 따라 들어온 앨은 지저분한 작업복 차림으로 벽을 등지고 선다.

"아까 그 여자분이 사이넥스라는 사업가의 제안을 들고 왔어." 아버지가 불쑥 얘기를 꺼낸다. "이 집과 땅을 5만 달러에 사겠대. 현금으로."

나는 입을 떡 벌리고 아버지를 본다. "네?!"

앨이 몸을 앞으로 숙인다. "5만이라고요?"

"그래, 5만."

"엄청난 액수네요." 앨이 말한다.

아버지는 고개를 끄덕인다. "엄청난 액수지." 아버지는 이 소식을 우리가 충분히 이해하도록 잠깐 뜸을 들인다. 나는 방안을 둘러본다. 우리 셋 다 입을 벌리고 있다. 잠시 후 아버지가 말한다. "이런 말은 하기 싫지만 이 제안을 받아들이는 편이 현명한 선택이라고 생각한다."

"존, 진심은 아니지?" 어머니가 묻는다.

"진심이야."

"무슨 말도 안 되는 소리를." 어머니는 숄로 어깨를 단단히 감싸며 자세를 바로 한다.

아버지가 한 손을 든다. "잠깐, 케이티. 내 통장 잔고가 바닥이 났어. 이게 탈출구가 될 수도 있어." 아버지는 고개를 젓는다. "이런 말은 하기 싫지만 이 시점에서 우리가 선택할 수 있는 길은 별로 없어. 지금 이 제안을 거부하면……"

"그럼 아버지는—우리는—어디로 가나요?" 앨이 묻는다. 말을 더듬는 걸 보니 그와 나에게도 발언권이 있는지 궁금해하며 아버지의 현재 심리 상태를 파악하려 애쓰고 있다는 걸 알겠다.

"좀더 작은 집으로 옮길까 한다." 아버지가 말한다. "그리고 그 돈으로 너희 독립을 지원할 수 있을 테고."

우리 모두는 잠깐 아무 말 없이 생각에 잠긴다. 나는 월턴과 함께 보낸 시간 말고는—그 시절이 몽롱하고 희미하게, 그 이전이나 이후의 내 삶과 전혀 무관한, 열에 들뜬 꿈처럼 느껴진다—껍데기 안에 들어앉은 연체동물처럼 이 집에서 지냈을 뿐, 여기에서 분리되는 날이 올 거라고는 상상해본 적이 없었다. 이곳에서의 생활을 당연하게 여겼다. 닳고닳은 계단, 복도에 달린 석유램프, 현관 계단 너머로 보이는 풀밭과 작은 만.

어머니가 의자에서 벌떡 일어난다. "우리 가족은 1743년부터 이 집에서 살았어. 여러 세대의 하손 집안 사람들이 여기에서 살고 죽었어. 사겠다는 사람이 있다고 집을 버리면 안 되지."

"5만 달러야." 아버지는 뒤틀린 손마디로 식탁을 두드린다. "이런 제안은 두 번 다시 없을 거라고 장담할 수 있어."

어머니는 입고 있는 원피스를 당기고 턱에 힘을 준다. 엄마 목의 핏대가 마치 물줄기처럼 보인다. 나는 두 분이 이런 식으로 부딪치는 걸 본 적이 없다. "여긴 당신 집이 아니야, 내 집이지." 어머니가 사납게 쏘아붙인다. "우리가 이 집을 떠날 일은 없어."

아버지는 험상궂은 표정을 짓지만 아무 말도 하지 않는다. 어머니는 하손 집안 사람이다. 아버지는 아니다. 그것으로 이야기는 끝이다.

아버지는 이후로 십오 년 동안 휠체어에 앉아 그토록 팔고 싶어했던 집의 1층 조그만 방에 틀어박힌 채 바깥출입을 거의 하지 않을 것이다. 앨과 나는 동생들의 원조 아래 아껴 쓰고 절약하며 허리띠를 졸라매고 사는 법을 터득할 것이다. 우리는 농장의 파산을 간신히 모면할 것이다. 하지만 가끔 나는—우리 모두는—포기하는 편이 더 낫지 않았을지 궁금해할 것이다.

1921년 7월, 샘이 웃으며 온 가족을 조가비 방으로 소집한다. 안경을 낀 성가대 지휘자이자 여자친구인 메리의 손을 꼭 잡고 그녀에게 청혼했다고 선포한다.

"당연히 저는 좋다고 했죠!" 메리는 얼굴을 환히 빛내며 왼손을 내밀어 자기 할머니에게 물려받은 수수한 약혼반지를 보여준다.

별로 놀라울 게 없는 소식이다. 그 둘은 메리의 고향이자 샘이 근무했던 허버트 칼의 회사가 있는 몰든에서 만나 몇 년째 사귀고 있다. 나는 샘이 가까이 다가가 뭐라고 속삭이자 메리가 얼굴을 붉히고, 그가 그녀의 머리칼을 귀 뒤로 넘겨주는 모습을 지켜본다. "둘 다 정말 잘됐다." 나는 말한다. 아무렇지 않게 애정을 표현하는 두 사람을 지켜보고 있자니 서글픔에 가슴이 아리지만 진심이다. 귀엽고 다정한 샘은 사랑하는 사람을 만날 자격이 있다.

샘과 메리의 결혼식은 메리가 '잔디밭'이라고 부르는 곳에서 거

행되지만, 우리 올슨 집안 사람들은 그곳을 들판이 아닌 다른 곳으로 생각해본 적이 없다. 앨과 프레드가 퍼걸러*를 만들고, 그레인지 홀에서 빌린 의자 스무 개를 두 줄로 설치한다. 나는 며칠 동안 롤빵, 블루베리 파이와 딸기 파이를 굽고, 웨딩 케이크로 샘이 좋아하는 버터크림을 입힌 레몬 케이크를 굽는다. 메리는 레이스 드레스를 입고 베일을 쓴다. 샘은 진회색 양복을 근사하게 차려입는다. 프레드가 해산물 파티장을 만들어놓은 바닷가 위 절벽에서 로클랜드의 삼인조 밴드가 연주를 한다.

신혼여행을 마치고 돌아온 부부는 자기들만의 보금자리를 장만할 때까지 돈을 아낄 수 있게 우리집으로 들어온다. 나는 같이 지낼 수 있는 여자가 한 명 추가돼서 좋다. 특히 메리는 젊고 사근사근한데다 심지가 굳고 마음씨가 따뜻하고 웃음이 많다. 그녀는 음식 준비와 청소를 거드는 훌륭한 식구다.

샘과 메리는 다른 가족들과 좀 떨어져 있을 수 있는 3층에 신접살림을 차리고 이내 메리에게 아이가 생긴다. 러모나와 달리—편지로 소식을 들었다—그녀는 입덧을 하지 않는다. 우리는 난롯가에 앉아 메리는 담요를 뜨고 나는 아이에게 입힐 실내복을 만들며 날씨와 작황과 얼마 전에 결혼한 거트루드 기번스처럼(그녀는 청첩장을 보냈지만 나는 가지 않았다) 우리 둘 다 아는 사람을 주제로 도란도란 얘기를 나눈다.

"그 여자는 보더콜리** 기질이 있나봐요. 사람들을 모으고 덥석

---

* 덩굴식물이 타고 올라가도록 만들어놓은 아치형 구조물.

거리지 못해 안달이니 말이에요. 그래도 사람 자체는 괜찮아요."
메리가 말한다.

나는 혼자 상상하며 미소를 짓는다. 거트루드가 정확히 그런 사람이기 때문이기도 하지만 메리가 아무런 적의 없이 워낙 무덤덤하게 얘기하기 때문이기도 하다. 나는 댄스파티에서 거트루드에게 뭐라고 쏘아붙였는지 얘기하지 않는다. 자랑스럽게 여길 만한 일이 아니기 때문이다.

몇 달 뒤 한밤중에 나지막한 신음소리를 듣고 잠에서 깨어보니 나는 어두컴컴한 내 방에 누워 있고 내 숨소리 말고는 아무 소리도 들리지 않는다. 일어나 앉아서 귀를 기울인다. 몇 분이 지난다. 다시 신음소리가 이번에는 좀더 크게 들리고 나는 알아차린다. 아이가 태어날 때가 된 것이다. 계단을 두 층 내려와 현관 밖으로 나서는 샘의 묵직한 발소리가 들린다. 포드에 시동이 걸린다. 산파를 부르러 나선 것이다.

나는 매일 아침 하는 것처럼 다리를 구부렸다가 펴고 조심스럽게 옆으로 내린 후 침대 기둥을 붙잡은 채 손을 뻗어 문 뒤편의 못에 걸어놓은 옷을 집는다. 어둠 속에서 양말을 신고 신발에 발을 욱여넣은 다음 난간에 기대가며 1층으로 내려간다. 아버지가 휠체어에 앉은 채 여러 입구를 지나 부엌까지 이동하느라 이리저리 부딪히고 스웨덴어로 들릴락 말락 중얼거려가며 현관 입구에 나와

***

** 양치기 개로 가장 흔한 견종.

있다. 평소에는 앨의 도움을 받는데, 오늘은 혼자 침대에서 일어난 모양이다.

나는 바닥에 놓인 항아리의 물을 주전자에 붓고 글렌우드에 불을 때고, 해가 뜰 무렵 포리지를 끓일 귀리와 구워 먹을 빵을 꺼낸다. 얼마 후 집 앞에 멈춰 서는 차가 보인다. 산파가 큼지막한 고블랭직 가방을 들고 차에서 내린다. 잠시 후 뒷문이 열리고 거트루드 기번스가 들어온다. 여긴 어쩐 일일까?

"내가 누굴 모셔왔게?" 샘이 부엌으로 들어오며 말한다. "메리가 도와줄 사람이 한 명 더 있으면 좋을지 모르겠다고 해서."

"안녕, 크리스티나?" 거트루드가 그의 바로 뒤에서 환하게 웃으며 말한다.

"안녕, 거트루드." 나는 애써 아무 감정 없는 목소리로 말한다. 우리는 오래전의 그 댄스파티 이후로 만난 적이 없기에 분위기가 딱딱하고 불편하다.

"너는 계단을 오르내리기가 힘들고 너희 어머니는 몸이 안 좋으시잖아." 그녀가 말한다. "내가 빈자리를 메울 수 있어서 영광이야. 우리 메리는 어디 있어?"

다들 우르르 위로 올라가자 나는 이렇게 이른 시각이면 집 그림자가 드리워지는 서늘한 뒷마당으로 나선다. 앨이 텃밭을 갈아엎는 중이라 어제 내린 비로 상큼하고 축축한 흙냄새가 난다. 테시가 멀리 떨어진 들판에서 운다. 롤리는 내 다리 사이로 들어와 종아리에 기댄다. 나는 돌계단에 주저앉아 녀석을 무릎에 앉히려고 하지만 녀석은 구슬픈 울음소리를 내며 빠져나간다. 기운이 없고 땅속으로 꺼질 듯이 몸이 무겁게 느껴진다. 초봄에 러모나와 할랜드 사이에서 아이가 태어났다는 소식을 들었다. 로즈라는 이름의 여자아이고 3.4킬로그램이다. 6월에는 엘로이즈가 빌 리버스와 결혼했고, 앨바는 그로부터 몇 주 뒤 이바 슈먼과 야반도주했다. 나는 샘과 메리와 그들 모두의 소식에 기뻐하지만 결혼이나 출생이나 세례와 같은 의식이 있을 때마다 내가 얼마나 외톨이인지 새삼 깨닫는다. 그들과 비교하면 내 인생은 너무 황량하다.

눈에 눈물이 고인다.

"뭐야, 여기 있잖아!" 어깨 너머를 돌아보니 십자 모양의 방충문 그물 너머로 거트루드의 얼굴이 보인다. "온 사방으로 찾아다녔네. 산파가 그러는데 아직은 내가 없어도 된대. 메리가 출산 체질이라며."

나는 손등으로 눈을 훔치며 그녀에게 보이지 않길 바라지만 거트루드가 뭔들 놓칠 리 없다. "왜 그래? 어디 아파?"

"아니."

그녀는 방충문을 열려고 하지만 내가 가로막고 앉아 있다. "무슨 일 있었어?"

"아니."

"나, 나가도 돼?"

눈물을 비친 이유를 거트루드 기번스에게 설명하기는 절대 싫다. 그녀가 우리집에 온 이유는 결국 호기심과 권태와 사방에서 벌어지는 일을 다 알아야 직성이 풀리는 성격 때문이다. "부탁인데 잠깐 자리 좀 비켜줘."

하지만 그녀는 그럴 생각이 없다. "어머, 크리스티나, 혹시……"

"내 말 안 들리니?" 나는 언성을 높인다. "나 좀 가만히 내버려 두라고."

"알았어." 그녀는 기분 나빠하며 잠시 침묵을 지킨다. 그러다 쌀쌀맞게 얘기한다. "아침 준비하는 거 도우려고 내려왔어. 그런데 보니까 네가 불을 꺼뜨렸더라."

나는 비틀비틀 일어선다. 눈물이 앞을 가리는 가운데 문을 홱 열어 그녀를 깜짝 놀라게 한다. 휘청휘청 부엌으로 들어간다. 내 부자연스러운 움직임에 더 짜증이 난다. 온 사방이 흐릿하고, 거트루드는 평소처럼 둔하고 동정어린 한편 상대방을 판단하는 시선으로 나를 바라보고 있다.

그래서 그녀가 싫다. 나를 꿰뚫어보기 때문에, 나를 전혀 제대로 보지 못하기 때문에 싫다.

나는 기우뚱하게 식료품 저장실을 가로질러 그녀가 벽 쪽으로 물러설 수밖에 없게 만든다. 2층 내 방으로 가서 문을 닫아버리고 싶지만 그녀의 시선을 피해 계단을 올라갈 방법이 없다. 그러다 문득 무슨 상관이냐는 생각이 든다. 그냥 방으로 올라가기만 하면 된다. 나는 벽에 몸을 기대고 복도를 따라 앞으로 움직인다. 계단 앞에 다다르자 팔과 팔꿈치로 몸을 지탱하고 몇 칸마다 쉬어가며 좁은 계단을 올라간다. 거트루드는 내가 끙끙거리는 소리를 하나도 놓치지 않고 듣고 있을 것이다. 꼭대기의 층계참에 다다르자 아래를 내려다본다. 아니나 다를까, 그녀가 허리춤에 손을 얹고 현관 앞에 서 있다. "정말이지 크리스티나, 나는 이해가 안 되는

288

게……"

하지만 나는 듣지 않는다. 들을 수가 없다. 고개를 돌리고 바닥을 따라 몸을 비틀며 방에 다다르자 나는 발로 차서 문을 쾅 닫는다.

내 방 바닥에 누워서 숨을 헐떡인다. 잠시 후에 터벅터벅 계단을 올라오는 발소리가 들린다.

그리고 문 두드리는 소리.

"크리스티나?" 걱정하는 척 가식으로 똘똘 뭉친 거트루드의 목소리다.

나는 얼른 뒤로 움직여 침대 기둥을 잡고 몸을 돌리고 쿵쾅거리는 심장을 달래며 매트리스 위로 올라간다. 문 저편에서 그녀의 존재가 불쾌한 열기를 발산한다. 그 열기 때문에 얼굴이 벌게진다.

다시 문을 두드리는 소리.

"저리 가."

"제발 나 좀 들어가게 해줘."

문에는 잠금장치가 없다. 잠시 후 내가 지켜보는 가운데 흰색 사기 문손잡이가 돌아간다. 거트루드가 방안으로 들어와서 문을 닫는데, 밀가루 반죽 같은 얼굴이 억지로 꾸민 수심으로 가득하다. "너 도대체 왜 그래?"

그녀의 옆을 쌩하니 지나치고 싶지만 믿음직한 무기가 말밖에 없다. "내가 널 여기로 부른 거 아니잖아."

"네 동생이 와달라고 했어. 솔직히 이 집 식구 셋이 몸이 온전치 않은 상황에서 나한테 고마워해야 하는 거 아니니?"

"분명히 얘기하는데 난 고맙지 않아."

잠깐 동안 우리는 서로 노려본다. 이윽고 그녀가 말문을 연다. "내 말 잘 들어. 너는 이 가족을 위해 일 년 삼백육십오 일 아침을 준비하잖아. 지금은 정신을 추스르고 뭐든 먹을 걸 준비해야 하는 때야. 그런데 왜 그렇게 밉살스럽게 구니?"

나도 왜 그러는지 모르겠다. 하지만 서늘하게 분노하는 이 느낌이 좋다. 슬퍼하는 것보다 낫다. 이 분노를 그냥 놓아 보내고 싶지 않다. 나는 팔짱을 낀다.

그녀는 한숨을 쉰다. "조만간 경이로운 새 생명을 맞이해야 하잖아. 아기를 말이야! 이렇게 직설적으로 얘기해서 미안하지만 너지금 어린애처럼 굴고 있어. 아무도 너한테 말로 표현하지 않을지 몰라도 다들 속으로는 그렇게 생각하고 있을 거야." 그녀는 내 다리 옆쪽의 침대보를 손으로 쓸어 주름을 편다. "누구나 가끔은 뭐가 뭔지 알려주는 좋은 친구가 필요하지."

나는 그녀의 손을 피한다. "나한테 너는 친구가 아니야. 좋은 친구는 더군다나 아니고."

"왜…… 어떻게 그런 말을 할 수가 있어? 그게 무슨 뜻이야?"

"무슨 뜻인가 하면……" 그게 무슨 뜻일까? "너는 내 불행을 보고 즐거워한다는 뜻이야. 그러면 우월감을 느낄 수 있으니까."

그녀의 목이 벌게진다. 그녀가 목에 손을 얹는다. "무슨 그런 끔찍한 소리를."

"내 느낌은 그래."

"나는 너를 내 결혼식에 초대했어! 이 자리에서 짚고 넘어가자면 너는 오지 않았지. 선물을 보내지도 않았고."

290

뜨끔하다. 선물을 깜빡했다. 하지만 사과할 마음은 없다. "우리 까놓고 얘기하자, 거트루드. 너는 내가 네 결혼식에 오는 걸 원하지도 않았잖아."

"내가 뭘 원하고 뭘 원하지 않는지 안다고 넘겨짚지 마!" 그녀가 언성을 높여 쏘아붙인다. 그러더니 천장을 손가락질하고는 손가락을 자기 입에 댄다. "쉿!"

"언성을 높인 사람은 너야." 나는 차분하게 대꾸한다.

"크리스티나, 한심하게 이러지 말자." 그녀가 갑자기 명령조로 말한다. "물론 엄청나게 충격을 받았겠지. 그 남자, 월턴 홀하고 있었던 일 때문에 말이야." 그녀의 입술을 거친 그의 이름을 듣자 몸서리가 쳐진다. "하지만 이제는 잊을 때도 됐잖아. 네 불행을 곱씹는 건 이제 그만해. 너도 남동생하고 메리가 잘되길 바라지 않아? 자, 이제 방금 일은 없었던 셈 치고 가서 배고픈 사람들을 위해 뭐라도 좀 만들어."

월턴 이야기를 꺼낸 게 결정타다. "내 방에서 나가."

그녀는 믿기지 않는다는 듯 가볍게 웃는다. "아니, 나는……"

"지금 당장 내 방에서 나가지 않으면 두 번 다시 너하고 말을 섞지 않을 거야."

"아니, 크리스티나……"

"진심이야, 거트루드."

"정말 황당하다. 나는 지금까지……" 그녀는 보이지 않는 누군가가 자기편을 들어주기라도 할 것 같은지 좌우를 두리번거린다.

나는 침대에서 몸을 움직여 그녀에게서 등을 돌린다.

그녀는 잠깐 동안 방 한가운데에 서서 씩씩댄다. "너 정말 냉정하구나, 크리스티나 올슨." 그녀가 말한다. 그러고는 문을 열고 복도로 나가서 등뒤로 세게 문을 닫는다. 그녀가 층계참에서 머뭇거리는 소리가 들린다. 잠시 후 계단을 내려가는 묵직한 발소리가 들린다.

멀리 들리는 목소리. 그녀가 식당에서 우리 아버지에게 뭐라고 얘기하고 있다. 방충문이 끼익 소리와 함께 열렸다가 닫힌다.

나는 약속을 하면 지키는 사람이야. 예전에 월턴은 이렇게 말했었다. 그의 말은 빈말이었지만, 내 말은 빈말이 아니다. 작은 마을에 살다보니 서로 마주칠 수밖에 없지만 나는 거트루드 기번스에게 한 약속을 지킨다. 두 번 다시 그녀와 말을 섞지 않을 것이다.

몇 시간 뒤 조카—할아버지의 미국 이름을 따서 존 윌리엄이라고 부르기로 한다—가 3층에서 태어났을 때 나는 1층 식료품 저장실로 내려가 차가운 천으로 얼굴을 닦고 말총 빗으로 머리를 빗은 뒤다. 불씨를 살살 달래서 다시 살리고 얇게 저민 칠면조 고기와 식초에 절인 콩과 구운 사과 케이크로 상을 차린다. 샘이 오븐에서 방금 꺼낸 빵덩이처럼 따뜻하고 겹겹이 싸인 꾸러미를 내 품에 건네자 나는 아이의 얼굴을 내려다본다. 존 윌리엄. 아이가 내 정체를 파악하려는 듯 미간을 찌푸리고 까만 눈으로 빤히 올려다보자 마음속 우울함이 걷히고 가벼워지고 허공으로 증발한다. 이 아이에게 사랑 말고 다른 감정은 느낄 수가 없다.

홍어

1946~1947년

햇빛에 바래고 눈발에 난타당한 이 오래된 집의 물막이판자와 지붕널에는 하얀 흔적만 남았다. 안으로 들어오면 나무 연기, 연료용 기름, 담배 때문에 벽지가 시커멓다. 가끔은 앨과 내가 부모님, 할아버지와 할머니, 그 모든 선장과 그들의 아내와 아이들의 혼령과 함께 흉가에 사는 듯 느껴질 때도 있다. 나는 요즘도 마녀들을 위해 부엌과 헛간 사이 문을 열어놓는다.

온 사방이 혼령과 마녀. 이런 생각을 하면 묘하게 마음이 편안해진다.

요즘은 거의 항상 집안이 고요하다. 나는 정적도 다른 종류의 소리라고 생각하기에 이르렀다. 따지고 보면 한밤중이라도 세상은 완벽하게 고요해지는 법이 없다. 침대가 삐걱거리고 늑대가 울부짖으며 바람에 나무가 흔들리고 바다가 포효하며 쉿쉿거린다. 그리고 두말하면 잔소리지만 볼거리도 많다. 봄에는 얼룩무늬 새끼

들을 거느리고 바람냄새를 맡는 사슴. 여름에는 토끼와 라쿤. 가을에는 들판을 성큼성큼 가로지르는 수컷 무스. 12월의 눈과 선명한 대조를 이루는 붉은 여우.

시간이 눈처럼 쌓이고 썰물처럼 밀려난다. 앨과 나는 일상을 유영한다. 일어나고 싶을 때 일어나고, 하늘에서 빛이 가시면 잠자리에 든다. 우리만의 일정 말고는 어느 누구의 일정도 신경쓸 필요가 없다. 가을과 겨울에는 심장 뛰는 속도를 동면 수준으로 늦추며 웅크렸다가 3월이 되면 정신을 차리느라 고군분투한다. 6월과 7월에는 가방과 상자를 잔뜩 실은 차를 타고 멀리서 사람들이 찾아오고, 8월과 9월이 되면 왔던 방향으로 떠난다. 한 해가 다음해로 녹아든다. 사소한 변화만 있을 뿐 모든 계절이 지난해와 같다. 우리의 대화 주제는 날씨일 때가 많다. 올여름은 작년보다 더울까. 일찍부터 서리가 내릴까, 12월까지 눈이 얼마나 쌓일까.

이런 삶은 기다림과 비슷한 구석이 아주 많다.

나는 여름에는 대개 해뜨기 전에 일어나 글렌우드 레인지를 지피고 포리지를 끓인다. (침대에서 밤새 한 번도 안 깨고 자는 경우는 거의 없다. 꿈속에서조차 다리가 욱신거린다.) 내 몫으로 포리지 한 그릇을 덜어 집안에서 나는 소리와 밖에서 갈매기들이 끼룩대는 소리를 들으며 어둠 속에서 먹는다. 앨이 부엌으로 들어오면 포리지를 한 그릇 떠준다. 그러면 그는 조리대로 그릇을 들고 가 어머니의 컷글라스 용기에 담긴 설탕을 뿌려 먹는다.

"자, 이제 젖을 짤 시간이로군." 다 먹고 나면 그는 이렇게 말한다. 그릇을 식료품 저장실의 개수대로 치우고 펌프로 물을 긷는다.

"설거지는 내가 할게." 가끔 나는 딴죽을 건다. "너는 할일도 많잖아."

하지만 그는 항상 자기 그릇과 내 그릇까지 씻는다. "힘든 일도 아닌데, 뭐."

앨이 축사로 나가면 나는 낡은 의자에 앉아 이쪽으로 가면 읍내가 나오고 저쪽으로 가면 세인트조지강과 그 너머 바다가 나오는 도로를 창밖으로 내다본다. 햇빛이 수면 위에서 어른거리고 바람은 키 큰 풀 위로 무늬를 새긴다. 아침나절이 되면 앤디가 찾아와 2층으로 사라지고 점심때 얼굴을 비췄다가 늦은 오후에 돌아간다. 문을 받쳐서 열어놓았으니 톱시와 다른 고양이들이 마음대로 드나든다. 싹싹한 고슴도치가 계단을 기어올라와 뒤뚱뒤뚱 부엌을 가로질러 식료품 저장실로 사라질 때도 있다. 나는 깜빡 졸다가 고양이가 가르랑거리는 소리에 눈을 뜨는데, 잠결에 그 소리는 멀리서 차가 지나가는 소리처럼 들린다. 롤리는 내가 눈을 깜빡이는 걸 보고 내 쪽으로 몸을 길게 뻗어 앞발을 내 어깨에 묻는다. 나는 녀석의 갈비뼈 아래를 잡고 따뜻한 가죽 아래에서 빠르게 쿵쾅거리는 심장을 느낀다.

느지막한 오후에 눈부시게 알록달록한 꽃밭의 잡초를 뽑고 가지치기를 할 것이다. 연푸른색, 복숭아색, 자홍색의 양귀비와 팬지 그리고 여러 종류의 스위트피가 심겨 있다. 창가에서는 빨간 제라늄이 스프라이 쇼트닝 깡통과 낡은 파란색 화분 안에서 통통하니 건강하게 자라고 있다. 백 년 전부터 헛간 옆에서 자란 흰색 라일락과 앨이 좋아하는 분홍색 장미를 잘라 꽃병 가득 담는다. 고양이

들은 게으르게 눈을 깜빡이며 대자로 누워서 햇볕을 쬔다. 이보다 더 좋은 곳이 있을지 상상이 되지 않는다.

하지만 새벽에 침대에 누워 있으면 입김이 보일 정도로 춥고, 축사에 가려면 괭이로 눈 위에 언 얼음을 깨야 하며, 바람에 나뭇가지가 뜯기고 하늘은 흙빛으로 칙칙해지는 겨울이 되면 다른 선택지가 없다면 모를까, 여기서 사는 이유가 뭔지 의심스러워진다. 이 오래된 집에 불을 때는 건 바닷가재 잡는 통발에 불을 때는 것과 다를 바 없다. 세 군데 난로를 계속 돌리지 않으면 얼어죽을지 모른다. 봄까지 불을 때려면 11코드*의 장작이 든다. 전기가 없으니 어둠이 빨리 찾아온다. 앨은 아침까지 불씨가 꺼지지 않도록 난로에 장작을 산더미처럼 넣은 다음 잠자리에 든다. 나는 오븐에 구운 벽돌을 수건으로 감아서 이불 아래에 넣는다. 우리는 대개 여덟시면 침대에 누워 각자의 방에서 천장을 바라본다.

성격이 우리의 선택을 좌우하는 걸까, 아니면 우리 힘으로는 어쩔 도리가 없는 상황 때문에 이런 생활방식을 선택하게 되는 걸까? 어쩌면 이 둘은 한데 뒤엉킨 바위 위의 해초처럼 뿌리부터 하나로 연결된 거라 서로 분리할 수 없는지도 모른다. 나는 논리고 뭐고 없이 과거를 등지고 떠나기로 결심한 저 옛날 하손 집안의 선조와, 그들의 청개구리 같은 고집을 물려받아 마지막 한 명이 들판 어귀 묘지에 묻힐 때까지 세대를 거듭해가며 그 고집을 버리지 않는 우리 후손들을 생각한다.

---

* 미국, 캐나다에서 연료로 쓰는 목재의 재적 단위. 1코드는 128세제곱피트다.

도쿄 소인이 찍힌 그 엽서에는 곡선 지붕이 덮인 대저택으로 연결되는 아치형 다리의 근사한 풍경이 담겨 있다. 앞면에 영어로 "니주바시: 황궁 정문"이라는 설명이 적혀 있고 그 옆으로 일본어가 줄줄이 이어진다. 1945년의 지난 몇 달 동안 받았던 대여섯 장의 엽서와 크게 다르지 않지만 뒷면에 존이 휘갈겨쓴 메시지는 뜻밖이다. "크리스티나 고모, 드디어—저 집으로 돌아가요!"

내 오랜 친구 새디 햄에게도 축하할 일이 생긴다. 그녀의 아들 클라이드도 부상을 당했지만 위팔의 살갗이 찢기고 다리에 파편이 몇 개 박힌 정도로 귀환한다고 한다. 그녀는 눈물을 글썽이며 나에게 그 소식을 전한다. "상황이 완전히 다를 수도 있었어. 다른 사람들이 감당해야 하는 일들을 생각하면……"

우체국에서 일하는 버사 도싯은 아들 둘이 육군으로 징집됐고 작은아들이 프랑스에서 전사했다. 그리고 로클랜드에서 태어나 전투기 조종사 훈련을 받은 거트루드 기번스의 조카는 태평양에서 죽임을 당했다. 오래전 보스턴 코먼파크에서 그 병사들을 보았을 때 우리가 세계대전에 또 한 차례 휩싸이게 될 줄은 몰랐다. 얼마나 많은 희생을 더 치러야 하는지 상상도 못했다.

"거트루드한테 짧은 편지라도 보내줘." 새디가 말한다. "그러면 아주 큰 힘이 될 거야."

"그러게." 나는 말한다.

"그뒤로 많은 시간이 지났잖아."

"그러게."

하지만 거트루드를 생각하면 가슴이 아플지 몰라도 내 쪽에서 그녀에게 연락할 일은 없다는 걸 안다. 나는 너무 늙었고 너무 고집이 세다. 오지랖 넓고 무신경한 그녀의 성격은 내가 용서할 수 없었던—그리고 끝까지 용서하지 못할—부분이다.

그리고 솔직히 그게 전부도 아니다. 거트루드는 나를 동정하거나, 나를 이해하려 들지 않거나, 나를 저버린 모든 사람들의 상징이 되었다. 그녀 덕분에 내 씁쓸함이 거할 공간이 생겼다.

존은 몇 주에 걸쳐 배를 타고 일본에서 남태평양의 트레저섬으로 이동한 뒤 거기에서 연락선을 타고 샌프란시스코로 이동하고, 거기에서 다시 닷새 동안 열차를 타고 보스턴에 도착한 다음에야 1945년 크리스마스이브에 정식으로 해군에서 전역한다. 그는 가슴 가득 훈장을 달고, 별사탕이라는 파스텔 색상의 알록달록한 사탕 봉지를 들고(내 취향은 아니다), 올슨 집안 사람답지 않게 포옹하길 좋아하는 성향을 새롭게 체득하고 크리스마스 날 군복 차림으로 우리집에 나타난다.

존은 전보다 키가 크고 야위어 냉혹한 분위기를 풍기지만 그래도 여전히 사근사근하다. "얼른 창고에서 배를 꺼내 바닷가재를 잡으러 나가고 싶어요." 그가 내게 말한다. "여길 얼마나 그리워했는지 몰라요."

그는 지체 없이 둥지를 튼다. 1946년 봄에 마저리 조던이라는 동네 아가씨와 결혼을 약속한다. "결혼식에 오실 거죠, 그렇죠, 고모?" 그는 내 손을 잡고 애원한다.

제대로 걷지도 못하는 내가 무슨 수로 결혼식에 참석할 수 있을까? "이런, 내가 결혼식에 꼭 있어야 할 필요는 없잖니."

"꼭 계셔야 해요. 제가 직접 업고 가는 한이 있더라도 오시는 거예요."

나는 존에게 가까이 오라고 손짓한다. 무슨 말을 하면 좋을지 모르겠지만 무슨 말이든 하고 싶다. 내가 있었으면 좋겠다니 가슴이 뭉클하다. "네가 살아 돌아와서 얼마나 기쁜지 모른다." 그가 내 옆에 쭈그리고 앉자 내가 말한다.

그는 웃으며 내 뺨에 입을 맞춘다. "저도 살아 돌아와서 기뻐요. 그러니까 오시는 거죠?"

"갈게."

내가 소식을 전하자 새디는 손뼉을 친다. "신난다! 그럼 옷을 장만해야겠네. 나랑 같이 로클랜드 가자."

"가게에서 파는 건 싫어. 내가 직접 만들 거야."

그녀는 반신반의하는 눈빛으로 나를 본다. "네가 마지막으로 바느질을 한 게 언제였더라?"

"좀 됐지." 나는 손바닥을 위로 해서 울퉁불퉁한 손을 펼친다. "엉망으로 보인다는 건 나도 알지만 그래도 쓸 만해."

그녀는 한숨을 쉬며 말한다. "네 생각이 정 그렇다면 나랑 같이 원단 사러 가자."

다음날 아침에 새디가 크림색 패커드 세단을 몰고 와서 나를 태우고 로클랜드에 있는 센터 크레인으로 출발한다. 가는 동안 나는 불안해지기 시작한다. 이 친구가 무슨 수로 나를 안으로 데리고 들어갈 수 있을까? 새디는 차를 주차하고 내 쪽으로 몸을 기울이더니 내 무릎을 토닥인다. 내 생각을 읽기라도 한 듯 그녀가 말한다. "내가 들어가서 샘플을 몇 개 들고 올까? 어떤 원단이 좋겠어?"

나는 그때까지 참고 있었던 줄도 몰랐던 숨을 토한다. "그러는 게 제일 좋겠다. 꽃무늬 실크?"

"알았어."

나는 회전문 안으로 휘리릭 사라지는 그녀를 바라본다. 십 분 뒤 그녀는 원피스 패턴과 정사각형의 원단 샘플 세 조각을 들고 나온다. "배급제 덕분에 실크는 없대." 그녀가 말한다. "하지만 괜찮은 대안을 몇 개 찾았어." 그녀는 내게 샘플을 건넨다. 하늘색 물방울무늬 스위스, 꽃무늬 레이온, 연분홍색 포플린이다. 나는 당연히 분홍색을 고른다.

집으로 돌아가서 원단을 식탁 위에 펼쳐놓고 패턴 표지의 사진을 들여다본다. 나와 전혀 닮지 않은 우아한 여자가 몸에 꼭 맞는 보디스와 기다란 패널스커트로 이루어진 원피스를 입고 있다. 차곡차곡 접힌 얇은 패턴을 봉투에서 꺼내 원단 위에 얹고 바느질 바구니에서 핀쿠션을 찾아 패턴을 고정하려고 한다. 놀랍게도 손가락이 너무 심하게 떨린다. 힘들게 끙끙거린 다음에야 패턴 한 조각을 원단에 핀으로 꽂는 데 성공한다. 묵직한 은색 가위로 원단을 자르지만 선이 비뚤배뚤하다. 재봉틀을 열고 그 앞에 잠깐 앉아서 둥그스름한 본체를 쓰다듬고 여전히 날카로운 바늘을 손가락으로 건드려본다.

문득 겁이 난다. 옷을 망칠까봐 겁이 난다.

의자에 기대앉는다. 옷이나 못 쓰게 된 손뿐만이 아니다. 모든 게 그렇다. 앞날이 두렵다. 허약해질 수밖에 없는 앞날이. 남한테 점점 의존하게 될 앞날이. 남은 생을 이 깨진 껍데기 같은 집에서 살아야 할 앞날이.

며칠 뒤에 들른 새디는 일정하지 않게 꽂힌 핀을 한 손가락으로 훑는다. 비뚤배뚤한 재단선을 살핀다. "시작했네?" 그녀가 부드 럽게 말을 건넨다. "내가 메이플주스만에 있는 캐서린 베일리한테 들고 가서 마무리를 부탁할까?" 그녀는 내 눈을 보지 않는다. 내가 민망해할까봐 그렇다는 걸 알겠다. 내가 고개를 끄덕이자 그녀는 "알았어, 그럼" 하고는 패턴과 원단을 조심스럽게 같이 접고 분홍 색 실패와 설명서를 챙긴다. 바느질 바구니에서 노란색 줄자를 꺼 내 내 허리와 엉덩이와 몸통의 치수를 재서 쪽지에 적고 모두 함께 가방에 넣는다.

몇 주 뒤 내가 결혼식장으로 출발하기 전 새 원피스를 입고 부 엌에 앉아 있는데 앤디가 평소처럼 불쑥 찾아온다.

그는 문 앞에서 우뚝 멈춰 서더니 말한다. "우와, 크리스티나 아 주머니." 그는 성큼성큼 다가와 내 옷소매를 쓰다듬으며 혼잣말을 중얼거린다. "끝내준다. 빛바랜 바닷가재 껍데기 같아."

1922~1938년

지금과 같은 여름이면 나는 거의 매주 금요일마다 쿠싱에 있는 그레인지 홀에 가지만, 음악에 맞춰 몸을 흔들거나 댄스플로어를 들락거리며 웃고 떠들고 움직이고 좀더 대담하게는 밖에서 담배를 피우고 술병을 기울이는 친구들과 수다를 떨기보다는, 과일 펀치를 건네거나 파운드케이크를 자르거나 당밀 쿠키를 접시에 담는 신세를 면치 못한다. 못 쓰게 된 냅킨을 치우고 칸막이 뒤편 개수대에서 남들이 쓴 유리잔을 씻기도 한다. 이런 역할을 하는 여자들은 대부분 나보다 나이가 많고 기혼이다. 내 또래는 몇 명 안 된다. 나처럼 선택받지 못하고 아이가 없는 경우는.

나는 거기에 익숙해지지 않는다. 익숙해지는 날이 올까 싶다. 나는 한동안 계속 구두를 가방에 넣어와서 그레인지 홀에 도착하자마자 갈아신는다. 하지만 홀 안이 유난히 덥던 어느 날 저녁에 서빙용 테이블 앞에 있다 말고 밖으로 나가 스타킹을 돌돌 말아서 벗고 굽이 없는 신발로 갈아신는다. 구두가 무슨 소용이람?

때는 8월의 습한 금요일, 나는 매콜에서 새로 나온 패턴으로 몇 시간 전에 완성한 하얀 원피스를 입고 프레드와 그의 약혼녀 로라와 함께 그레인지 홀로 걸어가다가 땅에 파인 바큇자국에 발이 걸린다. 넘어지지 않으려고 손을 뻗지만 내 체중을 버틸 수 있을 만큼 팔이 튼튼하지 못하다. 나는 진창과 자갈 위로 세게 넘어져 소매가 찢어지고 턱이 쓸린다.

"이런!" 프레드는 고함을 지르고 나를 향해 펄쩍 달려온다. "누나 괜찮아?"

턱에서는 피가 뚝뚝 떨어지고 손목은 욱신거리고, 흙탕물 위로 넘어지는 바람에 몇 주 걸려 완성한 옷이 지저분해졌다. 치맛자락이 엉덩이까지 올라와 속바지와 보기 흉한 두 다리가 드러났다. 나는 팔꿈치를 딛고 천천히 몸을 일으켜 찢어진 보디스를 살핀다. 문득 이 모든 게―굴욕과 통증의 위협에 끊임없이 시달리는 것, 노출의 공포를 느끼는 것, 정상이 아닌데 정상인 척하는 것―지긋지긋해지면서 눈물이 터진다. 아니, 괜찮지 않아, 이렇게 말하고 싶다. 나는 더럽혀졌고 굴욕을 느끼고 창피해. 나는 짐이고 골칫거리야.

"일어날 수 있겠어요?" 로라가 위에서 나를 내려다보며 다정하게 묻는다. 그녀가 쭈그리고 앉는다. "부축해줄게요."

나는 고개를 돌린다.

"부러진 데는 없는 것 같네." 프레드가 전문 농사꾼의 손으로 내 손목과 발목을 만지며 중얼거린다. "하지만 멍이 들고 붓겠어. 딱

해라." 그는 나더러 손을 구부려보라고 하는데, 이렇게 아프지 않을 때도 쉽지 않은 동작이다. 내가 얼굴을 찡그리자 그가 말한다. "심하게 접질렸나보다. 장난 아니긴 하지만 이만하길 다행이야."

프레드가 집까지 뛰어가서 차를 몰고 오는 동안 로라가 나와 함께 기다려준다. 집에 도착하자 그 둘이 나를 들어 2층 내 방으로 옮기고, 로라가 못에 걸려 있는 잠옷을 꺼내 조심스럽게 옷 갈아입는 걸 거들고 프레드는 내 얼굴과 팔을 살살 씻긴다. 그들이 나가서 등뒤로 문을 닫자 나는 이불 속으로 들어가 벽을 보고 돌아눕는다.

어쩌다 이렇게 순식간에 동화 속에 등장하는 아가씨에서 끔찍한 노처녀로 돌변했을까? 노처녀로의 변신은 거의 나도 모르는 새 이루어졌다. 마메이는 자기 시절엔 서른 살까지 결혼하지 않은 여자는 납작하고 가시가 있고 선사시대 생물처럼 생긴 물고기의 이름을 따서 홍어로 불렸다고 했다. 브리짓 비숍이 그렇게 불렸다고 했다. 홍어. 나는 홍어가 되어가고 있다.

어머니의 건강이 너무 안 좋아져서 아버지와 각방을 써야 하는 지경에 이르자 내가 내 방을 내드리겠다고 한다. 어머니는 고통스러워한다. 신장 문제가 더 심각해졌고 다리는 물이 차서 퉁퉁 부었다. 어머니는 응접실 의자에 똑바로 앉아서 자기 시작한다. 나는 1층으로 내려가 식당 바닥에 짚자리를 깔고 잔 뒤 아침마다 돌돌 말아 벽장에 넣는다. 그렇게 나쁘지는 않다. 부엌과 변소와 가까워져서 계단을 오르내릴 필요가 없으니 내심 안심이 된다.

아침에 점심 준비가 끝나면 앨과 아버지와 내 몫은 좁은 식료품 저장실을 지나 식당의 둥근 오크 식탁으로 들고 가고, 따로 한 접시를 앨에게 들려서 2층의 어머니에게 가져다드린다. 메뉴는 굽거나 삶은 감자, 깍지콩, 구운 닭 아니면 칠면조 아니면 햄, 쇠고기와 당근과 양파와 감자를 넣어서 끓인 스튜다. 며칠에 한 번씩 사워도우 효모로 빵을 만든다. 빵이 부풀면 주먹으로 치대고 다시 부풀린다. 여름과 가을에는 앨이 덤불에 갈퀴질을 해서 모은 각종 베리와 텃밭에서 키운 딸기를 잼과 젤리, 케이크와 파이용으로 병에 저장한다.

농가에서 으레 그러듯 우리도 해야 할 일로 날짜를 가늠한다. 앨은 암탉과 말과 돼지를 먹이고, 가을이면 장작을 패고, 날이 추워지면 돼지를 잡고, 겨울이면 얼음을 자른다. 나는 달걀을 거두고 앨이 모는 차를 타고 읍내로 나가서 그걸 판다. 그는 7월 4일 무렵이면 새 콩이 나고 9월이면 들판 전체가 옥수수로 덮이도록 시기를 맞춰서 씨를 뿌린다. 갈매기들이 달려들어 잔치를 벌이고 농작물을 쑥대밭으로 만들면, 앨은 경고의 의미로 몇 마리를 죽여 장대에 매달아놓는다. 한여름 건초를 만드는 시기에 식당 창밖으로 내다보면, 챙 달린 모자를 쓴 그가 여섯 명의 인부와 나란히 걸으며 손에 쥔 낫으로 건초를 베고, 베어낸 건초를 갈퀴로 긁어모아 건조시렁에 얹는 모습이 보인다. 그들은 건초를 축사로 옮기고 도르래 장치로 들어올려 높다랗게 쌓는다. 둥지에서 내쫓긴 제비들이 안팎으로 휙휙 날아다닌다.

블루베리 철인 7월 말과 8월이 오면 앨은 묵직하고 작은 철제 갈퀴로 야트막한 덤불에 매달린 조그맣고 까만 열매를 수확한다. 태양이 작열하는 가운데 그 야트막한 덤불 위로 허리를 숙여 블루베리를 따고 나중에 선별하고 무게를 잴 수 있게 나무상자에 담는 힘든 일을 하느라 여름 내내 그의 뒷덜미는 타서 껍질이 벗어지고, 손마디는 긁혀서 흉터가 생기고, 허리는 계속 욱신거린다.

그레인지 홀에서 열리는 친목회 말고는 어쩌다 한 번씩 바느질 모임에 참석하거나 새디가 가끔 집으로 놀러올 뿐, 나는 사람들과 별로 교류가 없다. 예전 친구와 지인들은 대부분 남편이라는 새로운 존재와 새로운 생활 때문에 정신이 없다. 아무튼 결혼해서 아이를 낳은 내 동창생들과 나는 공통점이 거의 없다. 내가 옆에 있으면 그들은 남편과 임신 얘기를 하면서 눈치를 본다. 하지만 이런 차이점은 예전부터 존재했던 진실을 강조할 뿐이다. 나는 그들처럼 물 흐르듯 움직인 적도, 툭하면 웃음을 터뜨린 적도 없다. 나는 좀더 냉소적이고 특이하며, 아무나 쉽게 알아차릴 수 없는 쪽으로 위트—위트라고 할 수 있을지 모르겠지만—를 발휘하는 쪽이었다.

가끔 나는 크롤리 선생님이 내 손에 쥐여준 에밀리 디킨슨의 그 작고 파란 시집을 들추어본다. 내가 학교를 그만두었을 때 선생님이 뭐라고 했는지 기억한다. 네 정신세계가 너에게는 위안이 될 거야.

가끔은 그렇다. 그리고 또 가끔은 아니다.

시를 주제로 대화를 나눌 사람이 없으니 나 혼자 의미를 분석해야 한다. 아무하고도 토론할 수 없다는 게 짜증나지만 또 한편으로는 묘하게 홀가분하다. 내 마음대로 해석할 수 있지 않은가.

구별할 줄 아는 눈으로 보면—
엄청난 광기는 가장 신성한 감각—
엄청난 감각은—가장 분명한 광기—
어디에서나 그렇듯
이 역시 다수의 문제—
동의하면—정상—
반대하면—당장 요주의 인물로—
쇠고랑을 차지—

세상을 등지고 작은 책상에 앉아 있는 에밀리를 그려본다. 그녀의 생의 범위 안에 있는 사람들 눈에 그녀는 매우 별나게 보였을 것이다. 조금은 제정신이 아닌 듯 보였을 것이다. 종래의 방식에 따라 사는 사람들을 정신 이상으로 규정하니 어쩌면 요주의 인물로 보였을 수도 있다.

그녀는 어떤 쇠고랑을 차고 있었을까, 나는 궁금하다. 나와 똑같은 거였을까.

고양이들이 원래 그렇듯 내 고양이들도 새끼를 낳는다. 앨이 상자에 담아 읍내로 들고 가서 최대한 나누어주지만 내가 먹이를 주는 아이들이 금세 열두 마리로 늘어난다. 녀석들은 발밑에서 무리지어 다니며 가냘프게 울고 폴짝 뛰고 가끔 서로 쉭쉭거린다. 앨은 투덜거리면서, 식탁 위로 올라오는 녀석이 있으면 손바닥으로 밀치고 자기 다리를 감싸고 달라붙으면 발로 차 떼어내며 무거운 돌과 함께 자루에 넣어서 연못에 던져야겠다고 중얼거린다. "너무 많아, 누나. 처분해야 해."

"그래? 그럼 뭐, 나더러 빈집에 대고 중얼거리면서 돌아다니라고?"

그는 입술을 깨물며 다시 축사로 나간다.

어느 늦은 밤에 짚자리를 깔고 어두컴컴한 식당 바닥에 누워 있는데, 바로 위 2층에서 시끄러운 소리가 들린다. 어머니의 방이다. 나는 얼른 일어나 더듬더듬 양초와 성냥을 찾아 들고 현관으로 나간다. "어머니?" 내가 외친다. "무슨 일 있으세요?"

아무 대답이 없다.

앨은 카드를 치러 샘과 함께 나가고 없다. 아버지는 자기 방에서 단잠을 자고 있다. (어차피 아버지는 깨워봐야 별 소용도 없다. 나보다 더 힘이 없다.) 몇 달째 2층 출입을 하지 않았지만 당장 올라가봐야 한다는 걸 알겠다. 나는 팔꿈치를 딛고 최대한 빨리 계단을 올라가느라 목덜미가 땀으로 젖는다. 꼭대기에 다다라 일어난 후 더듬더듬 복도를 지나 어머니의 방문을 연다. 달빛 아래 잠옷이 허벅지까지 올라간 어머니가 무릎을 꿇고 앉아서 다시 침대 위로 올라가려고 허둥지둥 이불을 더듬고 있는 게 보인다.

고개를 돌린 어머니가 당황한 눈빛으로 나를 본다.

"저 여기 있어요, 어머니." 나는 어둠 속에서 비틀비틀 다가가 어머니 옆에 털썩 주저앉는다. 손과 팔꿈치, 심지어 어깨까지 동원해가며 어머니를 일으키려고 하지만 밀가루 부대만큼 무거워서 꿈쩍도 하지 않는다.

어머니가 흐느껴 울기 시작한다. "다시 침대에 눕고 싶구나."

"알아요." 나는 비참한 심정을 달래며 말한다. 난감하고 화가 난다. 이렇게 힘이 없는 나에게, 놀러나간 앨에게. 몇 분이 지나자 흐느낌은 훌쩍임으로 바뀌고 어머니가 내 무릎에 머리를 얹는다. 나는 잠옷을 내려드리고 머리칼을 쓰다듬는다.

십오 분이었을까, 삼십 분이었을까. 어느 정도 시간이 지났을 때 1층에서 현관문이 열린다. "앨!" 내가 외친다.

"누나? 어디야?"

"여기 위층이야."

쿵쾅거리며 계단을 올라오는 발소리에 이어 문이 왈칵 열린다. 바닥에 쓰러진 어머니와 무릎에 어머니의 머리를 얹어놓은 나를 보고 앨은 당혹스러워하는 눈빛이 된다. "어떻게 된 거야?"

"어머니가 침대에서 떨어지셨는데 내 힘으로는 들어서 옮길 수가 없었어."

"이런 맙소사." 앨이 다가와 조심스럽게 어머니를 들어올려 매트리스에 눕힌 다음 이불을 덮어드리고 이마에 입을 맞춘다.

나는 그의 부축을 받으며 계단을 내려와서 식당의 짚자리에 누우며 말한다. "얼마나 끔찍했는지 몰라. 나밖에 없을 때 저런 어머니를 맡기고 나가지 마."

"아버지가 계시잖아."

"아버지는 도움이 안 된다는 거 알잖아."

앨은 잠시 아무 말도 하지 않는다. 잠시 후 그가 말한다. "나도 사생활이라는 게 있어야지, 누나. 많은 걸 바라는 것도 아니잖아."

"어머니가 돌아가실 수도 있었어."

"뭐, 안 그러셨잖아."

"내가 감당하기 힘들었다고."

"알아." 그는 한숨을 쉰다. "알아."

몇 달 뒤, 추수감사절이 지나고 일주일쯤 지났을 때 나는 평소처럼 일찍 일어나 부엌에 불을 지피고 빵을 만들기 시작한다. 머리 위에서 마룻장이 삐걱거리는 익숙한 소리가 들린다. 앨이 일어나 옷을 갈아입고 아버지의 상태를 살피러 그 방으로 건너간 것이다. 아버지의 굵은 저음과 그보다 높은 앨의 음성이 웅웅 섞인다. 나는 밀가루를 떠서 오지그릇에 담고 소금을 뿌리며 머릿속으로 그날 하루의 계획을 세운다. 점심으로는 비트 피클과 얇게 잘라서 오븐에 데운 햄을 준비하고, 시간이 있으면 진저브레드 쿠키를 굽고, 쌓아놓은 옷을 깁고…… 효모, 당밀 약간, 레인지에서 냄비로 데운 따뜻한 물을 섞은 다음 반죽을 치대고 접기 시작한다.

2층에서는 앨이 어머니의 방문을 두드린다. 아니면 그의 규칙적인 일상에 워낙 익숙해진 내가 그 소리를 들었다고 착각했을 수도 있다. 그리고 잠시 후, "어머니" 하는 날카로운 외침이 들린다. 가구가 바닥을 긁는다.

나는 알아차리기 전에 먼저 느낀다. 반죽에 손을 묻은 채 천장을 올려다본다.

앨이 쿵쾅쿵쾅 계단을 내려온다. 숨을 헐떡이며 부엌에 나타난다.

"돌아가셨지?" 내가 속삭인다.

그는 고개를 끄덕인다.

나는 무릎을 꿇고 주저앉는다.

다음날 로라가 현관에 걸 조화弔花를 들고 온다. 동그랗고 까맣고 기다란 색 테이프와 함께 중앙에 조화造花가 붙어 있다. 어머니가 봤더라면 싫어했을 것이다. 어머니는 가짜 꽃을 좋아하지 않았고 나도 마찬가지다.

"상을 당했다는 걸 동네 사람들한테 알리려고요." 로라가 찌푸린 내 얼굴을 보고 말한다.

"다들 알 텐데." 내가 대꾸한다.

밤새 바람이 심하게 불어서 쌓였던 눈이 대부분 바다로 쓸려갔다. 동네 사람들이 까만색 목도리와 외투를 펄럭이며 삼삼오오 까마귀처럼 들이닥친다. 그들은 현관문을 두드리고 문 앞 고리에 외투를 걸고 조가비 방에 놓인 어머니의 시신 앞을 한 줄로 지난다. 여자들이 부산하게 부엌으로 들어온다. 그들은 이런 상황에서 어떻게 해야 하는지 안다. 지금까지 해왔던 대로 하면 된다. 리사 더 브노프는 스파이스 케이크 포장을 벗긴다. 메리 바이얼릿 버잘레노는 칠면조 고기를 썬다. 애너벨 와인스타인은 설거지를 한다. 남자들은 주머니에 손을 넣고 바닷가재 가격에 대해 얘기하고 가늘게 뜬 눈으로 수평선을 내다본다. 나는 그중 몇 명이 마당에서 담배를 피우고, 발을 구르며 어깨를 웅크린 채 술병을 돌리는 광경을 부엌 창문 너머로 지켜본다.

더운 날 시원한 물통에 물방울이 맺히듯 이 이웃들에게선 연민이 우러난다. 아주 간단한 질문 안에 입 밖으로 내지 않은 말들이 담겨 있다. 네가 걱정된다…… 딱해서 어떡하니…… 나는 너와 달라서 얼마나 다행인지…… 부엌을 지키는 여자들은 내가 들어오면 그 길로 대화를 딱 멈추지만 그들의 속삭임이 들린다. 가엾기도 하지, 어머니 없이 크리스티나가 뭘 어쩔 수 있을까? 나는 그들에게 말하고 싶다, 우리 어머니는 존재감을 잃은 지 한참 됐다고. 나는 아무 문제 없이 잘 지낼 거라고. 하지만 이런 말을 부드럽게 포장할 방법이 없기에 잠자코 있는다.

셋째 날 늦은 오후에 우리는 바람의 맹폭을 맞으며 태아의 머리를 덮은 대망막처럼 누르스름한 회색 하늘 아래 어머니의 묘지 주변에 옹기종기 모인다. 쿠싱 침례교회의 카터 목사님이 성경책을 펼치고 헛기침을 한다. 그는 말한다, 농장에서 살면 누구보다 잘 알 수 있다고. 조물주의 피조물이 알몸으로 홀로 태어난다는 것을. 이 땅에서 주어진 시간이 짧다는 것을. 추위와 허기에 시달리고 핍박과 괴롭힘을 당하다가 마침내 해방된다는 것을. 우리는 누구나 회의하고 좌절하고 부당하게 짐을 짊어진 것 같다고 느끼는 순간을 경험한다. 하지만 모든 걸 주님에게 맡기고 그의 축복을 받아들이면 위안을 얻을 수 있다. 우리로서는 조물주가 창조하신 푸른 땅의 경이로움에 감탄하고 재앙을 피하려 애쓰고 그를 믿는 것이 최선이다.

어머니의 인생을 너무 제대로 요약한 설교지만 전체적인 분위기를 좋게 하는 데에는 아무 도움이 되지 않는다.

묘지를 나서기 전에 메리가 어머니가 좋아했던 복음성가를 부른다.

주님의 얼굴을 뵈오면 이 얼마나 기쁘리이까.
반짝이는 보석을 그분 발치에 내려놓고
황금빛 도시에서 달콤한 행복을 누리리,
내 면류관에 별이 달려 있다면.

메리의 아름다운 목소리가 허공으로 날아올라 머물고, 노래가 끝날 무렵에는 우리 대부분이 눈물을 흘리고 있다. 나도 마찬가지로 울고 있지만, 그 별이 뭘 상징하는지는 여전히 모르겠다. 거기에 의미가 담겨 있어야 한다고 생각하는 게 잘못인지도 모른다.

7월의 어느 날 아침 평소처럼 부엌의 내 의자에 앉아 있는데 창문 두드리는 소리가 들린다. 갈색 생머리를 한 호리호리한 여자아이가 큼지막한 갈색 눈으로 나를 보고 있다. 여름에는 언제나 그렇듯 옆문이 열려 있다. 내가 그 문을 턱으로 가리키자 아이는 문지방을 넘어 조심스럽게 안으로 들어온다.

"왜?"

"물 한 잔 청할 수 있을까 해서요." 아이는 흰색 시프트 원피스를 입었고 맨발이다. 경계하는 눈빛이지만 모르는 사람의 집으로 들어가는 데 익숙한 듯 겁을 내지는 않는다.

"좋을 대로 하렴." 나는 말하고 식료품 저장실에 있는 수동 펌프 쪽으로 손짓한다. 아이는 게걸음으로 부엌을 가로질러 모퉁이 너머로 사라진다. 묵직한 쇠 지렛대가 끽끽거리며 위아래로 움직이는 소리와 물이 콸콸 쏟아지는 소리가 들린다.

"여기 있는 컵 써도 되나요?" 아이가 외친다.

"응."

아이는 이가 나간 흰색 머그잔에 담은 물을 요란하게 마시며 다시 모퉁이를 돌아서 나온다. "이제 살겠네." 아이가 조리대에 컵을 내려놓으며 말한다. "저는 벳시라고 해요. 여름 동안 사촌들이랑 여기서 조금만 가면 나오는 집에서 지내고 있어요. 아주머니는 크리스티나 아주머니죠?"

아이의 당돌함에 나도 모르게 미소가 지어진다. "그걸 어떻게 알았니?"

"이 집에 사는 여자분이 한 명뿐이고 이름이 크리스티나라고 들었거든요."

내 발을 감싸고 있던 롤리가 무릎 위로 폴짝 올라온다. 아이는 녀석이 가르랑거릴 때까지 턱을 긁어주고 부엌 여기저기에서 어슬렁거리는 다른 고양이들을 흘끗 본다. 녀석들이 아침을 먹을 시간이다. "고양이가 엄청 많네요."

"맞아."

"고양이들이 주인을 좋아하는 이유는 딱 하나, 밥을 주기 때문이라던데."

"그건 아니야." 롤리가 주저앉더니 만져달라고 발라당 배를 보인다. "너희 집에는 고양이가 없는 모양이로구나."

"네."

"개는?"

아이는 고개를 끄덕인다. "이름이 프레클스예요."

"우리 개는 톱시야."

"걔는 어디 있어요?"

"내 남동생 앨하고 들판에 나갔을 거야. 고양이를 별로 좋아하지 않거든."

"개가요, 아니면 아주머니 남동생이요?"

나는 웃음을 터뜨린다. "아마 둘 다일걸?"

"뭐, 놀랍지는 않네요. 남자들은 고양이를 좋아하지 않거든요."

"좋아하는 남자도 있어."

"많지 않아요."

"너는 주관이 뚜렷하구나." 내가 말한다.

"음, 이런저런 생각을 많이 하거든요." 아이가 대꾸한다. "이런 거 여쭤봐도 괜찮을지 모르겠는데, 어디가 편찮으신 거예요?"

나는 평생 이 질문을 들으면 발끈했다. 하지만 아이가 워낙 솔직하게 궁금해하니 대답을 해야 할 것 같은 기분이 든다. "병원에서도 모르겠대."

"저도 태어났을 때 뼈가 좀 기형이었어요." 아이가 말한다. "그걸 고친다고 별의별 운동을 다 했어요. 그래도 조금 삐딱한 거 보이시죠? 그래서 애들이 놀려요." 아이는 어깨를 으쓱한다. "아주머니도 아시겠지만."

나는 덩달아 어깨를 으쓱한다. 나도 안다.

아이는 식기대에 쌓인 그릇을 턱으로 가리킨다. "씻어야 할 접시가 많네요. 누가 어떻게 좀 해야겠어요." 아이는 식기대 앞으로 가서 그릇을 차곡차곡 쌓더니 식료품 저장실에 있는 길쭉한 주물 개수대로 들고 간다.

그러더니 놀랍게도 설거지를 시작한다.

아버지가 1935년에 일흔둘의 나이로 돌아가실 때는 불편한 몸으로 하도 오랫동안 고생한 뒤라 임종이 다행스러운 일처럼 느껴진다. 열두 살에 내 학교 교육을 중단시키고, 어처구니없는 사기극에 속아 가산을 탕진하고, 자기만큼 몸이 피폐해지는 장애를 안고 있는 외딸에게 집안일을 맡기며 고맙다는 말을 단 한 번도 한 적 없는 이 남자를 나는 최선을 다해 수십 년 동안 돌보았다. 식사를 챙기고, 쫓아다니며 치우고, 때 묻은 옷을 빨고, 시큼한 입냄새를 맡았다. 그럼에도 그의 눈에는 자신의 불편함만 보였다.

예전에는 그가 다정하고 올바르며 강인한 남자로 보이지 않았느냐고 애써 기억을 환기해야 한다.

남동생들 부부가 집에 도착하자 우리는 케이크와 차를 내고 햄을 썰고, 조문을 받고, 찬송가를 부르는 등 익숙한 추도 절차를 따른다. 시신은 조가비 방에 있고 장지는 가족 묘지다. 나는 아버지의 무덤가에 서서, 불쌍하게 휠체어에 앉아 무연탄 덩어리를 움켜쥐고 응접실 창문 너머로 바다를 내다보았던 그의 마지막 모습을 떠올린다. 그때 아버지가 뭘 그리워했는지 모르겠지만 짐작은 간다. 원기 왕성했던 젊은 시절. 일어서고 걸을 수 있는 능력. 두 번 다시 돌아가지 못한 고향땅의 원래 가족. 그가 속한 곳과 속한 사람들과 그 뚜렷한 이유에 대한 명징한 감각. 그는 어림짐작과 착각을 믿고 세상 밖으로 나섰다가 결국 이 뾰족 튀어나온 땅으로 흘러들어오게 된 걸 후회했을까?

나는 평생을 이 남자와 함께 살았지만 그를 제대로 알지는 못했다. 그 자체가 얼어붙은 만과 같았다는 생각이 든다. 탁류 위로 겹겹이 두툼하게 얼음이 덮인 만.

조문객이 모두 떠나자 지붕창까지 세 층으로 이루어진 이 집의 거대한 황량함이 나를 강타한다. 쓰이지 않는 그 많은 방들. 샘과 프레드는 각자 가족농장을 시작했다가 동업으로 목재와 건초를 생산중이다. 이제는 앨과 나, 그리고 조가비 방의 한복판을 차지하고 있는 휠체어뿐이다.

"쓰고 싶으면 누나가 써." 앨이 말한다. "아직 상태가 제법 괜찮아."

나는 그 추잡하고 기묘한 장치를, 아래로 꺼진 지저분한 시트와 녹이 슨 바퀴를 쳐다본다. "나는 저 휠체어 싫어. 두 번 다시 안 봤으면 좋겠어."

그의 눈이 휘둥그레진다. 내가 그런 말을 한 게 처음이라 그럴 거다. 그는 잠깐 그 자리에 서서 파이프 담배만 뻐끔거린다. 그러다가 장작난로 앞으로 다가가 파이프를 두드려 담뱃재를 떨고 말한다. "알았어. 그럼 처분하자."

나는 앨이 휠체어를 끌고 현관 밖으로 나가 계단을 내려가는 것을 지켜본다. 계단을 내려가는 동안 휠체어가 한쪽 옆으로 기울었다가 요란하게 뒤집힌다. 그는 축사 안으로 사라졌다가 잠시 후 테시에게 조그만 마차를 매달고 나온다. 마구를 잡아당겨 테시를 휠체어 앞으로 데려가 마차에 그것을 실은 후, 나를 향해 웃으며 모자를 들어 보이고는 말과 마차를 몰고 만 쪽으로 내려간다.

삼십 분쯤 뒤 테시와 함께 터덜터덜 들판을 다시 올라오는 앨의 모습이 창밖으로 보인다. 마차 안에는 아무것도 없다.

"어떻게 했어?" 그가 부엌으로 들어오자 내가 묻는다.

그는 자기 의자에 앉아 모자를 벗어 자기 앞의 긴 의자에 내려놓는다. 재킷 안주머니를 뒤적여 해묵은 갈색 파이프와 담배 주머니를 꺼낸다. 바지 주머니에서 성냥첩을 꺼낸다. 담배를 한 자밤 집어서 파이프에 채워넣고 손가락으로 꾹꾹 누른다. 담배를 좀더 추가하고 다시 누른다. 파이프를 입에 물고 꺼지지 않게 한 손으로 감싸고서 불을 붙인다. 성냥개비를 흔든다. 연기를 들이마시고 내뱉는다.

나는 동생을 앨기에 재촉하지 않는다. 어차피 차고 넘치는 게 시간이다.

"비밀의 터널 옆에 있는 바위 알지? 아래로 낭떠러지가 이어지는 곳." 잠시 후에 그가 말한다.

나는 고개를 끄덕인다.

그는 파이프를 뺀다. 파이프를 뺄고 연기를 내뿜는다. "그 바위 꼭대기까지 휠체어를 끌고 가서 그 아래에다 버렸어."

"완전히 처분했네?" 내가 말한다. "속이 다 시원하다."

"속이 다 시원하지." 그가 말한다.

나는 눈을 감을 때까지 비밀의 터널 옆 짠물 안에서 녹이 슬어가는 그 박살난 휠체어를 상상할 것이다. 한때 그 비밀의 터널은 마법의 세상, 가능성의 세상으로 인도하는 연결고리였지만 세월이 흐르면서 의미가 달라졌다. 월턴이 거짓 약속을 늘어놓았던 곳. 설렘이 흩뿌려져 있었다가 돌무더기로 끝난 길. 깨어진 꿈과 내가 손 내밀면 바로 사라져버리는 보물이 저장된 창고.

그 밑바닥에 휠체어라는 빛 좋은 개살구가 있다.

새디가 우리집 부엌에 닭고기 요리를 내려놓으며 묻는다. "그 소문 진짜야? 앨이 윙 학교에 새로 부임한 선생님을 찍었다던데."

내 살갗이 따끔거린다. "그게 무슨 소리야?"

"아마 이름이 앤지 트리워지일 거야. 거트루드 기번스의 집에서 하숙을 하고."

거트루드 기번스의 집에서…… 하숙을 한다고? "나는 아무 소문도 못 들었는데."

"앨이 어느 운좋은 여자랑 결혼하면 훌륭한 남편이 될 것 같지 않아?"

"아니, 그럴 것 같지 않아." 나는 딱딱하게 대답한다.

앨은 일주일에 서너 번씩 밤마실을 다니기 시작했고 대개는 페일스에서 카드를 친다. 내가 밤에 혼자 있는 걸 싫어하는 걸 알면서도 나간다. 토요일에는 종종 차를 몰고 가게와 술집이 아홉시까지 영업하는 토머스턴에 간다. 내게 하는 말로는 그렇다. 그런데 이젠 거기가 아니라 거트루드 기번스의 집에 가는 건 아닌지 의심스럽다.

나는 그 선생에 대해 들은 얘길 하지 않지만 며칠 동안 앨을 본 체만체한다. 그는 이유를 묻지 않는다.

이후로 아무 여자 소식도 들리지 않다가 몇 주 뒤 앨이 하손곶 근처에서 딸과 함께 사는 어떤 남자를 도와주기로 했다고 지나가는 말처럼 얘기를 꺼낸다. "땔감이 좀 있어야겠더라고." 그가 말한다. "내가 이번주에 장작을 좀 패다주기로 했어."

"그 딸이 몇 살인데?" 내가 묻는다.

"응?"

"내가 뭐라는지 들었잖아."

"그걸 왜 묻는데?"

"그냥 궁금해서."

그는 나를 쳐다보며 머리를 긁적인다. "물어보면 실례일 정도로 많아."

"너만큼 많아?"

그는 발을 움직인다. "음, 아니."

"사십대는 돼?"

"아닐 거야."

"결혼은 했고?"

그는 한숨을 쉬고 말한다. "이혼녀인 걸로 알아."

"그렇구나." 며칠 뒤에 나는 새디에게 묻는다. "하손곶에 사는 이혼녀가 누구야?"

"에스텔 바틀릿 말이야?"

나는 어깨를 으쓱한다.

"아버지랑 같이 사는?"

"맞아."

새디가 내 쪽으로 몸을 숙인다. "소문에 따르면 결혼을 세 번 했
는데 매번 상대가 자기보다 나이 많은 부자였대. 뭐, 그냥 소문일
수도 있지만. 그래도 돈이 많아 보이기는 해. 아버지한테 새 폰티
악을 사준 걸 보면. 그런데 왜?"

"앨이 그 아버지를 위해서 허드렛일을 하길래."

새디의 눈이 반짝거린다. "그 여자 예뻐. 구불거리는 갈색 머리
고. 네 동생 엉큼하네! 잘됐으면 좋겠다."

앨은 평소대로 지낸다. 집안일과 축사 일을 한다. 하지만 점점
더 자기 멋대로 왔다갔다한다.

때는 화창한 7월 4일, 연중행사로 리틀섬 근처 바닷가에서 해산
물 파티가 열리는 날이다. 총대를 멘 올케 메리가 당근 피클과 루
바브 파이를 만들었다. 로라는 닭고기를 튀기고 이스트롤을 만들
었다. 그 둘은 담요와 모자와 식사도구와 접시를 바구니에 차곡차
곡 담아서 바닷가로 들고 간다. 올해 내가 맡은 건 드롭 비스킷뿐
인데, 그건 눈 감고도 만들 수 있다. 나는 아침 일찍 드롭 비스킷
을 만들기 시작한다. 정오 직전에 사람들이 등장하기 시작할 무렵
에는 이미 예순 개의 비스킷이 식료품 저장실 선반에서 식고 있다.
나는 그들이 오기 전에 (밀가루를 뒤집어쓰고 라드를 문대서) 지

저분해질 수밖에 없었던 앞치마를 벗고 옷을 갈아입은 후 부엌에
앉아 있는다.

"좋아 보이세요!" 로라가 말한다.

"맞아요!" 메리가 말한다.

둘 다 좋은 마음에서 하는 얘기라는 건 알지만 그 재잘거리는
말투를 들으면 내가 백 살은 된 것처럼 느껴진다.

로라가 비스킷을 챙기는 동안 메리가 나를 부축해 차에 태운다.
그녀가 물이 들어오지 않는, 풀로 덮인 곳으로 차를 몰고 가서 로
라와 함께 위험한 바위를 피해 내가 앉을 의자를 놓는다. 조카들과
그 친구들은 이미 시끌벅적하게 바닷가를 차지하고서 누가 돌을
제일 멀리 던지는지, 누가 물수제비를 제일 많이 뜨는지 내기를 하
고 있다. 아이들의 목소리가 날아올라 끼룩거리는 갈매기 소리와
섞인다.

열네 살로 그중에서 제일 나이가 많은 조카 존이 여기까지 올라
와 나와 잠깐 같이 앉아 있는다. 우리는 풀밭에서 노는 다른 아이
들을 구경한다. 레드 로버, 빨간 불 파란 불, 자이언트 스텝, 숨바
꼭질. 아이들은 예전에 앨과 내가 그랬던 것처럼, 소나무 위로 올
라가 작은 섬들과 어떤 배의 돛대에 앉아 있는 선원과 노란 바다
같은 발 아래 들판을 내다본다. 어른들은 모직 담요 위에 앉아 모
닥불을 쑤시고, 과일 펀치를 따르고, 실눈으로 우리를 바라보고 웃
으며 손을 흔든다. 앨만 보이지 않는다.

어느 정도 시간이 지났을 때 낡은 포드가 덜거덕거리며 집으로
달려오는 귀에 익은 소리가 들린다. 시동이 꺼진다. 내가 고개를 돌

려보니 차에서 내린 앨이 반대편으로 돌아가 조수석 문을 연다. 연 갈색의 핀컬 머리를 한 늘씬한 여자가 웃는 얼굴로 차에서 내린다.

에스텔. 그녀일 수밖에 없다. 내 속이 요동친다. 그녀를 데려오 겠다고 입도 벙긋한 적 없었는데.

"어, 저것 좀 보세요." 존이 얘기한다. "앨 삼촌이 여자를 데려 왔어요."

이제 그들이 걸어내려온다. 수줍은 함박웃음을 지으며 앞장선 앨은 한 번도 본 적 없는 빳빳한 흰색 셔츠를 입었고, 뒤에 오는 여 자는 파란 원피스 차림에 자신감 넘치는 걸음걸이에 보조개를 보 이며 웃고 있고, 한 손에는 바구니를 다른 손에는 밀짚모자를 들고 흔든다. 나는 도망치고 싶지만 그럴 수가 없다. 나는 덫에 잡혀서 겁에 질린 채 꿈틀거리는 여우와도 같다.

"날씨 참 좋다, 그치?" 앨이 말한다. 우리가 무슨 철물점에서 만 난 아는 사이라도 되는 듯이.

"네, 그러네요." 존이 말한다.

나는 아무 말도 하지 않고 앨을 빤히 쳐다본다.

그의 목이 점점 벌게진다. 그가 헛기침을 한다. "누나, 이쪽은 에 스텔. 그 아버지를 위해서 내가 뭘 좀 해드리고 있다고 얘기했지?"

"우리집에도 해야 할 일이 있는데." 내가 말한다.

에스텔의 얼굴에서 미소가 가신다.

"내려가서 다른 사람들하고 인사할까요?" 앨이 그녀에게 말한다.

그녀는 그를 보더니 나와 존을 향해 고개를 살짝 숙인다. "만나 서 반가웠어요." 그녀가 작게 말한다.

"저도요." 존이 말한다.

그들은 몸을 돌려 바위가 있는 곳으로 내려간다.

존이 손마디를 꺾는다. "가서 루바브 파이 한 조각 더 먹어야겠어요."

나는 고개를 끄덕인다.

"괜찮으세요, 크리스티나 고모?"

"응."

"뭐 좀 갖다드릴까요?"

"고맙지만 됐다."

존이 해산물 파티장으로 돌아가고, 나는 웃고 떠들고 배를 가리키고 음식이 담긴 접시를 받아드는 앨과 에스텔을 지켜본다. 뜨거운 숯덩이처럼 이글거리는 눈빛으로 위에서 그들을 노려본다.

로라가 올라와서 내 옆에 앉고, 잠시 후에는 내 동생 프레드가 아래에서 보낸 공물을 들고 온다. 까맣게 탄 초록색 껍질 안에 들어 있어 아직까지 따뜻한 옥수수, 조개 한 그릇, 블루베리 케이크 한 조각이다. 나는 고개를 젓는다. 아니. 안 먹어. 그들은 억지로 꾸며낸 명랑한 목소리로 파란 하늘과 투명한 바다와 맛있는 드롭 비스킷과 예쁜 원피스에 대해 감탄한다.

내가 바로 여기에 월턴과 앉았었는데. 그게 몇 년 전이었을까? 다들 무슨 생각을 하는지 안다. 가엾은 크리스티나. 항상 뒤에 남겨지는 신세지.

내가 전투태세를 갖추고 요새를 쌓는 게 느껴진다.

샘이 올라와서 내 의자 옆 풀밭에 앉는다. "왜 그래?" 그가 내 무릎을 토닥이며 묻는다.

나는 내 무릎에 놓인 손과 그의 얼굴을 차례대로 본다. 그가 손을 거둔다.

"아무 일 없어." 내가 말한다.

그가 한숨을 쉰다. "이러지 말자, 누나."

"무슨 말 하는지 모르겠네."

"누나가 이 피크닉을 망치고 있잖아."

"나는 그러고 있지 않은데."

"그러고 있어, 누나도 그러고 있다는 걸 알고. 그리고 누나 때문에 형이 아주 불편해하고 있잖아."

"걔가 저…… 저 꽃뱀을……" 나는 불쑥 내뱉고 만다.

샘이 자기 손을 내 손 위에 얹는다. "그만. 후회할 말이 나오기 전에 그만해."

"후회하게 될 사람은 그애……"

"정말 왜 이래." 그가 쏘아붙인다. "형도 행복해질 자격이 있다고 생각하지 않아?"

"나는 앨이 행복한 줄 알았어."

그는 발꿈치를 딛고 뒤로 기대앉는다. "자, 누나, 누나도 형이 지금까지 누나 곁을 지켜왔다는 걸 알잖아. 앞으로 계속 그럴 거라는 것도. 형의 이런…… 이런 관계를 시샘하면 조금…… 음…… 속이 좁은 거 아닐까?"

"나는 시샘하는 게 아니야. 그애의 판단에 의문을 제기하는 거지."

샘은 내 옆에 좀더 앉아 있고 나는 그에게 하고 싶은 말이 남았다는 걸 안다. 하고 싶은 말들이 그의 입속을 맴돌고 있다. 어떤 말인지 나도 알 것 같다. 하지만 그는 하지 않기로 마음을 먹은 눈치다. 내 무릎을 다시 토닥이고 일어나 다른 일행이 있는 곳으로 돌아간다.

잠시 후 앨과 에스텔이 둑을 올라와 포드 쪽으로 걸어가는데, 내 앞을 지나갈 땐 고개를 돌린 채다. 심지어 아이들마저 경계하듯 나와 멀찌감치 거리를 두고 풀밭에서 게임을 한다. 한 시간도 안 돼서 로라와 메리가 담요를 정리하고 남은 음식을 바구니에 담기 시작한다. 나를 데리러 와서 부축해 차에 앉힐 때 두 사람은 별말이 없지만 표정이 어둡다.

메리와 로라는 부엌의 내 의자에 나를 앉히고 다시 차로 가서 포일로 싼 남은 음식을 들고 온다. "앞으로 며칠 동안은 때우실 수 있을 거예요." 메리가 말한다. 그녀는 마룻장 아래 있는 아이스박스에 조심스럽게 음식을 넣고 살짝 어색한 미소를 짓는다. "더 필요한 거 있으세요?"

"아니."

"그럼. 독립기념일 즐겁게 보내세요."

"독립기념일 즐겁게 보내세요." 로라도 똑같이 따라 한다.

나는 고개를 끄덕인다. 둘 다 별로 즐거워 보이지 않는다.

그들이 가자 나는 롤리를 들어 무릎에 앉힌다. 이제 보니 옆면에 금이 간 파란 화분에 든 제라늄이 시들었다. 레인지는 불씨가 꺼졌다. 비가 오려는지 공기가 습하다. 문득, 지난 삼십 년 동안 거의 날마다 붙박여 있던 자리에 앉아 있는 나를 위에서 내려다보는 듯한 묘한 기분이 든다. 제라늄, 금이 간 화분, 내 무릎 위의 고양이, 지펴야 하는 불, 조만간 내릴 비, 이쪽으로 가면 읍내가 나오고 저쪽으로 가면 세인트조지강을 지나 바다까지 죽 이어지는 도로.

시간이 얼마나 지났는지 모르겠지만 앨이 차를 몰고 덜커덩거리며 진입로를 올라오는 소리가 들린다. 문이 끼이익 하고 열렸다가 쾅 닫힌다. 부엌 입구로 다가오는 발소리, 삐걱거리며 방충문 열리는 소리.

그는 나를 보고 움찔한다. "여기 있는 줄 몰랐네."

"응."

"컴컴한데."

"상관없어."

"불 켜줄까?"

"괜찮아."

그는 한숨을 쉰다. "뭐, 그래 그럼. 나는 들어가서 쉴게." 그는 모자를 문 옆 고리에 걸고 가려고 한다.

"그 여자, 결혼을 세 번 했대." 내가 말한다. 심장이 쿵쾅거린다.

"뭐라고?"

"너도 알았어?"

그는 숨을 들이마신다. "내 생각에는……"

"너도 알았어, 앨?"

"응, 당연히 알지."

"그리고…… 야심만만하다던데."

"그게 무슨 소리야?"

"의도가 의심스럽다고. 나도 들은 얘기야."

그가 움찔한다. "누구한테?"

"그건 내가 함부로 밝힐 수 없고." 내 말이 얼마나 기분 나쁘게 들릴지 알지만 상관없다. 날 선 이 느낌이 좋다. 한마디 한마디가 단도와 같다. 내게 상처를 입혔으니 나도 그에게 상처를 입히고 싶다.

"에스텔한테 어떤 '의도'가 있을 수 있을까?" 앨이 허리춤에 손을 얹고 조용히 묻는다. "내가 줄 게 없는데. 나 말고는."

"이 집을 노리는 것일 수도 있지."

"그녀는 이 집을 노리지 않아!" 그가 내뱉는다. "이 집을 가지고 싶어하는 사람은 없어. 나만 해도 그렇고."

나는 뺨을 한 대 얻어맞은 기분이다. "진심은 아니겠지? 우리한 테는 책임이 있어. 우리 집안이…… 우리 하손 집안이. 우리 어머니가……"

"어머니는 돌아가셨어. 하손 집안은 내가 알 게 뭐야. 망할, 사겠다는 사람이 있었을 때 이 집을 팔았어야 하는 건데. 여기가 감옥이 되어버린 걸 모르겠어? 우리는 죄수야. 어쩌면 누나는 죄수고 나는 간수일 수도 있고. 더이상 이렇게는 못 살겠어, 누나. 이젠 사람답게 살고 싶어. 사람답게." 그는 둔탁하게 턱 하는 소리를 내가며 제 가슴을 때린다. "바깥세상으로 나가서." 그가 한 팔로 창문 쪽을 가리킨다.

동생이 한꺼번에 이렇게 많은 말을 쏟아내는 걸 들어본 적이 있나 싶다. 나는 숨을 참는다. 그리고 잠시 후에 말한다. "네가 그런 심정인 줄은 몰랐네."

"예전에는 안 그랬어. 하지만 지금은…… 지금은 내가 다르게 살 수도 있었겠다는 걸 알겠어. 누나도 그게 어떤 느낌인지 알지?"

지금까지 앨은 그런 식으로 내게 대놓고 얘기한 적이 한 번도 없었다. 나처럼 예민하지 않은 줄 알았더니 그게 아니었던 모양이다. "그건 오래전 일이야. 지금은 달라."

"왜? 지금은 누나 일이 아니라서?"

나는 움찔한다. "아니," 내가 쏘아붙인다. "이제는 우리가 나이를 먹었잖아. 그리고 이곳은 우리가 있어야 할 곳이고."

"아니, 그렇지 않아. 이곳은 우리가 결국 주저앉게 된 곳이지."

목이 멘 목소리다. 울고 있을지도 모르겠다는 생각이 든다. 나도 눈물을 흘리고 있다. "그럼 나는 어쩌라고? 나는 평생 이 집 식구들을 위해 상을 차리고 옷을 빨고 청소를 했어. 그런데 이제 와서 나를…… 쓰레기하고 같이 버리겠다는 거야?"

"왜 이래." 그가 말한다. "당연히 그건 아니지. 내가 어딜 가든 누나도 같이 있어도 된다는 걸 알잖아."

"동정은 사양할게."

"나는 그런 식으로 말한 적 없어."

"여긴 내 집이야, 앨버로. 그리고 네 집이기도 하고."

"누나……" 그의 목소리는 피곤하고 무겁다. 그것으로 그의 얘기는 끝이라는 걸 내가 깨달았을 무렵에 그는 이미 사라지고 보이지 않는다.

아침에 눈을 떠보니 고요하다. 맨 처음 든 생각은 앨이 떠났구나, 하는 거다. 하지만 창밖을 내다보니 포드가 간밤에 주차한 자리에 그대로 있다. 나는 평소 아침에 하던 일을 하고, 앨도 평소처럼 축사에서 일하다 점심을 먹으러 온다. 그는 접시를 치울 때까지 한마디도 하지 않고, 잘 먹었다고 하고는 다시 밖으로 나간다. 새로 만든 버터를 굳히려고 헛간 선반의 오지단지에 담는데, 내 시선이 서까래에 높이 매달린 고깃배로 향한다.

사겠다는 사람이 있었을 때 이 집을 팔았어야 하는 건데. 누나는 죄수고 나는 간수야. 그 말이 우리 둘 사이에서 맴돈다. 하지만 우리 둘다 일부러 끄집어내지 않으면 그런 얘기 같은 건 한 적이 없는 척할 수 있다.

이후 몇 달 동안 나는 아침에 눈을 뜰 때마다 그가 떠나버릴 거라는 생각을 한다.

앨은 두 번 다시 에스텔을 집으로 데려오지 않는다. 그녀의 이름조차 들먹이지 않는다. 어느 날 새디가 지나가는 말처럼 에스텔이 아이 둘 딸린 남자를 만나 로클랜드로 이사갔다는 소문을 들었다고 한다.

앨과 나는 오랜 시간에 걸쳐 서서히 예전의 일상으로 돌아간다. 하지만 그는 달라졌다. 새 한 마리가 2층 창문에 부딪혀 유리가 깨져도 고치지 않고 구멍을 걸레로 틀어막는다. 구닥다리 모델 T를 헛간 뒤에 썩도록 방치한다. 장작난로를 거의 청소하지 않고, 재만 뒤로 밀어서 장작을 새로 넣을 공간을 마련한다. 기나긴 겨울 동안 집의 흰색 칠이 벗어져 회색 널빤지가 드러나도 다시 칠할 생각조차 하지 않는다. 들판이 하나씩 노는 땅이 되고 농기구는 버려진

채 녹이 슨다. 이삼 년 만에 앨이 농사짓는 땅의 면적은 손바닥만
하게 줄어든다.

마치 자기를 붙잡고 늘어진다고 집과 땅에게 벌을 주기로 작정
한 느낌이다. 아니면 나에게 벌을 주는 것일 수도.

크리스티나의 세계

1948년

들판 중심부에서는 흙에서 사워도우 냄새가 난다. 베일 듯한 풀잎은 하나씩 낱장으로 분리되어 있다. 가녀린 노란구륜앵초가 시들어가는 조그만 꽃다발처럼 꽃대에 매달려 있다. 노란색과 검은색이 섞인 호랑나비가 그 위에서 맴돈다. 포근한 5월의 오후, 나는 굽은 길을 돌면 나오는 새디의 집으로 놀러가는 중이다. 그녀가 차를 몰고 와서 나를 태워가겠다고 했지만 나는 혼자 가는 편이 더 좋다. 팔꿈치를 딛고서 몸을 앞으로 밀어가며 거기까지 가려면 한시간 정도 걸린다. 면으로 만든 무릎보호대는 해어지고 풀물이 들었다. 이렇게 땅바닥에 바짝 붙어서 가면 내 거친 숨소리와 귀뚜라미 우는 소리밖에 들리지 않는다. 먹파리들이 주변을 돌며 내 귀를 문다. 공기에서 소금과 라벤더와 흙 맛이 난다.

이제 나는 아예 걸을 수가 없다. 식탁과 글렌우드 레인지 사이에 놓인 내 의자 때문에 부엌바닥에는 깊은 홈이 파였다. 휠체어는

쓰지 않을 것이다. 따라서 선택해야 한다. 부엌과 식당 바닥에 깔아놓은 짚자리라는 안전한 공간에 머물든지, 아니면 가야 하는 곳까지 내 능력껏 최선을 다해 이동하든지. 내가 하는 일들이 바로 그런 것이다. 일주일에 한 번 정도 바다가 내려다보이는 가족 묘지까지 누런 풀밭을 기어가 어머니와 아버지를 만난다. 포근한 오후에는 작은 들통을 들고 나가서 블루베리를 딴다. 풀밭에 앉아서 포트클라이드를 출발해 먼혜건섬을 지나 망망대해로 나서는 고깃배를 구경하는 것도 좋다.

새디의 집에 도착해보니 그녀가 포치에 나와 나를 기다리고 있다. "아이고," 그녀가 활짝 웃으며 말한다. "이 꼴이 뭐야. 아이스티 한 잔 줄까?"

"좋지."

새디가 안으로 사라지자 나는 계단 위로 몸을 끌고 올라가 나무 난간에 기대앉아 숨을 헐떡인다. 그녀는 그릇에 담은 베리, 민트를 넣은 아이스티 한 병, 유리잔 두 개, 물에 적신 수건을 큼지막한 쟁반에 담아서 온다.

"이걸로 닦아." 그녀가 시원한 수건을 건넨다. "네가 놀러와주니까 좋다. 크리스티나."

"날씨 끝내주지?" 내가 얼굴과 목을 닦으며 말한다.

"그러게. 올여름도 재작년이 아니라 작년처럼 별로 덥지 않았으면 좋겠는데. 재작년 여름 기억나지? 밤까지 끔찍했잖아."

"맞아." 나는 맞장구친다.

새디와 나는 말을 많이 하지 않는다. 편안한 침묵 속에서 보내는 시간이 많다. 오늘은 만의 수면이 늦은 오후의 햇빛을 받아 깨진 유리처럼 아른거린다. 현관 옆에 핀 라일락에서 바닐라 향이 난다. 우리는 새디가 그날 딴 라즈베리와 블랙베리를 먹고 아이스티를 마신다. 톡 쏘는 민트 잎이 웨이퍼처럼 입속으로 스며든다.

나이를 먹을수록 가장 큰 친절은 받아주는 것이라는 생각이 든다.

문가에 앉아 있는 내 초상화를 두고 불만을 표출한 이후로 앤디는 내게 모델이 되어달라고 하지 않는다. 그런데 7월 초 어느 따뜻한 날 오후에 그가 뜬금없이 부엌으로 들어와 묻는다. "풀밭에 좀 앉아주실 수 있어요? 이십 분이면 돼요. 길어야 삼십 분."

"왜?"

"머릿속에 떠오른 아이디어가 있는데 잘 그려지지가 않아서요."

"어째서?"

"각도가 잘 안 잡혀요."

그는 내가 마뜩잖아한다는 걸 안다. 나는 부끄럽고 그의 시선이 신경쓰인다. "앨한테 부탁해."

그는 고개를 젓는다. "아저씨는 이제 모델로는 끝이에요, 아시잖아요."

"나도 마찬가지일지 모르지."

"아주머니는 항상 포즈를 취하고 계시잖아요. 그러니까 아저씨만큼 어려울 게 없어요."

"그게 무슨 소리니?"

"아저씨는 가만히 계시질 못하죠. 아주머니는 가만히 계실 줄 알고요."

나는 의자 팔걸이를 토닥이며 말한다. "솔직히 나는 선택의 여지가 별로 없잖니."

"그건 그렇겠죠. 하지만 단순히 그뿐이 아니에요." 그는 턱을 쓰다듬으며 생각한다. "아주머니는…… 시선 받는 법을 알아요."

나는 살짝 웃음을 터뜨린다. "별 희한한 소릴 다 듣겠네."

"죄송해요, 희한하게 들리긴 하겠어요. 그러니까 무슨 말인가 하면, 아주머니는 남들 눈에 보이되…… 보이지는 않는 데 익숙해요. 사람들이 항상 아주머니를 걱정하고 염려하고 어떻게 지내는지 지켜보잖아요. 물론 좋은 마음에서 그러긴 하지만 사생활 침해죠. 제가 보기에 아주머니는 사람들의 걱정이나 동정이나 기타 등등을 이렇게," 그는 큼지막한 구를 받치듯 한쪽 팔을 든다. "기품 있고 초연하게 튕겨낼 줄 아시는 것 같아요."

뭐라고 대꾸하면 좋을지 모르겠다. 지금까지 어느 누구도 내게 이렇듯 전에는 몰랐지만 듣는 순간 맞는 말이라는 걸 알게 되는 말을 한 적이 없다.

"그렇죠?" 그가 묻는다.

나는 냉큼 인정하고 싶지 않다. "그럴지도 모르겠다."

"스웨덴 여왕처럼." 그가 말한다.

"그건 아니고."

그가 미소 짓는다. "부엌의 의자에 앉아서 쿠싱 전역을 다스리고 계시잖아요."

"이제는 날 놀리는구나."

"절대 아니에요." 그가 한 손을 내민다. "저를 위해서 포즈를 취해주세요, 아주머니."

"사신의 재탕처럼 보이게 그릴 거니?"

그는 웃음을 터뜨린다. "이번에는 안 그럴게요. 약속해요."

앤디가 화구를 챙기러 부엌을 나가자, 나는 의자에서 미끄러져 내려가 바닥을 기어서 열린 문 밖으로 나서고 풀밭의 그늘진 곳을 향해 계단을 내려간다. 손가락에 닿는 풀밭이 서늘하고 푹신하다. 거기서 나는 팔로 몸을 지탱하고 쉬면서 기다린다. 문 앞으로 나온 앤디가 나를 보고 실눈을 뜬다. 계단을 내려와서 고개를 모로 기울이고 내 주변을 천천히 돈다. 내게 지시한다. "이렇게. 아래로 집어넣으세요. 다리를 뒤로 해서." 나는 가축박람회에 출품된 암송아지가 된 기분이다. 그는 한 손에 연필, 다른 손에 스케치북을 들고 있다. 스케치북을 펼치고 쿵 하는 소리와 함께 3미터 떨어진 의자에 앉아서 그림을 그리기 시작한다.

어느 정도 시간이 지나자 내 허리가 시큰거리기 시작한다. "아무리 못해도 한 시간은 지났겠다."

"그렇게 나쁘지는 않죠? 볕이 좋은 데 나와 있으니까." 앤디는 나를 보고 다시 스케치북으로 시선을 돌려 스케치를 한다.

"이십 분이라며."

그는 목탄을 높이 들고 나를 보며 함박웃음을 짓는다. "왜 이러세요, 아주머니. 남자가 여자를 꼬드기려면 못할 말이 없다는 걸 아시면서."

"그건 그렇지."

그는 눈썹을 추켜세운다.

나는 더이상 아무 말도 하지 않는다.

몇 분 뒤에 그가 말한다. "그 분홍색 원피스 어디 있어요? 존의 결혼식 때 입으셨던 거 말이에요."

"복도 수납장에."

"그걸 입어주실래요?"

"지금?"

"안 돼요?"

나는 피곤하다. 다리가 욱신거린다. "벌써 약속한 시간보다 더 지났잖아. 오늘은 그만하자."

"그럼 내일요."

나는 눈알을 굴리지만 우리 둘 다 알다시피 그러겠다고 할 거다.

다음날 아침 일찍 앨에게 수납장에서 분홍색 면 원피스를 꺼내달라고 한다. 그가 옷을 식탁 위에 펼쳐놓자 나는 그를 밖으로 내쫓고 꼼지락꼼지락 원피스 안으로 들어간 후 엉덩이 아래로 옷을 내린 다음 그를 다시 불러 단추를 채워달라고 한다. 그는 단추를 다 채우고 이렇게 얘기한다. "전부터 그 색 예쁘더라."

앨은 칭찬을 잘 하지 않는다. 이 정도가 그에게는 최고의 칭찬이다. 나는 그를 보며 미소를 짓는다.

한 시간 뒤에 앤디가 저멀리서 등장하자 나는 부엌 창문 너머로 지켜본다. 그는 낚시도구 상자를 들고 한쪽 다리를 살짝 돌려가며 앞으로 내밀고 힘들어서 끙끙대며 언덕을 올라오는데, 그 허세와 연약함의 깜찍한 조화가 묘하게 감동적이다.

이상하게 내 손에서 땀이 난다. 데이트 상대를 기다리는 아가씨가 된 기분이다.

"우아, 아주머니!" 그는 안으로 들어서면서 나지막이 휘파람을 분다. "정말 근사해요."

나도 모르게 얼굴이 빨개진다.

"외출하기에 좋은 날씨예요. 아주머니가 편하게 앉아 계실 수 있게 뭐 들고 나가요." 그는 낚시도구 상자를 의자에 내려놓는다. "앞쪽 어느 방에서 퀼트 이불 쌓여 있는 걸 봤는데." 그는 2층으로 사라졌다가 잠시 후 내가 만든 더블 웨딩링 패턴의 낡은 퀼트 이불을 한 팔에 걸치고 금방이라도 부서질 듯한 이젤과 스케치북을 다른 쪽 겨드랑이에 끼고서 내려온다. "이거 들고 나갈게요. 다시 와서 아주머니를 모시고 갈까요?"

"음……" 평소 같으면 됐다고 했을 것이다. 하지만 이 원피스를 입고 몸을 끌며 계단을 내려가고 풀밭을 가로지르면 옷이 망가질지 모른다. "그래야겠지?"

나는 그가 전날과 똑같은 지점에 이젤을 설치하는 것을 지켜본다. 그는 퀼트 이불을 펼쳐 땅바닥에 깔고 물결 모양으로 단 처리가 된 가장자리를 당겨서 잘 편다. 그런 다음 나를 데리러 다시 들어와 내 옆에 바짝 서고, 제 어깨를 내 어깨 아래로 넣어 나를 의자에서 일으켜세운다. 월턴 이후로 피붙이가 아닌 남자와 이렇게 가까이 있어보긴 처음이다. 앤디에게 바짝 붙어 있는 내 몸과 그의 따뜻하고 든든한 가슴에 닿은 내 가녀린 뼈와 얇은 피부, 뼈만 앙상한 내 팔을 잡은 그의 건장한 팔이 생생하게 느껴진다. 갑자기 온 감각이 선명해진다. 내게 독수리의 눈, 고양이의 귀, 개의 코가 생긴다. 내 얼굴 위로 느껴지는 그의 숨결이 메슥거리도록 달짝지근하다. 그의 잇새에서 희미하게 달가닥거리는 소리가 들린다. 내 머리가 그 냄새를 인식하자 가슴이 철렁 내려앉는다. "그거…… 버터스카치니?"

"네."

그는 내가 고개를 돌리는 걸 알아차리지 못한다.

그는 두 팔로 내 팔꿈치 아래를 감싸 내 몸을 지탱하고 반은 걷고 반은 나를 끌다시피 해서 밖으로 나선다. 내 심장이 너무 쿵쾅거려서 그의 귀에 들리지 않을까 싶을 정도다. 그는 조심스럽게 나를 퀼트 이불 위에 내려놓고 내 다리를 정돈하고 원피스 주름을 펴고 머리칼을 귀 뒤로 넘겨준 다음 자기 재킷 주머니를 뒤진다. 하나씩 포장이 된 호박색 사탕이 가득 든 셀로판 봉지를 꺼낸다. "미리 경고하는데 중독성이 있어요."

"아냐, 아냐. 먹고 싶지 않아." 나는 한 손을 들면서 말한다. "냄새를 견딜 수가 없어. 맛은 말할 것도 없고."

"어떻게 그럴 수가 있죠? 버터스카치는 누구나 좋아하는데."

"뭐, 나는 아니야." 추억이 너무 고통스러워서 숨을 참아야 한다. 그레인지 홀에서 같이 춤을 추었을 때 내 뺨에 닿았던 월턴의 까칠한 뺨, 내 허리에 올려놓았던 그의 손, 내 목에 닿았던 그의 숨결…… "내가 알던 사람이 계속…… 그 사탕을 먹었거든."

"사연이 있군요." 그는 셀로판 봉지를 다시 주머니에 넣으며 말한다. "어디 보자. 어제 아주머니가 언뜻 얘기했던 그 남자요?"

나는 고개를 돌린다. "나는 아무 남자 얘기도 한 적 없어."

그는 손바닥에 버터스카치를 뱉어서 앨이 심은 장미 덤불 안으로 획 던진다. 이젤을 바로잡아서 스케치북을 그 위에 얹고 낚시도구 상자를 연다. "죄송한 말씀을 드려야겠는데요." 그가 펜과 붓을 꺼내며 말한다. "오늘도 여기에 한 시간 넘게 있어야 할 것 같아요. 그 남자 얘기를 할 시간이 없으면 어쩌나 걱정하실까봐 미리 말씀드려요."

나는 한동안 아무 말도 하지 않는다. 앤디의 펜이 종이를 긁는 소리만 듣는다. 그러다가 심호흡을 한다. "그 사람은…… 여름 휴가객이었어."

"한 해 여름 동안이요?"

"네 해. 네 해 여름 동안."

"그때 아주머니가 몇 살이셨어요?"

"스무 살, 첫 해에 그 나이였지."

"제가 벳시를 만났을 때랑 비슷한 나이셨네요." 그는 손을 L 모양으로 내밀어 실눈을 뜨고 그 사이로 나를 바라보며 말한다. "심각한 사이였어요?"

"글쎄다." 나는 침을 꿀꺽 삼킨다. "그 사람이…… 우리 둘은 함께할 거라고 약속하긴 했다만."

"그러니까, 결혼하자고요?"

나는 고개를 끄덕인다. 그가 약속을 했을까? 잘 모르겠다.

"어휴, 아주머니." 앤디는 한숨을 쉰다. "어떻게 된 일이에요?"

그가 이런 식으로 나오자 왠지 모르게 어느 누구에게도 하지 않은 이야기를 털어놓고 싶어진다. 고통스러운 부분, 부끄러운 부분까지.

내가 그 이야기를 공유하고 싶은 마음이 그 정도로 간절했을 줄은 몰랐다.

"솔직히 말씀드리자면요, 아주머니." 내 이야기가 끝나자 앤디가 고개를 저으며 말한다. "엄청 재미없는 남자인 것 같은데요. 엄청 평범하고. 도대체 어떤 점에서 매력을 느끼신 거예요?"

"그러게." 나는 현관문을 열고 스웨덴에서 온 선원을 맞이한 우리 어머니와 여러 동화의 소재를 다시금 떠올린다. 머리칼을 늘어뜨리는 라푼젤, 유리구두를 신는 신데렐라, 키스를 기다리는 잠자는 숲속의 미녀. 모두 영원히 행복하게 살 수 있는 한 번의 기회가 주어졌다. 적어도 겉보기에는 그렇다. 하지만 그들이 매력을 느낀 상대는 왕자였을까, 아니면 단순히 탈출할 수 있는 기회였을까?

내가 월턴에 대해 느낀 사랑과 집착 안에서 구원의 환상이 차지하는 비중은 얼마나 됐을까? 그가 등장하기 전까지는 내가 품은 줄도 몰랐던 그 환상.

"나는 그냥……" 하마터면 나는 사랑을 받고 싶었던 것 같다고 불쑥 내뱉을 뻔한다. 하지만 부끄러워서 말하지 못한다. "평범하게 살고 싶었던 것 같아."

앤디가 한숨을 쉰다. "어휴, 그게 문제예요. 버릇없어 보이고 싶지는 않지만, 아주머니가 원했던 게 그거였을지 몰라도 아주머니

는 절대 평범하게 살 수 없었을 거예요. 아주머니하고 저는 '평범'
하지 않잖아요. 우리는 정해진 규격에 들어맞지 않아요." 그는 다
시 고개를 젓는다. "아주머니는 폭탄을 피하신 거라고 봐요. 그 남
자는 백 살까지 살아도 우유부단했을 거예요."

나는 목구멍 안의 응어리를 삼킨다. "나를 원하지 않는다는 걸
알았던 거겠지."

"쳇. 그 남자는 나약했어요. 쉽게 흔들렸고요. 제 말 믿으셔도
돼요. 아주머니는 평생 골머리 앓을 일을 피하신 거예요. 그 남자
는 한 조각도 남지 않을 때까지 아주머니의 심장을 조금씩 갉아먹
었을 거예요. 지금 그 심장은 멍이 들었을지 몰라도 적어도 온전하
잖아요."

어쩌면 앤디의 말이 맞을지 모른다. 내 심장은 온전할지 모른다.
하지만 나는 내가 사랑하는데도 멀찌감치 거리를 두는 사람들에
대해 생각해본다. 내가 앨과 에스텔을 어떤 식으로 대했는지 생각
해본다. 조카가 태어나던 날 아침에 도우러 온 거트루드에게 진심
을 담아서 뭐라고 했는지 생각해본다. 두 번 다시 너하고 말을 섞지
않을 거야. 어쩌면 나더러 냉정하다고 했던 그녀의 말이 맞는지 모
른다. "나는…… 나는 지금까지 얼음 안에 갇혀 있는 심정이야."

"그 이후로 계속이요?"

"글쎄. 어쩌면 그전부터였을 수도 있고."

그는 손에 쥔 펜의 뚜껑을 닫는다. "왜 그런 식으로 느끼는지 알
겠어요. 하지만 그건 아니라고 봐요. 아주머니가 자기보호본능을
발휘했을 수는 있지만 그건 이해할 만하죠. 아니, 생각해보세요,

지금까지 힘들게 살아오셨잖아요. 평생 가족들 건사했지. 빌어먹을 다리는 제대로 말을 듣지 않지." 그가 나를 뚫어져라 바라보자 내 속을 들여다보는 듯한 그 불가사의한 느낌이 다시금 밀려온다. "아주머니가 마음 넓은 분이라는 게 제 눈에는 빤히 보여요. 전부터 그랬어요. 벳시하고 같이 계신 걸 보기만 해도 알 수 있죠. 둘 사이에서 오가는 애정을 보면. 그리고 조카를 사랑하는 마음은 또 어떻고요. 그건 누가 봐도 착각의 여지가 없죠. 하지만 무엇보다도 이 집에서 같이 사는 아주머니와 앨 아저씨가 서로를 얼마나 아끼나요. 그 남자, 그 월턴이라는 남자는," 앤디는 그 이름을 조롱한다. "여기에 비집고 들어갈 틈이 없어요. 그 딱한 인간은 아주머니한테 주눅이 들어서 도망친 거예요." 그는 건조하게 웃음을 터뜨린다. "앨 아저씨는 그 남자를 어떻게 생각했어요?"

"탐탁지 않아했지."

"그럴 줄 알았어요." 그는 스케치북을 덮으며 말한다. "아저씨는 뭐가 중요한지 아는 분이니까."

멍이 들고 난타당한 내 심장이, 어쩌면 얼음이 녹고 있을지도 모를 내 심장이 조여온다. 서로를 얼마나 아끼나요. 앤디는 전말을 모른다.

그래도 한 가지는 옳다. 앨은 뭐가 중요한지 안다. 전부터 그랬다. 그리고 나는 동생의 존재를 당연시하는 것으로, 그에게 좋은 짝이 되었을지 모르는 여자와의 관계를 망가뜨리는 것으로 그의 공감과 의리에 보답했다. 그 여자로 인해 그의 인생이 달라질 수도 있었는데. 그 둘이 같이 살았을지 모르는 작고 깔끔한 집이 그려진다. 또다른 격자 시렁에서 자랐을 그의 연분홍색 장미꽃. 동이 트기 전에 일어나서 배를 몰고 나가 통발을 확인하고 잡아당겨 바닷가재가 몇 마리나 잡혔을지 가늠하는 앨. 오후 느지막이 아늑한 부엌으로 퇴근해 난롯가의 윙백 의자에 앉으면 아이는 같이 놀자 하고 아내는 그날의 일과를 묻고……

나는 상심과 공포에 갇혀서, 항상 나를 존중해주었던 그를 존중하길 거부했다. 내가 무슨 권리로 그가 사랑하는 사람을 만나는 일생일대의 기회를 인정하지 않았을까?

"할 얘기가 있어, 앨버트." 땅거미가 질 무렵, 같이 레인지 옆에서 차를 마시다가 내가 그에게 말한다. "이로써 달라지는 건 없겠지만. 그래도…… 내가 너를 눌러앉힐 권리는 없었는데."

그의 이목구비를 알아볼 수는 없지만 동생이 움찔하는 건 보인다.

"미안해."

그는 한숨을 쉰다.

"그녀와 행복하게 지낼 수 있었을 텐데."

"지금도 불행하지는 않아." 그가 들릴락 말락 한 목소리로 나지막이 말한다.

"그녀를 사랑했잖아." 나는 간신히 말한다. "내가 너를 붙잡았어."

"누나……"

"나를 용서해줄 수 있겠니?"

앨은 삐걱거리는 의자를 앞뒤로 흔든다. 주머니에서 파이프를 꺼내 담뱃잎을 꾹꾹 눌러담고 오븐 문에 대고 성냥을 그어 불을 붙인다. 뭐라고 중얼거린다.

"뭐라고?"

그가 연기를 마시고 내뱉는다. "내가 그냥 눌러앉은 거야."

나는 그 말에 대해 잠깐 생각해본다. "내가 안쓰러웠구나."

"그런 거 아니었어. 내가 선택한 거지."

나는 고개를 젓는다. "너한테 무슨 선택지가 있었겠니? 너는 그냥 사는 것답게 살려고 했을 뿐인데, 내가 나를 버리고 가는 것처럼 느껴지게 했잖아."

"뭐." 그는 손으로 허공을 훑는다. "내가 무슨 수로 이 모든 걸 떠날 수 있었겠어?"

앨이 나를 보며 삐딱하게 웃은 다음에야 나는 농담이었다는 걸 알아차린다.

"내가 오트밀을 어떤 식으로 먹는 걸 좋아하는지 아는 사람이 없잖아." 그가 말한다. "그리고 어쨌든. 입장이 바뀌었다면 누나도 그랬을 거야."

당연히 나는 그러지 않았을 것이다. 앨이 나를 배려하고 있는 것이거나, 그렇게 생각해야 그의 마음이 더 편한 거다. 어느 쪽이 됐건 내가 저지른 짓을 용서받을 수는 없다. 여기서 우리는, 삶의 동반자가 아닌 남매로서, 나고 자란 집에서 조상들의 혼령에 둘러싸인 채, 꿈꾸었던 상상 속의 삶을 곱씹으며 함께 지내는 운명을 맞이한 것이다. 벽장 속에 숨겨진 편지 뭉치. 헛간 서까래에 올려놓은 고깃배. 우리가 먼지로 사라지면, 여기서 우리 둘이 공유했던 삶, 우리의 소망과 불안, 우리의 애착과 고독을 아는 사람은 아무도 없을 것이다.

앨과 나는 한 번도 끌어안은 적이 없다. 내가 기억하기론 그렇다. 나를 부축할 때 말고는 마지막으로 서로 몸이 맞닿은 게 언제인지도 모르겠다. 하지만 이 탁한 어둠 속에서 내가 그의 손 위에 손을 포개자 그가 다른 손을 내 손 위에 포갠다. 나는 뭔가를, 예를 들면 실타래를 잃어버려서 온 사방을 뒤지고 헤매다 부엌 작은 테이블에 놓인 옷 아래처럼, 빤히 보이는 데서 찾았을 때 같은 기분을 느낀다.

오래전에 마메이가 한 말을 떠올린다. 사랑하고 사랑받는 방법에는 여러 가지가 있다고 했던가. 거의 죽을 때가 다 되어서야 그게 무슨 뜻인지 이해하다니 아쉬울 따름이다.

앤디는 분홍색 원피스를 입고 풀밭에 앉은 나를 스케치하기 시작하고, 며칠 후 그림을 들고 2층으로 올라간다. 나는 의자로 온 바닥을 긁어대며 오전 내내 부엌에서 일한다. 비스킷을 구워 조리대에서 식히고 닭고기 수프 냄비를 레인지 위에 올린다. 정오가 되자 그가 내려와 수프에 비스킷을 찍어 먹고, 식료품 저장실에 있는 펌프로 물을 길어 들이켜고 손등으로 입을 닦는다. 다시 2층으로 올라간다. 오후에 나는 블루베리 파이를 구워서 따뜻할 때 한 조각을 잘라 접시에 담고 계단까지 밀고 가서, 내려와 파이 접시를 가져가라고 그를 부른다. 그의 함박웃음을 보면 애쓴 보람이 느껴진다.

그는 해질 무렵 노를 저어서 집으로 돌아간다. 다음날 다시 와서 2층으로 올라가면 고요한 집안에 쿵쿵거리는 그의 묵직한 발소리만 울린다. 위에서 그가 이리저리 서성이고 문을 열었다 닫았다 하며 이 방, 저 방 돌아다니는 소리가 들린다.

몇 주 동안 이런 식이다.

한 달이 두 달이 된다.

앤디가 간 뒤에도 온 사방에 그의 흔적이 남는다. 달걀냄새, 템페라 튄 자국. 벌려진 채 말라붙은 붓. 알록달록하게 자국이 남은 나무판.

날이 선선해진다. 그는 계속 작업중이다. 8월 말이 되어도 평소처럼 펜실베이니아로 떠나지 않는다. 나는 이유를 묻지 않는다. 물으면 집으로 돌아갈 시기가 지났음을 일깨우는 것이 되지 않을까 두려운 마음이 있기 때문이다.

앤디가 2층에 있는 동안 나는 늘 하던 일을 한다. 차 마실 물을 끓인다. 빵 반죽을 치댄다. 무릎에 앉혀놓은 고양이를 쓰다듬는다. 흔들리는 풀잎을 창밖으로 내다본다. 앨과 날씨 얘기를 한다. 총천연색 영화처럼 선명한 저녁놀을 감상한다. 하지만 그러는 내내, 밀짚을 자아 황금으로 만드는 동화 속 주인공처럼 머나먼 방안에 처박혀 있는 앤디를 생각한다.

10월의 어느 날 아침에 앤디가 오지 않는다. 몇 주 동안 벳시를 보지 못했는데, 다음날 내가 양말을 깁고 있을 때 그녀가 부엌문을 넘어 고개를 내민다. "아주머니! 앨 아저씨하고 같이 저녁 드시러 오실래요?"

"너희 집으로?" 나는 놀란 목소리로 묻는다. 그들은 우리를 집으로 초대한 적이 없다.

그녀가 고개를 끄덕인다. "앤디가 아저씨한테 말씀드렸고, 아저씨가 아주머니를 차로 모셔오면 되겠다고 둘이 얘기를 마쳤어요.

제발 와주세요! 거창한 건 없고 그냥 간단하게 준비할 거예요. 같이 드시면 좋겠어요. 저희가 채즈퍼드로 돌아가기 전에 근사한 송별회 삼아서요."

"앤디가 이번 시즌 작업을 마친 모양이로구나?"

"드디어요." 그녀가 말한다. "앞으로 평화롭고 조용하게 지내실 수 있으니 후련하시겠어요."

"그렇게 생각할 것 있나. 지금도 충분히 평화롭고 조용한걸."

며칠 뒤 늦은 오후에 앨─내가 몇 년 전에 만들어주었지만 입은 걸 별로 본 적 없는 칼라 달린 연푸른색 셔츠를 입었다─이 나를 부엌 의자에서 안아올려 계단을 지나 낡은 포드 런어바웃 뒷좌석에 태운다. 차를 타고 어디 가본 게 얼마 만인지 모르겠다. 사실 그동안 새디네 집 말고는 외출을 한 적이 없다. 나는 여러 폭으로 이루어진 기다란 감색 면 스커트와 흰색 블라우스를 입었다. 오래된 유니폼 같은 옷이지만 그래도 찢어지거나 얼룩진 곳은 없다. 머리는 곱게 하나로 빗어서 리본으로 묶었다.

차 뒷자리는 어두컴컴하고 시원하다. 덜커덩거리며 진입로를 내려가는 동안 나는 뒤로 기대앉아 눈을 감고 다리로 느껴지는 엔진의 진동과 긴장으로 펄떡거리는 내 가슴을 느낀다. 나는 우리집이 아닌 다른 데서는 앤디를 본 적이 없다. 물감이 튄 부츠를 신고 주머니가 불룩하도록 달걀을 담고 다녔던 그가 자기 집에서는 다른 사람일까?

앨은 신호등 앞에서 오른쪽으로 방향을 틀어 평탄한 길을 끝없이 달린다. 요란한 깜빡이 소리가 들린다. 차가 천천히 우회전을 한다. 잠시 후 탁탁거리는 자갈소리가 들린다. "다 왔어, 누나."

나는 눈을 뜬다. 하얀 물막이 판자를 댄 오두막, 하얀 클레마티스가 타고 자라는 격자 시렁, 컴컴한 창문, 말쑥한 초록색 측백나무. 그들이 더이상 마구간에 살지 않는다는 건 알았지만 오두막집을 보고 다시금 깨닫는다. 벳시가 결국 집을 장만한 것이다.

바로 그 벳시가 까만색의 늘씬한 바지와 민트그린색 블라우스 차림에 빨갛게 칠한 입술로 미소를 지으며 포치에 서서 손을 흔들고 있다. "어서 오세요!" 그녀 뒤에서 앤디도 손을 흔든다. 빳빳한 하얀 셔츠와 얼룩 하나 없이 깨끗한 바지와 신발 차림으로 머리칼을 깔끔하게 빗은 그를 평소와 달리 여기서 이렇게 만나다니 기분이 묘하다. 그는 근사하고 평범한 집에 사는 근사하고 평범한 남자처럼 보인다. 내가 아는 앤디의 흔적이라고는 물감이 묻어 있는 손뿐이다.

앨이 내려서 내 쪽 문을 열어준다. 그와 앤디가 나를 안아서 계단을 지나 집안으로 옮긴다. 벳시가 문을 열고 있고, 남자아이 둘이 피라미처럼 동에 번쩍 서에 번쩍 한다.

"니컬러스! 제이미!" 벳시가 나무란다. "너희 둘은 2층에 가서 놀아. 말 잘 들으면 케이크 가져다줄게."

앨과 앤디가 나를 길쭉한 빨간 소파, 그 앞에는 야트막한 직사각형 테이블, 줄무늬 웡백 의자 두 개가 듬성듬성 놓인 방으로 데려간다. 그들이 나를 소파에 앉히는 동안 벳시는 스윙도어 너머로 사라졌다가 래디시를 담은 조그만 그릇, 데빌드 에그 한 접시, 빨간 혓바닥 같은 게 달린 초록색 올리브를 담은 조그만 단지를 쟁반에 얹어서 들고 나온다. (이렇게 생긴 올리브를 본 적은 있지만 먹어본 적은 없다.) 그녀는 내 옆에 앉고, 앤디와 앨에게 우리 맞은편의 윙백 의자에 앉으라고 한다.

앤디는 살짝 긴장한 것처럼 보인다. 의자에서 꼼지락거리고 나를 보며 괴상한 미소를 짓는다. 앨은 내 머리 위편을 흘끗 쳐다보다가 다시 앤디를 돌아본다. 그도 긴장한 눈치다.

"이쑤시개 드릴까요?" 벳시가 묻는다.

나는 이쑤시개를 받아서 올리브를 찍어 입안에 넣는다. 짭짤하다. 식감이 꼭 살덩이 같다. 이쑤시개를 어디에 놓는다? 앤디의 접시에 쌓인 조그만 이쑤시개 더미가 보이기에 그 위에 내 걸 얹는다. 방안을 둘러보니 낯익은 앤디의 작품들이 액자에 담겨 온 사방벽에 걸려 있다. 파이프를 물고 모자를 쓰고 블루베리를 갈퀴로 긁어모으는 앨의 옆모습을 그린 수채화. 현관 층계에 앉아 있는 앨을 그린 목탄 스케치. 3층 어느 방에서 바람을 맞고 나부끼는 마메이의 레이스 커튼을 그린 큼지막한 에그 템페라화.

"액자에 넣으니까 근사하구나." 내가 앤디에게 말한다.

"그건 벳시의 영역이에요." 그가 말한다. "벳시가 제목을 짓고 액자에 넣어요."

"그런 식으로 분할 정복하죠." 벳시가 말한다. "셰리주 한 잔 드릴까요, 아주머니?"

"아니, 됐다. 술은 명절에만 마셔." 밝히고 싶지는 않지만 블라우스에 쏟을까봐 겁이 난다.

"알았어요. 앨 아저씨는요?" 벳시가 묻는다.

"좋지." 그가 말한다.

앨과 나는 시중을 받는 데 익숙하지 않기 때문에 뻣뻣하고 딱딱하다. 벳시는 최선을 다해 우리를 편안하게 대한다. "내일 비가 온대요." 그녀가 앨에게 조그만 셰리주 잔을 건네며 말한다.

"잘됐네, 도움이 되겠어." 앨은 말하고 술을 한 모금 마신다. 움찔한다. 아마 셰리주를 마셔본 적이 없을 것이다. 그는 잔을 테이블에 내려놓는다.

나는 벳시를 흘긋 보지만 그녀는 알아차리지 못한 눈치다. 그녀는 가볍게 웃으며 말한다. "비가 오면 농사에 좋다는 건 알지만 비 오는 날에 아이들과 집안에 갇혀 있는 건 전혀 재미가 없거든요."

앨이 익살맞은 표정으로 앤디를 쳐다본다. "아이들한테 그림을 그리게 하지 그래." 그가 말한다.

앤디는 고개를 젓는다. "핑거 페인팅에 가깝다고 보시면 돼요. 사실 니컬러스는 소질이랄 게 전혀 없어 보이지만 제이미는…… 재능이 좀 있는 것 같기도 해요."

"어휴, 걔는 이제 두 살이야." 벳시가 말한다. "그리고 니키는 이제 겨우 다섯 살이고. 그걸 벌써 어떻게 알아."

"알 수 있다고 생각하는데. 우리 아버지는 내가 팔 개월이었을 때 나한테서 재능의 번득임을 보았다고 하셨어."

"아버님은……" 벳시는 눈알을 굴린다.

나는 올리브를 다시 하나 찍으며 묻는다. "며칠 있으면 펜실베이니아로 돌아간다고?"

벳시가 고개를 끄덕인다. "짐을 싸기 시작했어요. 떠나려면 항상 힘들어요. 올해는 평소보다 오래 있긴 했지만."

"얼마 전에 내려온 것 같은데." 내가 말한다.

"어휴, 아주머니, 진심이세요? 앤디가 날이면 날마다 그렇게 귀찮게 굴었는데도요?"

"귀찮게 군 적 없어."

"아주머니한테 모델이 되어달라고 했을 때 말고는." 앤디가 내 눈을 본다. "그건 엄청 귀찮으셨죠?"

나는 어깨를 으쓱한다. "이번에는 별로 신경쓰이지 않았어."

"나한테는 다시 부탁하지 않아서 다행이었지." 앨이 말한다.

앤디는 웃으며 고개를 젓는다. "제가 교훈을 얻었거든요."

"자," 벳시가 자리에서 일어서며 말한다. "저는 올라가서 애들 좀 들여다보고 와야겠어요. 앤디, 당신이 접시 좀 치워줄래?"

나는 둘이 눈빛을 주고받는 것을 본다.

"네, 마님." 그가 말한다. 벳시가 나가자 앤디는 그릇을 모아서 다시 쟁반에 담는다. "두 분이서 말씀 나누고 계셔야겠네요. 저는 고용된 도우미라서요." 우리는 그가 쟁반을 높이 들고 뒷걸음질쳐서 스윙도어 너머로 나가는 걸 본다.

"집 괜찮지?" 우리 둘만 남자 앨이 말한다.

"아주 괜찮네." 우리는 잡담을 나누는 데 익숙지 않기에 서로 부자연스럽게 대한다. "아까 그 올리브는 익숙해질 수도 있겠더라."

그는 우거지상을 쓴다. "나는 별로야. 너무…… 고무 같아."

그 말에 내 웃음보가 터진다. "좀 고무 같긴 하지."

어색한 정적 속에 앉아 있는데, 앨이 다시 내 머리 위쪽 벽을 쳐다본다. 나를 잠깐 보았다가 다시 벽을 올려다본다.

"왜?" 내가 묻는다.

그가 턱을 든다.

나는 앉은 채로 몸을 움직여 고개를 길게 빼고 그가 뭘 보는지 확인한다. 그림, 그것도 대형 그림으로, 내 머리 위쪽 벽을 거의 채우다시피 했다. 한 아가씨가 얇은 까만색 허리띠를 두른 연분홍색 원피스를 입고 노란 들판에 앉아 있다. 까만 머리칼이 바람에 나부낀다. 얼굴은 보이지 않는다. 옅은 띠 같은 하늘을 머리에 이고, 지평선 양옆으로 균형을 이루고 서 있는 어둑한 은색 집과 축사 쪽으로 몸을 기울이고 있다.

나는 앨을 바라본다.

"내가 보기에는 누나 같은데."

나는 다시 그림을 쳐다본다. 아가씨는 바닥에 엎드려 있지만 거의 허공에 떠 있는 듯이 보인다. 주변의 모든 것보다 더 크다. 켄타우로스나 인어처럼 이것과 저것이 섞여 있다. 원피스와 머리칼과 가는 팔은 내 것이지만 내 몸에서 세월이 지워졌다. 그림 속의 아가씨는 낭창낭창하고 젊다.

내 어깨에 묵직한 느낌이 전해진다. 손이다. 앤디의 손. "드디어 완성했어요." 그가 말한다. "보시기에 어때요?"

나는 그 아가씨를 자세히 들여다본다. 피부는 들판의 색이고 원피스는 햇볕을 쪼인 유골처럼 하얗게 바랬고 머리칼은 뻣뻣한 풀잎 같다. 영원히 젊어 보이는 동시에 땅만큼 늙어 보이고, 진화를 설명한 어린이 책에 그려진 삽화 같다. 팔다리가 생겨나면서 육지로 조금씩 이동하는 바다 생물.

"제목은 '크리스티나의 세계'예요." 그가 말한다. "늘 그렇듯 벳시가 지은 제목이에요."

"크리스티나의 세계?" 나는 멍하니 그의 말을 따라 한다.

그가 웃음을 터뜨린다. "광활한 행성과도 같은 풀밭. 그리고 아주머니는 정확히 그 한가운데에 있어요."

"하지만 이게…… 나는 아니지 않니?" 내가 묻는다.

"글쎄요."

나는 다시 그림을 본다. 누가 봐도 분명한 차이점이 있긴 하지만 이 아가씨는 가슴이 저미도록 몹시 낯이 익다. 그녀에게서 오후 들어 어쩌다 한 번 집안일에서 놓여난 열두 살 때의 내 모습이 보인다. 상심으로부터 피난할 곳을 찾던 이십대의 내 모습이 보인다. 불과 며칠 전에 건초 더미에 놓인 고깃배와 바다에 빠뜨린 휠체어 사이를 지나 가족 묘지로 부모님을 만나러 다녀왔건만. 내 머릿속 저 깊은 곳에서 단어 하나가 떠오른다. 제유법. 전체를 상징하는 일부.

크리스티나의 세계.

사실 이곳은, 이 집과 이 들판과 이 하늘은 세상의 작은 일부분에 불과할지 모른다. 하지만 벳시의 말이 옳다. 이것은 내게 세상의 전부다.

"예전에 아주머니가 젊은 아가씨로 느껴진다고 하신 적이 있잖아요." 앤디가 말한다.

나는 천천히 고개를 끄덕인다.

"그걸 표현하고 싶었어요." 그가 그림을 가리키며 말한다. "그 걸…… 그 바람과 망설임을 동시에 표현하고 싶었어요."

나는 그의 손가락을 잡아서 내 입술로 가져간다. 그가 놀랐다는 걸 알겠다. 나는 이런 적이 없었다. 나도 놀랍다.

오랜 세월 동안 남들 눈에 내가 어떻게 보였을지 생각해본다. 짐덩이, 효녀, 여자친구, 앙심을 품은 몹쓸 인간, 환자……

이건 세상에 띄우는 나의 편지, 세상은 내게 절대 답장을 보낸 적 없지만.

"다른 사람 어느 누구도 보지 못한 걸 표현했네." 나는 그에게 말한다.

앤디가 내 어깨를 꼭 잡는다. 우리 둘은 말없이 그림을 본다.

행성과도 같은 풀밭 위에 그녀가, 저 아가씨가 있다. 그녀가 바라는 것은 단순하다. 태양 쪽으로 고개를 기울여 온기를 느끼는 것. 손가락 아래의 흙을 움켜쥐는 것. 태어난 집에서 탈출하고 그곳으로 다시 돌아가는 것.

사진처럼 선명하고 동화처럼 신비로운 그녀의 삶을 멀리서 바라보는 것.

깨져버린 꿈과 약속을 딛고 지금까지 살아온 여자가 여기 있다. 그녀는 여전히 살고 있다. 영원히 저 언덕 비탈에서, 캔버스 가장자리까지 펼쳐진 세상의 중심에서 살 것이다. 그녀의 조상은 마녀이고 박해자이고 모험가이고 집에만 붙박여 있던 사람이고 몽상가이고 실용주의자다. 그녀의 세상은 제한적인 동시에 한계가 없고,

집으로 찾아온 낯선 사람이 미래의 열쇠를 쥐고 있을지도 모르는 곳이다.

그녀가 가장 원하는 것, 그녀가 진심으로 갈망하는 것은 남들과 같다. 알아봐주는 것.

그런데 보라. 알아봐주고 있지 않은가.

　나는 메인주 뱅고어에서 지내던 여덟 살 때, 앤드루 와이어스의 〈크리스티나의 세계〉에서 영감을 얻은 그 지역 화가의 목판화를 아버지에게 선물 받은 적이 있다. 아버지는 그걸 보면 내가 생각난다고 했고 나는 이유를 알 수 있었다. 똑같은 이름, 메인이라는 익숙한 배경, 풀풀 날리는 숱이 적은 머리칼. 나는 어린 시절 내내, 보는 사람을 등지고 머나먼 언덕 위에 자리잡은 빛바랜 회색 집을 향해 몸을 내민 이 가냘픈 여자를 주인공으로 이야기들을 만들어냈다.

　세월이 흐르면서 나는 그 그림이 로르샤흐테스트*이자 마술 트릭이자 교묘한 손기술이라고 믿게 됐다. 데이비드 미카엘리스도

---

*좌우 대칭의 불규칙한 잉크 무늬가 어떤 모양으로 보이는지를 통해 그 사람의 성격, 정신 상태 등을 판단하는 인격 진단 검사법.

『경이롭고 낯선: 와이어스의 전통』에서 이렇게 얘기한다. "와이어스의 작품이 철저한 자연주의로 보이는 것은 눈속임이다. 그의 작품에서는 모든 게 보기와 다르다." 앤드루 와이어스의 작품 밑바탕에는 항상 경이와 신비가 깔려 있다. 그는 인간 경험의 어두운 측면에 매료됐다. 놀라우리만치 세밀하게 표현된 바싹 마른 풀밭, 2층 창가에 정체 모를 사다리가 놓인 언덕 위의 폐가, 산들바람에 유령처럼 둥둥 떠 있는 외로운 빨래 하나. 언뜻 보면 풀밭 위의 호리호리한 여자는 나른하게 늘어져 있는 것 같지만 자세히 들여다보면 묘한 불협화음이 드러난다. 그녀의 팔은 기괴하게 가늘고 뒤틀렸다. 어쩌면 그녀는 보기보다 나이가 많을지 모른다. 침착하고 기민하며 집을 향해 가고 싶어하는 듯이 보이지만 망설이는 것처럼 느껴지기도 한다. 겁이 난 걸까? 등을 돌리고 있지만 2층의 어둑어둑한 창문을 바라보고 있는 것 같다. 그 그늘 안의 무엇을 보는 걸까?

나는 『고아 열차』를 탈고한 이후에 내 이성과 감성을 완전히 사로잡을 소재를 다시 찾아나섰다. 자료 조사의 일환으로 20세기 초중반의 미국에 대해 많은 걸 터득하게 되었기에 그 시기를 벗어나지 않는 것이 효과적이겠다는 생각이 들었다. 유독 전원생활에 관심이 생겼다. 다들 어떻게 살았을까? 힘든 시기를 견디기 위해 정서적으로 어떤 도구가 필요했을까? 『고아 열차』 때도 그랬듯이 어느 정도 의미가 있는 역사의 실제 순간을 취해 사실과 허구를 섞고, 디테일을 채우고, 주목받지 못했거나 숨겨진 이야기를 조명하는 방식이 좋겠다고 생각했다.

그 소설이 출간되고 몇 개월이 지난 어느 날, 작가인 친구가 뉴욕현대미술관에서 그림을 봤는데 내가 생각나더라고 했다. 나는 소재를 찾았음을 당장 알 수 있었다.

지난 이 년 동안 나는 크리스티나의 세계 속에 빠져 지냈다. 뉴욕현대미술관의 그 작품 앞에 몇 시간이고 앉아 전 세계 관람객들의 열정적이고 당황스럽고 흥미롭고 거만하고 격한 품평을 들었다. (가장 마음에 들었던 품평은 어느 덴마크 여자가 한 "너무……섬뜩하다"였다.) 나는 와이어스 집안의 유명 화가 삼인방—N. C., 그의 아들 앤드루, 앤드루의 아들 제이미—의 작품을 연구해 그들의 다채롭고 복잡한 유산을 엿보았다. 메인에 가서는 건물 하나를 와이어스 집안의 예술세계에 통째로 할애한 로클랜드의 판즈워스미술관과 쿠싱에 있는 크리스티나의 세계 속 농장을 속속들이 알게 되었다. 그 낡은 바닷가의 농가는 이제 판즈워스미술관의 부대시설이다. 나는 여러 미술사학자와 미국사학자를 인터뷰했고, 올슨 하우스의 관광 가이드 몇 명과 운좋게 가까워져서 나 혼자서는 절대 발견하지 못했을 글과 편지를 제공받았다. 나는 전기, 자서전, 부고, 잡지와 신문 기사, 미술사, 미술책, 평론을 읽었다. 이 가족의 역사에서 일익을 담당했던 세일럼 마녀재판 사건에 대해서는 필요 이상으로 많은 자료를 섭렵했다. (어찌나 흥미진진하던지!) 엽서를 수집하고 심지어 〈크리스티나의 세계〉 복제화를 장만해 내 집 벽에 걸었다.

이로써 나는 다음과 같은 사실을 알게 되었다. 세일럼 마녀재판 사건으로 악명 높은 재판관의 후손인 동시에 토탄을 캐는 가난

한 스웨덴 농부의 후손이었던 크리스티나 올슨은 미국의 상징으로 등극할 수 있는 독특한 입장이었다. 와이어스의 그림 속에서 그녀는 결연한 동시에 갈망에 차 있고, 강인한 동시에 연약하며, 노출된 동시에 불가사의하다. 마른 풀의 바다에 홀로 있는 그녀는 자연이라는 배경 속의 전형적인 개인으로 완벽하게 현재에 존재하는 동시에 시간의 방대함을 끊임없이 일깨운다. 뉴욕현대미술관의 큐레이터 로라 홉트먼은 『와이어스: 크리스티나의 세계』에서 이렇게 얘기한다. "초상화라기보다 정신적인 풍경화에 가깝고, 어떤 공간보다는 심리 상태를 묘사한 작품이다."

제임스 휘슬러가 그린 〈화가의 어머니〉(1871)의 실루엣 처리된 모델과 그랜트 우드가 1909년에 완성한 〈아메리칸 고딕〉의 소박한 농부 커플처럼 크리스티나 역시 미국인의 특징으로 간주되는 여러 특성을 갖추고 있다. 무뚝뚝한 개인주의와 내면의 힘, 장애를 불사하는 도전 정신, 불굴의 의지.

나는 『고아 열차』 때도 그랬듯이 『세상의 한 조각』에서도 실제 역사적인 사실을 최대한 살렸다. 실제 크리스티나처럼 이 작품의 주인공도 1893년에 태어났고, 세 명의 남동생과 함께 메인주 쿠싱의 황량한 언덕에 지어진 수수한 주택에서 성장했다. 그녀의 선조 세 명은 백 년 전 한겨울에 매사추세츠를 탈출했고, 세일럼의 마녀 재판을 주관한 친척이자 유일하게 자기 입장을 철회하지 않았던 재판장 존 호손의 오명과 결부되는 사태를 모면하기 위해 성을 하손으로 바꾸었다. 유죄판결을 받은 마녀 중 한 명이 교수대에서 호손 가문을 저주했고, 재판의 망령은 몇 세대 이후까지 이 집안을 떠나지 않았다. 쿠싱의 주민들은 그 세 명의 하손이 도망치던 와중에 마녀들을 데리고 왔다고 수군댔다. 또다른 친척 너새니얼 호손—그 역시 연관성을 감추기 위해 이름의 철자를 바꾸었다—은 자기 내면의 어둠을 두려워하는 사람이 남들에게서 그 어둠을 볼 가능성이 가장 크다는 이야기인 『젊은 향사 브라운』에서 고조부의 끈질긴 잔인성을 폭로했다.

내 작품에서 이와 똑같이 중요한 역할을 한 실화가 하나 더 있다. 수세대 동안 언덕 위의 그 집은 하손 하우스라고 불렸다. 그런데 1890년 초겨울에 닥친 사나운 눈보라로 모르타르와 벽돌을 만드는 데 쓰이는 석회를 운반하던 어선이 세인트조지강 근처의 빙판에 끼자 스웨덴 출신의 젊은 선원 요한 올라우손은 오도 가도 못하는 신세가 되었다. 쿠싱 토박이였던 선장은 그에게 자기 집에서 같이 지내자고 했다. 올라우손은 빙판을 건너 멀로니 선장의 집으로 갔고, 얼음이 녹아서 바다로 다시 나갈 수 있을 때를 기다리며 거기서 겨울을 보냈다. 그 집에서 언덕을 올라가면 유명한 선장 새뮤얼 하손이 산다는 근사한 흰색 저택이 나왔다. 요한은 이내 하손 힐에 사는 가족 이야기를 들었다. 가문의 성을 물려받을 남자 후손이 다 죽고 없어서 '대가 끊기게' 생겼다는 소문이었다. 이 젊은 선원은 몇 달 동안 영어를 배우고, 이름은 존 올슨으로 바꾸고, '노처녀'였던 하손의 딸 케이트—34세로 그보다 여섯 살 연상이었다—에게 자신의 존재를 알렸다. 한 달 만에 새뮤얼 하손이 세상을 떠나고 존 올슨은 케이트와 결혼해 농장을 물려받았다. 일 년 뒤 첫 아이 크리스티나가 태어났고, 넓고 하얀 그 집은 올슨 하우스가 되었다. 하손 집안은 대가 끊겼다.

　모두가 한목소리로 얘기하길 크리스티나는 어렸을 때부터 활발
하고 활기가 넘쳤다고 한다. 삶에 대한 의욕이 있었고 지적인 능력
이 뛰어났으며, 기동력을 제한하는 퇴행성 질환이 있었지만 동정
받지 않겠다는 결기가 있었다. (살아생전에 제대로 진단받지는 못
했지만 현대 신경의학계에서는 팔과 다리의 신경을 손상시키는 유
전성 질환인 샤르코마리투스병으로 짐작한다.) 크리스티나는 휠
체어 사용을 거부했다. 걷는 게 점점 더 힘들어지자 기어다녔다.
몇 년 전 배우 클레어 데인스는 한 시간 길이의 절묘한 댄스 공연
을 통해 심각한 질환에도 불구하고 자유롭게 움직이겠다는 맹렬한
의지를 보인 크리스티나 올슨을 표현한 바 있다.

　기지가 넘치고 독설에 능한 크리스티나는 만만찮은 상대였다.
머리칼은 지푸라기 같고 코는 굽었으며 미혼에 독립적이었던 그녀
를 두고 말년에 쿠싱 주민들 사이에 마녀라는 소문이 돌았다. 앤드
루 와이어스는 '마녀'와 '여왕님'과 '메인의 얼굴' 등 여러 단어로
그녀를 지칭했다.

　어렸을 때부터 올슨 농가를 드나들었고 훗날 그와 결혼한 벳시
제임스와 함께 와이어스가 맨 처음 크리스티나의 집을 찾은 것은
1939년이었다. 당시 그는 22세, 벳시는 17세, 크리스티나는 46세
였다. 그는 거의 날마다 찾아와 크리스티나와 몇 시간 동안 이야기
를 나누고, 풍경과 정물과 그를 사로잡은 그 집 자체를 그리기 시
작했다. "뉴잉글랜드라는 세계가 그 집에 있어요." 와이어스는 말

했다. "거미다리 같고, 다락방에서 쩍쩍 갈라지는 소리를 내며 썩어가는 해골처럼 바싹 마른 그곳. 바다에서 실종된 선원들, 가로돛 범선의 활대에서 추락해 그길로 영영 사라진 올슨의 선조들에게 바치는 비석과도 같은 곳이죠. 그 집은 내게 바다의 입구, 홍합과 조개와 바다 괴물과 고래의 입이에요. 거기 있으면 한곳으로 돌아오는 사람들이 문득문득 느껴져요."

이윽고 와이어스는 크리스티나를 작품에 등장시키기 시작했다. "내 호기심을 자극한 부분은 그녀가 엉뚱한 곳, 엉뚱한 시점에 등장한다는 거였어요." 그는 말했다. "영국의 위대한 화가 존 컨스터블은 배경에 삶을 덧칠할 필요가 없다고 했죠. 가만히 앉아서 기다리면 삶이 찾아올 거라고. 딱 알맞은 지점에 일종의 사건이 벌어지는 식으로. 내가 늘 그랬어요. 크리스티나와 함께 있으면 많은 일이 벌어졌어요."

이후 삼십 년 동안 크리스티나는 앤드루 와이어스의 뮤즈이자 영감이었다. 내가 보기에 그들은 서로에게서 자신의 모순적인 면모를 알아본 것 같다. 둘 다 금욕주의를 받아들였지만 미를 갈망했다. 둘 다 타인에게 호기심이 있었지만 병적으로 혼자인 것을 즐겼다. 고집스러우리만치 독립적이었지만 기본적인 욕구를 해결하려면 남의 손을 빌려야 했다. 와이어스에게는 아내 벳시가, 크리스티나에게는 앨버로가 필요했다.

"내 기억이 현실 그 자체보다 더 현실적일 수 있어요." 와이어스는 말했다. "바닷가에서 주움직한 빛바랜 바닷가재 껍데기 비슷한 분홍색의 쭈글쭈글한 원피스를 입은 크리스티나를 그리던 날을 계속 떠올렸어요. 그녀를 머릿속에서 계속 조립했어요. 풀이 실제로 자라는 그 언덕 위에 사는 존재로. 언젠가 그녀는 그 아래에 묻히겠지. 조만간 그녀가 부싯깃 통처럼 생긴 언덕 꼭대기의 그 집을 향해 내 작품 속의 언덕을 실제로 기어가겠지. 그 인물의 외로움이 느껴졌어요. 내가 어렸을 때 느꼈던 것과 같은 감정일지 모르죠. 그건 그녀의 경험인 만큼 나의 경험이기도 했어요."

와이어스는 말했다. "〈크리스티나의 세계〉를 그리면서 두세 달 동안 그 언덕을 그렸어요. 그 풀밭, 그 땅, 굽이치는 흙, 온 지구가 보는 사람 쪽으로 다가오는 것처럼 보이도록 표현했어요…… 크리스티나를 위해 몇 주 동안 창조한 세계에 그녀를 배치할 때가 되자 이 분홍색을 그녀의 어깨에 입혔고…… 그 충격으로 나는 거의 방 이쪽에서 저쪽으로 날려가다시피 했죠."

한 화가의 뮤즈—언뜻 보기에는 수동적인 역할인—가 됨으로써 크리스티나는 마침내 평생 갈망했던 자주성과 목적의식을 성취했다. 나는 와이어스가 본능적으로 크리스티나의 가장 깊은 곳에 닿을 수 있었을 거라고 믿는다. 작품 속에서 그녀는 역설적으로 유일한 동시에 상징적이며, 활기 넘치는 동시에 연약하다. 그녀는 혼자지만 과거의 유령에 둘러싸여 있다. 그녀는 집처럼, 풍경처럼 굴하지 않는다. 미국적인 인물의 힘을 상징하는 존재답게 활기차고, 살아서 펄떡이며, 죽지 않는다.

여러 가지 이유에서 이 책은 내가 지금까지 작업한 원고 중에서 가장 어려웠다. 크리스티나 올슨이 실존 인물이었고 이 작품에 등장하는 수많은 사람들도 마찬가지였기에 그녀의 삶과 가족과 앤드루 와이어스와의 관계에 대해 얼마나 조사를 많이 했는지 모른다. 하지만 어느 시점에 이르자 조사한 자료는 덮어두고 이야기의 진행을 등장인물들에게 맡기는 수밖에 없었다. 근본적으로 『세상의 한 조각』은 허구다. 등장인물들의 일대기적인 정보를 이 안에서 찾으려 해서는 안 된다. 내가 풀어낸 이야기에 흥미를 느낀 독자들은 감사의 말에 언급된 논픽션 자료를 참고해주기 바란다. 그리고 무엇보다도 내가 이 이야기를 제대로 소개했기를 바란다.

감사의 말

나는 영국의 케임브리지에서 태어났고 근처의 스와프햄불벡이라는 작은 마을에 있는 13세기에 지어진 집에서 부모님과 여동생과 함께 어린 시절을 보냈다. 거실에서 위를 올려다보면, 원래 살았던 사람들이 불을 땠던 곳의 천장에 구멍을 뚫은 동그란 흔적이보였다. 냉장고나 중앙난방시설은 없었다. 아이스박스와 동전을넣어야 작동되는 조그만 가스히터를 썼다. 몇 년 뒤에 우리는 테네시로 이사해, 불과 얼마 전에 전선이 설치됐고 난방은 되지 않는폐농가에서 살았다. 그러다가 마침내 기본적인 편의시설이 갖춰진메인주의 평범한 집으로 이사했다. 하지만 주말이나 공휴일이나여름에는 아버지가 야외용 펌프, 가스 랜턴과 양초를 가져다놓고난방을 위해 불 때는 곳과 벽난로, 변소를 설치해놓은 호수의 작은섬에 있는 캠핑장으로 떠났다. 겨울에는 스노슈즈를 신고 얼어붙은 호수를 건넜고, 대문을 덮은 얼음을 깨고 안으로 들어갔다. 여동생들과 나는 부모님이 지핀 불이 충분히 커질 때까지 외투를 입은 채 난로 앞에서 웅크리고 기다렸다.

그래서, 네 딸에게 자연과 가까이 지내면 주변 세상뿐 아니라 내면의 세상과도 좀더 조화롭게 지낼 수 있음을 가르쳐준 아버지 윌리엄 베이커와 지금은 고인이 되신 어머니 크리스티나 베이커에게 감사 인사를 전하고 싶다. 나는 남달랐던 어린 시절이 작가로서의 내 방향성을 설정했다고 믿어 의심치 않는다. 그리고 『고아 열차』와 『세상의 한 조각』, 이렇게 최근 두 작품에서 대다수가 당연하게 여기는 현대의 편의시설 없이 소박하게 생활했던 등장인물들의 삶을 구성할 때 어린 시절의 경험을 적극 참고했다.

2013년 7월의 어느 화창했던 날 오후에 나는 에리카 데일리라는 젊은 여성의 안내를 받으며 메인주 쿠싱에 있는 크리스티나 올슨의 집을 견학한 적이 있었다. 에리카는 내가 메모하는 걸 보고 기자냐고 물었다. 나는 여길 배경으로 소설을 쓸 생각이라고 실토했다. 그 집에서 나오는데 레이니 데이비스라는 또다른 도슨트가 나를 옆으로 데려가더니 내 손에 명함을 쥐어주며 궁금한 게 있으면 연락하라고 했다. 나는 그녀에게 연락했고, 금세 친구가 되었다. 우리는 메인주 로클랜드에서 만났고, 그녀의 집이 있고 내가 강연을 위해 찾은 플로리다주 새러소타에서도 만났다. 몇 달 뒤 낸시 존스라는 다른 도슨트가 내게 이메일을 보내 크리스티나와 가까운 사람들을 몇 명 소개해주겠다고 했다. 그녀를 통해 만난 앤드루 와이어스의 조카 데이비드 록웰은 와이어스 부부와 올슨 하우스에 관한 한 백과사전 버금가는 지식을 자랑했다. 크리스티나의 조카 진 올슨 브룩스는 오랫동안 고모와 가깝게 지냈다. 아흔 살의 조이 윌리메츠는 크리스티나의 먼 사촌으로, 1930년대와 1940년대에 그 집에 놀러갔던 어린 시절의 추억을 지니고 있었다. 그리고 하버드 의과대학 교수 로널드 J. 앤더슨 박사는 학회지 〈파로스〉에 크리스티나가 샤르코마리투스병이라는 유전성운동감각신경병을 앓았다고 설득력 있는 주장을 펼쳤다. 낸시와 나는 전미 임상 류머티스학회에서 2015년에 주관한 그의 강연 '앤드루 와이어스와 크리스티나의 세계: 크리스티나의 밝혀지지 않은 병명을 푸는 단서'를 들었는데, 공교롭게도 강연지가 메인주였다.

이 원고 작업을 하는 동안 와이어스 집안과 올슨 집안에 대한 자료들을 구해지는 대로 섭렵했다. 그중에서도 시금석이 되어준 두 전기를 소개하자면 진 올슨 브룩스와 데버라 댈폰소가 집필한 『크리스티나 올슨: 캔버스 너머 그녀의 세계』와 리처드 메리먼이 집필한 『앤드루 와이어스: 은밀한 삶』이다. 두 권 모두 마르고 닳도록 읽는 바람에 추가로 구입해야 했다. (이 과정에서 도움을 준 리처드의 아내 엘리자베스 메리먼과 딸 메러디스 랜디스에게 특별히 감사의 뜻을 전한다.) 간결하게도 제목이 '크리스티나의 세계'인, 벳시 제임스 와이어스의 근사한 그림 및 자료, 추억 모음집도 엄청나게 중요한 역할을 했다. 기타 유의미한 자료를 소개하자면 토머스 호빙이 머리말을 쓴 『앤드루 와이어스: 자서전』, 마이클 K. 코마네키와 나카무라 오토요가 쓴 『앤드루 와이어스, 크리스티나의 세계 그리고 올슨 하우스』, 로라 홉트먼이 뉴욕현대미술관을 통해 출간한 『와이어스: 크리스티나의 세계』, 데이비드 캐터포리스가 편집한 『앤드루 와이어스를 다시 생각하다』, 데이비드 미카엘리스가 머리말을 쓴 『경이롭고 낯선: 와이어스의 전통』, 앤 클로슨 넛슨이 쓴 『앤드루 와이어스: 추억과 마력』이 있다. 크리스티나의 삶과 전원생활 전반에 관해서는 존 올슨의 딸 버지니아 올슨이 쓴 『존 올슨: 나의 이야기』, 글레나 존슨 스미스가 쓴 『메인의 노파』, 루이즈 디킨슨 리치가 쓴 『우리는 숲으로 갔다』, 조지 A. 마틴이 쓴 『농기구와 그 제작법』을 참고했다.

영상도 도움이 되었는데, 그중에서 몇 편 소개하자면, 허드슨 리버 필름 & 비디오에서 줄리 해리스의 내레이션을 담아 출시한 다큐멘터리 〈크리스티나의 세계〉, 샤르코마리투스병에 걸린 버나뎃 스카두지오라는 현대 여성의 이야기를 담은 〈버나뎃〉, BBC 제작 영화 〈와이어스의 세상 속 마이클 팰린〉, 앤드루의 아들 제이미 와이어스가 〈불바다〉라는 그림을 그리며 자신의 창작 과정에 대해 설명하는 보스턴미술관의 영상 등이 있다.

내 믿음직한 친구이자 유능한 작가 겸 편집자인 존 비그는 어느 누구보다 한참 전에 이 원고를, 그것도 한 번이 아니라 여러 번 읽어주었다. (아침에 일어나보면 "한 가지 더 생각난 게 있는데……"로 시작되는, 발송 시각이 새벽 세시인 이메일이 들어와 있곤 했다.) 이 원고는 철저하고 배려심 넘치는 그 덕분에 더 탄탄해질 수 있었다.

나의 세 자매 신시아 베이커, 클라라 베이커, 캐서린 베이커피츠는 내 가장 이상적인 독자들이다. 그들은 내 원고를 읽고 예리하고 지적인 조언을 아끼지 않는다. 판즈워스미술관의 수석 큐레이터 마이클 코마네키는 내 수많은 질문에 찬찬히 답변해주는 것에 더해 원고를 빈틈없이 냉철하게 검토해주었다. 레이니 데이비스, 낸시 존스, 데이비드 록웰은 사실 관계를 확인해주었다. 앤 버트, 앨리스 엘리엇 다크, 루이즈 디샐보, 패멀라 레드먼드 새트런, 매슈 토머스는 크고 작은 방식으로 원고를 개선하는 데 기여했다. 마리나 버도스는 아이디어의 단초를 제공했다. 내 남편 데이비드 클라인은 응원과 값진 조언을 아끼지 않았다. 로리 맥기는 내 최신작을 워낙 훌륭하게 교열해주었기 때문에 이번에도 다시 교열을 부탁했다(그리고 다시 한번 꼼꼼하고 정확한 그녀의 덕을 보았다). 엉뚱하고 능력 있는 에이전트 제리 토마는 단계마다 버팀목이 되어주었다. 라이터스하우스의 사이먼 립스카와 앤드리아 모리슨도 많은 도움이 되었다.

담당 편집자 캐서린 닌첼하고는 오래전부터 함께 일한 사이다. 작품을 하나 끝낼 때마다 그녀에 대한 존경심이 커져만 간다. 그녀는 차분하고 부드럽게 몰아친다. 케이트의 노련한 인도와 감각적인 편집 덕에 내 원고가 무한대로 훌륭해졌다. 아낌없는 지원을 보내준 윌리엄 모로/하퍼콜린스의 담당자들에게도 고맙다는 인사를 전하고 싶다. 마이클 모리슨, 리아티 스텔릭, 프랭크 앨버니즈, 제니퍼 하트, 케이틀린 케네디, 몰리 왝스먼, 냐메키 왈리아야, 스테파니 벌레이오, 마고 와이스먼.

개인적으로는 남편 데이비드와 세 아들 헤이든, 윌, 엘리에게 감사한 마음을 금할 수가 없다. 그들이 없었다면 내 작은 세계는 황량했을 것이다.

 『고아 열차』로 가장 지역적인 이야기를 통해 가장 보편적인 이
야기를 선사했던 크리스티나 베이커 클라인이 두번째 작품으로 우
리 곁을 찾아왔다. 이번에 그녀가 선택한 소재는 앤드루 와이어스
라는 화가와 그의 대표작 〈크리스티나의 세계〉다. 본문에서도 소
개되었다시피 유명한 삽화가 뉴얼 컨버스 와이어스의 다섯째로 태
어난 앤드루 와이어스는 건강 문제로 학교에 다니지 않고 아버지
에게 교육을 받았고 추상주의가 풍미하던 시절에 구상화를 고집
했는가 하면 안료를 달걀에 개어서 쓰는 템페라 기법을 애용한 특
이한 화가였다. 극사실주의로 대상을 묘사하면서도 그 안에 수많
은 복잡 오묘한 감정을 담아 대중성과 예술성을 모두 갖춘 미국의
국민 화가로 일컬어진다는데 나는 이 원고를 번역하며 그의 대표
작 〈크리스티나의 세계〉를 처음 접했다. 번역하는 틈틈이 이 그림
을 들여다보았다. 다른 사람들은 여기서 무엇을 보았기에 1949년

뉴욕현대미술관에 전시되었을 때 엄청난 반향을 불러일으켰을까. 이 책의 저자 크리스티나 베이커 클라인은 여기서 어떤 영감을 얻어서 그걸 책으로 연결했을까. 어느 정도 시간이 지나자 차츰차츰 내 눈에도 뭔가가 보이고 내 마음속에서도 뭔가가 느껴지기 시작했다.

이 작품 속의 모델 크리스티나는 바람이라도 불면 날아갈 듯 여리여리하다. 앙상한 팔은 뼈만 남았고 다리는 뒤틀렸다. 그런 몸으로 우리에게 등을 돌린 채 벌판에 혼자 남겨져 언덕 위의 집을 바라보고 있다. 하늘은 잿빛으로 잔뜩 찌푸려 있고 비탈진 벌판은 황량하고 스산해 보이며 언덕 위의 집은 너무나도 멀게만 느껴진다. 하지만 내 눈에 가장 도드라지게 보인 것은 크리스티나의 손이었다. 풀을 결연하게 움켜쥐고 있는 오른손과 앞으로 내민 왼손이었다. 그 두 손이 내게는 크리스티나의 심경을 대변하는 것 같았다. 고독한 배경과 절망적인 현실 속에 갇혀 있지만 그 너머를 향한 갈망. 자신의 구심점을 향한 의지와 동정에의 거부. 누군가의 뒷모습, 그것도 그림 속 모델의 뒷모습에서 이렇게 많은 것을 느끼다니 나로서는 처음 있는 일이었다. 이 『세상의 한 조각』에서 묘사된 크리스티나에게 감정이입이 돼서 그런 걸지도 모르겠지만.

박웅현 작가가 『여덟 단어』에서 소개한 에피소드에 따르면 한 라디오 프로그램에서 인문학 관련 코너를 진행하다가 청취자로부터 "인문학을 하면 밥이 나오나요?"라는 짓궂은 질문을 받은 적이 있다고 한다. 그때 그는 "인문학을 하면 밥이 나오는 경우도 있고 안 나오는 경우도 있습니다. 그런데 한 가지 분명한 사실은 인문학을 하면 밥이 맛있어집니다"라고 답을 했다. 어디 인문학뿐일까. 내가 보기에는 이른바 '교양'이라는 카테고리 안에 뭉뚱그려지는 모든 것이 그렇다. 책도 미술도 음악도. 〈크리스티나의 세계〉를 보고 뭔가를 느끼기 전의 나와 그 이후의 나는 다르다. 이 그림은 톰 크루즈 주연의 영화 〈오블리비언〉에서도 중요한 모티프로 쓰였다고 한다. 자, 이제는 그 영화를 볼 차례다. 꼬리에 꼬리는 무는 것은 비단 영어 단어뿐만이 아니다.

이은선

옮긴이 **이은선**
연세대학교 중어중문학과와 같은 학교 국제대학원 동아시아학과를 졸업했다. 출판사 편
집자, 저작권 담당자를 거쳐 전문 번역가로 활동중이다. 옮긴 책으로 『고아 열차』 『주황
은 고통, 파랑은 광기』 『다이어트랜드』 『올해는 다른 크리스마스』 『딸에게 보내는 편지』
『엄마, 나 그리고 엄마』 『사라의 열쇠』 『키르케』 『먹을 수 있는 여자』 『그레이스』 『초크
맨』 『미스터 메르세데스』 『맥파이 살인 사건』 『할머니가 미안하다고 전해달랬어요』 『베
어타운』 등이 있다.

문학동네 세계문학

세상의 한 조각

초판 인쇄 2021년 4월 9일 | 초판 발행 2021년 4월 21일

지은이 크리스티나 베이커 클라인 | 옮긴이 이은선

기획 이현자 | 책임편집 윤정민 | 편집 김지연 오동규
디자인 김현우 이원경 | 저작권 한문숙 김지영 이영은
마케팅 정민호 정진아 김혜연 정유선
홍보 김희숙 김상만 함유지 김현지 이소정 이미희 박지원
제작 강신은 김동욱 임현식 | 제작처 영신사

펴낸곳 (주)문학동네 | 펴낸이 염현숙
출판등록 1993년 10월 22일 제406-2003-000045호
주소 10881 경기도 파주시 회동길 210
전자우편 editor@munhak.com | 대표전화 031) 955-8888 | 팩스 031) 955-8855
문의전화 031) 955-8896(마케팅) 031) 955-2634(편집)
문학동네카페 http://cafe.naver.com/mhdn | 트위터 @munhakdongne
북클럽문학동네 http://bookclubmunhak.com

ISBN 978-89-546-7873-5 03840

www.munhak.com